KB165301

소설 진달래꽃

소설 진달래꽃

유익서
장편소설

차례

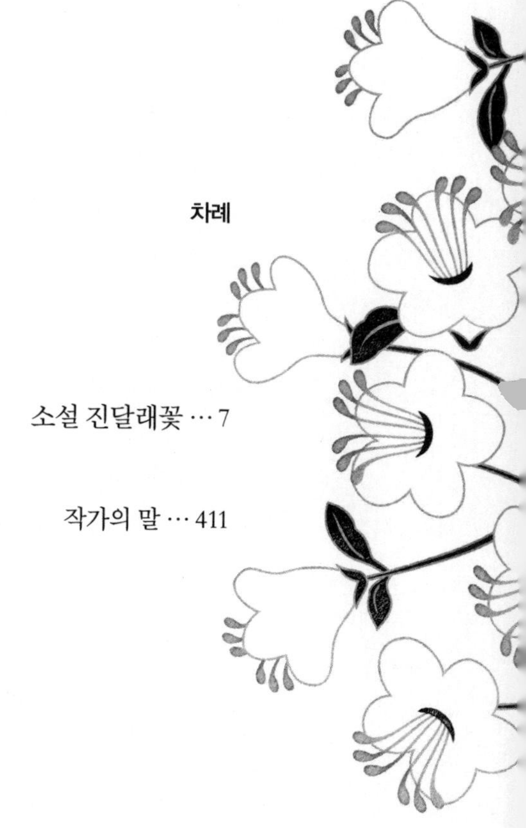

1

결혼이란 양가 합의에 의해 관례적인 절차를 밟아 축복 속에 치르는 것이 통상적이지만 병산과 은희는 그런 순조로운 혼례식을 올리지 못했다. 관습과 형식에 얽매이기 싫어하는 병산의 결정에 의해 양가에는 알리지도 않은 채 절에서 간략하게 식을 올렸었다. 하객도 몇 사람 되지 않았다. 식을 치른 후, 자식 된 도리가 그렇지 않다며 집안 어른께 인사는 드려야 한다는 주위의 권고를 끝내 무시하지 못한 병산은 은희를 대동하고 본가를 찾았다. 걱정했던 것과는 달리 대문은 용이하게 열렸다. 대문을 들어선 순간 집 안에 긴장감이 팽팽히 감돌고 있는 것이 감지되었다. 마당을 가로질러 안채 대청으로 올라간 병산은 안방 문을 열려다 움찔 놀라며 동작을 멈추었다. 방문이 꿈쩍도 하지 않았던 것이다.

"소자, 병산입니다."

끙, 짜증 섞인 된 신음소리 한 번으로 그만, 방 안에서는 더 다른 대꾸가 없었다. 문안을 드리려 왔다고 거듭 여쭈었으나 묵묵부답이었다. 완강한 거부 앞에 별다른 방도가 없었다. 방문에서 물러난 병산은 은희를 옆에 앉히고 대청마루에 꿇어앉았다. 그들 부부는 해종일 대청마루에 꿇어앉아 문안을 청하고 허락 없이 혼례를 올린 불효에 대해 사죄를 드렸다. 그러나 안방 문은 끝내 열리지 않았다. 대청에 꿇어앉아 문안을 청하던 두 죄인은 해질 녘이 되어서야 가까스로 몸을 일으키고 본가를 나왔다. 현구례(見舅禮)는커녕 시어른과 대면도 하지 못하고 본가를 나온 은희는 송구스러울 따름이었다.

은희는 두 번째 시댁 방문도 두렵고 걱정스러워 발걸음이 무거웠다. 서울로 올라가면 언제 다시 뵐 수 있을지 모르는데 말씀은 여쭙고 가야 한다는 병산의 뜻을 거스를 수 없어 따라나서기는 했지만 어찌 살가운 환대를 바랐겠는가.

이날도 역시 시어른이 계시는 안방 문은 끝내 열리지 않았다.

"너, 병산이 네 놈이 도동 전답 송두리째 저당 잡혔다며?"

대신, 방 안에서 쩌렁쩌렁 쇳소리가 터져 나왔다.

"예, 제가 잠시 변통해 썼습니다. 곧 찾아드릴 것입니다."

병산은 태연한 목소리로 응대했다.

"봉강 전답 잡힌 것도 모자라 도동 큰들 전답까지 잡혀먹다니, 우리 집안 기둥뿌리 뽑을 작정이냐, 네 이놈!"

분에 겨운 듯 콜록콜록, 말을 잇지 못했다.

"나라를 바로 세우는 데 쓸 비용을 댄 것입니다. 곧 돌려드릴 것입니다."

"일 없다. 내가 왜 그런 비용을 댄단 말이냐."

“일제에 그렇게 당하고서도 그러십니까?”

“일제에 당하다니, 내가 언제 일제에 당했단 말이냐.”

“일제에 나라를 도둑맞지 않았습니까.”

“조상이 못나 나라를 도둑맞은 것인데, 왜 일제 탓이냐?”

“그래, 우리 못난 조상과 일제가 망쳐놓은 나라를 바로 세우기 위해 저희가 목숨 걸고 싸우고 있지 않습니까.”

“누가 너더러 목숨 걸고 싸우라고 했는데? 내가 그랬나, 네 어미가 그랬나?”

“이 나라가 시킨 것입니다.”

“이 나라가 시키다니? 이 나라는 너 같은 놈 없어도 잘 굴러가게 되어 있어. 공부하라고 유학 보내놨더니, 하라는 공부는 안 하고 엉뚱한 공상만 키우고 돌아와 집안 망칠 궁리나 하고 있는 주제에, 집안 망친 놈이 나라를 바로 세운다고? 지나가는 개가 웃을 일이다.”

“배운 사람이 가야 할 길을 가고 있을 뿐입니다.”

“배운 사람이 가야 할 길이 집안 망쳐먹는 것인가?”

“배운 사람이 어찌 집안이나 자기 이익을 돌보고 있겠습니까. 시대가 요청하는 대의를 위해 봉사하고 헌신해야 합니다.”

“일 없다. 저당 잡힌 전답문서나 당장 찾아와.”

“이 나라의 장래를 위해 잠시 빌려 썼습니다. 장차 몇 배로 갚아드릴 것입니다.”

“몇 배로 갚아주는 것도 일 없다. 저당 잡힌 전답문서 찾아오지 않고서는 너와 나 앞으로 대면할 일 없을 것이다.”

아버지의 단호한 선언에 병산은 어금니를 질끈 악물었다.

"아버님, 어머님, 저희 서울로 올라갑니다. 부디 강녕하십시오."

방 안에서는 침묵이 이어질 뿐 아무 대꾸가 없었다. 분명 긴 이별이 되리라. 대면조차 하지 못하다니, 부모자식 간의 긴 이별에 대한 작별 인사로서는 아무래도 너무 아쉽고 허전했다. 긴 침묵이 이어지자 도리 없이 병산과 은희는 대청에서 물러나왔다. 마당을 가로질러 대문에 이를 때까지 집 안의 어느 누구 하나 내다보거나 배웅하지 않았다. 아버지의 지엄한 분노 앞에 누가 감히 나서겠는가.

2

며칠 전 해질 무렵이었다. 저녁 준비를 하고 있는데 병산이 낯선 사내와 함께 집 안으로 성큼 들어섰다. 얼핏 사내를 곁눈질한 은희는 눈을 아래로 깔았다.

"우리 집안사람일세."

"아, 그래. 우리한테는 국수 먹으란 소리도 없더니, 저 한인식입니다."

사내는 활짝 웃으며 고개를 꾸벅 숙였다. 눈이 깊고 사슴처럼 순해 보였다. 온몸에서 사람을 안도시키는 선량한 기운이 피어오르고 있었다.

"이런 누추한 데를, 어서 방으로 들어가세요."

"서울에서 오신 귀한 손님이오. 저녁상을 좀 봐주시오. 술도 한 두어 병 사 오고."

서울에서 온 귀한 손님이라니, 은희는 가게에 가서 두부와 나물거리를 사 와 정성들여 지지고 볶고 찬을 만들었다. 막걸리로 적당히 때울 손님이 아니리라는 속내평에 네 홉 들이 맑은 소주도 두 병 곁들였다.

상을 차려 방 안으로 들어가 두 사람 사이에 놓았다. 두 사람은 하던 말을 끊고 밥상으로 다가앉았다. 밥숟가락을 들기 전에 병산은 술병 마개를 땄다. 한인식에게 한 잔을 따르자 한인식이 술병을 받아 병산에게 따랐다. 두 사람은 술잔을 부딪쳐 건배를 하며 유쾌한 표정으로 마주 보았다.

"우리만 마셔 미안하오."

병산이 한인식에게 두 잔째 술을 따라준 후 은희를 돌아보며 미소 지었다.

"저는 상관 말고 어서 드세요."

"김 동무보다 제가 한 살 어리니, 형수님이라 해야 하겠군요. 형수님도 함께 저녁을 드시지요."

부엌으로 나가려고 일어나는 은희를 한인식이 만류했다.

함께 저녁을 먹자는 한인식의 권유를 한사코 사양한 은희는 옆에 앉아 있겠다고 한 발 물러섰다.

"당 지도부는 낭만적인 해석을 거부하고, 냉철한 현실인식의 바탕에서 국제정세를 파악하고 있다네. 한때 유학파들 사이에서 제2차 세계대전 이후 국제 파시즘에 대한 양대 민주 진영의 승리는 결국 파시즘 체제의 역사적 종말을 가져올 것이라 하지 않았나. 반이성적 사조가 패퇴할 것은 자명한 이치고 그 자리에 이성적 사조가 들어서 세계사를 이끌어갈 것이 분명하며 그에 따라 자본주의 체제와 공산주의 체제 양쪽 모두 이성적인 자기 수정의 길을 통해 화합과 평화를 이루어 나가게 되리라고 예측했네. 따라서 두 체제가 대결보다 협력의 방향으로 나아갈 것이라 낙관적인 전망을 내놓았지. 하지만 이런 낙관적인 전망이 어디 가당키나 한 것인가. 이는 혁명을 도외시한 반동적 전망이 아니고 무엇이겠나."

"나도 한때는 그런 낭만적 사고에 젖어 있기는 했었네. 좌우협력, 민족주의 진영과 공산주의 진영의 화합으로 민족문제를 해결해나갈 수 있으리라 기대했네. 하지만 혁명이 아니고서는 인민해방의 꿈은 영원히 이룰 수 없다는 냉철한 현실인식이 나를 그런 낭만적 꿈에서 깨어나게 했지. 혁명만이 조선의 위대한 미래이며 우리민족의 지상과제인 것인데, 글쎄!"

"사회주의 국가 건설의 위대한 꿈을 이룬 소연방 성공이 어디에 기초해 있나. 차르와 지배적 지주 소탕, 토착 부르주아 일소 등 반제혁명 투쟁 아니고 무엇이었나."

"참된 민주주의 계급 없는 국가 건설은 혁명에 의해 자본주의 독재체제를 전복시킴으로써 성취할 수 있다고 레닌께서 일찍이 갈파했었지."

"계급 없는 진정한 민주적 사회주의의 위대한 국가 건설은 부르주아 국가기구를 폭력적으로 전복시켜야 비로소 가능한 것 아니겠나. 이 당위적인 폭력적 혁명의 동력이 무엇인가. 혁명은 분노를 먹고 살지 않는가. 분노가 혁명의 기본 자양분이며 동력 아닌가. 그래 우리가 혁명에 성공하려면 인민에게 분노의 씨앗인 불평불만을 적극적으로 뿌리고 심어야 할 것이네. 거기에는 기발한 선전선동이 필수조건이지. 대중동원 없는 혁명이 성공할 수 있겠나."

"하기야, 김 동무가 경남 조직책으로 내려와 조직을 단단히 결성한 것을 중앙당에서 높이 평가하고 있다네. 아놀드 미군정 장관이 조선민주주의인민공화국 부인 성명을 낸 후, 지방에서 사실상 행정권을 장악하고 있던 인민위원회가 붕괴되고 괴멸 직전까지 가지 않았나. 이를 중앙당에서 여간 우려하지 않았는데 김 동무의 노력으로 이제 지방 조직이 웬만큼 안정을 찾은 것 같네. 그래서 당 조직에 있어 보다 포괄적이고 중요한 임무를 부여하기 위해 김 동무를 서울로 불러올리고 대신 나를 경남 조직책으로 내려보낸 것 아니겠나."

"어디, 당 사업 한 가진들 중요하지 않은 것이 있겠나. 그리고 어떤 자리에 있든 당원은 자기 임무에 충실하면 되는 것이지."

"노동자 농민을 결속시켜 지구별, 지역별 조직을 강화하고 당원 5배가운동도 견결한 결실을 거두고 있으나 학원, 언론, 문학, 연극, 영화, 여성계가 문제일세. 모든 전문분야에 조직을 심어 일단 진지는 구축했지만, 그 진지 유지가 여간 힘들지 않다네."

"문자 속이나 좀 익힌 양반 내림들이 늘 문제지. 못난 놈 하나 없고 제각각 잘났다 우기며 의견이 백출하니 파가 갈리지 않을 수 없고."

"그래서 그 잘난 양반내림들을 논리적으로 제압할 만한 김 동무 같은 학식 높은 인사가 서울에 지금 당장 필요하다네."

"난들 무슨 용빼는 재주 있겠나. 닥치면 싸우게 되고 싸우다 보면 서로를 깊이 알게 되어 손을 잡게 되기도 하고 등을 돌리게도 되고 뭐 그런 정도 아니겠나."

"재경 소련영사를 통해 평양의 스티코프 사령관이 박 동무에게 큰 선물을 보내왔다네. 소련군 사령관의 선물이라니, 당원들의 사기진작을 위해 꾸며낸 풍문이라는 뒷말도 공공연히 떠돌고 있지만 핵심 간부들은 암묵적으로 시인하고 있다네. 아마 곧 남조선 전역에 혁명의 큰 바람이 불어닥칠 것 같네."

"때는 기다리는 자의 것이 아니라 행동하는 자의 것이라 하지 않았나. 그래, 행동으로 혁명을 앞당겨야지."

"그래 아무튼 우리는 건준에 외형적 둥지를 틀고 중공(中共) 일공(日共)과 긴밀히 연계해 반드시 이 땅에 혁명을 이루어내야만 하네. 박헌영 동지도 역설했듯이 그러기 위해서는 먼저 우리는 적을 분명히 해야 하네. 적이 분명할 때 적개심과 투쟁심이 일어나 혁명의 동력이 생기는 것 아니겠나. 적을 분명하게 제시하지 않고서는 혁명을 기대하기는 어려울 것이네. 그래서 미제국주의가 왜 우리의 적인가를 인민들이 명확하게 알 수 있도록 주도면밀하게 선전을 펼쳐야 하는 것이네. 지금 서울 중앙당에는 이런 당 사업이 산더미처럼 쌓여 있어 김 동무의 손길을 절실히 필요로 하고 있다네."

"한 동무 생각이 맞네. 우리 당이 올바른 길을 가고 있어도 인민들의 지지가 없으면 사상누각일 뿐일 걸세. 우리가 가려는 길을 가로막는 인물이나 모든 세력이 반동이고 적이지만 우리의 적이 곧 인민들의 적이라는 인식이 명확할 때 우리 혁명은 성공할 수 있을 것이네. 이런 당 사업을 할 인재가 중앙당에 어디 한둘이라고 내가 필요하겠나. 다 함께 힘과 지혜를 모아 대처해 나가야지."

두 사람이 나누는 이야기는 한도 끝도 없었다. 눈치를 살피며 슬그머니 일어나 부엌으로 나간 은희는 간단히 요기를 하고 부뚜막에 엎드려 잠이 들고 말았다.

3

낮은 기와 단층의 진주 역사는 언제 봐도 정다웠다. 어딘가 먼 낯선 고장으로 데려다줄 기차가 떠나기도 하고 또는 어머니가 기다리는 안온한 고향 집으로 태워다 줄 기차가 도착하기도 하는 역은 언제나 아련한 우수와 귀향의 안도감을 함께 풍기고 있는 정감의 처소였다. 오늘 떠나면 언제 다시 고향으로 돌아올 수 있을 것인가, 은희는 가슴이 뭉클했다. 대합실로 들어간 은희는 긴 목제의자에 무덤덤한 얼굴로 앉아 있는 승객들을 유심히 바라보았다. 한 사람 한 사람, 모두 두고두고 그리워해야 할 고향 사람들이리라.

이윽고 개찰 시간이 되었다. 플랫폼으로 나가 기차에 오른 은희는 창가 좌석을 골라 앉았다. 차창 밖 철로에는 기관차와 몇 량의 객차가 무료하게 정차해 있었다. 철로 변 낮은 콘크리트 담장 너머에는 낮은 지붕의 집들이 촘촘히 잇대어 앉아 있었다. 잇대어 있는 낮은 지붕들 너머 서장대와 촉석루가 시야를 가득 채워왔다. 공연히 좀이 쑤시고 심심할 때면 저절로 발이 제 알아서 데려다주고는 하던 곳이었다. 공상이 많던 한 시절의 추억을 잔뜩 간직하고 있는 서장대와 촉석루, 진주성. 떠오를 때마다 살을 저미며 그리워해야 할 추억의 명소들이리라.

용이 뒤척이듯 거칠게 몸을 한 차례 꿈틀하고 난 기차가 서서히 움직이기 시작했다. 기차가 움직이자 배웅 나온 전송객들이 종종걸음으로 따라오며 안타깝게 손을 흔들어댔다. 전송객들 가운데 은밀히 고향을 떠나는 은희나 병산을 배웅 나온 사람이 있을 리 없었다. 그러나 본능은 부질없이 배웅 나온 사람들 속에 아는 사람이 없나 찾아보게 하였다. 병산은 지금 어쩌고 있는지 궁금했으나 뒤를 돌아볼 엄두는 나지 않았다. 그렇지 않아도 은희를 지켜보고 있을 병산에게 마음의 흔들림이나 어떤 서운한 기색도 보여서는 안 되리라는 경각심에 은희는 입술을 꾹 깨물었다.

만약의 사태에 대비하여 은희는 객차 앞쪽에, 병산은 객차 뒤쪽에 떨어져 앉기로 했고, 두 사람의 행장을 따로 꾸려 챙겨 온 젊은 당원은 객차 중간쯤에 앉아 있되, 삼랑진역에서 내릴 때까지 서로 아는 척 하지 않기로 약속이 되어 있었다.

진주역을 벗어난 기차는 거대한 힘이 부리는 육중한 몸을 이끌고 산굽이를 돌아 힘차게 달리고 있었다. 집에서 늘 건너다보고는 했던 망진산 자락이 한 굽이 또 한 굽이 지나갔다. 겨울을 난 지 얼마 되지 않아서인지 수목은 썰렁한 모습들이었다. 듬성듬성 우람한 소나무가 서 있기도 했지만 산등성이는 대부분 키 낮은 관목들로 덮여 있었다. 관목들 사이사이에 피어 있는 진달래꽃이 고향을 등지고 먼 타관으로 떠나고 있는 은희의 마음을 달래주었다. 그래, 계절에 관계없이 가끔 은희의 마음속에서 피어나고는 하는 진달래꽃이 그녀를 배웅하고 있었다.

"좋아하는 꽃이, 국화꽃이오?"

언젠가 길을 가다 어느 집 담장 아래 핀 하얀 국화꽃 앞에 걸음을 멈추고 구경하고 있는 은희에게 병산이 물었다.

"글쎄요. 이 하얀 국화꽃이 절개 곧은 여인을 연상시키는 것 같아 좋아 보여요."

"하얀 국화꽃이 절개 곧은 여인을 연상시킨다! 나는 하얀 국화꽃만 보면 경계심이 일어나고는 하는데."

꽃을 보고 경계심이 일어나다니, 얼른 이해가 가지 않아 은희는 뜨악했다.

"무슨 말씀인지, 모르겠어요."

"나중에 자연히 알게 될 거요."

"나중에요. 그럼 선생님께서 좋아하는 꽃은 무엇인데요?"

"저는 진달래꽃을 으뜸으로 칩니다."

"진달래꽃을요? 어디나 흔해빠진 볼품없는 꽃이잖아요?"

"흔해빠지고, 볼품없어 좋아한답니다."

꽃에 관한 소회라면 곱고 우아한 자태로서 좋고 나쁨을 가릴 터인데, 흔해빠지고 볼품없어 좋아한다니 은희로서는 모를 소리였다. 은희의 마음을 알아차렸던지 병산이 의문을 풀어주었다.

"우리나라 삼천리강산 어디를 가나 볼 수 있는 꽃이 진달래꽃 말고 또 있어요. 봄이 되면 삼천리강산 어느 산자락이나 진달래꽃이 연분홍색 수를 놓고 있지 않아요. 진달래꽃은 아름답기도 하려니와 얼마나 유용하게 쓰입니까. 그리고 또 얼마나 무심합니까."

"진달래꽃을 두고 무심하다고 하시는데, 무슨 말씀인지 모르겠어요?"

"어떤 꽃인들 제가 피고 싶어 피는 꽃이 있겠습니까. 하지만 그 가운데서도 진달래꽃이야 말로 제가 왜 피는지 모르고 피는 것 같아 안타깝습니다. 다른 꽃들은 피어나면 아름다운 자태로 사람들을 꿰기 위해 애써 꾸미는 것 같지만 진달래꽃이야 어디 그렇습니까. 그냥 무심하지요."

은희가 의아한 눈으로 쳐다보자 병산은 사람 좋아 보이는 너그러운 표정으로 빙그레 웃었다.

"사람들은 진달래꽃을 따 먹기도 하고 화전을 부치기도 하고 또 술을 담그거나 약재로 쓰기도 하지요. 이렇게 널리 쓰이면서도 어디 진달래꽃을 정성들여 가꾸는 사람 있습니까. 진달래꽃은 우리나라 어디에나 퍼져 살아가고 있는 일반 백성들과 다를 바 없어요. 그래요. 아무도 돌보지 않아도 진달래꽃은 산에서 스스로 피어나 세상을 이롭게 하지요. 일반 백성들도 그렇지 않습니까? 그래서 나는 진달래꽃을 좋아한답니다."

진달래꽃이 우리나라 어디에나 퍼져 살아가고 있는 일반 백성들처럼 아무도 돌보지 않아도 산에서 스스로 피어나 세상을 이롭게 한다니, 은희는 그 비유의 깊은 뜻을 헤아려 알 만한 깜냥은 갖추지 못했으나 어렴풋이나마 그 뜻을 짐작할 수 있을 것 같아 속으로 고개를 끄덕였다.

병산의 진달래꽃 예찬은 은희에게 깊은 인상을 남겼다. 그 후 그 기억이 문득문득 떠올랐고 그로 인한 상념이 여러 갈래로 갈마들며 새로운 의미를 추가하고는 했다. 은희는 마침내 진달래꽃보다 아름다운 꽃은 세상에 달리 더 없다고 생각하게 되었다. 따라서 은희 역시 진달래꽃을 가장 사랑하는 꽃으로 내세우게 되었다.

기차는 연분홍 진달래꽃으로 치장한 망진산을 뒤로 하고 계속 앞으로 달려 나갔다. 고향을 등지고 낯선 서울 땅을 향해 가고 있다는 사실에 은희는 만감이 교차하였다.

4

그래 상봉동 아지트에 발을 들여놓은 것이 모든 문제의 발단이었다. 병산을 만난 것도 고향을 등지고 서울로 가고 있는 것도 다 상봉동 아지트에서 비롯된 것이었다. 은희가 그날 상봉동 아지트에 가지 않았다면 병산의 학습을 듣지 않았을 것이고 병산의 학습을 듣지 않았다면 세상에 대한 의문도 생기지 않았을 것이며 세상을 달리 보게 되지도 않았을 것이다. 세상에 대한 의문이 생기지 않고 세상을 달리 보게 되지 않았다면 은희는 그냥 부청 직원으로서 살아갔을 것이고, 일반인들보다 좀 나은 삶을 살아갔을지는 모르나 평범한 아녀자로서 편안하게 늙어갔을 것이다.

병산의 학습 시간은 은희에게 낯선 충격이었다.

"은희 너 요새 세상이 어찌 돌아가는지 몰라 얼떨떨하지? 저녁에 우리 구경 갈까?"

산업과에 근무하는 여학교 동창 다경이 언제 옆에 와 있었던지, 은희에게 귀엣말처럼 속삭였다. 한창 호기심 많은 때 아닌가. 구경이라면 자다가도 벌떡 일어날 판인데 마다할 까닭이 없었다.

"무슨 구경인데?"

"가보면 알아. 나도 듣기만 했지 내용은 잘 몰라."

여섯 시가 되자 선임자들이 하나둘 퇴근하기 시작했다. 눈치를 살피고 있던 은희도 자리에서 일어났다. 사무실을 나오자 다경이 복도에서 기다리고 있었다. 두 사람이 부청을 나올 무렵 해가 지고 있었다. 어깨를 나란히 하여 중앙대로를 걷고 있는 두 사람의 얼굴에 초가을의 시원한 바람이 스쳐갔다. 중앙대로 끝에 이른 그들은 상봉동 방향으로 쭉 걸어 올라갔다.

"세상이 어찌 되려고 이렇게 시끄러운지, 원."

"세상이 어찌 되든 우리와 무슨 상관이야. 우리는 굿이나 보고 떡이나 먹으면 되지."

"이 아 하는 말 좀 보래이. 넌, 일본 놈이 쫓겨 가고 미군이 그 자리를 차지한 이런 천지개벽을 겪고도 아무 생각 없어?"

"생각이 있어 뭣에 쓰게?"

"세상 돌아가는 꼴을 잘 보고 판단하여 자기 살아갈 방도를 찾아야 할 거 아냐."

"언제 우리가 세상 돌아가는 꼴에 따라 살아갈 방도를 찾고 말고 했나? 주어지는 대로 살아왔지."

"일본 놈들 때야 그랬지만, 이제 우리 세상 아냐. 우리가 살아갈 세상 우리 손으로 가꾸어가야 해."

"글쎄, 그런 세상이 언제 오기나 하겠어. 그런 세상이 오기나 한다면 모르겠다만……."

은희는 속으로 콧방귀를 뀌었다. 언제 세상이 우리 같은 아랫사람들의 손에 의해 좌지우지된 적 있었나. 하나에서 열까지 윗사람들의 영에 의해서 돌아갔지.

해방이 되었다며 사람들이 기쁨을 감추지 못하는 것을 은희는 먼 산 보듯 했다. 초조하고 울먹이는 표정으로 라디오를 둘러싸고 연합군에게 항복 선언을 하는 천황의 떨리는 목소리를 듣고 있던 일본인 상급자들이 와르르 무너지듯 주저앉으며 가슴을 치고 통곡하는 모습이 도리어 이상했다. 그 모습이 전쟁이 끝난 사실을 말하는 것 같아 은희로서는 속으로 반갑기는 했다. 전쟁이 끝났으므로 징용이 없어지고 각종 공출이 줄어들며 따라서 대민업무 또한 줄어들 것으로 생각되어 어깨가 가벼워졌다. 그러나 천황의 떨리는 항복 선언이나 일본인 상급자들의 통곡에 짐짓 더 깊은 의미가 함축되어 있다는 사실 따위에는 아예 관심이 없었다. 주위의 수군거림을 듣고 나서야 가까스로 그것이 곧 대한의 해방 선언에 다름 아니며 비통해하는 일본인들과는 달리 한국인들은 춤을 덩실덩실 춰야 할 축복이라는 사실을 뒤늦게 알아차리기는 했으나, 그래 그것이 그렇게 좋은 것인가 하고 고개를 갸웃거렸다. 어디에도 그 사실을 실감할 만한 어떤 징후도 보이지 않았던 것이다.

그러나 그 징후는 곧 여봐란 듯 요란스럽게 확연히 나타났다.

거리에서 대한민국 만세! 대한민국 만세! 우렁찬 만세소리가 들려왔다. 거기에 부응하듯 1, 2층을 뛰어다니는 분주한 발소리와 대한민국 만세 소리가 부청청사 여기저기서 터져 나왔다. 은희는 심장이 쿵쾅거리며 뛰기 시작했다. 감히 부청에서 대한민국 만세를 부르다니, 은희는 내무과로 달려가 아는 직원에게 갑자기 이것이 무슨 난리냐고 물었다. 그 직원은 이마에다 꿀밤을 먹이며, 이 바보 그것도 몰라? 일본이 망하고 우리 대한은 해방된 거야. 일본인은 죽지 않으려면 자기 나라로 빵소니쳐야 하고 우리는 일본에 빼앗겼던 나라를 다시 찾은 것이야.

부청 뜰에 시민들이 하나둘 모여들기 시작했다. 부청 뜰은 금세 손에 손에 태극기를 든 시민들로 가득 찼다. 누군가가 대한민국 만세!를 외치자 너도나도 서로 질세라 목이 터져라 대한민국 만세!를 외쳐댔다.

얼굴이 하얗게 바랜 공영과 과장이 총무실로 뛰어갔다. 총무실에 집결해 있던 일본인 과장과 주사들은 부윤실로 우르르 몰려갔다. 부청 뜰에 집결해 있는 시민들이 청사에 난입하여 행패를 부리지 않을까 염려한 직원은 경찰서에 전화를 걸어 다급하게 진압 병력 지원 요청을 하기도 했다.

그러나 부청 뜰에 운집해 있는 시민들은 일본인 직원들에 대해서는 별로 관심이 없는 모양이었다. 일본인 직원들의 걱정과 달리 그들은 청사 쪽은 거들떠보지도 않고 일제히 대한민국 만세를 목이 터져라 부르며 거리로 몰려 나갔다. 거리로 몰려 나간 시민들은 천지를 뒤흔들 듯 대한민국 만세를 외치며 중앙대로를 행진해 나갔다. 시간이 지날수록 행진대열의 군중이 늘어갔다.

은희도 덩달아 대한민국 만세를 부르며 행진하는 군중대열에 합류하였다. 행진하는 시민대열과 만세소리에 해방의 흥분이 온몸을 휘감고 돌았다. 이틀 사흘 시간이 지남에 따라 세상이 완전히 바뀌고, 바뀐 세상은 낙원이 되리라는 기대로 가슴 부풀게 되었다. 우리 손으로 우리가 살아갈 세상을 만드는데 그것이 낙원이 아니고 무엇이겠는가.

미군 소령이 신임 진주부 부윤으로 부임하고 인사과에 근무하던 조선인이 부윤 임무를 대행했다. 조선인 직원만 남고 일본인은 어디로 다 쫓겨 간 것인지 한 명도 보이지 않았다.

은희를 대동하고 비봉산 기슭에 당도한 다경은 상봉동 끝 어름에서 걸음을 늦추었다. 골목을 꺾어 돌자 곧 높은 담장을 두른 기와집이 나타났다. 주위를 살피던 다경은 빠른 걸음으로 그 집 대문으로 다가

갔다. 대문을 두드리며 안에 있는 사람과 무슨 말인가를 주고 받는가 했더니 곧 쪽문이 열렸다. 다경은 은희를 앞세우고 쪽문 안으로 성큼 들어섰다.

"다경이구나. 어서 와."

쪽문 앞에 서 있던 또래 처녀가 다경의 손을 덥석 잡으며 활짝 웃었다.

"새 손님을 모셔 왔어. 은희라고, 부청 서무과에 근무하는 동창이야."

"어서 와요. 부립 도서관에 근무하는 이정휩니다."

이정희는 살결이 희고 고왔다. 동그스름한 얼굴에 코가 오똑했다. 어딘지 곱고 귀여운 인상이었다. 은희는 부립 도서관에 근무한다는 말에 호기심을 느끼며 가볍게 목례를 보냈다. 고운 인상과는 달리 표정이 복잡해 보였다. 사방에 눈과 귀의 촉수를 뻗쳐두고 그것을 분주히 부리고 있는 것 같았다.

정희는 두 사람을 뒤란으로 안내했다. 뒤란 장독대에 독과 항아리가 즐비했다. 이 집 살림의 규모가 상당함을 짐작케 했다. 장독대 옆 우람한 감나무는 가지가 휘어지도록 많은 감을 주렁주렁 매달고 있었다. 정희는 감나무 맞은쪽 연황색 불빛이 창호지를 물들이고 있는 방으로 그들을 안내했다. 방문을 열고 다경과 은희를 들여보낸 다음 정희는 새 손님을 맞으러 간다며 다시 마당으로 나갔다.

방 안은 열기가 후끈했다. 대여섯 평은 됨직한 넓은 방이었다. 앉을 자리를 찾아 두리번거리며 다경은 먼저 와 있던 몇몇 사람들과 반갑게 인사를 나누었다. 그중에 은희와 얼굴이 익은 사람도 있었다. 탐탁지 않게 여기던 같은 마을에 사는 청년이 아까부터 자신을 쳐다보고 있는 것이 별로 마뜩지 않았다. 소학교에 함께 다닌 적이 있었지만 상급학교에서는 보지 못했던 사이였다. 농사를 짓는지 장사를 하는지 모르는, 있는지 없는지 모를 그런 청년이었다.

잠깐씩 사이를 두고 뒤란 방문이 계속 여닫혔고 한 사람 두 사람 방으로 들어섰다. 사람이 늘어 방 안이 빼곡 찬 느낌이 들었다. 사람이 더 와도 앉을 데가 없을 것 같아 마음이 쓰일 무렵, 이윽고 안쪽 방문이 열리고 대문을 열어주던 정희가 들어왔다. 정희의 뒤를 이어 헌칠한 남자가 방으로 들어섰다. 남자가 들어선 순간 방 안에 앉아 있던 사람들 머리 위로 바람 같은 이상한 기운이라도 한 차례 지나간 것인가, 문득 술렁거리기 시작했다. 남자는 문 앞에 우뚝 서서 방 안을 둘러보았다. 어깨가 넓고 듬직한 체구에 용모가 준수했다. 안정적인 표정에 엷은 미소를 띠고 있었다. 미소 띤 얼굴과는 달리 눈빛이 날카로웠다. 어찌나 날카롭던지 시선이 지나간 자리가 섬뜩했다. 남자는 벽을 등지고 미리 마련된 방석에 앉았다. 남자 앞에는 네모반듯한 소형 탁상이 놓여 있고 탁상 양쪽에 촛불이 하나씩 켜져 있었다. 촛불을 받은 남자의 얼굴이 반들거렸다.

“여러분 반갑습니다. 오늘도 많은 분들이 저희 학습에 참여해주시어 고맙습니다.”

자리를 정돈시키고 난 다음 남자 옆에 선 정희가 방 안을 둘러보며 인사를 했다.

은희는 다경을 돌아보았다. ‘구경 가자더니, 학습에 참여한 것이라고?’ 그렇게 묻고 싶었으나 말을 건넬 분위기는 아니었다.

"요즘 우리는 하도 세상이 급작스럽게 바뀌고 있는 바람에 걱정과 두려움에 사로잡혀 하루하루 불안하게 지내고 있습니다. 우리는 살기 좋은 세상이 되기를 무엇보다 바라고 있습니다. 그런데 지금 우리나라에는 일본 놈들 대신 미군이 들어와 있습니다. 일본 놈들 때보다 더 잘살게 될지 아니면 더 못살게 될지 걱정이 큽니다. 그리고 우리가 우리나라의 주인이 될 수 있을지, 이 나라가 앞으로 어떻게 바뀔 것인지 모두 궁금해하고 있습니다. 차제에 이런 여러 문제에 대해 좋은 말씀을 해주실 선생님을 여러분 앞에 모셨습니다."

정희의 목소리는 온화하나 결기가 느껴졌다. 급변하는 세상에 어리둥절한 기분으로 매일매일 지내는 것은 맞았다. 궁금증과 답답증은 매일 그 높이가 더 쌓여갔다. 은희는 귀가 솔깃했다.

"앞에 계신 분은 진양 출신으로 일본에서 정치학을 공부하신 김병산 선생님이십니다. 국제정세는 물론 국내 정치상황에도 밝은 선생님께서 현재 우리나라가 당면하고 있는 정치경제적 현실은 물론 우리나라의 앞날에 대해, 그리고 여러분께서 직면하고 계신 현재의 변화들에 대해 자상하게 말씀해주실 예정입니다."

김병산이 얼른 손을 들어 정희의 다음 말을 제지시켰다.

"아닙니다. 저를 무슨 특별한 재주나 지닌 사람처럼 거창하게 소개하고 있습니다만 그렇지 않습니다. 여러분과 똑같이 밥을 가장 소중하게 여기는 사람입니다. 밥이 없으면 일을 하지 못합니다. 밥을 먹지 않고서는 공부도 할 수 없습니다. 밥을 먹어야 농사를 짓고 수확을 해 가족을 부양할 수 있습니다. 그러므로 세상 모든 이치를 밥을 중심으로 생각하고 풀어 나가는 아주 평범한 사람입니다."

김병산의 첫 발언이 은희의 가슴속으로 쏙 들어왔다. 그래, 밥을 중심으로 세상이 운용되어 나가는 것이 맞지. 너무나 당연한 말이었으나 그럴 수 없이 새롭게 들렸다. 은희는 무심코 다경을 돌아보았다. 다경은 선생의 입에 시선을 꽂은 채 미동도 하지 않았다. 선생의 말에 감전이라도 된 듯 골똘한 표정을 짓고 있었다. 은희도 마음을 가다듬었다.

"우리는 해방을 맞았습니다. 36년 동안 우리를 탄압하고 착취하던 일본이 쫓겨 가고 우리는 일본 압제로부터 해방이 되었습니다. 해방이야말로 우리 민족에게는 더 바랄 수 없는 크나큰 선물입니다. 그러나 큰 선물을 받았음에도 불구하고 우리는 지금 기뻐하고만 있을 겨를이 없습니다. 우리는 큰 선물과 함께 벅찬 과제를 떠안은 것입니다. 어쩌면 우리는 일제 때보다 더 큰 시련을 떠안았는지도 모릅니다."

은희는 귀가 솔깃했다. 해방을 오로지 기쁨으로 치환시켜 나날을 축제 속에서 지내고 있는 사람들을 질책하는 의미심장한 의미가 담겨 있는 것 같았다. 해방이 축제가 아니라 시련일 수도 있다니 그것은 맞는 말 같기도 했다.

"우리 조선은 5백 년 이상 왕을 모시고 양반 관료들이 지배해온 나라입니다. 인구의 80퍼센트에 달하는 절대다수 백성이 한 줌도 되지 않은 양반 관료들의 온갖 핍박에 시달리며 고달프게 살아왔습니다. 그런데 이들 양반 관료들은 백성이나 착취하고 탄압이나 하려 들었지 제 나라 하나도 지키지 못했습니다. 이 무기력한 양반 관료들은 어수룩하게 일본에게 나라를 빼앗기고 백성을 도탄에 빠뜨렸습니다. 일제의 수탈과 착취와 차별과 냉대에 신음하도록 백성들을 일본에 내주었습니다. 우리 조선은 36년 동안 그토록 극심한 고통을 겪다 겨우 해방을 맞았습니다. 그러나 나라를 되찾기는 했지만 어디 이것이 우리 힘으로 우리 손으로 되찾은 것입니까? 아닙니다. 소련 미국 등 연합군이 일본을 항복시키고 이 나라를 해방시킨 것입니다. 그로 인해 우리나라에는 북에는 소련군이 남에는 미국군이 진주해 있습니다. 우리나라의 운명은 이들 두 나라에 의해 결정 나게 되어 있습니다. 우리의 시련과 과제는 바로 여기서 비롯되는 것입니다. 그들 두 나라가 우리가 바라는 우리 민족의 완전 독립을 보장해줄 것인지, 아니면 그들의 정치적 목적에 우리 조선을 이용하려 들 것인지, 지금으로서는 예측할 길이 없습니다. 이들 두 나라를 비롯한 연합국 대표들이 일찍이 회담을 갖고 우리 조선 독립을 보장하는 내용의 합의를 세상에 공포한 적이 있습니다. 우리로서는 거기에 희망을 걸 수밖에 없습니다. 그렇지만 진주해 있는 두 나라가 언제 어떻게 결정을 달리할지, 국제정세를 살펴보면 아직 무엇 하나 분명한 것이 없습니다."

김병산은 잠시 말을 쉬고 탐색하는 눈으로 좌중을 둘러보았다. 자신이 하는 말을 알아듣는 이가 있기는 한지 궁금했던 것이다. 하나같이 고개를 쳐들고 경청하고 있었으나 눈에 총기를 번뜩이며 몰두하고 있는 사람은 몇 되지 않아 보였다.

"소련이나 미국 등 국제정세가 그러하니 우리는 손을 놓고 그들의 결정을 기다리고 있어야 한다, 고 생각하는 사람이 없지 않은 것이 현실입니다. 그러나 저는 그렇게 생각하지 않습니다. 그들의 결정이 우리가 바라는 방향이 아닐 때 어떻게 할 것입니까. 우리는 일본으로부터 해방되었지만 우리에게 일제보다 더 무서운 굴레가 씌워졌을 때 우리가 가만히 당하고 있어야만 하겠습니까? 그렇지 않습니다. 우리는 우리 조선의 권리, 우리 민족의 완전 독립을 위해 새로운 투쟁에 나서야 합니다."

은희로서는 한 번도 생각해보지 못했던 일이었다. 일본으로부터 해방은 되었지만 그것이 진정한 해방이 아니라 일제보다 더 무서운 굴레가 씌워질 우려가 있다는 예견은 충격적이었다. 은희는 저도 모르게 주먹을 불끈 쥐었다. 우리에게 더 무서운 굴레가 씌워진다면, 그리하여 우리 민족의 완전 독립을 위해 투쟁에 나서야 한다면, 이 목숨 기꺼이 바치겠다는 결의로 가슴이 먹먹해졌다.

"우리는 새로운 투쟁에 나서야만 합니다. 그리고 그 투쟁에서 반드시 이겨야만 합니다. 그리하여 이 땅에 우리 손으로 우리가 원하는 완전 독립 국가를 건설해야만 합니다. 새로운 투쟁을 하게 되는 것도 시련이지만 만약 그런 투쟁 없이 완전 독립 국가 건설이 우리 손으로 이룩해야 할 과업으로 주어진다 해도 시련이 끝나는 것은 아닙니다. 우리에게 주어진 진정한 과제와 시련은 바로 거기서부터 또 새롭게 시작되는 것으로 봐야 합니다."

은희는 저도 모르게 한숨이 나왔다. 시련이 파도 하나가 지나가면 다른 파도가 밀려오듯 거듭거듭 밀려오는 그런 비관적인 것이라니, 한꺼번에 헤쳐 나갈 수는 없는 것인가.

"우리 손으로 민족국가 건설에 나서는데 무슨 시련이 따르겠느냐고 의문을 가질 분도 있을 것입니다. 그러나 지금 우리나라 지도적 인사들을 한번 보십시오. 민족지도자를 자임하는 인사들이 하루가 멀다 하고 민족국가 건설의 갖가지 방안을 제시하고 있기는 합니다만, 대국적이고 창의적이며 건설적인 방안은 별로 보이지 않습니다. 우물 안 개구리처럼 시야가 좁고 하나같이 개인적인 이해관계에 얽매어 있습니다. 겉으로는 민족의 장래를 위해 헌신하려는 것처럼 보이지만 속으로는 개인의 영달과 무리의 잇속만 챙기려하고 있습니다. 이런 자들에게 어찌 민족국가 건설의 대임을 맡겨놓겠습니까. 이들은 민족국가 건설의 대업을 순조롭게 이루어 나가는 것이 아니라 세력 간 권력투쟁이나 벌일 게 뻔합니다. 그러므로 우리 민족이 이 시련을 어찌 무난히 극복하고 독립 국가 건설을 할 수 있을지 실로 걱정이 큰 것입니다."

은희는 민족지도자들이 정말 그런 소인배들인가, 의문을 지울 수 없었다. 그러나 연사의 말처럼 대의 앞에서는 몸을 사리고 자기 이익을 위해서는 용감한 인사들이 민족지도자라고 나선다면 큰일이 아닐 수 없었다. 부청을 뻔질나게 드나드는 이른바 지방 유지라는 사람들의 면모가 하나하나 떠올랐다. 연사의 말을 듣고 보니, 그들 가운데 애국자 아닌 사람 하나 없었다. 일제에 저항해 국가와 민족을 위해 투쟁한 자기 공적 만들기와 치장에 바빴다. 자기와 경쟁적 관계에 있는 인사는 온갖 모략과 술수로 제거하는 일도 다반사였다. 나중 그런 모략과 술수가 들통이 나더라도 이미 일제가 남긴 적산을 차지하고 난 다음이라 콧방귀를 뀌었다. 이런 치사한 사례를 여러 번 목격한 터라 은희는 고개를 끄덕이지 않을 수 없었다.

"민족지도자들을 믿을 것이 아니라 우리 일반 백성이 뜻을 모으고 힘을 합쳐 민족국가 건설에 나서되, 이전 이씨 왕조나 일제처럼 관료 중심이 아닌 백성을 위주로, 백성이 주인이 되는 나라를 건설해야 할 것입니다. 이 땅을 가꾸고 수확하여 아들딸 낳아 부양하는 백성이 이

나라의 주인이 되도록 해야 할 것입니다. 즉 밥을 먹도록 농사를 짓는 백성, 일상생활에서 쓰는 생활필수품을 생산하는 노동에 종사하는 백성이 주인이 되어야 할 것입니다. 일하는 백성 위에 군림하고 다스리는 관료가 없는 세상, 백성들이 마음 놓고 일할 수 있는 세상이 되어야만 할 것입니다."

백성이 주인이 되는 나라를 세우다니, 아주 신선하게 들렸다. 그러나 한편 은희는 의문이 없지도 않았다. 관료들이 없다면 나라 살림은 누가 꾸리고 백성들의 편익은 누가 챙긴단 말인가. 국가란 법과 제도가 확립되어 있어야 하고 그 법을 집행하고 제도를 시행하는 관료가 있어야 운영이 가능한 것 아닌가. 그런데 관료를 없애고 백성이 주인 노릇을 한다면 국가 운영의 기본 틀인 법과 제도가 없는 그런 세상을 만들자는 것인가. 공무원 신분 때문인가, 은희는 고개를 갸웃거리지 않을 수 없었다.

"저 진양 뜰 땅의 임자가 누구라 생각합니까?"

김병산은 잠시 말을 멈추었다가 뜬금없는 질문을 했다. 아무도 입을 열어 대답하는 사람이 없었다. 그것은 답이 너무나 자명했기 때문이다. 모든 땅은 주인이 있기 마련이고 토지대장에 그 주인이 명기되어 있는 것이다. 그런데 진양 뜰 땅 임자가 누구냐고 묻는다니, 무슨 대답을 기대하고 있는 것일까.

"대답하는 사람이 없는 것으로 봐 다들 모르고 있는 모양입니다."

병산은 좌중을 천천히 한 바퀴 둘러보았다. 하나같이 초롱초롱한 눈이 그의 입에 집중되어 있었다. 무슨 말이 나올지 궁금한 모양이었다.

"여러분은 토지대장에 등재되어 있는 사람이 땅 주인이라 믿고 있으리라 생각됩니다. 맞습니다. 그러나 틀렸습니다. 오늘 현재까지는 그 대답이 맞을 것입니다. 그러나 우리가 건설할 민족국가에서는 아닙니다. 장차 우리가 건설할 민주국가에서는 진양 뜰뿐만 아니라 세상의 모든 땅의 주인은 하늘이 될 것입니다. 하늘이 땅을 낼 때 농사짓는 이들을 위해 땀을 흘렸던 것입니다. 땅뿐만이 아닙니다. 풀, 나무, 벌, 새, 꽃, 세상 만물은 모두 하늘이 낸 것입니다. 그러므로 그 주인은 하늘인 것입니다. 하늘이 세상 만물을 만든 까닭은 임금이나 관료나 부자들을 위해서가 아닙니다. 세상 만물을 재료로 일(손과 발을 사용)로써 생활용품을 만들어 가족을 부양하고 이웃을 이롭게 하는 백성들을 위해 만든 것입니다. 그러므로 땅이나 세상 만물에 대해 관료나 부자가 주인 행세를 해서는 결코 안 되는 것입니다. 우리가 건설할 민주국가에서는 땅이나 세상 만물로 지은 재화를 특권층이 독점하도록 해서는 안 되는 것입니다. 이 땅에 사는 모든 백성이 다 그 재화의 주인이 되어야 하는 것입니다."

은희는 알 듯하면서도 무슨 말인지 종잡을 수 없었다. 언제 어디서 들은 적이 있거나 비슷한 사례를 본 적이 있다면 이해가 갔을지 모르겠지만 세상 만물은 백성을 위해 하늘이 만들었으므로 임금이나 관료나 부자가 주인이 아니고 백성이 주인이어야 한다니, 생판 처음 듣는 말에 고개가 외로 꺾어졌다. 그러나 다음 순간 아주 뜨거운 감동이 가슴속에 철석이며 출렁거리기 시작했다. 백성이 나라의 주인이 되어야 한다느니 하늘은 일하는 사람들을 위해 세상 만물을 만들었다니, 이런 말을 전에 들어본 적은 없었으나 이제라도 그런 나라를 세워야 한다면 반드시 그래야만 할 것으로 생각되었다. 은희는 점점 연사의 말에 매혹되어 깊이 빠져 들어갔다. 예삿소리 한마디도 놓쳐서는 안 될 것 같아 정신을 집중했다. 연사는 가슴속에 뜨거운 열정을 품고 있는 것이 틀림없었다. 연사가 쏟아내는 뜨거운 열정이 은희의 가슴속으로 건너와 차곡차곡 쌓여갔다. 제대로 다 알아듣지는 못했으나 언젠가는 알아듣게 될 날이 올 것 같은 예감, 그리고 반드시 알아듣고야 말겠다는 각오에서 오는 남모를 흥분에 사로잡혔다.

"다시 말하자면 여기 계신 여러분이 바로 땅의 주인이 되어야 한다는 말입니다."

은희는 자기 귀를 의심했다. 남의 땅을 빼앗아 우리가 차지해야 한다니, 그건 도리상 있어서는 안 될 막된 노릇 아닌가. 그런 의문이 강하게 일어났다.

"또 다시 말하지만 땅은 그 땅을 가꾸는 사람이 주인이 되어야 한다는 말입니다."

"그래도, 남의 땅을 우리가 빼앗을 수는 없는 것 아닙니까?"

은희는 자기도 모르게 불쑥 대들듯 한마디 던졌다.

"허허, 왜 빼앗습니까. 모든 땅의 주인은 하늘이라고 했습니다. 땅 임자인 하늘이 나라를 시켜 여러분에게 다 나눠주라고 한 것인데, 어찌 빼앗고 말고 할 것이 있겠습니까."

무슨 말인지 아리송했다. 의문에 사로잡힌 은희는 고개를 갸웃이 기울였다.

"나라에서 여러분에게 땅을 나눠주고 농사를 짓게 한다 해도 여러분이 그 땅의 주인이 되는 것은 아닙니다. 그 땅의 주인은 개개인이 아니라 이 나라에 살고 있는 모든 사람인 것입니다."

"그렇다면 다 같이 농사지어 다 같이 나누어 먹는다, 그런 말씀입니까?"

목까지 차고 오르는 의문을 참지 못한 은희는 불쑥 도발적인 말투로 다시 대들듯 물었다. 연사의 날카로운 시선이 은희의 정수리에 날아와 꽂혔다.

"맞습니다. 바로 보았습니다."

은희는 정수리에 불같은 뜨거운 기운을 느꼈다. 다 같이 농사지어 다 같이 나누어 먹는다. 그래도 미심쩍은 기분은 가시지 않았다.

"농사지을 땅은 한정되어 있지 않습니까. 그런데 부자라고 많이 차지해버리면 가난한 사람 수가 늘어나겠지요. 그동안 우리나라는 몇 안 되는 부자 때문에 절대다수의 가난한 농민이 굶주려왔습니다. 이제 우리는 이런 불평등한 세상을 없애고 가난한 사람도 부자도 없는 누구나 평등하게 살아갈 수 있는 공평한 나라를 건설해야만 하는 것입니다."

하지만 부자도 없고 가난한 사람도 없는 그런 평등한 세상이 있을 수 있을까. 은희는 도리질은 하지 않았으나 머릿속이 어수선해졌다. 사람마다 명석하거나 우둔한 차이가 있고 능력과 수완의 차이는 물론 부지런하고 게으른 차이도 있는데 그 차이가 가져오는 성과나 결실의 차이가 없을 리 없었다. 그리고 무엇보다 사람마다 각기 성격에도 차이가 있지 않은가. 자기 이익만을 챙기려는 탐욕스러운 사람도 있고 남의 불행에 마음 아파하며 자기 것을 양보하는 자애로운 사람도 있지 않은가. 이 세상 사람들이 모두 똑같다면 그런 이상 사회의 실현이 가능하겠지만, 그렇지 않다면 실현 불가능한 이상에 그치고 말지 않겠는가. 그런 의문에 사로잡혀 입이 근질거렸으나 은희는 입술을 꾹 깨물고 참았다.

"우리 주변에 병이 나도 돈이 없어 병원에 가지 못하는 사람이 얼마나 많습니까. 우리나라 문맹률이 칠팔십 퍼센트에 이른다고 합니다. 왜 그렇겠습니까. 돈이 없어 배우지 못한 사람이 그만큼 많기 때문입니다. 돈을 벌지 못해 가족을 먹여 살리지 못한 가장이 또 얼마나 많습니까. 이들에게 일할 기회를 주어야 합니다. 우리는 오랫동안 이런 불공평하고 불공정하고 정의롭지 못한 세상을 살아왔습니다. 이제 우리는 모든 인민이 차별 없이 잘사는 나라를 세워야 합니다. 그러기 위해서 우리는 죽음도 두려워해서는 결코 안 될 것입니다."

모든 인민이 차별 없는 공평하고 공정하고 정의로운 세상이라니, 이상은 그럴듯해 보이지만 실현 가능하기는 할까, 실현되기만 한다면 얼마나 좋은 나라가 될까. 은희는 크게 공감을 하면서도 실현 불가능한 이상 같기만 해 도리어 불안했다.

"지금 우리나라에는 세계에서 가장 힘 센 두 나라 중, 북에는 소련이 남에는 미국이 들어와 있습니다. 두 강대국 정부는 우리나라를 놓고 주도권 싸움을 벌이고 있습니다. 우리나라는 그 주도권 싸움에 이긴 나라의 주의주장에 따라 운영될 것이 열에 아홉 분명합니다. 우리에게는 선택권이 없는가. 그렇습니다. 우리에게 선택권은 없습니다. 하지만 선택권이 없다고 가만 앉아 당하기만 할 것인가. 아닙니다. 우리 힘으로 그 선택권을 쟁취해야만 합니다. 지금 우리는 그 선택권을 손에 넣기 위해 싸워야만 합니다. 싸움에는 항상 희생이 따르기 마련입니다. 어떤 희생을 치르더라도 우리는 우리의 선택권을 쟁취해야만 합니다. 투쟁에는 구심점이 필요합니다. 싸움을 이끌어 나갈 지도자가 반드시 있어야만 합니다. 그런데 그런 민족적 지도자가 보이지 않습니다. 지금 두각을 나타내고 있는 지도적 위치에 있는 인사들은 현실을 냉엄하게 직시하고 올바른 방향을 잡아 국가를 건설하고 민족을 이끌어 나갈 국량이 부족해 보입니다. 게다가 자기들이 무리를 이루고 있는 정파의 이익을 우선하는 경향이 매우 짙습니다. 우리나라 우리 백성 전체를 위해 평등하고 공정하고 정의로운 국가 건설을 위해 자신을 불태울 그런 열혈 인사가 보이지 않습니다."

그렇다면 우리 민족이 나아갈 방향의 선택권을 쟁취해야 할 투쟁에 구심점이 될 지도자가 필요하다는 말 아닌가. 구국과 민족해방의 일념으로 불타오르는 그런 위대한 지도자가 어디 있는 것일까. 은희는 위대한 지도자의 도래를 위한 염원으로 가슴이 두근거렸다.

"새 시대가 요청하는 또 다른 절박한 문제는 여성해방입니다. 여성도 남성과 동등한 권리를 행사해야만 합니다."

은희는 다시 귀가 번쩍 뜨였다.

"우리 조선의 여성은 남존여비, 현모양처라는 봉건적 틀 속에 갇혀 가정, 경제, 사회 모든 분야에서 노예적 생활을 감수해왔습니다. 가부장적 제도에서 남편에게 순종해야 했고 정치적 사회적으로 여성의 발언권은 무시되기 일쑤였으며 옳은 대우를 받아본 적이 없습니다. 하물며 공장에서 또는 농촌에서도 차별받아왔습니다. 고래로부터 이런 부당한 대우를 받으며 고생해온 우리 조선 여성을 위한 해방 투쟁이 절실한 것 또한 사실입니다. 민족해방 투쟁의 한 부분으로서 여성 중심의 대중운동을 전개하여 여성해방을 기필코 이루어내야 합니다."

연사는 여성해방 투쟁 강조를 끝으로 학습을 마쳤다.

은희는 다경의 손을 꼭 잡았다. 둘의 눈이 부딪쳐 번쩍 불을 일으켰다.

연사로부터 들은 말 가운데 한 가지도 예사로운 것이 없었다. 전에 들어보지 못한 충격적인 것들이었다. 듣고 있을수록 온몸이 불길에 휩싸여 타들어가는 것 같았다. 아, 이제까지 왜 나는 저런 생각을 하고 저런 꿈을 품고 사는 사람이 세상에 있다는 걸 모르고 살아왔을까. 그리고 자신이 살아온 세상과 전혀 판이한 꿈같은 세상이 있다는 사실을 모르고 살아왔을까. 자신이 너무 보잘것없는 세상을 살아왔다는 뉘우침에 은희는 정신이 번쩍 들었다. 국가와 민족은 물론 함께 생활해온 백성들의 삶에 관한 당연한 이해나 인식도 없이 그냥 주어진 대로 살아온 자신이 부끄러웠다. 하물며 자기 의견을 갖고 살아본 적이 한 번도 없었다는 사실을 연사는 은희로 하여금 뜨겁게 깨닫도록 해주었다.

그러나 한편 의문이 없지는 않았다. 사람이 품는 뜻이 다 이루어질 수 있는 것인가. 뜻이나 이상을 펼치고 관철시키는 데는 그럴 만한 여건이 주어져야 하지 않겠는가. 기본적인 생활여건도 주어지지 않은 백성 개개인이 어떤 이상을 품는다 해도 밥보다 절박한 것이 어디 있겠는가. 밥보다 높은 이상을 가질 수 없는 백성들에게야 저 주장은 한낱 사치에 지나지 않을 뿐만 아니라 현실의 벽에 부딪쳐 무참히 깨지고 말 허황된 구두선에 그치고 마는 것 아니겠는가. 그렇지만 설령 현실의 벽에 부딪쳐 좌절된다 할지라도 구국의 이상을 품고 그 이상을 실현하기 위해 몸을 던진 저런 사람이 세상에 있었다니 놀라웠다. 연사는 볼수록 눈부셨다. 온몸에서 광채를 내뿜고 있는 것 같았다.

배웅하기 위해 마당으로 나온 정희는 30여 페이지의 등사판 팸플릿을 은희에게 건넸다.

"틈날 때 그냥 심심풀이 삼아 읽어보세요. 다음에 또 만나면 좋겠어요."

"책과 함께 사는 분이라니까, 부러워요. 다음에 봐요."

그 집을 나온 은희는 중앙대로에서 다경과 헤어졌다. 집으로 돌아오는 발걸음이 마치 구름 위라도 걷고 있는 것처럼 가벼웠다.

그날 상봉동 아지트를 다녀온 이후 은희는 세상에 대한 인식이 달라졌다. 그에 따라 옳고 그름의 기준 또한 크게 변했다. 계급 차별 없고 평등하고 공정하고 정의로운 나라, 다 같이 일해 다 같이 고루 나누어 먹는 백성이 주인이 되는 나라, 이런 나라가 아닌 어떤 나라를 세운들 그것이 우리를 행복하게 해주겠는가. 우리 민족의 진정한 독립을 위해서라면 기꺼이 이 한 몸을 바쳐야 하리라. 그리고 남녀가 평등한 세상이라니, 꿈같은 세상 아니고 무엇인가.

은희는 전에는 예사로 봐 넘겼던 일들에 대해 자기 나름의 의견이 생기고 그 의견과 배치되는 일을 목격할 때면 불같이 화를 냈다. 의견이 늘어남에 따라 비판이 늘어나고 불평불만 또한 늘어났다. 세상과 불화하는 나날이 이어졌고 일상적인 행복이라는 것과는 점점 멀어져 갔다. 그러나 행복이란 일상적인 것만 있는 것은 아니라는 걸 그 후 은희는 여러 경우를 겪으며 점점 더 깊고 넓게 알아가게 되었다. 시야가 넓어지고 앎이 깊어지자 보람과 흐뭇함을 느끼는 경우가 많아졌고 그 감정이야말로 행복의 일종이 아니겠는가, 하고 생각했다. 그것이 행복이라면 은희는 늘 행복을 끼고 사는 셈이 되었다.

5

은희는 청사 뒤란에 있는 구내식당으로 갔다. 구내식당은 유리창이 많아 환기가 용이할 것임에도 들어설 때마다 시큼한 잔반 냄새가 고여 있었다. 입맛이 없어 미적거리다 뒤늦은 탓인지 먼저 온 직원들로 붐볐다. 배식을 받고 빈자리를 찾아 두리번거리던 은희는 8인용 식탁 구석자리로 갔다. 좀 간격을 두고 세무과 주임과 주사가 마주 앉아 식사를 하고 있었다. 외진 구석자리가 도리어 혼자 먹기에는 맞춤해 보였다.

"보건후생과 정 주사, 그 양반 아주 위험한 사상에 젖어 있는 것 같아. 우리 민족은 혁명으로 해방되어야 한다는데, 혁명으로 해방되어야 한다는 의미가 무엇일까?"

막 숟가락을 들려던 은희는 세무과 이 주사의 말에 주춤 손을 멈추었다. 숟가락질을 늦추고 은희는 귀를 쫑긋 세웠다.

"보나마나 미국을 배척하고 소련을 받아들여야 한다는 주장 아니겠어."

"제가 미국이나 소련을 제대로 알기나 하는가?"

비봉산 기슭 상봉동 아지트에서 연사로부터 뜨거운 정신적 세례를 받고 온 은희는 정희가 건네준 팸플릿을 밤을 새워가며 읽고 학습에 열중했다. 대부분의 내용은 연사로부터 들은 선행학습을 바탕으로 나름 이해를 했으나 궁금증을 유발하는 내용도 적지 않았다. 그 가운데 미국과 소련 두 나라의 정체에 대한 항목은 이해가 잘 가지 않았다. 미국은 자본주의를 지향하고 소련은 공산주의를 추구한다고 했다. 두 나라의 정치 이념이라는 자본주의와 공산주의가 무엇이 어떻게 다른지 정확히 알지 못하는 은희는 여러 의문과 풀리지 않는 수수께끼에 시달리고 있었다. 두 사람의 화제가 은희가 궁금해하던 문제와 근접해 있는 것 같아 그들의 다음 말이 기다려졌다.

"지금 우리가 냉정히 판단해야 할 것은 북에는 소련이 들어와 있고 남에는 미국이 들어와 있다는 사실이야. 북에서는 소련이 그들의 정치세력을 확장해가고 있고 남에서는 미국이 그들의 정치세력을 확장해가며 서로 한 치의 양보도 없이 대립하고 있지 않은가. 미소공동위원회가 티격태격하고 있는 것으로 봐 잘될 것 같지도 않고. 그렇다면 우리 남한은 우리가 놓여 있는 현실여건, 즉 미국 측의 정책을 냉정하게 받아들일 수밖에 없어. 그렇지 않고 정 주사처럼 소련의 정치체제를 받아들이려는 주장을 펴는 것은 아주 위험한 모험이야. 정 주사가 추종하고 지지하는 세력은 우리 등에 비수를 꽂으려는 사람들과 다름없어. 그 친구 옆에 얼씬거리다 칼 맞는 사람 수두룩할 걸!"

세무과 이 주사의 말이 순간 은희의 귀에 거슬렸다. 그 말의 옳고 그름을 떠나 팸플릿에서 읽은 내용과 너무나 배치되는 것 같아 불쾌했다. 팸플릿에는 혁명으로 현실의 모순을 타파하고 새 세상을 열어가자는 주장으로 가득 차 있었다. 그런데 현재 놓인 상황에 안주하는 것이 현명하지 그렇지 않고 주어진 상황을 더 좋게 만들어가자는 주장은 위험하다고 여기는 저 못난이들이라니, 은희는 저도 모르게 속으로 그들을 비웃고 있었다. 숟가락을 빨리 놀려 밥을 먹고 더러운 것을 피하듯 서둘러 식당을 나왔다. 뭐, 우리 등에 비수를 꽂을 아주 위험한 사람들? 그렇다면 혁명을 통한 민족해방을 반드시 이루어야 한다던 김병산의 주장에 황홀하게 도취되었던 그날 저녁의 기억은 왜 아직도 생생하고 감동적인가. 그리고 혁명이 기필코 이루어야 할 민족의 과제라는 믿음이 지금도 굳건한 것은 무슨 까닭인가.

"점심때 찾아왔더니 자리에 없데. 어디 갔었어?"

퇴근 무렵 다경이 찾아왔다.

"내가 어디 가고 말고 할 만큼 잘났나. 식당에 내려가 밥 먹고 왔지."

"퉁명스럽기는. 아까 전화가 왔는데, 이번 토요일 오후 산책이나 하재."

산책을 청할 만한 사람이 누가 있는가, 별안간 가슴이 콩닥거렸다.

"누가?"

"저 얼굴 빨개지는 것 좀 보게. 수줍음 탈 상대는 아니니까 기대는 말아."

"누가 어쨌다고 무안을 주고 그래."

"지난번 모임에서 만났던 내 친구 정희 있잖아. 그 친구가 토요일 오후에 남강변 산책이나 하재."

상봉동 아지트에서 만났던 정희와 다시 만나게 된다는 것은 가슴 설레는 일이 아닐 수 없었다. 자신이 모르고 있던 또 다른 사실들을 들려줄지도 모를 일이었다.

"그럼 그렇게 알고 승낙했다고 알릴게."

"알아서 해."

토요일이 되기까지, 상봉동 아지트에서 받아 온 팸플릿을 거듭 되풀이해 읽고 숙지하며 만날 날을 손꼽아 기다렸다. 작은 등사판 팸플릿에는 전에 한 번도 듣지 못했던 우리 민족이 나아갈 화려한 정치적 약속들로 가득 차 있었다. 그 정치적 약속들을 다 이룰 수만 있다면 우리나라는 얼마나 잘살게 되겠는가. 더 고른 평등, 더 바른 정의, 더 풍족한 생활보장, 더 향상된 생활수준, 더 개선된 노동조건과 환경이 우리나라에 펼쳐진다면 얼마나 좋겠는가. 더구나 여성을 노예상태에서 해방시켜 남자와 대등한 대우를 받도록 한다는 데는 가슴이 콩닥거리지 않을 수 없었다.

상대 나루는 사람들이 별로 눈에 띄지 않았다. 평일에는 강 건너 칠암이나 망경 방향에서 통학하는 학생들로 아침저녁 나루터가 부산했고, 장날이면 장꾼들로 붐비고 왁자지껄했다. 토요일 오후, 오전 수업을 마친 통학생들이 다 돌아가고 손님이 뜸했기 때문인가, 주막 주변에 뱃사공 몇 사람만 서성거릴 뿐 나루터는 한산했다.

강변 낮은 바위 사이에 널빤지를 잇대어 잔교가 설치되어 있고 계류장에는 대여섯 척의 목선이 계선주에 묶인 채 숨을 죽이고 있었다. 일찍 나루에 도착한 은희는 잔교에서 서성거리고 있었다. 나루 주막을 막 돌아 나오고 있는 다경과 정희의 모습이 보였다. 기다리고 있던 은희는 반가워 손을 들어 흔들었다. 다경도 손을 흔들며 걸음을 서둘렀다.

"일찍 왔네?"

"그렇지 않아도 산업과에 들렀는데, 없데?"

"정희한테 전할 게 있어서 먼저 나왔어."

"안녕하세요? 늦어서 미안해요."

"저도 방금 왔어요. 그런데 날씨가 구름 한 점 없이 화창해 산책하기 좋겠어요."

"그래, 날씨가 우릴 돕는군요."

다경이 손짓으로 부르자 주막 옆에 앉아 있던 뱃사공이 굼뜨게 일어나 계류장으로 내려왔다.

"우릴 좀 태워주세요. 건너가는데 얼마예요?"

"첫걸음이 아닌 것 같은데, 알아서 주세요."

뱃사공은 다경이 내미는 돈을 군소리 없이 받아 허리춤에 차고 있던 주머니에 넣었다. 삿대로 잔교와 계류장을 밀어 방향을 돌린 사공은 강심으로 나가며 삿대를 뱃전에 올려놓고 노를 젓기 시작했다. 강물은 이슬을 받아놓은 것처럼 맑았다. 피라미며 송사리 같은 작은 물고기들이 유유히 헤엄치고 있었다. 반쯤 건너 수심이 꽤 깊은 강심에 이르렀는데도 강바닥의 수초가 손에 잡힐 듯 환히 들여다보였다. 이마를 스치는 바람은 은근했고 햇볕도 따스했다. 은희는 손에 들고 있던 모자를 쓸까 하다 그만두었다. 이런 다정한 햇볕이라면 한나절 정도는 쬐어도 무방할 것 같았다. 다경과 정희도 모자를 손에 들고 있었다.

강을 건너 나룻배에서 내린 세 사람은 잔교를 건너다 말고 모래밭으로 내려섰다. 그들이 건너온 저쪽 상대 나루가 낯설어 보이고 그 뒤에 우뚝 서 있는 선학산도 생각보다 높아 보여 낯설었다. 동쪽 편에 펼쳐져 있는 도동과 초전 들판과 너우니 대밭이 전설처럼 많은 이야기를 품고 있는 것 같아 새삼스럽기도 했다. 굽은 가지를 땅에 스치듯 드리운 수양버들이 강변을 따라 우거져 있었다. 수양버들 숲 중간중간 갈대밭이 펼쳐져 있고 갈대밭에서 물새들이 포르륵 포르륵 날아 오르내리기도 했다.

"우리 여기 좀 앉아 쉴까?"

세 사람은 집들이 촘촘히 박혀 있는 장대동, 옥봉동 시가지가 건너다 뵈는 모래밭에 앉았다.

"부립 도서관 사서로 있다고 했지요? 좋겠어요."

은희가 정희를 부러운 눈으로 돌아보았다.

"예, 좋긴 해요. 부청 서무과에 근무한다면 늘 바쁘겠어요?"

"예, 좀 바쁜 편이에요. 저는 책 읽으며 사는 사람이 젤 부러워요."

"저는 책 읽기 좋을 만큼 한가한 편이기는 해요."

"정희는 신선 같은 데가 있어. 아마 책과 함께 살기 때문일 거야. 부청에 근무하는 우리 같은 사람이야 어디 책 볼 겨를이나 있어. 마냥 사람들 뒤치다꺼리하느라 정신없지."

"사람은 누구에게나 주어진 몫이 따로 있다고 하는데, 부럽고 말고 할 게 어디 있겠어. 자기 자리에서 열심히 살면 되지."

"아니, 저 하는 말 좀 들어보라지. 저것이 책과 함께 살지 않는 사람이라면 할 수 있는 말이겠어. 그래, 정희 동무는 매사 열성적이니, 세상이 장차 크게 쓸 거야."

"우리나라가 얼마나 일이 많은 나라니, 우리가 해야 할 일이 많을 수밖에. 나는 어떤 일이 닥치더라도 하나도 마다하지 않고 열성을 다 바칠 셈이야."

"저 말하는 것 좀 들어봐. 내가 정희 때문에 죽는다니까, 저 열성을 이길 장사가 어디 있겠어. 무슨 일이든 정희를 제치고 점수를 따는 것은 어려워서, 원!"

"다 자기 할 나름입니다."

정희가 딴전 부리듯 다경을 쳐다보았다.

"그런데 난 요즘 지난번 아지트에서 받아 온 유인물 때문에 정신없이 지냈어요. 정말 우리나라가 그렇게 좋은 나라가 될 수 있을까요? 정말 우리 여자들에게 그런 좋은 세상이 올까요?"

은희의 말에 다경과 정희가 동시에 돌아봤다. 다경은 귓등으로 흘려듣고 만 듯 대수롭지 않은 표정을 지었으나 정희는 고개를 갸우뚱 외로 꼬며 은희를 유심히 쳐다보았다.

은희는 그날 저녁 회합에서 들었던 여성해방에 관한 이야기가 매우 신기했다. 무슨 마력이라도 지닌 듯 자꾸만 상기되었고, 아무리 반추해도 지겹지 않았다.

세상이 바뀐다는 사회적 풍문이 정말 현실화되기를 바라는 마음이 날로 간절해졌다. 세상을 다스리는 세력이 바뀌는 것은 이제 어쩔 수 없이 기정사실화 된 듯했다. 세상이 바뀌어야 한다면 그날 저녁 아지트에서 김병산 선생이 말한 내용이 현실화되는 것이 가장 바람직하지 않을까, 은희는 그 생각이 갈수록 굳어졌다.

토지는 하늘이 임자이므로 이번 기회에 하늘이 주인으로 나서서 직접 농사를 짓는 농민들에게 땅을 고루 나눠주어야 하리라. 똑같은 사람인데 왜 잘살고 못사는 차이가 있고 잘난 사람 못난 사람 구분이 있어야 하는가. 우리는 누구나 차별 없이 모두 잘살 수 있는 세상을 만들어가야 하는 것이다. 재물이 한 사람에게 집중된다면 반드시 가난한 인민이 늘어날 것이라 하지 않았는가. 그래서 우리는 자본주의 체제를 배척하고 부르주아 척결을 위해 혁명을 해야 한다. 그리하여 모든 인민이 평등하고 정의롭고 공정한 삶을 누리도록 해야 한다. 인민의 이익을 도모하고 이끌어갈 지도자는 있을지언정 인민에게 명령하는 지배자는 결코 있어서는 안 되는 그런 신명나는 세상, 여자도 남자와 동등한 권리를 지니고 그것을 행사하는 세상, 남자에게 노예처럼 부림을 당하는 억울한 여자가 없는 세상, 이런 세상이 아니라면 세상이 바뀐다 한들 어디에 쓰겠는가.

"세상은 반드시 그렇게 바뀌어야 한다고 저는 생각해요."

은희는 힘주어 그렇게 결론을 내렸다. 그래, 태어난 이래 처음으로 꼭 이루고 싶은 무지갯빛 꿈을 지니게 된 셈이기도 했다. 정희가 여러 생각이 교차하는 눈으로 은희를 물끄러미 바라봤다.

"그것은 우리 손에 달렸지요!"

"우리 손에 달렸다니, 어떻게요?"

"그런 세상을 만드느냐 못 만드느냐 하는 것은 우리 하기 나름이란 말이지요."

"무슨 말인지 통 못 알아듣겠어요. 좀 알기 쉽게 말해줘요."

"아지트에서 나올 때 팸플릿 받은 것 다 봤다 하지 않았어요?"

"글자 한 자 그림 하나 다 머릿속에 새겨놨어요."

"그럼 우리가 지금 어떤 처지에 놓여 있는지 잘 알겠네요."

그 팸플릿에 씌어 있는 내용과 우리가 눈으로 목격하고 있는 현실이 각기 달라 혼란만 가중된 셈이라고 하려다 은희는 입술을 깨물었다. 눈으로 직접 목격하고 있는 현실이란 은희 자신의 개인적 경험에 지나지 않는 것이겠지만 팸플릿에 소개되어 있는 내용은 많은 사람들의 경험을 종합해 도출해낸 어떤 결론을 소개하고 있을 것이리라는 짐작이 순간 머리를 스쳐갔던 것이다. 특수한 경우가 아니라면 많은 사람들을 대상으로 만든 유인물에 견주어 개인의 경험이 무슨 의미나 중요성을 지니겠는가.

"제가 직접 경험하지 못한 사실들로 가득 차 있어 이해가 잘 가지 않고 혼란스러웠어요. 현실에서 비슷한 예를 본 적이 없으니, 아니 그 방면에 학식이 없으니 저는 시사 문제나 역사 문제에는 장님이나 다름없는걸요."

그래도 모르는 것은 모른다고 해야 올바른 대답이 돌아올 것 같아 솔직히 털어놓았다.

"산책이나 하자고 나온 것인데, 화제가 그쪽으로 돌아갔네."

"그날 저녁 모임을 다녀온 이후 한시도 그 방면의 궁금증이 떠나지 않아 괴로웠어요. 오늘 그 궁금증을 다 풀었으면 좋겠어요."

정희는 은희의 얼굴에서 눈을 떼지 않았다. 뚫어질듯이 바라보았다.

"지금 우리나라에 소련과 미국 군대가 들어와 있는 것은 알고 있지요?"

"우리나라를 38선으로 두 동강 내고 북에는 소련군이 남에는 미국군이 들어와 있다는 사실은 어린애들도 다 아는 사실 아니에요."

"맞아요. 그런데 북에 들어와 있는 소련과 남에 들어와 있는 미국이 우리나라를 각기 다르게 만들고 싶어 한다는 사실을, 그 다름의 내용을 정확히 아는 사람은 드물지 않을까요?"

"그건 그래요. 들은풍월이 있어 알기는 안다고 할 수 있을지 모르지만 속속들이 아는 사람은 드물겠지요."

"그래요. 대부분 그럴 테지요. 그런데 소련과 미국이 펼치려는 정치체제가 각기 확연히 다르다는 사실을 알아야 합니다. 소련에서는 공산주의를 지향하고 미국은 자유민주주의를 지향하고 있는데, 이 두 체제 중 우리가 어느 체제를 선택하느냐, 선택한다고 바로 주어지느냐 하는 문제가 눈앞에 닥쳐 있는 것입니다."

"쉽게 말해줄 수 없나요?"

"공산주의는 가난한 사람이 없는 세상, 계급이 없는 세상, 남녀가 평등한 세상을 지향하고 있습니다. 그와 달리 미국의 자유민주주의는 모든 개인의 권리를 존중하고 개인의 차이를 인정하며 부지런한 사람은 많이 갖고 게으른 사람은 적게 갖는 그런 세상을 지향하고 있는 것입니다."

"두 체제 모두 옳은 체제 아닌가요?"

"확연히 다르지만, 옳고 그름에 있어서는 어떻게 운용하느냐에 따라 그 결과가 달라질 것이므로 직접 행동에 옮겼을 때 답이 나올 것입니다. 하지만 가난한 사람 없고 차별 없는 세상이 훨씬 매력적이지 않아요."

"그래요. 다 같이 잘산다면 그보다 좋은 낙원이 어디 있겠어요. 제가 부청에 근무하면서 늘 못마땅하게 생각해온 것은 일본인 간부들이 제 나라 사람은 한 번 걸음에 해결해주는 일도 우리나라 사람은 열 번 스무 번 걸음 시키는 거였어요. 그걸 보고 울화가 치밀고는 했어요."

"맞아요. 바로 그것이 민족 차별이에요. 그런 억울한 일을 겪고서도 어디 하소연할 데나 있었나요. 그러니 인민들이 차별 없는 세상이라니 눈이 번쩍 뜨이죠. 게다가 조선왕조 때는 또 어땠나요. 양반이나 중인 관료들 세상 아니었어요. 백성은 늘 설움 속에서 가슴속에 한을 키우며 살 수밖에 없었고, 이런 뼈에 사무친 한을 지니고 살아왔기 때문에 차별 없고 계급 없는 세상이라니, 귀가 솔깃하지 않을 사람 누가 있겠어요."

"소련 공산주의는 계급 없고 차별 없는 세상인데 미국 자유민주주의는 계급 차별과 사람 차별이 있다는 말이군요?"

"다시 말하자면 공산주의는 모든 자산을 국가가 소유하고 모든 인민은 다 같이 일하여 재화를 얻어 그것을 고루 나누어 가지므로 부자와 가난한 자의 구분이 없고 따라서 계급 차별이 없는 것인데, 자유민주주의 체제는 개인 소유가 허용되어 많이 가진 자와 적게 가진 자 차등이 생기고 그 차등에 따라 잘살게도 못살게도 된다는 것입니다."

"일테면 공산주의 세상은 경쟁이 없는 세상이고 자유민주주의 사회는 서로가 잘살기 위해 피 터져라 경쟁하는 그런 세상이란 말이군요?"

"아주 잘 정리했습니다."

"우리도 소련처럼 경쟁 없는 세상, 모두 다 함께 고르게 잘사는 세상, 이런 세상을 만들자 그런 말이로군요?"

"능력과 재능을 고르게 인정하는 세계라야 여성해방도 이룰 수 있지 않겠어요. 잘나고 못난 사람 구분하는 세상이라면 능력에 따라 대우를 받을 것인데, 남자보다 힘 센 여자가 어디 그렇게 흔하나요. 힘에 따라 대접을 받는다면 여자는 영원히 남자의 노예 신세를 면할 수 없을 거예요."

여자가 해방을 누리고 자유를 누린다면 그보다 좋은 세상이 없겠지만, 그런 세상이 정말 좋은 세상일까. 해방이나 자유보다 더 소중한 가치는 없는 것일까. 은희는 문득 그런 의문이 생겼다. 남자에 예속당하며 살아온 여자들을 익숙하게 봐온 터라 낡은 사상에 젖어 구태를 벗어버리지 못하고 있기 때문인 것인가, 스스로 자문해보기도 했다.

"그럼 소련 여자들은 남자와 동등한 대우를 받고 있는 것이 사실인가요?"

"그럼요. 소련에는 동일 노동, 동일 노임 정책이 철저히 시행 중이에요. 남자든 여자든 똑같은 작업장에서 같은 노동을 하면 노임 또한 똑같이 받는답니다. 하는 일이 똑같은데 임금에 차등이 있어서야 되겠어요."

"그래서 팸플릿에 소련은 남녀평등, 여성해방을 실현한 나라라고 했군요. 우리도 그런 나라가 되었으면 좋겠어요."

"김병산 선생 말씀 잘 들었지요. 선생은 우리 손으로 그런 세상을 만들어 나가자고 하는 것입니다. 우리가 소련 공산주의를 받아들이고 미국 자유민주주의를 배척하자, 그리하여 계급 없고 차별 없는 다 같이 잘사는 공산주의 세상을 만들어가자, 그런 세상이 공짜로 주어지지는 않는다, 우리 손으로 쟁취하자, 그런 운동을 펼쳐 나가자고 말한 것입니다."

"귀한 것은 반드시 대가를 치러야만 얻을 수 있다. 그 평범한 이치를 누가 부정할 수 있겠는가. 노력 여하에 따라 성과가 주어지는 것이다. 필요하다면 죽음까지 불사하겠다는 각오로 임할 때 비로소 그런 세상을 일궈낼 수 있지 않을까!"

"바로 이해했습니다. 우리 운동하는 사람들의 목숨은 이미 조국에 바쳐두었습니다. 목숨 바쳐 그런 세상을 만들어 우리 후손에게 물려줄 수 있다면 얼마나 값지겠어요. 목숨이 아깝겠어요."

은희는 속으로 고개를 크게 끄덕이며 수긍했다. 그래, 그럴 수만 있다면 이 목숨 바쳐도 여한이 없으리라. 흥분으로 가슴이 부풀어 올랐다. 자신도 모르게 주먹을 불끈 쥐었다.

이야기를 나누며 모래밭을 천천히 걸어 나루 부근에 이르자 어느새 해가 뉘엿뉘엿 서쪽 산등성이를 넘어가고 있었다.

6

상봉동 학습에 참여하고 집으로 돌아올 때마다 은희는 새로 태어난 기분이 들었다. 산도 강도 하늘도, 심지어 하늘에 떠 있는 구름도 이전과 달라 보였다. 세상은 물론 사람들도 하나하나 귀한 존재로 다가왔다. 모든 사물은 존재하는 이유가 분명해 보였고 예사로 봐왔던 사람들의 모습이며 행동도 세상이 작동하는 인과의 소여임을 요량하게 되었다. 따라서 은희의 나날은 흥분과 보람의 연속이었다. 늘 그날이 그날 같던 종전의 나날이 아니었다. 매일 아침 세상이 새로 열렸다. 일을 하되 당장 필요에 따라 마지못해 하는 것이 아니었다. 먼 미래를 위해 준비하는 일들로 늘 마음이 분주했다. 의식주의 필요가 강요하는 운치 없는 각박한 수동적인 일이 아니었다. 아름다운 약속으로 찬연히 빛나는 미래를 향한 능동적인 일이었다.

은희는 특히 밤을 도와 은밀히 수행하는 작업에 보람을 느꼈다. 직무에 매달려 수동적으로 지내는 낮 시간은 지루했다. 부청 업무에 소홀하지는 않았으나 예전처럼 열성을 보이지는 않았다. 남의 눈에 띄지 않게 요령껏 게으르게 시간을 때우며 밤에 쓸 힘을 비축하고는 했다.

봄이면 연한 진달래꽃이 산등성이를 물들이고, 여름이면 똘망똘망한 망개가 붉게 익어가며, 가을이면 단풍이 곱게 드는 나무들이 키를 견주며 바람에 흔들리고 있는 산속에서 소쩍새가 소쩍소쩍 노래하는 한밤 무렵이 되면 은희는 몸에 없던 힘이 솟아나고는 했다.

길에 행인이 뜸해지고 한 집 두 집 불을 끄고 잠의 감미로운 여정으로 들어갈 무렵이 되기를 기다리던 은희와 정희, 다경은 준비해 두었던 가방을 메고 아지트를 나섰다. 그들이 어깨에 메고 있는 베 가방에는 그들이 손수 작성하고 원지를 긁어 등사한 유인물이 가득 들어 있었다. 그들은 시가지를 삼등분하여 은희는 시 서북쪽 지역을 맡고 정희는 시 남동쪽 지역을, 다경은 남강변 일대를 맡아 각기 책임 지역을 돌며 유인물을 뿌렸다. 경남도당 조직책이 강조한 것처럼 그들은 유인물이 세상을 바꿀 수 있는 가장 기본적인 수단의 하나임을 의심하지 않았다.

혁명이 조선의 위대한 미래라는 사실을 알아야 주민들이 거기에 관심을 갖게 되고 관심을 가져야 혁명을 위해 주민들이 뜻을 함께 모을 수 있지 않겠는가. 유인물 작성과 배포가 주민들로 하여금 노동자 농민에 의한 사회혁명을 성취하여 계급 없는 사회, 착취 없는 사회주의 사회를 만들어가도록 독려하는 첫 단계 사업으로서 얼마나 중요한 것인가를 조직책은 기회 있을 때마다 강조하고는 했다. 따라서 유인물 배포 사업은 하루 이틀에 그칠 일이 아니라 세상이 바뀔 때까지 계속해 나가야 할 중대 사업이라고도 했다.

유인물 배포 작업은 비밀 유지에 신경 소모가 많았다. 가급적 한 장이라도 더 뿌려 많은 사람들이 읽도록 하는 것이 중요했다. 그러나 유인물의 내용이 주민들에게는 아직 낯설어 배척하는 경우가 많았다.

모든 사람이 똑같이 일하고 똑같이 나누는 평등한 세상, 부자도 가난한 자도 따로 없는 공평한 세상, 경쟁이나 다툼 없는 평온한 세상, 전에 들어보지 못한 이런 꿈같은 세상을 만들겠다니 얼른 수긍이 가지 않을 것이 분명했다. 낯선 것은 무턱대고 의심하고 경계하는 경향이 누구에게나 있기 마련이다. 그 의심하고 배척하는 마음이 경계심으로 발전하여 훼방을 놓을 가능성 또한 없지 않았다. 그렇지 않아도 유인물의 내용이 국가와 사회에 혼란을 조장한다며 관련자 색출에 눈을 부릅뜨고 설치고 있는 경찰에 누가 신고라도 하는 날에는 큰일이 아닐 수 없었다. 그러므로 사람의 눈이 적은 밤중에 은밀히 움직여야 했다. 당 간부들은 반복의 힘이 얼마나 무서운지 알아야 한다며, 아무리 의심을 받고 경계하며 배척받는다 하더라도 유인물을 보고 또 보고 그 내용을 거듭 읽다 보면 의심과 경계심이 점점 풀리게 되고 급기야 환영하는 날이 오고야 말 것이라는 희망에 부풀어 있었다. 은희는 당 간부들의 주장을 믿어 의심치 않았다. 오로지 세상을 바꾸는 일에 자신이 참여하고 있다는 사실, 이보다 벅찬 일이 또 어디 있겠는가. 피가 펄펄 끓어올랐다.

위험을 무릅쓰고 유인물을 돌리는 일도 보람 있었지만 유인물 작성이나 등사 작업 또한 신명 났다.

주로 정희가 지휘부로부터 원고를 받아 왔다. 원고가 내려온다는 연통을 받으면 셋은 정희의 방에 모였다. 첫 학습에 참석했던 비봉산 자락 정희네 집은 넓었다. 담장이 높았고 솟을대문이 있는 규모가 큰 가옥이었다. 마당으로 들어서면 바깥채가 있고 바깥채를 지나면 곧장 안채가 나왔다. 안채 모퉁이를 지나 뒤뜰로 돌아 나가면 감나무가 서 있고 감나무 그늘에 방이 있었다. 감나무 그늘 후미진 곳에 있는 그 방이 정희의 침실 겸 서재였다. 안채와 떨어져 있어 집안사람들 내왕이 뜸하고 아늑했다. 정희는 그 방을 유인물 작업 공간으로 제공했다. 유인물 작업을 위해 그 방에 들를 때마다 은희는 다섯 개의 대형 책장마다 빼곡히 차 있는 책들로 인해 기가 죽고는 했다. 아무리 도서관 사서라지만 그토록 많은 책을 끼고 살다니, 그런 정희가 한없이 부러웠다. 당에서 원고가 내려올 때마다 은희와 다경, 그리고 방 주인 정희는 그 방에 모여 머리를 맞대고 유인물 작업에 들어갔다. 지휘부에서 내려온 원고는 전문적인 내용을 담고 있었고 대부분 엄숙하고 선언적이었다. 지휘부는 그들에게 내용을 반드시 숙지할 것을 당부했다. 그런 엄숙하고 전문적인 내용을 일반인이 알아보기 쉽고 간결하게 고치는 작업은 은희와 정희의 몫이었다. 등사원지를 쇠판에 올리고 철필로 긁어 나가는 동안에도 더 쉬운 말로 고치고는 했다. 등사원지를 다 긁고 나면 그것을 등사기에 붙이고 밀어 인쇄하는 작업으로 이어졌다. 등사를 마치고 유인물을 챙겨 묶다 보면 밤이 거의 다 가고는 했다.

유인물 작업을 할 때마다 은희는 가슴이 부풀어 오르고 설렜다.

'혁명에 의해 민주주의적 국가제도를 확립해야 한다. 혁명으로 이룩한 민주주의는 인류 최초로 부자를 위한 민주주의가 아니라 빈자를 위한 민주주의, 즉 인민을 위한 민주주의가 되는 것이다.'

'혁명은 억압자, 착취자, 자본가에 대해서 일련의 독점적 권력을 박탈해낸다.'

'지주로부터 토지를 몰수하여 직접 농사를 짓는 농민들에게 고루 분배한다.'

'공장주의 통제와 군림을 차단하고 8시간 근로제를 실시하여 노동자 권리를 확보한다.'

'일제와 민족반역자의 재산을 몰수하여 근로대중과 농민에게 분여한다.'

'인민의 생활수준을 급진적으로 개선한다.'

'조선의 완전 독립을 위협하는 외국 세력 일체를 배격한다.'

'혁명을 위해 근로대중 특히 노동자 농민을 영입하고 새롭게 각성시켜 당의 보조단체의 일원으로서 전국적 혁명투쟁에 동원하여야 한다.'

'혁명을 위해서는 노동자 대중 속으로 들어가 그들의 아픔과 불평불만을 파악하여 그것을 투쟁의 출발점으로 삼아 계급의식을 불어넣고 조직하여 정치적 의식을 선양시켜야 한다.'

'노동자 근로대중의 대표적 요구조건인 쌀 배급량을 늘리고 최저노동임금제, 근로 시간 단축, 노동자의 사회보험법 등을 실시하는 한편, 농민운동을 전개하여 소작료 3 대 7할제를 낮추고 농민 부채를 탕감한다.'

'부녀운동 또한 우리 당의 기본 조직에 있어 매우 중요한 사업의 하나이다. 여성의 경제적 정치적 사회적 모든 방면에서의 노예적 속박을 털어버리고 여성해방 투쟁을 이룩하여 계급적 해방투쟁의 중요한 자산으로 삼아야 한다.'

'당의 혁명투쟁은 조직이 기반이 되어야 하며, 이를 위해서는 도시와 농촌에서 당의 기본 조직을 새롭게 하고 기존 조직은 확대 강화 대중화하여 볼셰비키적 조직으로 전환해야 한다. 따라서 노동조합, 농민위원회, 농민조합, 소비조합, 부인대표회, 문화연맹, 스포츠 단체 등

을 견결히 조직해야할 것이다.'

부자를 위한 민주주의가 아니라 빈자를 위한 민주주의, 즉 인민을 위한 민주주의 국가제도를 혁명으로 수립한다니, 지주로부터 토지를 몰수하여 직접 농사를 짓는 농민에게 고루 분배하고, 공장주의 통제와 군림을 저지하고 8시간 근로제로 노동자의 권리를 보장한다니, 유인물에 게재된 당의 주장 어느 것 하나 그릇된 것이 없었다. 반드시 혁명으로서 이룩해야 할 우리의 목표, 가슴 설레지 않을 수 없는 실천적 방향을 명확하게 제시하고 있었다.

은희는 아침에 출근할 때 자신이 뿌려놓은 유인물을 읽고 있는 사람이 눈에 띄면 그렇게 흐뭇할 수가 없었다. 불현듯 달려가 힘껏 끌어안아주고 싶었다. 목석이 아니라면 저 유인물을 읽고 마음이 움직이지 않을 사람 누가 있겠는가. 유인물이 제시하고 있는 저런 꿈같은 세상을 마다할 사람 누가 있겠는가. 잘 봐두었다가 다음에 적당한 기회가 오면 말을 붙여 우리 동지로 끌어들여야지. 저렇게 골똘히 유인물을 읽고 있는 것으로 봐 틀림없이 우리 동지가 되어줄 거야. 그런 생각만으로도 마냥 신명이 났다. 그러나 늘 그렇게 신명나는 일만 있는 것은 아니었다. 유인물을 징그러운 벌레 보듯 기겁을 하고 외면해버리는 사람도 없지 않았다. 좋은 세상을 약속하는 꿈같은 내용들이 가득 차 있음에도 불구하고 동티를 내는 불온한 물건처럼 경원하는 사람을 볼 때면, 사람이 어찌 저렇게 아둔할까 싶어 안타까웠다. 아둔한 것도 제 몫일 터인데, 타고난 복대로 살겠거니 싶으면서도 함께 좋은 세상을 누리지 못할 것 같아 안되었다는 생각도 들었다. 굴러온 복을 제 발로 걷어차는 사람들이야 아무리 좋은 세상이 온다 한들 그 세상을 누릴 자격을 갖추지 못한 사람들이겠지. 그런 생각에 우쭐해지기도 했다.

그러던 어느 날 정희가 사무실로 전화를 해왔다. 퇴근이 몇 시냐고 물은 후 부립 도서관으로 와달라고 했다. 올 때까지 기다리겠다는 말을 특히 강조했다.

부립 도서관은 부청에서 별로 멀지 않았다. 중앙로터리에서 본성동 쪽으로 틀어 얼마 가지 않은 곳에 있었다. 아담한 2층 벽돌 건물이었다. 담쟁이덩굴이 건물 외벽을 송두리째 감싸고 있어 운치가 돋보였다. 넓지 않은 마당으로 들어가 현관에 신을 벗어두고 복도로 올라서는 순간 어디서 문 열리는 소리가 나는 것 같더니, 정희가 나왔다. 손에 가방을 들고 나온 것으로 봐 곧장 외출할 모양이었다. 은희는 정희와 어깨를 나란히 하여 거리로 나왔다.

"김병산 선생이 보재."

"내 입당 원서가 접수된 모양인가?"

"아마 그런가 봐. 입당에는 일정한 절차가 있는데, 아마 그 일 때문인 것 같애."

김병산, 이름만 들어도 긴장이 되었다. 그러나 걱정할 일은 아닌 것 같았다. 하지만 가슴이 콩닥거리며 뛰기 시작했다. 절차가 까다롭지 않으면 좋겠다는 생각에 잠시 마음이 어두워졌다. 그러나 사람이 통성명을 하고 교분을 트려면 상대방에 대해 필요한 사항을 먼저 파악할 필요가 있지 않은가. 개인 간에도 그런 소소한 절차가 필요한 것인데 하물며 생사고락을 함께하려는 동지를 받아들이는데 그보다 더 까다로운 절차를 밟는다 해도 이상할 것 하나 없지 않겠는가. 그렇게 생각하니 마음이 놓였다. 그리고 점점 새삼스러운 기대로 가슴이 부풀어 올랐다. 새로운 세상, 가치 있는 삶, 보람과 꿈으로 엮인 의미 있는 삶을 향해 걸어가고 있다는 생각에 은희는 자신이 대견하고 자랑스러웠다. 정희네 집과 같은 상봉동 방향이었다. 그러나 정작 들어간 집은 정희네 집이 아니었다.

안내받은 방에는 낯선 사람 둘이 있을 뿐 은희를 불렀다는 김병산 선생은 보이지 않았다. 하릴없이 손이나 어루만지며 얼마나 기다렸을까, 방문이 열리고 낯선 남자가 은희와 정희를 찾았다. 정희가 앞장서고 은희가 뒤를 따라 마루로 나갔다. 정희를 마루에 떼어놓고 은희 혼자만 건넌방으로 안내되었다.

방으로 들어선 은희는 우뚝 걸음을 멈추었다. 학습 시간마다 새로운 사실들을 깨우쳐주고 세상 보는 눈을 바르게 개안시켜준 눈부신 선각자 김병산 선생이 고개를 숙이고 책상 위의 서류를 뒤적이며 앉아 있고 그 오른쪽과 왼쪽에 각기 여자 한 명과 남자 한 명이 서 있었다. 김병산 선생 양쪽에 서 있는 여자와 남자는 은희의 움직임에 따라 눈을 움직이고 있었다. 은희를 관찰하고 있는 눈치가 분명했다. 그렇다면 지금 자신이 감별을 받고 있다는 것인가. 그래 이쪽을 제대로 평가하려면 감별을 철저히 해야 하리라. 별로 유쾌한 일은 아니었다. 그렇지만 그들 나름의 규칙이 있을 터이니 어쩌겠는가.

"형제자매가 다섯이군요. 고녀를 졸업하고 부청에 근무해왔으니, 사회적 혜택을 평균보다 훨씬 더 많이 누려온 셈이군요?"

김병산 선생은 학습 시간에 본 것과 좀 달라 보였다. 촛불은 조도가 아무래도 대낮의 밝음에는 미치지 못했던지 그때와는 달리 밝고 깨끗한 인상이었다. 평온한 표정이었으나 쳐다보는 눈에 예사롭지 않은 결기 같은 것이 느껴졌다. 눈이 마주친 순간 은희는 섬뜩했다. 어찌나 날카롭던지 일순 번개가 몸속을 꿰뚫고 지나가는 것 같았다. 자기도 모르게 얼른 눈을 피했다. 웬만큼 용기가 있지 않고서는 눈을 정면으로 쳐다보지 못할 것 같았다. 대답을 하고 싶었으나 혀가 말을 잘 듣지 않았다.

"살아오면서 가끔 싸울 일이 없던가요?"

질문의 의도가 무엇인지 갈피를 잡을 수 없어 얼른 대답을 하지 못했다.

"형제간에도 의가 상하고 학교에서도 다툴 일이 가끔 있지 않았어요? 사람이란 누구나 지닌 것이 각기 다르고 타고난 재주 또한 다름으로 싸우며 지낼 수밖에 없었겠지요."

너무나 당연한 말을 하고 있었다. 굳이 대꾸할 필요가 없을 것으로 생각되어 잠자코 있었다.

"왜 싸웁니까? 남이 갖고 있는 걸 빼앗으려 하면, 또는 남에게 빼앗기지 않으려고 대항하다 보면 싸움이 벌어지는 것이지요?"

역시 대답할 필요가 없는, 이치가 자명한 말을 내게 하고 있는 이유가 무엇일까.

"하지만 누구나 똑같이 일하고 똑같이 나누고 똑같은 대우를 받고, 그러면 싸울 일이 없어지겠지요."

"팸플릿에서 그런 세상을 만들기 위해 혁명을 해야 한다는 걸 읽었습니다."

계속 입을 닫고 있는 것이 성의가 없는 것으로 비칠까 저어되어 한

마디 한다는 것이 모기소리처럼 들릴 듯 말 듯 작았다.

"맞습니다. 그래서 우리 당에서는 인류를 구원하고 우리 조선을 잘 사는 나라로 건설하기 위해 혁명을 지향하고 나선 것입니다. 이에 뜻을 함께하겠다는 굳은 각오로 최은희 동무는 입당원서를 낸 것으로 압니다. 그렇습니까?"

"예, 맞습니다. 압박과 착취 계급이 없는 새로운 세상을 열어가는데 있어 작은 씨앗이라도 되고자 입당원서를 냈습니다."

일정 치하에 태어나 성장해온 은희는 학교에 다니면서 일본인과 조선인의 차별 정책에 분노를 느낀 적이 한두 번이 아니었다. 부청에 근무하는 동안에도 일본인과 조선인에 대한 신분적 차별이 엄존하고 행정에 있어서도 일본인 우선인 경우를 너무 자주 목격하여 분개하고는 했다. 일본인과 조선인은 급료도 차이가 나고, 행정적 대우에도 차등이 있었다. 이런 민족적 차별과 탄압에 대해 분노를 느끼기도 강한 반감을 품기도 했다. 그런 심리적 기저가 발동하여 특별한 행동으로 나타난 적은 아직 한번도 없었으나 반일운동에 대한 공감은 절대적이었다. 반일 사상가들의 과감한 활동에 속으로 박수를 보내며 응원했고 그들이 잘못될까 남모르게 속을 태우기도 했다. 그러던 은희에게 학습 시간에 접한 새로운 지식들은 통절한 반성과 함께 감동으로 다가왔다.

"최은희 동무는 이미 당성이 매우 강한 것으로 생각됩니다. 앞으로 당의 명령에 절대 복종하겠습니까?"

"예, 그렇습니다. 무엇보다 혁명적 규율을 절대 준수할 것이며, 당을 위해 혁명을 위해 이 한 몸 바칠 것을 맹세합니다. 노동자 농민이 주인이 되는 세상을 건설하기 위해 헌신하고 인내하며 투쟁할 것입니다."

그 말에 병산의 입가에 희미한 미소가 맴돌았다. 칼 같던 눈빛이 부드러워졌고 그윽히 바라보는 눈길이 은근했다.

"부청에 근무했으므로 대민 업무에 능숙하리라 믿습니다. 노동자 농민의 구체적 일상투쟁의 요구를 일반적 정치 요구와 결부시킬 수 있는 사항을 각별히 추려 올려주면 당에 도움이 크겠습니다."

병산의 말에 갑자기 무거운 짐이라도 덜컥 올려진 듯 어깨가 묵직했다. 신참에게 부여하는 과제로서는 너무 과중한 것 아닌가. 내가 무슨 재주로 노동자 농민의 정치 요구와 일상투쟁 요구를 알고 추려 올리겠는가.

"조금만 생각하면 어려운 문제는 아닐 것입니다. 누구나 바라는 우리 조선의 당면한 문제가 무엇입니까. 조선의 완전 독립이 최우선 아닙니까. 그리고 토지 문제의 혁명적 해결 또한 시급한 과제인 것입니다. 이런 문제를 해결하기 위한 선결 조건이 무엇인가 생각하다 보면 행동방침이 설 것으로 생각합니다. 먼저 민중의 정치적 요구는 우리의 혁명을 근본적으로 방해하는 미제국주의자들이 이 땅에 발을 붙이지 못하게 해야 하는 것이 기본이 되어야 할 것입니다."

"생각은 해보겠지만, 너무 큰 기대는 걸지 마시기 바랍니다. 지금까지 정치적 사회적 운동에 대해 생각해본 적이 없어 자신이 없습니다. 그러나 당의 명령이라면 어쨌든 최선을 다하겠습니다."

상대가 듣고 싶은 대답이 긍정적 수용임을 모를 리 없는 은희는 최선을 다하겠노라 다짐을 두었다.

입당 후 당의 명령은 곧 조국의 명령이라 믿은 은희는 당의 명령 이행을 가장 우선에 두었고 팸플릿 배포나 부녀 당원 배가 운동에 발 벗고 나섰다.

부청 상급자들은 은희가 공산당으로 기울어지는 것을 걱정하며 막아보려고 애를 썼다. 인사주임은 은희를 불러 앉히고 공산당의 허황한 정치 선동과 선전의 본색을 지적하며 경계하도록 설득을 펴기도 했다. 사회과 주임도 공산당이 선전하고 있는 세상의 비현실성과 공허함을 지적하며 은희에게 정신 차리라 다그치기도 했다. 이들 부청 직원들은 희망보다 현실 문제에 더 급급하였다. 공산당이 미국을 배척하고 혁명을 해야 한다고 주장하고 있으나 그들의 선동과 주장은 실현 불가능한 공허하고 허황한 것이라고 단정했다. 반면 미군정청에서 내려온 행정 관련 사항이나 지시는 주민 생활이나 국가 장래를 위해 매우 현실적인 여러 장점을 지니고 있는 것으로 평가했다. 따라서 부청 직원 가운데 공산당에 호의적인 직원보다 공산당을 경계하고 멀리하려는 직원이 훨씬 많았다.

당은 거의 모든 명령을 비밀 루트를 통해 은밀히 하달했다. 강제성이 강했으며 은근히 폭력적인 선동을 부추기는 측면도 없지 않았다. 그러나 미군정 당국은 비밀 루트가 아니라 당당히 행정 루트를 통해 행정사항을 하달했다. 강제성보다는 권장하는 편이 많았다. 이런 차이에서 알 수 있듯 공산당은 비밀주의를 지향하고 미군정청은 공식적이고 공개적인 루트를 통해 행정을 시행해가는 것으로 보였다. 비밀주의와 공개주의의 차이를 제대로 보고 제대로 판단하고 제대로 인식한다면 장차 두 주의가 가져올 미래가 어떻게 다르게 전개될지 예측하기가 어렵지 않을 것인데도, 은희가 왜 흑백을 구분하지 못하고 납득할 수 없는 미혹에 빠져들고 있는 것인지, 영문을 모르겠다며 고개를 젓는 직원이 많았다. 그러거나 말거나 은희는 여직원들을 만나면 입이 아프도록 공산주의의 장점을 장황하게 늘어놓고는 했다.

은희는 당의 지령을 열성적으로 이행했다. 진주에는 소규모의 방적공장과 도자기공장이 있었다. 제지공장이나 가죽공장은 더 규모가 작고 영세했다. 그런 영세 공장들의 작업 여건은 매우 열악했다. 일감이 모자라 연중 일을 하는 날보다 일을 하지 않는 날이 더 많았다. 일감이 있으면 작업을 하고 일감이 떨어지면 손을 쉬는 것이 항례였다. 그러므로 소득도 다달이 들쭉날쭉했다. 이런 영세한 공장을 찾아다니며 은희는 동지를 모으는 데 열을 올렸다.

"여러분은 공장에서 일하는 노동자입니다. 하지만 하는 일이 자기 자신을 위해 하는 것입니까? 공장 주인을 위해 하는 것이지요? 물론 임금을 받기 위해 일을 합니다. 그러나 자기가 하는 일의 가치가 얼마나 되는지 아십니까? 아무도 모르고 있지요? 여러분이 하는 일의 가치를 열로 가정하면 여러분이 받는 임금은 그 가치의 하나나 둘에 지나지 않습니다. 공장 주인이 여덟 또는 아홉을 차지하는 것이지요. 이런 불공평한 일이 어디 있습니까? 여러분은 반은 아니라 하더라도 셋 또는 넷은 받아야 하는 것입니다. 그래야 정의로운 것입니다. 우리는 그런 정의로운 세상을 만들어내야 합니다."

점심 시간이나 휴식 시간 막간을 이용해 몇 사람이라도 모여 있는 것이 보이면 은희는 그리로 달려가 열변을 토하고는 했다. 무슨 말인지 몰라 멀뚱하게 쳐다보는 노동자들이 많았다.

"우리는 시장에 내다 파는 물건을 만드는 사람들입니다. 생각해 보세요. 여러분의 손으로 옷감을 짜지만 그 옷감으로 여러분이나 여러분 가족의 옷을 지어 입은 적 있습니까? 없지요?"

"옷감을 짜면 공장 주인이 다 챙겨 시장에 내다 팝니다. 여러분도 시장에 가서 옷감을 사서 옷을 지어 입거나 지어놓은 옷을 사 입습니다. 대신 여러분은 옷감을 짠 대가로 노임이라고 쥐꼬리만큼 받습니다. 그런데 그 노임도 제때 받아본 적이 있습니까. 별로 없지요. 일을 하고도 그 품삯을 받지 못해 애를 먹는 경우가 허다합니다. 아무리 애걸복걸해도 이리저리 핑계를 대며 찔끔찔끔 주는 것을 받아 겨우 입에 풀칠이나 하고 있는 형편입니다. 그런데 공장 주인은 어떻습니까? 비단옷을 몸에 감고 배를 두드리며 먹고 갖은 영화를 다 누리고 있습니다. 이런 세상을 공평한 세상이라고 할 수 있겠습니까?"

은희는 정희와 다경과 셋이서 모이면 머리를 맞대고 새로 받아 온 팸플릿이며 마르크스 레닌 원전에서 읽은 내용을 두고 서로 의견 교환을 하고는 했다. 당원 학습에도 열심히 참석했다. 여기저기서 습득한 내용을 은희는 현장에서 풀어놓고는 했다.

"우리는 지금까지 세상이 다 그런 줄만 알고 살아왔습니다. 그렇지만 아니었습니다. 주인과 노동자가 따로 없이, 노동자가 주인으로서 자기 자신을 위해 일하는 그런 세상이 있습니다. 노동자가 주인으로서 일해 먹고사는 이런 세상에는 부자가 따로 없고 가난한 사람이 따로 없습니다. 따라서 차별 또한 없습니다. 생산 공장에서 노동자들이 공장 주인이 되는 세상, 농사를 짓는 농민이 땅의 주인이 되는 세상, 이런 세상을 우리는 만들어가야 합니다."

이런 주장을 할라치면 그 내용에 스스로 도취되어 흥분하고는 했다. 이런 공평하고 정의로운 세상을 만들기 위해 우리가 나섰다는 소명의식에 은희는 스스로 감동하며 살을 떨고는 했다.

"우리는 우리 손으로 노동자와 농민이 주인이 되는 그런 세상을 만들어내야만 합니다. 우리 모두 한데 뭉쳐 힘을 모읍시다."

처음에는 눈만 멀뚱멀뚱 굴리던 노동자들도 방문 횟수가 늘어가자 공감하는 숫자가 하나 둘 늘어갔다. 정희와 다경, 은희 셋이서 간추려 작성해 등사한 팸플릿을 읽고 의문 나는 점에 대해 질문하는 사람도 있었다. 은희는 질문을 받을 때마다 성심성의껏 대답했다. 아무리 성의를 다해 대답을 해도 상대가 알아듣지 못할까봐 조바심이 났다. 상대방의 눈을 뚫어져라 바라보며 반응을 살폈다. 의아심 가득 찬 눈동자에서 절망을 느끼고는 했다. 그러나 실망을 하지는 않았다. 언제나 다음 기회가 있으리라는 믿음이 있었기 때문이었다.

노동자들은 거의 다 행복이 무엇인지 모르고 살아온 사람들이었다. 은희가 제시하는 화려한 미래의 청사진에 이들은 꿈과 희망을 품기는 했으나 다만 희망으로 돌릴 뿐 믿는 눈치는 아니었다. 좋은 기억보다 힘든 기억, 기쁜 일보다 서러운 일, 대우 받은 경우보다 천대 받은 경우가 더 많았던 지난날들을 돌이켜보며 속으로 분을 삭이며 기분 좋아라 듣고는 있으나 믿는 것 같지는 않았다. 그런 가운데 역시 반복의 힘은 무서운 것인가, 무산계급을 해방시키고 고생을 끝낼 수 있다는 은희의 주장에 솔깃해하는 여성 근로자들이 나날이 늘어갔다.

은희가 공산당에 가입할 당시에는 진주 시당에 여성 당원이라야 다경과 정희 세 사람에 지나지 않았다. 은희의 활약이 빛을 발하며 여성 당원이 다섯, 일곱, 열, 열세 명으로 늘어났다. 이런 은희의 열성적인 활약은 당의 주목을 받았다. 당은 부청 내의 정보수집을 위해 노출시키지 않고 은희를 비밀당원으로 활용하려 했다. 그러나 은희의 활동력을 인정한 당에서 방침을 바꾸어 부녀동맹 집행부 서기로 선출해 공산당원 신분을 노출시켰다. 보다 적극적으로 활용하기 위한 방편이었다.

모든 산이 단풍으로 곱게 물들어갈 무렵이었다. 당에서는 지역 여성단체 조직을 확장하는 사업에 관심을 기울였다. 은희에게 그 지도적 역할이 주어졌다. 곧 진양군 지역 여성단체 조직의 밀명이 떨어졌다. 부청 서무과에는 집안 어른의 장례식을 핑계로 사흘짜리 결근계를 제출하고 진양군으로 내려갔다. 진양군 여성단체를 어떻게 조직해야 할 것인지, 당에서는 구체적인 방안을 아무것도 제시하지 않았다. 지금까지 여러 공장을 돌며 여성 근로자들을 포섭해온 방법을 적극 활용하면 성과가 있으리라는 들으나 마나 한 말을 듣고 내려온 은희는 진양군 여성동맹 지도원들과 인근 부녀자들을 모아놓고 그동안 결행해왔던 공산당 선전을 열성적으로 펼쳐놓는 것으로 겨우 어려운 자리를 모면했다. 그동안 누구나 겪어왔을 억울하고 서러운 사례들을 일일이 예시하며 그런 억울하고 서러운 일을 다시 당해서야 되겠느냐며 다시 당하지 않으려면 우리 여성들이 적극적으로 나서야 함을 학습과 팸플릿에서 습득한 소양을 바탕으로 가급적 쉬운 말로 풀어 행동지침을 제시했다. 은희가 제시한 행동지침이 주효했던지 아니면 그동안 겪어온 억울한 일들을 다시는 겪지 않기를 바라는 마음이 간절했던지 여맹에 가입한 부녀자 숫자가 생각보다 많았다.

진양군에 내려온 지 사흘째를 맞은 아침 당에서 새로운 지시가 떨어졌다. 은희에게 진주 여맹 대표자 자격으로 진양군 농민동맹 결성식에서 축사를 하라는 것이었다. 그날 아침 10시에 결성식이 예정되어 있는데 겨우 30분 앞둔 9시 30분에 촉박하게 명령을 내리다니 날벼락이 따로 없었다. 그렇지만 지엄한 당의 명령을 어찌 거역하겠는가. 부랴부랴 축사 원고 준비에 들어갔다. 많은 군중 앞에 나서본 적이 없는 은희로서는 감당해낼 수 있을지, 자신이 없고 두렵기까지 했다.

하지만 도리가 없었다. 시간이 임박하자 은희는 정희와 다경과 함께 대회장인 군민회관 공터로 나갔다. 이마에 붉은 머리띠를 질끈 동여맨 젊은 농민동맹 당원들이 꽹과리를 두드리며 어지럽게 연단 주위를 맴돌고 있었다. 이미 수백 명의 농민이 공터에 빼곡히 집결해 있었다. 덩덕궁이 장단에 어깨춤을 추며 연단 주변에 춤판을 벌이는 축도 있었다. 농민들은 계속 꾸역꾸역 모여들었다. 참가 인원이 늘어가자 주최 측 막사는 고양된 분위기였다.

"이리 나와보세요. 군민회관 앞에서 저놈들이 지금 뭘 하고 있는 것이지요?"

막사 안에 있던 당원들이 일제히 밖으로 나와 군민회관 앞을 바라보았다.

"저 때려죽일 놈들이 오는 사람들을 가로막고 있잖아."

청년 당원 가운데 힘깨나 쓰는 장골 서너 명이 경찰들을 향해 우르르 달려갔다.

"지금 당신들 뭐 하고 있습니까? 엄연히 집회 허가를 받았습니다. 그런데 오는 사람들을 가로막다니, 이게 뭐 하는 짓입니까?"

"이미 허가받은 인원을 초과했으니, 우리가 막지 않으면 누가 막습니까?"

"우리가 어디 억지로 동원했습니까. 자발적으로 오는 농민들을 가로막는 것은 농민탄압 아닙니까. 어서 길을 트세요."

"무슨 불상사라도 일어나면 어쩝니까. 허가 인원만으로 통제하라는 상부 지시가 있었고 치안 유지를 위해서는 불가피한 조치니까, 그렇게 아십시오."

"모든 불상사는 우리 농민동맹이 책임집니다. 어서 물러나세요."

"요즘 집회, 어디 조용히 끝난 적 있습니까. 당국에 협조 바랍니다."

농민동맹 측과 경찰 사이에 실랑이가 벌어졌고 실랑이가 길어짐에 따라 은희는 축사 구상의 시간을 벌게 되었다. 그렇지만 시간이 주어진다고 안 해본 연설을 잘할 수 있겠는가.

"그럼 이렇게 하면 어떻겠습니까?"

"어떻게 하자는 말입니까?"

"오는 사람은 막지 말고, 일단 연단 주위에 새끼줄로 5백 명이 들어갈 만한 자리를 만듭시다. 그리고 허가받은 5백 명을 그 안에 넣읍시다. 우리는 그 인원만을 대상으로 행사를 치르겠습니다."

"나머지 인원은 어떻게 하겠다는 말입니까?"

"그 사람들이야 당신들이 쫓아내든 말든 우리는 상관하지 않겠습니다."

농민동맹 측과 경찰은 그러기로 합의를 보았다. 연단을 앞에 두고 둥그렇게 새끼줄을 쳐 경계를 정하고 그 새끼줄 안에 5백 명을 수용하기로 한 것이었다. 농민동맹 측은 새끼줄 안에 5백 명을 헤아려 넣고 행사를 시작했다. 그러나 새끼줄 경계 안에 들어가지 못했어도 돌아가는 사람은 하나도 없었다. 결국 주최 측과 경찰은 새끼줄 경계 밖에 서 있거나 앉아 있는 사람은 그대로 두기로 타협을 보았다. 그러나저러나 경찰이나 주최 측 모두 눈감고 아웅 하는 식이었다.

농민동맹 결성식이 시작되자 은희는 속으로 진땀을 흘리며 마음을 졸였다. 청년동맹 부녀부를 대표해 다경이 먼저 축사를 하고 경남도당 대표로 정희도 이어 축사를 했다. 두 사람의 열변에 고무된 농민들은 열렬히 박수갈채를 보냈다. 다경과 정희 둘 다 당당한 모습으로 성공리에 연설을 마쳤다. 정희가 연단을 내려오자 은희는 도망이라도 치고 싶었다. 이를 어찌 감당한단 말인가. 가슴이 떨리고 오금이 저려 연단에 오르는 것도 힘들었다. 그러나 겁이 나고 힘들다고 도망칠 수도 없는 노릇이었다. 입술을 질끈 깨물고 죽을 각오를 했다. 연단으로 올라가기는 했으나 고개를 드는 것조차 용기가 필요했다. 간신히 고개를 든 순간 은희는 가슴이 철렁 내려앉았다. 군민회관 공터를 가득 메우고 있는 수백 명의 눈이 일제히 화살처럼 자신을 향해 날아오고 있었다. 다리에 힘이 쭉 빠지고 후들후들 떨렸다. 입안이 타들어갔고 손가락 하나 움직일 수 없었다. 바보처럼 얼굴이 붉게 물들고 말았다. 그러나 어쩌겠는가, 은희는 어금니를 질끈 깨물었다. 그렇게 쩔쩔매며 바보처럼 보인 것이 한 3분 정도 지났는지 모르지만 은희로서는 너무 긴 시간을 흘려보낸 것 같았다. 마음이 타들어갔다. 눈을 질끈 감았다. 순간 그 해맑은 선각자의 얼굴이 번개처럼 떠올랐다. 날카롭게 눈을 번뜩이며 또박또박 명토 박듯 말을 쏟아내던 그 얼굴이 생생히 상기되었다. 순간 은희는 주먹을 불끈 쥐었다. 놀랍게도 저절로 말이 터져 나왔다.

"여러분!"

일단 그렇게 큰 소리로 외쳤다. 그런데 이어 놀랍게도 은희의 입에서 말이 술술 풀려 나왔다.

"여러분! 오늘 우리는 우리 땅에서 우리 농민의 권익을 위해 농민조합을 결성할 목적으로 여기 모였습니다. 농민이 농민의 권익을 도모하기 위해 운동을 벌이는 것은 기본적인 권리입니다. 이런 농민의 기본적인 권리를 행사하는데, 왜 우리는 미군정 경찰의 집회 허가를 받아야만 합니까. 집회 장소를 특정하고 인원을 제한하는 이런 조처는 일정 때와 무엇이 다릅니까. 일본 놈을 몰아내고 우리를 해방시키기 위해 이 땅에 왔다는 미군정이 일본 놈과 똑같이 우리 농민을 탄압하고 억압하는 정치를 한다면 우리가 해방되었다고 할 수 있겠습니까. 왜 미군정 당국이 일본 놈들이 앉았던 자리를 차지하고 앉아 권리를 행사하고 주인행세를 합니까?"

옳소! 옳소! 여기저기서 주먹으로 하늘을 찌르며 추임새를 했다. 아마 결성식 주최 측 인사들의 추임새로 짐작되었으나 격려는 되었다.

"여러분! 우리나라는 남북 구분 없이 한날 한시에 해방되었습니다. 하지만 우리 땅 북조선에서는 이미 모든 주권이 노동자 농민에게 주어져 있다고 합니다. 일제시대까지 지배자들로부터 착취당해온 노동자 농민이 나라의 주인이 되어 있다고 합니다. 하지만 우리 남조선은 어떻습니까. 노동자 농민이 나라의 주인이 되어 있습니까. 아니지요. 우리 남조선 노동자 농민들도 단결하여 하루빨리 북조선처럼 토지의 주인이 되고 나라의 주인이 되어야 합니다."

저녁 학습 시간에 김병산 선생으로부터 들었던 말을 은희는 자기도 모르는 새 앵무새처럼 그대로 옮기고 있었다.

"옳소! 옳소!"

그런 속내를 아는지 모르는지, 연단 앞의 군중들은 일제히 옳소! 옳소!를 외치며 크게 호응하였다. 손바닥이 아프도록 박수를 치는 사람도 있었다. 고무된 은희는 보란 듯 지휘부를 돌아보았다. 지휘부는 고무된 은희와는 딴판으로 영문 모를 반응을 보이고 있었다. 청년 지도원과 여맹위원들이 은희에게 내려오라고 손짓으로 다급하게 재촉하고 있었다. 엉겁결에 연단을 내려가자 청년 간부가 낚아채듯 은희를 연단 뒤로 이끌고 갔다. 청년 간부 두 명이 은희를 호위하며 급히 지휘부를 빠져나왔다. 영문을 모른 채 은희는 끌려가다시피 지프차에 태워졌다. 신문사 기를 앞 범퍼에 꽂은 지프차는 은희를 태우자마자 경황없이 대회장을 빠져나가 줄행랑을 쳤다. 지프차는 아지트에 도착하자 은희와 청년동맹원을 내려주고 급히 떠났다. 아지트에 도착한 다음 청년동맹원은, 은희가 축사를 하던 도중 미군정 경찰의 움직임이 분주해지는 기미가 보이자 지휘부에서 경찰이 움직이기 직전 기민하게 은희를 피신시킨 것이라고 귀띔했다. 농민 대중을 모아놓고 공공연히 공산주의 선전 선동을 벌인 사상범 체포에 나서보지도 못하고 뒷북을 친 미군정 경찰 꼴이 고소하다며 청년동맹원은 통쾌하게 웃었다.

은희의 첫 공개투쟁은 높이 평가되었다. 따라서 은희는 진주 여성동맹의 주요인물로 부상했다. 현장에서는 요행히 줄행랑을 쳐 피신했으나 은희는 경남도 공청대표와 함께 지명수배 대상이 되어 있었다. 경찰의 눈을 피해 숨어 지내야 하는 신세가 된 것이었다. 부청 출근은 꿈도 꾸지 못했다. 경찰이 아니더라도 지명수배범을 부청인들 달가워하겠는가. 경찰이 집 주위에 잠복하고 있을 것이 명약관화했고 친척집들 또한 함부로 드나들 수 있는 형편이 아니었다. 세상에 드러내놓고 나다닐 수도 없었다. 세상과 단절된 막막한 가엾은 신세가 되고 말았다. 당에서 주선한 비밀 은신처에 숨어 지내야 했다. 훨훨 자유롭게 날아다니던 활달한 성격의 은희로서는 한정된 집 안에서 맴도는 생활을 당연히 며칠 견디지 못할 것으로 보였다. 그러나 예상과 달랐다. 은희는 아지트 은신생활을 도리어 즐기는 눈치였다.

비밀 아지트에는 각종 철학 서적이 많이 구비되어 있었다. 대청마루 두 개의 책장에 일본어 서적이 가득 차 있었다. 『소련 공산당사』 『러시아 혁명의 역사』 『무엇을 해야 하나』 『레닌 전기』 헤겔의 변증법, 마르크스 엥겔스의 『공산당 선언』, 레닌 트로츠키의 소비에트 결성, 볼셰비키 혁명에 관한 저서 등 은희가 전에 보지 못했던 책들이 수십 권 꽂혀 있었다. 은희는 그 책들 속에 푹 파묻혀 지냈다. 오랜 갈증을 풀듯 그 책들로 목을 한껏 축였다. 학습 시간에 많이 들어서 그랬던지 마르크스 레닌 관련 책에 손이 더 자주 갔다. 어찌 그 짧은 기간에 다 이해할 수 있었다 하겠는가. 하지만 닥치는 대로 읽어젖힌 것도 나름 효험이 좀 있었던지 어렴풋이 이해가 되고 짐작이 가는 부분도 더러 없지는 않았다. 자본의 집중은 인민의 가난을 초래한다는 것, 참된 민주주의와 계급 없는 사회 수립은 폭력에 의해서 자본주의 독재체제를 전복시킴으로써 성취될 수 있다는 것, 자본주의 국가 기구를 파괴하는 것은 선전과 대중행동에 의해 이루어질 수밖에 없으며 이 대중행동은 무장봉기와 총파업을 포함한다는 것, 프롤레타리아가 잃을 것이라곤 그들의 족쇄밖에 다른 아무 것도 없다는 것, 그리고 세상은 이성이 아니라 사랑으로 지배해야 한다는 것, 이런 주장이 여러 책에 반복적으로 등장하는 것으로 보아 마르크스 레닌 사상의 중심이 이것이려니 여기며 가슴속에 잘 여투어두었다.

은희는 비밀 아지트 생활에서 새로운 활력을 얻었다. 태어난 이래 한 번도 그렇게 많은 책을 읽은 적이 없었다. 책 읽는 일이 그토록 재미있고 보람 있는 것인 줄도 처음 알았다. 정희를 부러워하며 가졌던 시샘도 많이 풀린 셈이었다. 그뿐인가. 비밀 아지트에서 지내는 지명수배자들 가운데는 저녁 회합의 리더인 김병산 선생도 포함되어 있었다. 기거하는 곳이 달라 자주 볼 수는 없었으나 한 공간에서 같은 조건의 생활을 하고 있다는 사실만으로도 은희로서는 가슴 뛰는 벅찬 일이었다. 어쩌다 회합을 가질 때가 있었는데, 회합의 좌장인 김 선생의 지도 또한 책에서 얻는 것보다 더 생생한 지식을 제공하고는 했다. 그러므로 비밀 아지트 생활은 은희로서는 축복받는 나날들이었다.

그러나 그 복은 은밀히 집에 다니러 갔다가 잠복 중인 경찰의 손에 체포되는 바람에 그만 끝나고 말았다. 유치장에 갇힌 은희는 함께 활동해온 당원들의 신원을 캐내기 위해 혈안이 되어 있는 경찰로부터 몽둥이찜질을 당하기도 하고 심한 구타를 당하기도 했다. 그러나 체포되었을 경우 당원이 대처해야 할 행동지침을 학습 받은 바 있는 은희는 그 행동지침에 따라 요령껏 잘 버텼다. 다행히 경찰로 있는 사촌오빠가 손을 써 한 달 만에 풀려났다.

경찰서 유치장에 갇혀 고생은 했으나 아지트로 돌아가자 당원들의 대우가 예전과 확연히 달라졌다. 유치장에 갇혀 격심한 고통을 견디고 이겨낸 투쟁력을 당원들은 높이 평가하며 칭송했던 것이다. 은희로서는 도리어 전화위복이 된 셈이었다.

그런데 복이 거기에 그치지 않았다. 출소한 지 얼마 되지 않았을 때였다. 놀랍게도 김병산 선생으로부터 청혼을 받은 것이다. 꿈에도 생각하지 못했던 날벼락 같은 축복이 머리 위에 쏟아진 것이었다. 너무 벅찬 나머지 정신이 얼떨떨했다. 이런 행운이 어찌 내게 찾아온단 말인가. 은희는 승낙이고 거절이고 어찌할 경황이 없었다. 입도 뻥긋하지 못하고 벙어리가 되어 방으로 뛰어 들어가 숨고 말았다. 오후가 되자 김병산 선생의 구혼 사실이 비밀 아지트에 쫙 퍼졌다. 모르는 사람이 하나 없게 되었다.

"축하해요. 열 길 물속은 알아도 한 길 사람 속은 모른다더니, 우리는 정희 동무가 선생님을 모실 줄 알았는데, 세상 일 참 모를 일입니다."

비밀 아지트 살림을 도맡고 있는 조 부인이 은희를 보자 손을 잡고 어루만지며 친근하게 말했다.

"알고 있겠지만, 김 선생님 댁이 진양 천석꾼 부자 아닙니까. 그 댁 맏며느리라니, 어쩜 그런 복을 다 타고납니까."

나중에 다경과 정희에게서도 축하를 받았지만, 그렇게 들어서 그런지 축하가 아니라 복을 가로챈 상대를 속으로 원망하거나 저주하는 것이 아닌가, 걱정되기도 했다. 예사롭게 태연해지려고 했지만 고맙다는 말이 떨려 나왔다.

신랑의 독촉에도 시원한 대답보다 묵묵부답으로 응대한 가운데 신랑이 알아서 혼인 준비를 했다. 세상에 드러내놓고 축복 속에서 올릴 수 있는 혼인식이 아니었다. 혼수품 교환도 없었고, 양가 승낙도 받지 못했다. 평소 교분이 있던 사회주의에 우호적인 호국사 스님에게 사정을 알리고 혼례식 날짜와 시간을 잡았다. 친분이 두터운 아주 제한된 공산당 간부 몇 명만을 하객으로 결혼법회에 초청했다.

7

좌대 가운데 황금빛 석가모니 부처님을 모시고 관세음보살과 지장보살을 좌우 시위 불로 나란히 모신 불단은 눈이 부셨다. 위엄과 존숭을 환유하는 부처님 좌상이 황금빛으로 찬연하게 빛나는 것은 당연한 일로 보이지만, 어딘지 의도하여 꾸민 듯 인공적인 데가 두드러져 부자연스러웠다. 자연은 타고난 모습 그대로 있음으로써 위엄을 뿜낸다. 사람의 손이 작용하여 꾸미는 순간 자연은 태생적인 모습을 잃고 만다. 부처님도 오래 묵은 목재로 다듬어 모셨으면 어땠을까. 목재가 바람과 물의 영향에 쉽게 부식하여 영구적인 가치를 담기에 부적절하다면 영원과 늘 함께하기를 바라는 바위를 다듬어 부처님으로 모신다면 사람의 욕망을 상징하는 황금빛보다는 훨씬 더 신앙의 대상으로서 맞춤하지 않았을까. 향로에서 은은히 피어오르는 향이며 불단 좌우의 여러 대의 대형 촛대에서 자기 몸을 사르는 빛으로 불상을 황금빛으로 빛나게 하는 촛불이며, 사람의 움직임을 최소화하는 은은하고 조용한 분위기 가운데 경상남도 당 인민위원회 김병산 위원장과 경상남도 당 여성동맹 간사 최은희의 혼례식이 거행되었다. 경찰 수배령이 내린 가운데 몇몇 가까운 공산당 간부들만 축하객으로 참석한 간소한 혼례식이었다. 주지 스님이 혼례를 진행했고 신랑 신부는 주지 스님의 지시에 따라 맞절을 나누고 평생 부부로서 고락을 함께할 것을 맹세했다.

'……믿음은 사람의 마음을 너그럽게 하여 남에게 주고서 아까워하는 생각을 없이 하며 거만한 마음을 없애고 겸손과 공경하는 마음을 갖게 하며 지혜는 빛나고 행동은 깨끗하며 어려운 때에 당황하고 슬퍼하지 아니하는 힘을 준다. 부부간에도 이는 다름이 없으니, 남편은 아내에 대하여 존경과 예절과 정조를 갖고 향하며, 가정을 맡기며, 때때로 장신구를 사주는 등 행복하게 해야 한다. 아내는 남편에 대하여 집안 살림을 돌보며 고용인을 적절히 부리고, 정조를 지키며 남편의 수입을 낭비하지 않고 집을 충성스럽게 꾸려 나가야 한다. 이로써 부부 사이는 정다워지고 다툼이 일어나지 않는다. 가정은 마음과 마음이 가장 가까이 접촉하며 머무르는 곳이기 때문에, 서로 의좋게 지내면 꽃밭처럼 아름답고, 만약 마음과 마음의 조화를 잃으면, 격한 풍파가 일고 파멸을 가져오게 된다.……'(『불자독송경』)

주지 스님의 설법이 이어지는 가운데 법당의 왼쪽 문이 벌컥 열렸다. 예사스럽지 않은 서슬에 눈길이 일제히 문으로 달려갔다. 신발도 벗지 않은 채 한 사내가 법당으로 뛰어들었다.

"경찰이 오고 있습니다. 어서 피해야 합니다."

신랑신부와 하객들이 오른쪽 왼쪽 문을 통해 다급히 밖으로 뛰어나갔다. 놀란 토끼처럼 산속으로 허둥지둥 도망쳤다. 법당은 아무 일도 없었다는 듯 시치미를 뚝 따고 조용했다. 주지 스님은 서두르지 않고 혼례식 흔적을 정리해 나갔다. 스님이 몸을 몇 번 움직이지 않아 법당은 평소와 다름없는 모습을 되찾았다.

잠시 후 대여섯 명의 경찰이 법당에 들이닥쳤다. 경찰은 법당은 물론 삼신각, 지장각, 요사채 등을 샅샅이 수색해 나갔다. 절집에 몸을 의탁하고 있는 몇 되지 않은 스님과 절집 허드렛일을 돕는 처사와 보살, 일반 복색의 어린 행자 두어 명은 서슬 퍼런 경찰의 수색을 겁에 질린 눈으로 지켜보고 있었다. 탑돌이를 하고 있는 여신도 서넛 외에는 다른 외지인이라고는 찾아볼 수 없었다.

험상궂은 인상의 경찰 분대장은 험악한 눈으로 주지 스님을 노려보았다. 옆구리에 칼이라도 들이댈 기세였다.

"어디, 숨겼습니까?"

"나무아미타불, 무슨 말씀이신지요?"

"김병산과 최은희 어디 숨겼느냐고 물었습니다."

"아니, 김병산은 누구고 최은희는 또 누구란 말입니까."

"시치미 뗄 겁니까. 다 알고 왔습니다. 어서 내놓으세요."

"나무아미타불, 시주님께서 지금 무슨 말씀을 하고 계시는지 소승은 전혀 알 수 없는 일입니다."

"시치미를 떼도 소용없습니다. 법당 그 많은 대형 촛대에 촛불을 밝히고 무얼 했습니까. 평소 법당 마루에 방석을 그렇게 많이 깔아놓습니까?"

"절집이야 절집의 사정에 따라 촛불을 많이 켜기도 하고 방석을 많이 깔아두기도 하고 다 거두어놓기도 하지요. 그게 어쨌다는 말입니까?"

"김병산과 최은희의 혼례식을 올리지 않았습니까. 그렇지 않고서야 예불도 올리지 않는 법당에 촛불을 그렇게 많이 켜놓았을 리 없지 않습니까. 그리고 그 방석들은 축하객들이 앉았던 것일 테고?"

"혼례식이라니, 어디서 허튼 소문을 듣고 들이닥쳐 소승을 거짓을 일삼는 요승 취급하고 그러십니까."

"주지 스님께서는 평온과 안락의 세상을 원하고 계시지 않습니까. 살인 방화를 일삼고 약탈행위를 자행하는 그런 폭도들을 스님께서도 좋아하실 리 없지 않습니까. 그런 폭도들은 마땅히 근절시켜야 합니다. 주지 스님께서 도와주십시오."

"폭도라니, 오늘 소승은 폭도를 한 명도 보지 못했습니다. 그런 내가 무엇을 감추겠습니까. 조용한 절집을 어지럽히지 말고 시주께서 이만 물러나주기 바랍니다."

주지 스님은 고개를 쳐들어 하늘에다 눈을 주었다. 그리고 경찰 분대장이 어떤 말을 해도 그를 돌아보지 않았고 대꾸도 하지 않았다. 분에 겨워 한참 씩씩거리며 주지 스님을 공격하던 경찰 분대장은 마침내 지친 듯 그만 철수를 지시하고 말았다.

"주지 스님께서 그들을 비호하는 정황이 잡히면 그때는 오늘 일까지 반드시 추궁하여 징치하고 말 것입니다."

분을 삭이지 못한 경찰 분대장은 그렇게 씹어뱉듯이 마지막 경고를 남기는 것을 잊지 않았다.

경찰관이 돌아가자 비로소 숨어 있던 일행들이 하나둘 법당에 다시 모여들었다. 새삼스럽게 신랑신부에게 축하 인사를 했고 두 사람의 결혼 사실을 중앙당에 보고하겠다는 당원도 있었다. 법당 한쪽에서 소리죽여 흐느끼는 소리가 들렸다. 한 여당원이, 결혼식이 너무 초라해 눈물을 참을 수가 없다고 어깨를 들먹였다. 그 여당원의 말처럼 아주 쓸쓸하고 보잘것없는 혼례식이었다. 그러나 은희로서는 이 세상에서 더 바랄 것 없는 아주 크고 큰 축복이 아닐 수 없었다.

8

꿈같은 달콤한 신혼은 짧게 끝났다. 은희의 동생이 비밀 아지트에 나타난 것이 그 신호였다. 동생이 비밀 아지트에 모습을 나타냈다는 사실은 많은 것을 시사했다. 당에서 인정하지 않은 사람은 아지트 출입을 절대 허용하지 않았다. 아지트 출입의 허용은 당에서 그 신분을 인정했다는 것과 다름없었다. 당원의 처남 또는 은희의 동생이라는 사적 관계를 당에서 인정할 리 없었다. 사사로운 개인 관계는 말썽의 동티가 될지언정 당에 도움이 되는 일은 드물었다. 그렇다면 동생이 당원이 되었다는 뜻임에 틀림없었다. 당원이 되려면 상응하는 공을 세우거나 신분상 인정을 받아야만 한다. 경찰관으로 근무하고 있던 동생이 당이 인정할 만한 공을 세워 당원이 되었다면, 집안을 발칵 뒤집어엎고도 남을 만큼 큰 분란을 일으켰을 개연성이 아주 높았다. 그렇지 않고서야 어찌 당의 신뢰를 얻었겠는가. 동생을 만난 순간 은희는 걱정이 앞섰다. 동생의 입을 쳐다보려니 겁이 났다. 저 입에서 무슨 말이 튀어나올지 상상하고 싶지 않았다. 동생이 그냥 눈앞에서 사라져주었으면 하는 바람으로 눈을 질끈 감았다. 그러나 그렇다고 모면할 수 있는 일은 아니었다. 사람이 숨 쉬고 살아가는 일 자체가 슬픔과 고통의 갈마듦 아니던가. 그러므로 어떤 슬픔이나 고통이 닥치더라도 그것을 견디고 이겨내야 하는 것이 살아가는 일 자체였다.

"아버지가 누나만 찾다 눈을 감았대."

가슴이 철렁 내려앉았다. 열리지 않기를 바랐던 입이 열리고 결국 듣지 않았어야 할 말을 듣고 말았다.

"눈을 감다니, 그게 무슨 말이야."

와락 덤벼들어 동생의 손을 틀어잡았다.

"나도 몰라. 나중에 들었어."

"너도 임종을 못 했어?"

눈물이 그렁그렁 고인 눈으로 은희를 쳐다보는 동생의 얼굴이 일그러졌다.

"내가 죽일 놈이야. 내가 누나 방에서 누나가 보던 책이며 팸플릿을 보지 않았다면, 누나가 쓴 일기장을 보지 않았다면 좋았을걸. 그것을 본 나는 반드시 새 세상이 오리라는 확신을 갖게 되었지 뭐야."

은희가 읽던 책을 읽고 몰래 감추어둔 팸플릿 뭉치를 꺼내 뒤적이며 은수는 가슴이 뛰더라는 것이었다. 사람이 손에 쥐고 있는 것에는 가치를 덜 두고 손에 쥐고 있지 않은 것을 귀하게 여기고 동경하는 것은 으레 있는 일. 팸플릿에 나타나 있는 공산사회의 이상적인 모습에 매료된 은수는 그 세계를 동경하게 되었고, 그가 지득한 공산당에 관한 지식을 동료 경찰관들을 상대로 퍼뜨리기 시작했다. 미군정에서 공산당을 합법적 정치단체로 인정해주고 있을 때는 별 탈이 없었다. 그러나 공산당의 거듭된 불법 시위와 폭력 사건을 겪은 미군정은 급기야 공산당을 경계하고 집회와 시위를 통제하기 시작했다. 남로당으로 얼굴을 바꾼 공산당은 지하로 숨어들었고, 활동 또한 제한받았다. 미군정 당국의 정책 변화에 도리어 반발한 은수는 은밀히 경찰 내 동조자를 포섭해 나갔다. 거기에다 사촌으로부터 돈을 빌려 활동 자금으로 쓴 것이 탈을 내 그는 당국의 수배를 받는 신세가 되어 경찰에서 파면되었고 쫓기는 신세가 되고 말았다. 이를 비관한 아버지는 몸져누웠고, 공산당에 딸과 아들을 다 뺏겼다며 비통해하다 그만 세상을 뜨고 말았다는 것이다.

"아마 엄마나 동생들도 그 동네서는 더 살 수 없을 거야."

듣는 것마다 기가 막혔다.

"그 동네서 살 수 없다니, 그게 무슨 말이야?"

"요즘 빨갱이로 찍히면 살아가기 힘들어. 사촌 형이 논밭을 다 정리해주기로 했어. 정리되는 대로 어디 서울 같은 대처로 나가야지, 안 되겠어."

그로부터 며칠 후 은수는 다시 은희를 찾아왔다.

"내일 우리 식구 모두 서울로 올라가기로 했어."

"엄마는 어때?"

"내가 집에 갈 수 없어 뵌 지 오래됐어. 속이 어디 속이겠어. 다 문드러졌겠지. 서울 올라가면 내가 모실 수 있을 거야."

은희는 은수를 따라나섰다. 해가 지고 땅거미가 질 무렵이었다. 산어름에 이르렀을 무렵 발길에 어스름이 밟히기 시작했다.

밤에 어찌 산을 톺아 오르나 싶었으나 공연한 걱정이었다. 하늘에 별이 총총했다. 스스로 빛을 발산하거나 다른 별의 빛을 받아 반짝이거나, 별들이 하늘을 희읍스름하게 밝히고 있었다. 하늘의 희읍스름한 빛을 받은 산길은 또렷하지는 않았지만 나무들은 제각각 형체가 또렷해 소나무 참나무 분별이 가능했다. 시력도 제가 알아서 어둠에 적응했다. 소나무는 워낙 틀이 거하여 굳이 분별할 필요도 없었고, 상수리나무나 물푸레나무, 느릅나무도 식별이 가능했다. 앞서 가는 동생 은수의 발걸음도 거침이 없었다. 야산 등성이를 타고 얼마나 올라갔을까, 은수가 이윽고 걸음을 멈추었다. 은수는 뒤따라 올라오고 있는 은희를 돌아보았다. 옆에 다가와 걸음을 멈추고 된 숨을 몰아쉬는 은희를 바라보던 은수는 몸을 돌려 소나무 사이로 걸음을 옮겨놓았다. 우람한 소나무를 지나자 공터가 나왔다. 몇 기의 무덤이 옹기종기 사이좋게 앉아 있었다. 은희도 시제 때 가끔 와 본 선산이었다. 가슴이 턱 막혔다. 은수는 잔디가 성글고 생흙이 드러나 있는 새 묘소 앞에 서서 은희를 기다렸다. 생흙이 드러난 묘소를 본 순간 은희는 넋이 나가 정신 줄이 끊어졌다. 은희는 무너지듯 무덤 앞에 쓰러졌다. 설움이 복받쳐 오르고 가슴이 미어졌다. 부지불식간에 가슴을 쥐어뜯으며 엉엉 통곡하고 말았다. 아무리 서럽게 운다 한들 어찌 지은 죄를 조금이나마 덜어낼 수 있겠는가. 언젠가 고향을 등지고 멀리 떠나야 할 몸, 장차 벌초도 한번 못 해드릴 불효녀, 생각할수록 가슴이 미어졌다.

"이제 됐어. 이만하면 아버지도 아셨을 거야."

은수가 만류하자 마지못해 몸을 추스르고 앉았다. 눈물을 닦고 손으로 마른세수를 한 다음 보따리를 풀었다. 떨리는 손으로 준비해 간 초 두 자루를 양쪽에 세우고 북어포를 가운데 놓고 소주잔을 북어포 앞에 정성스럽게 바쳤다.

"촛불을 켜려고? 정신 있어?"

성냥을 그어 촛불을 켜려는 은희의 손을 덥석 잡으며 은수가 짜증을 냈다.

“잡혀가도 상관없어. 언제 내가 다시 아버지를 찾아뵐지 모르는데, 오늘이라도 촛불을 밝혀 내 얼굴을 보여드리고 싶어.”

은희의 간절한 마음을 은수도 어쩌지 못하였다. 성냥을 북 그어 촛불을 켜고 절을 올리는 누나의 모습을 눈물이 흥건하게 고인 눈으로 묵묵히 바라보았다.

‘아버지, 죽을죄를 지었습니다. 용서받을 자격도 없는 불효녀, 다음 세상에 가서 잘 모시겠습니다.’

술병을 들고 무덤을 돌아가며 술을 따라드렸다. 술을 따라 바치는 동안 두 눈에 흐르던 눈물이 그쳤다. 불을 끈 후 초는 그대로 세워두고 북어포와 빈 술병과 술잔을 무덤 앞에 그대로 둔 채 은희는 무거운 발걸음을 돌려 산을 내려왔다.

9

그래, 상봉동 아지트에서 김병산을 만난 것이 모든 문제의 발단이었다.

그렇지만 되돌리고 싶지도 문제를 피하고 싶지도 않았다. 이 모든 문제가 은희 자신만의 것으로 국한하지 않고 국가와 민족의 문제로 외연이 확대되어 역사와 연결되어 있음을 은희는 이미 명확히 인식하고 있었다. 개인의 문제라면 물릴 수도 그만둘 수도 있을지 모르겠지만 이미 그 범위를 훨씬 벗어난 문제였던 것이다.

빠르게 시가지를 벗어난 열차는 질푸른 너우니 대밭을 뒤로 물리고 개양역에 가까워지고 있었다. 낯익은 산과 들이 모두 뒤로 사라지고 은희 홀로 떠밀려가고 있는 것 같아 쓸쓸했다. 고향을 등지고 낯선 땅을 향해 떠나고 있는 은희는 양쪽 볼을 타고 줄줄 흘러내리는 눈물을 그대로 두었다. 앞자리의 부부와 옆 자리의 중년 남자가 흘끔흘끔 쳐다보는 눈치였으나 개의치 않았다. 그들은 눈에 보이는 대로 짐작하리라. 소박맞고 쫓겨 가는 아낙으로 볼지, 가슴속에 새끼를 묻은 슬픈 어미로 볼지, 친정어머니의 부음을 듣고 고향을 찾아가고 있는 아녀자로 볼지, 어떻게 보든 전혀 모르는 사람들인데 무슨 상관있겠는가. 고향을 등지고 낯선 타관으로 가고 있는 자신의 처지를 누가 알아보고 말고 할 것도 없지 않겠는가.

기차는 한나절을 달려 낙동강을 건넜다. 곧 삼랑진에 도착했다. 삼랑진에서 서울로 올라가는 기차를 바꿔 탄 일행은 저녁 늦게 서울역에 도착했다.

서울역에 도착하여 대합실로 들어간 은희는 먼빛으로 병산을 바라보며 매점 앞에 서서 주위를 두리번거렸다. 고개를 숙이고 발끝으로 바닥을 몇 번 긁고 있었더니 웬 구둣발이 시야로 불쑥 들어왔다. 고개를 들자 곧 눈이 마주쳤다. 눈이 유난히 크다고 생각하며 얼굴을 쳐다보려는 순간 상대방이 고개를 끄덕이더니 곧 몸을 돌려 대합실 입구를 향해 걷기 시작했다. 대합실 앞에 진을 치고 서로 짐을 맡겠다고 다투고 있는 지게꾼들과 리어카꾼들 사이를 헤치고 광장으로 나가자 앞서 나간 병산이 걸음을 멈추고 은희를 기다리는 눈치였다.

"나는 당에 가봐야 할 것 같소. 저 청년 동무가 집으로 안내할 거요. 집이 허름하고 협소해도 어쩌겠소. 세간은 다 구비해두었다니, 정리

되는 대로 푹 쉬고 있으시오. 일 끝나는 대로 바로 가겠소."

"걱정 말고 다녀오세요."

병산은 눈으로 작별인사를 하고 돌아서 바삐 걸음을 떼놓았다.

진주에서 동행했던 젊은 당원은 인사도 없이 어디로 갔는지 보이지 않았다. 역 대합실에서 만난 청년 동무의 손에 그 젊은 당원이 들고 온 가방이 들려 있었다. 청년 동무는 걸음이 빨랐다. 역 광장을 지나고 길을 건너 세브란스 병원 뒷골목으로 들어섰다. 골목에 들어서자 식당이 몇 군데 보였다. 아침도 먹는 둥 마는 둥 하고 진주를 떠난 사실이 상기되었다. 회가 동했으나 밥 타령을 하고 있을 계제가 아니었다. 청년 동무 걸음에 보조를 맞추려니 마음과 몸이 다 바빴다. 왼쪽으로 서울역 역사를 건너다보며 콘크리트 다리를 건넜다. 다리 아래에는 여러 갈래의 철로가 뻗어 있고 철로마다 객차와 화물차가 몇 량씩 정차해 있었다. 다리를 건너자 염색공장과 가죽공장이 잇따라 나타났다. 염색약품 냄새가 코를 찌르고 무두질할 때 사용하는 화학약품 냄새로 숨을 쉴 수 없었다. 청년 동무는 그 악취에 익숙한 듯 늠름히 걷고 있었으나 은희는 수건으로 코를 막지 않을 수 없었다. 얼마나 걸어갔을까 악취가 점점 덜하다 싶을 즈음 청년 동무가 골목길로 접어들었다.

골목으로 들어가 얼마 걷지 않아 청년 동무가 걸음을 멈추었다. 대문을 두드리고 은희를 돌아보았다. 곧 대문이 열리고 젊은 남자가 들어서는 은희를 향해 꾸벅 머리를 숙여 인사를 했다.

방 두 칸에 부엌이 딸린 작은 집이었다. 수리를 하고 도배도 새로 해 청결했다. 간이 이불장 안에는 솜을 넣은 이불과 요와 베개 등 침구 일습이 갖추어져 있었다. 부엌으로 나가 보니 쌀독에 쌀이 가득 들어 있고 땔감도 수북이 쌓여 있었다. 숯이나 코크스를 때는 화덕도 있고 식기 및 부엌 용품 일습이 구비되어 있었다. 누군지 살림에 밝은 이가 솜씨를 발휘한 것으로 보였다. 이렇게 알뜰히 신경을 써주어 고맙다는 인사를 하고 청년 동무들을 돌려보냈다.

방에 혼자 남은 은희는 천장 가운데 늘어져 있는 알전구의 스위치를 돌렸다. 송전 시간이 아닌지 아니면 전선이 연결되어 있지 않아서인지 불이 들어오지 않았다. 문갑 위에 성냥이 보였다. 성냥을 그어 옆에 있는 남포등에 불을 밝혔다. 문갑 위에 있는 거울 속에 비친 자신의 얼굴을 살피던 그녀는 힘없이 미소를 지었다. 거울 앞에는 세면비누와 크림통과 분첩 따위 여성 용품이 갖추어져 있었다.

밥을 지어 시장기를 해소하자 졸음이 퍼부어 감당할 수가 없었다. 자리도 펴지 않고 그냥 쓰러져 잠들고 말았다. 얼마나 잤던지, 소스라쳐 놀라 눈을 떴다. 어느새 방문이 환했다. 급히 옆을 둘러보았다. 병산은 보이지 않았다. 왔다가 다시 나갔는지 아니면 오지 않았는지 모를 일이었다. 남포등이 그대로 켜져 있는 것으로 보아 오지 않은 것이 분명했다. 급히 남포 심지를 줄이고 불을 껐다. 등유가 바닥에 남아 있어 심지가 헛 타지 않아 다행이었다. 그리고 그이를 마중하지 않고 잠에 떨어진 민망스러운 모습도 보이지 않아 다행이었다. 그러나 그 다행은 하루가 다 가도록 나타나지 않은 병산으로 인하여 근심으로 변하였다. 당 사업 때문에 늦을는지도 모르리라던 청년 동무의 귀띔이 상기되었으나 걱정이 덜어지지는 않았다. 서울에서의 두 번째 밤은 병산을 기다리다 거의 뜬눈으로 새고 말았다. 서울 생활을 예고하는 것이었던가. 그이 없는 밤이 사흘이나 계속되었다.

"미안하오. 우리 오는 날에 맞춰 일이 터질 줄 내가 어찌 알았겠소."

'당성은 정치투쟁을 통하여 강화된다!' 하늘 같은 병산의 신조였다. '선당후사(先黨後私)!' 그 좌우명을 가슴에 품고 당 투쟁 사업에 헌신하고 있는 것이 병산이었다. 그런 그이를 어찌 사사로운 일로 원망하거나 나무랄 수 있겠는가. 도리어 오랜만에 만난 것이 흠감하여 다급히 덤벼들어 그이의 목에 팔을 감고 매달렸다. 병산 또한 그녀를 불끈 안았다. 둘은 아무 예열 과정 없이 단번에 확 불이 붙어 급하게 타올랐다. 둘은 삽시에 뜨거운 불덩이가 되고 말았다.

10

병산이 전지 크기의 서울 지도를 펼쳐 벽에 걸었다. 산과 들은 초록색으로 표시되어 있고 시가지는 황적색으로, 건물 밀집지역은 붉은 선으로 반듯반듯하게 구획 짓고 동명을 명기해놓은 것이었다.

"당분간 서울 구경이나 다니며 지리나 익혀두구려. 전차를 타고 청량리에서 노량진역까지 놀이 삼아 오며 가며 하다 보면 서울 지리가 익숙해지지 않겠소."

병산은 손가락으로 지도를 짚어가며 청량리와 영등포 일대의 특색을 설명했다. 청량리는 동쪽 방면으로 나가는 교통 요충지로 양주, 양평, 여주, 장호원 등 경기도 동부지역과 강원도와 물산의 교류가 빈번하고 영등포는 서쪽 방면 인천, 부천, 시흥 등 경기도 서부지역의 물산 집산지로 교통의 요지라고 했다.

"청량리, 영등포 외 정릉, 신촌, 마포, 왕십리 등 외곽지역도 혁명사업 수행을 위해서는 쓸모가 많은 지역이므로 잘 익혀두는 게 좋을 거요."

손가락으로 일일이 동명과 지명을 짚어가며 자세히 설명하는 병산의 말에 귀를 기울이고 있던 은희는 의아하였다. 서울 구경이나 다니라는 줄 알고 가슴 설렜는데, 정작 병산은 은희에게 당 사업을 위해 지리를 잘 익혀두라는, 즉 임무를 부여하고 있었던 것이다. 하기야 임무를 부여하고 있는 이상 소홀히 들어 넘길 수는 없는 일이었다.

병산의 출타는 기약이 없었다. 언제 어떤 임무를 수행하게 될지 모르는 위치에 있었다. 밤에도 귀가하지 않는 일이 잦았고 하루 이틀 소식이 없는 날도 부지기수였다. 그런 사정이고 보니 은희에게는 시간이 감당하기 벅찰 만큼 넘쳐났다. 그 넘쳐나는 시간을 주체할 방편으로 서울 지리 익히기를 임무로 부여한 것인가, 그렇게 생각하니 도리어 마음이 편안해졌다.

시내 중심지를 관통하는 전차를 타고 노량진에 가면 영등포는 몇 발 되지 않았다. 청량리는 청량리 대로 특색이 있었고 공장이 많은 영등포는 또 그 나름의 특색이 있었다. 몇 번 왕래하지 않아 두 지역은 웬만큼 눈에 익힐 수 있었다. 그밖에도 은희는 동대문이나 남대문 일대를 자주 찾았다. 두 곳 다 상설시장이 크게 서 있었다. 살림에 필요한 갖가지 생활용품이 넘쳐났고 사람도 항상 붐볐다. 각종 사치품들이 눈부시게 진열되어 있는 화신이나 신세계, 미도파 같은 백화점에는 별로 마음이 내키지 않았다. 어쩌다 들렀다가도 기가 질려 서둘러 돌아 나오고는 했다. 그러나 동대문시장이나 남대문시장은 구경거리가 많아 발걸음이 절로 그쪽으로 향하고는 했다.

서울역 또한 은희가 자주 찾는 곳이었다. 일정한 시간에 기차가 늘 떠나고 도착하는 서울역은 언제나 달콤한 우수를 자아냈다. 서울역에 들어서면 불현듯 어딘가로 떠나고 싶었다. 기약은 없을지라도 무턱대고 기차를 타고 낯선 고장으로 가서 낯선 사람이나 낯선 풍물을 만난다는 것은 얼마나 가슴 설레는 일인가. 고향 생각 때문인가. 낭만적인 분위기가 감돌고 있는 서울역은 아무리 자주 가도 질리지 않았다.

"아니, 은희 아이가? 은희가 여긴 웬일이야?"

동대문시장에 가면 마음이 저절로 부자가 되었다. 각종 피륙이 더미로 쌓여 있는 드팀전, 쌀 보리 콩 각종 곡물 가마를 천장까지 높이 쌓아놓은 곡물전, 고등어 조기 우럭을 좌판이 미어지도록 널어놓은 어물전, 몇 갈래로 나누어진 시장 통을 오고 가면 저절로 마음이 넉넉해지고 부자가 된 것 같아 심심하면 동대문시장을 찾아가고는 했다. 그날도 약간의 필요한 물건을 핑계 삼아 동대문시장을 어슬렁거리고 있는데, 누군가 팔을 덥석 잡으며 호들갑을 떨었다. 서울에 아는 사람이 있으리라고는 생각해본 적이 없던 은희는 화들짝 놀라며 팔을 뺐다.

"놀라긴, 나 모르겠나?"

"아, 난 또 누라고!"

고녀 동창 영순이었다. 농협에 다닌다는 말은 들었지만 자주 만난 적이 없어 거의 잊고 지냈다. 하기야 서울에서 지역 출신 유수한 사업가와 결혼식을 성대하게 올렸다는 소문은 들은 적이 있었다. 경계심을 풀며 부드러운 미소를 띠고 쳐다보았다.

"반갑다 얘. 이게 얼마 만이고. 그래, 뭐 사러 나왔나?"

"아니, 꼭 필요한 것이 있어 온 건 아니고. 그냥 구경 삼아 둘러보고 다녔어. 넌?"

"그래, 구경할 게 많기는 하지. 나는 손님 치를 일이 생겨 장을 보려 나왔어."

"그럼 바쁘겠네. 어서 볼일 봐."

"아냐. 벌써 장을 다 보고 짐꾼한테 시켜 집에 보냈어. 진주도 아이고 서울서 만났는데 이대로 헤어지기가 영 그렇네. 시간 되면, 우리 집으로 가자? 여서 멀지 않아. 바로 길 건너, 이화동이야."

경계할 대상은 아니었으나 그래도 망설여졌다. 사람과 엮이는 것을 늘 조심해야 한다는 병산의 당부가 상기되었다. 그래도 고향 동창생을 만났는데, 이대로 헤어지기는 서운했다.

"그래도 될까. 서울은 눈 뜬 사람 코 베 가는 곳이라던데."

"여학교 동창 보고 하는 말 좀 보게. 잔말 말고 어서 가자."

영순은 은희의 손을 잡고 이끌었다. 둘은 나란히 걸어 시장 통을 벗어났다. 전차가 지나가기를 기다리던 두 사람은 대로를 건넜다. 비로소 영순의 옷차림에 눈이 간 은희는 흠칫 놀랐다. 위아래 다 고급 양단 차림이었다. 가죽 구두도 광택이 번쩍거렸다. 양손 손가락에는 다이아몬드를 박은 백금반지가 반짝이고 있었다. 웬만한 부잣집 마나님 외양이 아니었다. 대로에서 오른쪽으로 꺾어 얼마 가지 않아 영순이 걸음을 멈추었다. 우람한 2층 양옥 앞이었다. 담장이 두 길 높이는 되어 보였고 담장 위에는 가시 철망이 촘촘히 쳐져 있었다. 거대한 대문 옆 쪽문의 초인종을 누르자 안에서 철컥 빗장 벗기는 소리가 들렸다. 영순의 뒤를 따라 쪽문에 발을 들여놓던 은희는 넓은 정원에 눈이 휘둥그레졌다. 넓은 마당에는 잔디가 깔려 있었고 담장을 따라가며 가꾸어져 있는 화단에는 장미, 작약, 철쭉 등 화초가 서로 예쁜 자태를 다투듯이 가득 피어 있었다. 나비가 꽃을 따라 날고 있었고 벌들도 잉잉거리며 꽃술 깊이 침을 박고 꿀을 채취하고 있었다.

현관으로 들어가자 또 문이 있었다. 거실 문을 열고 영순은 은희가 들어오기를 기다렸다. 거실에 들어간 순간 은희는 다시 기가 죽었다.

바닥에 깔린 아라비아 산 카펫을 밟으려니 발이 잘 떨어지지 않았다. 벽난로 위에 걸린 모형 비행기가 기이해 보였고, 사방 벽에 걸려 있는 몇 폭의 서양화와 동양화가 내뿜는 고상한 문화적 분위기도 기를 죽였다. 거실 창 쪽에 육중하게 앉아 있는 마호가니 테이블과 테이블 양쪽에 놓여 있는 가죽 소파 역시 집주인의 부와 위세를 한껏 뽐내고 있는 것 같았다. 너무 잘산다! 생각할수록 은희는 기분이 척척했다.

"은희 너 부청에 다닌다고 우리 동창들이 다 부러워한 것 알지?"

언제 준비했던지 아주머니가 쟁반에 단팥죽과 찹쌀떡을 가져와 마호가니 테이블 위에 놓았다. 팥을 으깨 달게 쑨 단팥죽은 이른바 젠자이라고 하던 일본식 단팥죽이었다. 찹쌀떡도 설탕을 친 팥 앙금 고명의 일본식 모찌떡이었다. 어릴 때 먹고 싶어도 먹기 쉽지 않던 고급 기호식품이었다. 망설이는 기색을 보이는 은희에게 영순은 턱 밑까지 단팥죽과 찹쌀떡을 들어 올리며 먹으라고 재촉했다.

"동창생 중에 부청에 다닌 것이 어디 나 하나였나. 명희, 다경이, 봉례도 있었는데."

"그래도 은희 넌 실력으로 붙었잖아. 뭐니 뭐니 해도 실력 이기는 것 있어!"

"영순이 너야말로 사업가와 거창하게 혼인식을 올렸다고 우리 모두 얼마나 부러워했다고."

"어쩌다 보니 그렇게 됐지, 내가 뭐 내세울 게 하나나 있었나 뭐."

"그게 복이지, 복이 달리 있나."

"어쨌든 반갑다. 서울로 이사 왔다니까, 신랑도 함께 놀러 와. 우리 그이와 알아서 나쁠 것 없어."

"말만 들어도 고맙다. 언제 시간 봐 함께 올게. 하지만 그이가 하는 일이 하도 바빠 짬이 잘 날라나 몰라."

"아무리 바쁘다고 해도 그렇지. 시간은 사람 마음이 만드는 건데, 다 성의 아니겠나."

"그래, 알았어."

이런저런 고향 이야기는 끝이 없었다. 집에서 손님이 기다리는 걸 깜빡 잊었다는 핑계를 대고 은희는 겨우 자리에서 일어났다. 대문 밖까지 배웅하며 영순은 다음에 꼭 오라고 몇 번이나 당부를 거듭했다. 그러나 은희는 영순의 집을 나온 순간 탁한 기운으로부터 벗어난 듯 홀가분한 기분이 되었다. 비로소 맑은 공기를 심호흡하며 답답한 속을 씻어냈다. 부자로 사는 것을 옛 동창에게 자랑하기 위해 온갖 수완을 발휘하는 것 같던 영순의 언행이 고까웠다. 다시 만나자고 다짐은 했지만 별로 만나고 싶은 생각은 없었다.

그날 저녁 병산은 대체로 일찍 귀가하였다. 집에서 저녁을 함께 먹은 지가 언제였나, 기억이 까마득할 정도로 오랜만에 함께 저녁을 먹었다.

“오늘, 어디 구경 잘 하고 왔소?”

“여기저기 돌아다녔는데, 서울은 한두 번 봐가지고는 속을 알 수 없어 답답해 죽겠어요. 복잡해서 그런지 사람이 많아서 그런지 볼 때마다 낯설게 보여 종잡을 수가 없어요.”

“차차 익숙해질게요. 오늘 무슨 속상한 일이라도 있었소, 표정이 별론데?”

“아니, 속상한 일이 있었다기보다 동대문시장에서 여학교 동창을 만났어요.”

“반가웠겠구려?”

“반갑기는 했는데, 자꾸 권해서 그 집에 따라갔다가 그만 속이 상해서, 너무 잘살지 않아요. 시샘이 나서 그런지 기분이 영 좋지 않았어요.”

“고향 친구라면, 누군데 그렇게 잘산다는 거요?”

“신랑이 삼신물산 사장이라나 뭐, 집이 어마어마했어요.”

“삼신물산 김호경 사장을 말하는 거요?”

“맞아요. 어떻게 아세요? 공장도 하고 무역업도 한다고 했어요.”

“고향 사람 가운데서 성공한 사업가로 소문 난 사람을 내가 왜 모르겠소.”

“당신과 함께 꼭 놀러 오라고, 밥이나 한번 먹자고 하던걸요.”

“김 사장과 알아두는 것도 나쁘지는 않을게요.”

병산은 입을 꾹 다물었다. 순간 여러 생각이 갈마들었다. 김 사장을 알아둔다는 것은 어떤 기회를 잡게 될 것 같기도 하고 도리어 위해가 될지도 모르리라는 걱정도 되었다. 잠시 눈을 감고 생각에 잠겼다. 은희는 병산의 반응이 의외였다. 왜 저렇듯 심각한 표정을 짓고 있는 것일까. 그냥 별로 달갑지 않은 고향 친구를 만난 것에 지나지 않았다. 그런데 저렇듯 예사롭지 않은 반응을 보이다니 무엇 때문일까. 할 수만 있다면 머리를 열고 병산의 생각을 들여다보기라도 했으면 하는 마음 굴뚝같았다.

"가끔 만나도록 하시오."

이윽고 눈을 뜬 병산이 어깨를 다독이기라도 할 듯 다정한 목소리로 말했다. 목소리는 부드럽고 다정했으나 거역할 수 없는 엄격한 지시처럼 들렸다.

11

서울에 올라온 지 두 달쯤 지났을 무렵이었다. 전에 보지 못했던 사내가 골목을 기웃거리는 기색이라며 경계하던 병산은 며칠 후 더 지체할 수 없다며 내일 당장 집을 옮겨야 하겠다고 했다. 다음 날 병산이 출타하고 얼마 있지 않아 서울역에 마중 나왔던 낯익은 청년 당원이 집에 나타났다. 청년 당원은 요긴한 소지품 몇 가지만 챙겨든 외출복 차림의 은희를 만리동 고개로 안내했다. 만리동 고개를 넘어 공덕동 마루턱에 이른 청년 당원은 골목 안쪽으로 들어가 한 양철집 앞에서 걸음을 멈추었다. 청년 당원이 안에 연통을 넣자 죽담 가운데 있는 판자문이 열렸다. 판자문을 열어준 아주머니가 은희를 쳐다보며 희미하게 미소를 띠었다. 아주머니는 이칸통의 작은 집 곁방을 손으로 가리켰다.

"세간은 나중에 저희가 다 옮겨오겠습니다. 선생님은 저녁에 오실 겁니다."

은희에게 곁방 문을 열어준 다음 청년 당원이 귀엣말하듯 낮게 속삭였다. 청년 당원이 돌아가고 나자 한없는 고요가 적적하게 밀려왔다. 마당도 손바닥만 하고 방도 협소하였다. 중림동 집은 양반이었다. 작지만 마당도 있고 가운데 마루를 두고 양쪽에 방이 있는 두 칸 집이었다. 공덕동 집은 거기 비하면 오두막집에 지나지 않았다. 방이라야 두 사람 들어가 앉으면 꽉 찰 정도로 좁았다. 신문지로 도배를 한 벽은 을씨년스러웠다. 부엌은 더 볼품없었다. 살강 하나도 제대로 없어 기명 몇 개 올려놓을 데도 없었다. 물독도 한 개뿐이어서 나날이 공동 샘에서 물 길어 오기 바빴다. 땔나무가 귀해 솥이 걸려 있는 아궁이에 불을 지피는 일이 드물었다. 석유화덕에 양은냄비를 올려 밥을 짓고 국을 끓였다. 낙이 없는 팍팍한 생활이 이어졌다. 그이 하나를 세상의 전부로 알지 않았다면 하루도 견디기 힘든 나날이었다.

"오후에 북아현동 아지트를 한번 다녀오시오."

병산은 북아현동 아지트 약도를 그려 은희에게 건네주었다.

"오늘 당 사업이 있는 날이오. 거기 가면 앞으로 도움 받을 많은 동지를 만나게 될 것이오."

은희는 귀가 번쩍 띄었다. 많은 동지를 만날 것이라니, 약도를 받아 든 순간 가슴이 두근거렸다.

병산이 먼저 집을 나가고 얼마쯤 뜸을 들인 다음 은희도 집을 나섰다. 경계의 촉수를 최대한 가동시키며 마주치는 사람의 눈을 피하고 뒤를 밟는 수상한 사람이 없나 신경을 곤두세웠다. 길을 몰라도 여기저기 함부로 물어물어 갈 수는 없었다. 가급적 약도에 표시된 가게나 건물을 확인하며 기웃거리다 보니 자연 걸음이 더뎠다. 애오개를 지나 북아현동 큰길로 들어서 얼마쯤 걷고 있을 무렵 어디선가 피아노 소리가 희미하게 들려왔다. 피아노 소리가 구원의 복음처럼 반가웠다. 피아노 소리를 향해 은희는 걸음을 재촉했다. 피아노 소리가 점점 가까워졌다. 피아노 학원 옆에 아지트가 있다고 했다. 찾는데 어려움을 겪고 지체했던지, 방문이 안에서 잠겨 있었다. 셋 둘 셋 둘, 병산으로부터 들어두었던 대로 노크를 하자 방문이 열렸다. 먼저 온 20여 명의 당원이 둘러 앉아 있었다. 의외로 맨 앞자리에 병산이 앉아 있었다. 예상하지 못했던 일이라 잠시 쭈볏거리고 있는데 병산이 가볍게 손을 들어 보였다.

"……조직 사업은 용이한 것이 한 가지도 없습니다. 자유롭게 행동할 수도 없고, 기다리는 사람도 찾아가도 반기는 사람도 없습니다. 은밀히 행동해야 하고 언제 어떤 위험이 닥칠지 모릅니다. 거기에다 자금 또한 넉넉지 못합니다. 동지들 가운데는 끼니를 거르는 이도 있습니다. 이런 고난 속에서도 우리가 꿋꿋이 혁명운동을 실천해 나가는 이유는 혁명이 아니고서는 우리나라가 나아갈 올바른 길이 없기 때문입니다. ……그런데 우리는 특별히 경계해야 할 것이 있습니다. 혁명을 빙자하여 자신의 입지를 세우려는 이상한 부류들이 날뛰고 있습니다. 우리 조직 사업을 뚜렷한 계급의식이나 공산혁명에 대한 신념, 공산당에 대한 충성심 없이 단지 공산주의 운동에 가담하는 것이 곧 진보적이요 혁명적이요, 참 인간을 옹호하는 저항운동이라 여기는 사람들이 있습니다. 이들이 공산당에 입당하는 이유는 다름 아니라 자신이 시대를 앞서가는 첨단 지식인인 양 뽐내기 위한 것입니다. 이런 허위의식에 사로잡힌 인사들, 우리는 이런 가짜들을 경계해야 합니다."

은희가 방 안을 살피며 앉을 자리를 물색하고 있는 동안에도 병산은 하던 당원 지도를 계속해 나갔다.

"……대개 유산자 집안 자제들의 공산당에 대한 관념은 이상주의적이며 심지어 낭만적이기까지 합니다. 온화한 서재에서 책이나 팸플릿을 뒤적이며 습득한 어설픈 지식으로 혁명을 하겠다고 하는데 우리는 이들을 경계해야 합니다. 혁명은 행동으로 구체화되는 것이지, 책에서 엿본 사회주의 사상에 공감하고 이 세상의 구원자로서 행세할 길을 물색하다 공산당에 입당한 이들은 정작 공산주의의 본질에는 접근할 수 없습니다. 사회주의 건설이라는, 공산주의 실현의 이상을 향한 진보적인 이데올로기의 매력을 막연히 동경하고 추종하는 이들 자칭 진보적이며 신사상 신지식인이라 자부하는 자들은 혁명이나 투쟁의 현장에 서면 어찌할 바를 모르고 허둥지둥하기 마련입니다. 우리는 이런 사이비 공산당, 의사 공산주의자, 낭만적인 허위 공산주의자를 경계하고 배척해야 합니다."

유산자 집안의 자제, 은희는 병산의 입에서 나온 그 말이 가시처럼 덜컥 목에 걸렸다. 병산이야말로 부잣집 장남 아닌가. 일본에 유학까지 다녀 온 지식이었다. 그런 지식인의 혁명의식에 스스로 비판적 의문을 제기하고 나선 것이 어울려 보이지 않았다. 그렇다면 병산은 이미 그런 더러운 허물을 다 벗어던졌다는 것인가. 아니면 그 이상의 공산주의 운동으로 모든 당원의 인정을 받고 있으므로 자신은 사이비나 의사 공산주의자, 낭만적 허위 공산주의자가 아니라는 것인가. 어쨌든 천석지기 재산을 당에다 다 털어 바친 것으로 면죄부를 받았고 그렇게 함으로써 당으로부터 인정받을 수 있었다는 것인가. 생각할수록 복잡하였다. 사상을 얻기 위해 당의 신임을 얻기 위해 집안을 거덜 내고 망쳤던 것인가. 혁명으로 쟁취할 세상은 어떤 세상일까. 한번도 생각해보지 않았던 그런 의혹에 사로잡혀 몽롱해있던 은희는 문득 정신을 차렸다. 그사이 병산은 어디로 갔는지 보이지 않았다. 다른 지도원이 당원 지도를 하고 있었다. 그 지도원의 말은 귀에 잘 들어오지도 않았다.

"……어디까지나 공산혁명을 목적으로 하는 계급의 당이며 노동자 농민을 조직의 핵심으로 하는 공산주의 당인 것입니다. 인민이라 함은 전 민족을 의미하는 것이 아닙니다. 공산혁명을 위한 일정한 계급을 지칭하는 것입니다. 그리고 민주주의 개혁을 실시한다는 것은 북조선이 갖추고 있는 공산정권의 여러 태세를 남조선에도 갖추자는 것입니다. 민주주의적 완전 독립 국가를 건설한다는 것 또한 공산주의 국가수립을 위한 혁명을 말하는 것입니다. 우리는 가까운 시일 안에 장군이 서울에 오셔서 우리를 지도할 날이 임박했음을 굳게 믿고 있습니다."

대략 그런 내용을 자신 있는 어투로 힘주어 말하고 있었다.

듣는 둥 마는 둥 하고 있는 사이 열띤 음성으로 지도를 하던 지도원도 교육을 마쳤다. 회합 종료 지침이 내린 것인지 한 사람 두 사람 방을 나가기 시작했다. 주위를 두리번거리며 찾았으나 병산은 아무 데도 보이지 않았다. 어찌해야 할지 막막했다. 그냥 집으로 돌아가야 할지 병산을 찾아봐야 할지 갈피를 잡을 수 없었다. 하나하나 방을 나가고 이제 남은 사람은 몇 되지 않았다. 가까이 있는 사람에게 병산의 행방을 물어본 다음 행동을 취해야 하리라 생각하고 막 몸을 일으키려 하는데 누군가 말을 붙였다.

“김 동무를 찾고 있나 봐요?”

멈칫하며 돌아보았다. 자신보다 훨씬 연장자로 보이는 파리한 얼굴의 여인이 옆에 바짝 다가서 만면에 웃음을 띠고 있었다. 몹시 야위고 혈색이 좋지 않아 어디 아픈 데라도 있는 것인가 생각하며 고개를 주억거렸다.

“그렇지 않아도 김 동무께서 저에게 부인과 저녁을 함께 좀 보내달라고 부탁하고 갔습니다.”

그래서 아까부터 병산이 보이지 않았던 것인가. 뒤늦게 그렇게 생각한 은희는 그이 나름의 배려를 한 것이려니 여기자 마음이 다소 가벼워졌다.

“그랬군요. 저는 그런 줄도 모르고 찾고 있었어요.”

“함께 나갈까요. 저녁에 부인을 늦게 보내도 괜찮다고 했어요.”

“짓궂은 데가 있어요.”

“부인을 믿으니까, 그렇지요.”

북아현동 아지트를 나오자 여인은 걸음을 재게 놀렸다. 허약해 보이는 몸에 비해 걸음걸이가 아주 빨랐다. 활동적인 성품 때문이거나 평소 수행한 당 사업이 민첩한 행동을 요구한 탓에 빠른 걸음걸이가 몸에 배 있는 모양이었다. 재바른 걸음걸이나 민첩하기는 은희도 남에게 뒤질 생각이 없었다. 여인과 어깨를 나란히 겨루며 애오개 비탈길을 넘어 중림동으로 들어섰다.

"함께 저녁을 보내라는 것은 무슨 대접을 하라는 부탁인데, 저가 형편이 어려워서 밖에서 식사 대접을 할 수도 없고, 제 집으로 가지요. 제가 사는 꼴이나 한번 구경하세요."

"동지들 사는 형편이 다 어렵다고 들었어요. 함께 동무해주는 것보다 더 좋은 대접이 어디 있겠어요."

"혁명가 부인은 역시 다른 데가 있군요! 그렇게 너그럽게 생각해주다니 고마워요."

"저도 변변히 대접할 형편이 아닌데, 부담 갖지 마세요."

"어쨌든 제가 사는 데 가서 제가 평소 먹는 대로 저녁이나 함께 듭시다."

중림동을 거쳐 염천교를 건넜다. 서울역 앞을 지나 남영동 초입에서 대로를 건넜다. 남산으로 올라가는 언덕바지 길로 들어선 여인은 걸음을 서둘렀다. 남영동과 회현동 경계지점의 언덕바지에서 여인은 걸음을 멈추었다.

"아무래도 미리 귀띔을 해두는 것이 마음 편하겠어요. 제 방은 두엄이나 다를 바 없어요. 비바람이나 겨우 막아주는 널빤지 몇 장으로 꾸렸어요. 그래도 감지덕지예요. 감옥보다는 훨씬 좋거든요. 내가 드나든 어떤 감옥도 그보다 좋은 데는 없었거든요."

그냥 해본 소리려니 했으나 막상 가서 보니 험하기가 말보다 훨씬 더 심했다. 두엄 냄새가 물씬 풍기고 처마에 널빤지를 덧대 칸을 지어 놓은 것이 연신 흔들거리고 있었다. 비바람이나 온전히 막아줄 수 있을는지 의심스러웠다. 들어가자는 여인의 말을 선뜻 따르기가 주저

되었다. 은희의 반응을 이미 예상하기라도 했던지 여인은 얼굴에 웃음을 머금고 먼저 방으로 들어갔다. 어쩔 수 없이 따라 들어가기는 했으나 시멘트 포대자루를 깐 바닥에 엉덩이를 붙이려니 영 내키지 않았다.

"여태 천장이 무너진 적은 없어요. 바닥도 든든해요. 앉으세요."

태연한 여인의 태도가 너무 측은했다. 금방 눈물이 흐를 것 같아 이를 악물며 바닥에 앉았다. 여인은 능숙한 솜씨로 남포등에 불을 켰다. 방 안이 환히 밝아졌다. 방구석에 침구가 개켜져 있고 윗목에 책도 몇 권 보였다.

"잠시 앉아 계세요. 저녁을 준비할게요."

여인은 방 앞에서 풍로에 숯불을 일군 다음 밀가루 반대기를 구웠다. 구수한 냄새가 방 안에 가득 퍼졌다. 개다리소반 위에 밀가루 반대기가 담긴 쟁반과 물 대접이 각기 두 개씩 올려져 있었다.

"이게 요즘 저의 생명을 지탱해주는 주식이에요."

여인은 밀가루 반대기를 이로 뜯어 씹기 시작했다.

여인이 무안해할 것이 두려웠다. 함께 죽을 맞춰주어야 옳겠다는 생각에 은희도 밀가루 반대기를 앞니로 뜯어 어금니로 씹었다. 반죽에 소금을 쳤던지 간이 되어 있었다. 씹을수록 고소한 맛이 우러났다. 대접의 물로 목을 축이며 반대기 한 장을 다 씹어 먹고 나니 더 먹고 싶은 생각에 침을 꿀꺽 삼키고 대신 대접의 물을 마시고 아쉬움을 달랬다.

"은희 동무, 나는 스스로 고난의 길을 택한 말하자면 좀 별난 종자예요. 나 개인을 죽이고 혁명을 위해 살려고 죽을 각오를 하고 나선 것이에요. 우리 앞에는 잘사느냐 못사느냐 하는 것은 문제가 안 되어요. 우리에게는 생존이 더 중요하지요. 잘살지는 못할지 몰라도 살아서 꾸준히 당 사업에 매진할 수 있다면 우리는 그것으로 더 바랄 게 없어요."

나에서 우리로 지칭의 범위를 넓혀 말하는 속에는 병산도 은희 자신도 포함되어 있으리라 짐작하며, 혁명을 위해서라면 어떤 고난도 참고 견뎌야 한다는 지침을 실천적으로 보여주고 있는 것이려니 짐작되었다. 가슴이 묵직해졌다. 저기에 무슨 곁말을 더 보탤 수 있겠는가. 묵묵히 받아들여야 한다고 생각했다. 북아현동 아지트로 나오라 한 것도 또 저녁에 여인과 함께 시간을 보내고 오라 한 것도 다 병산이 자신에게 당 사업의 본 모습을 알게 하기 위한 방편이었음을 알아차리고 아연 긴장하지 않을 수 없었다.

"보기에 따라서는 내가 아주 가엾어 보일 수도 있겠지요. 고생을 모르고 자란 사람은 그러고도 남을 거외다. 하지만 나는 내가 아주 자랑스럽답니다. 이 고생을 모르고 한다면 내가 가여울지 모르지만 알고 하는 고생인데 왜 고통스럽겠어요. 우리 노동자 농민 모두가 인간다운 생활을 영위하고 있다면 무엇 때문에 혁명이 필요하겠어요. 노동자 농민 모두 생활 이전의 생존, 즉 연명이나 하고 있는 상태 아니에요. 그래서 혁명을 통해 이들을 구원하자는 것이지요. 나의 이런 고난은 당 사업을 위해서는 반드시 달게 받아들여야 하는 매우 당연한 것이랍니다."

여인의 말이 납처럼 무겁게 은희의 가슴을 짓눌러왔다. 생각은 작동을 멈추었고 마음은 얼어붙었다. 여인은 병산보다 더 강고한 혁명

주의자였다. 어찌나 충격을 받았던지 나중에 여인의 집에서 나와 배웅을 받을 때도 은희는 제대로 작별인사 한마디 하지 못했다. 무서운 덫에서 놓여난 듯 서둘러 그곳을 벗어났다.

나중에 안 일이지만 그 여인은 일제 때 반일운동에 뛰어들어 감옥을 제집 드나들듯 드나들었고, 동경에서 여자대학을 다닐 때도 감옥에서 살다시피 했다고 했다. 동경에서 공산주의 운동에 본격적으로 뛰어들어 맹활약한 투쟁적인 열성 당원이라고 했다.

"대접 잘 받고 왔소?"

방으로 들어가 가벼운 차림으로 옷을 갈아입고 나자 병산이 물었다.

"예, 아주 훌륭한 분이었어요."

"당 사업에 아주 업적이 큰 중요 간부요."

은희는 여인의 집에서 보고 듣고 느낀 것을 한마디도 입 밖에 내 말하지 않았다. 만약 한마디라도 꺼냈다가는 자신이 간직하고 있는 모든 비밀 보따리를 풀어헤쳐놓는 것과 다르지 않으리라는 이상한 강박관념에 사로잡혀 마음이 편하지 않았다. 벙어리처럼 굳게 입을 닫고 지냈을 뿐만 아니라, 매사에 조심하였다. 여인과의 만남을 주선한 병산의 의도는 분명했다. 그러나 진주 부녀동맹원으로서 활동해온 사실을 누구보다도 잘 알고 뜻을 함께해온 동지로서 결혼도 했으며 더 많은 당 사업을 위해 서울로 올라오지 않았는가. 그렇다면 새삼스럽게 당 아지트 학습시간에 참석시키고 여인의 생활 모습을 직접 목격하게 한 데는 무슨 더 깊은 뜻이 담겨 있으리라 짐작되고도 남음이 있었다. 그 깊은 뜻이란 자명하지 않은가. 그래도 궁금증이 다 지워지지는 않았다. 그러나 어떤 것도 묻지 않았다. 의도가 어찌 되었든 바른 대로 대답해주지 않을 것 같아 두려웠다. 병산에 대한 믿음이 털끝만큼이라도 흔들려서는 안 되었기 때문이다. 궁금증은 풀지 못할지라도 병산에 대한 믿음이 조금이라도 손상되어서는 절대 안 될 일이었다.

12

하루 이틀 사흘, 은희는 혼자 버려져 있었다. 사흘 나흘 닷새가 지났는데도 병산은 소식이 없었다. 가게에 나갔더니 전차 파업으로 서울 시민의 발이 묶였다고 쑥덕거렸다. 이틀 후에 나갔더니 철도파업으로 전 국민의 발이 묶였다는 뒤숭숭한 소문도 들렸다. 전라도 경상도 일대에서 농민 폭동이 일어났고, 대구에서도 노동자 농민의 폭동이 일어나 수십 명의 사상자가 발생했다는 무서운 소문도 들렸다. 이런 뒤숭숭한 마당에 이레째도 모습을 나타내지 않다니, 불안해 견딜 수가 없었다. 하기야 철호 출산 때도 어디론지 행방을 감춘 채 소식을 몰라 어쩔 수 없이 이웃 아주머니의 도움을 받았었다. 이웃 아주머니의 도움으로 그 후에도 철호를 젖어멈에게 맡기고 병산을 돕는 일에 적극 나서기도 했지만, 언제까지 이 막막함과 쓸쓸한 생활이 계속될 것인지 불안감이 사라지지 않았다.

당에서 별다른 연통이 없는 것으로 봐 신변에 무슨 탈이 나거나 사고를 당한 것 같지는 않았다. 무슨 변고가 생겼다면 뻔질나게 드나드는 청년 당원들이 가만히 있지 않았을 것이다. 그렇다면 당에서 병산의 신변을 확보하고 있다는 뜻에 다름 아닐 것이었다. 그런 정황으로 봐 당 사업에 동분서주하고 있을 것이라 짐작하며 가까스로 가슴을 쓸어내리고는 했다. 그래도 걱정이 되어 밤을 뜬눈으로 새우며 기다리기 마련이었다. 그러기를 열흘 가까이 지났을까, 병산은 한밤중에 도둑처럼 불쑥 나타났다. 수염이 텁수룩하게 웃자랐고 땀에 전 옷은 퀴퀴한 냄새가 진동했다. 판자문을 열어주자 제대로 눈도 한번 마주치지 않았다. 단숨에 방으로 달려 들어갔다. 방으로 들어간 병산은 그냥 방바닥에 철버덕 쓰러지고 말았다. 그리고 곧바로 곯아떨어졌다. 높은 코고는 소리에 지붕이 들썩거렸다. 얼마나 고생이 심했으면 저러랴, 가엾고 안쓰러워 이불을 덮어주고 옆에 지켜 앉았다. 밤이 깊어지자 코고는 소리가 점점 수그러들었다. 코고는 소리가 잦아들자 이번에는 잠꼬대를 시작했다.

"안 돼. 안 돼. 저쪽이 무너지고 있잖아."

절박하게 외쳤다.

"저쪽을 막으라니까. 나 장군, 나 장군 저놈들을 어떻게 해봐. 어서."

급박한 상황이었던지 잠꼬대를 하면서 손을 들어 재촉하는 시늉을 했다.

"총 가진 놈들은 다 어딨어? 바리케이드를 부숴버려."

울부짖듯이 다급하게 외쳤다. 잠꼬대가 이어지는 것을 듣던 은희도 어느 순간 깜박 잠에 떨어지고 말았다.

병산은 다음 날 해질 녘이 되어서야 부스스 일어났다.

은희는 미리 준비해두었던 옷으로 갈아입게 한 후 대야에 물을 넉넉히 준비해 씻도록 했다.

"고생이 심했던 모양이에요?"

"당 사업에 고생 없는 것이 어디 하나나 있겠소."

"그래도 이번에는 시일도 오래 걸린 데다, 계속 잠꼬대하는 걸 들었는데."

"그래, 내가 잠꼬대를 한 모양이구려. 이번 일이 워낙 중차대한 당 사업이어서 몸을 좀 많이 썼어요."

당 사업에 대해서는 가급적 말을 아끼는 편이어서 물어도 시원한 대답을 기대하지 못했다. 그래서 늘 궁금증이 천정부지로 쌓여갔다.

"그래요. 다치지 않았으니 다행이에요."

궁금증을 다독이며 그렇게 얼버무리고 말았다.

은희를 쳐다보던 병산은 문득 나윤출 장군이 떠올랐다. 이번 10월 대구 인민항쟁에서 가장 혁혁한 공을 세운 자를 내세우라면 나윤출을 첫손가락에 꼽지 않을 수 없었다. 일명 나 장군이라 불리기도 하는 나윤출은 전국 각지에서 열리는 씨름대회를 거의 석권하다시피하고 황소 3백여 마리를 상으로 획득한 걸출한 역사였다. 해방 후 대구인민위원회 보안대 부대장으로 활동해오던 그는 이번 대구에서 제 손으로 미군 앞잡이 서른 놈 멱은 땄을 것이라고 큰소리를 쳤다. 미군정의 계엄령 선포로 체포령이 내리자 급히 피신하기는 했지만, 어찌 북으로 잘 넘어가기는 했는지, 끝까지 살피지 못한 것이 불안하기는 했다. 나 장군이 무사히 북으로 넘어가 10월 대구 인민항쟁의 혁혁한 공훈자로서 평양의 환대를 받기를 속으로 기원했다.

13

은희는 병산을 남편으로 만난 것보다 이 세상에 더 큰 행운이 없으리라 믿고 있었다. 소망을 이루는 것이 행운일 것이고 소망을 이루지 못해 애태우는 것이 불운일 것이다. 감히 바랄 수 없는 분수에 넘치는 대접을 받는 것을 복이 터졌다며 부러워하거나 시샘하고 아등바등 애를 써도 얻고자 하는 것을 얻지 못한 사람을 박복하다며 동정하는 것이 세상 인심일 것이다. 병산이 자신을 선택해주리라 기대하거나 바란 적이 결코 없었다. 가문이나 학벌이나 사회적 위치 어느 것으로 보나 쳐다볼 수 없는 나무였다. 남다른 높은 존재인 병산의 선택을 받은 만큼 그 큰 사랑을 늘 분에 넘치는 축복으로 여겨왔다. 병산과 함께 부부로 지내는 것만으로도 은희는 세상에 있는 복을 다 누리고 있다고 생각했다. 서울에 온 지 얼마나 되었는지, 날이 가는지 달이 가는지 모른 채 그냥 달뜨다시피 지냈다. 집을 떠날 때 지니고 온 돈이 얼마 되지 않아 곧 주머니가 비었다. 지니고 있던 패물을 팔아 용돈을 썼다. 쌀이 떨어져도 병산에게 내색을 하지 않았다. 돈 나갈 만한 물건을 내다 팔아 쌀과 반찬거리를 사 왔다. 그렇게 해소수를 지나고 났더니, 내다 팔 만한 물건이 하나도 남아 있지 않았다. 쌀독에 남아 있는 쌀이 간당간당했다. 찬거리도 떨어졌고 간장이며 된장 소금 같은 간거리도 바닥을 보였다. 서울에 올라온 이래 병산은 한 푼도 살림에 보태라고 돈을 쥐여준 적이 없었다. 쌀독이 비었는지 반찬은 무엇으로 마련하는지 전혀 관심을 보이지 않았다. 아무리 궁색해도 그런 티를 내서는 안 될 것 같은 생각에 은희의 고민이 깊어졌다.

'가난은 혁명가들의 숙명이야!' 가난을 불편하게 여겨도 안 되고 부끄럽게 생각해서도 안 된다고 병산은 엄숙한 표정으로 말했었다.

어디 손을 벌려볼 데가 없었다. 친정이 어디 있는지도 모르지만 안다 해도 찾아가봐야 별 도움이 되지 않을 것이 분명했고, 시댁 역시 서울에 올라와 있다는 말은 들었지만 어디 있는지도 몰랐고 안다고 해도 찾아가본들 그 많던 살림 다 털어먹고 제 밥벌이도 못해 도움을 청하러 왔느냐고 면박을 주면 입이 열 개 백 개라도 무슨 말을 하겠는가. 두어 끼나 끓일 수 있을까, 쌀이 독 밑바닥을 겨우 가리고 있는 것을 본 은희는 더 지체할 수가 없었다. 집을 나선 은희는 서울역에서 동대문행 전차를 탔다.

남대문을 지나 종각 정류소에 정차한 후 종로통으로 들어선 전차는 사람 걸음걸이보다 더 굼뜬 속도로 천천히 나아갔다. 종로 2가에서 3가에 이르기까지 시위대로 거리가 꽉 매워져 있었다. '일자리를 보장하라!' '우리에게 쌀을 달라!' '임금을 인상하라!' 시위 군중은 그런 구호가 적힌 플래카드를 들고 목청을 높여 외치며 거리를 행진하고 있었다. 탑골공원을 지나자 비로소 시위대가 줄어들었다. 전차가 제 속도로 달리기 시작했다. 광장시장을 지나 동대문이 저만치 바라보이자 은희는 자꾸만 마음이 뒷걸음질 쳤다. 마음은 계속 뒤로 도망치고 있었으나 은희의 그런 마음과는 달리 전차는 계속 동대문을 향해 앞으로 달려갔다. 전차가 동대문 정류소에 닿자 은희는 내키지 않았으나 전차에서 내렸다. 전차에서 내리기는 했으나 그냥 돌아가는 편이 낫지 않을까 주저하는 마음이 갈수록 더 강해졌다. 혁명가의 아내가 궁색한 모습을 보여서야 될 말인가. 게다가 이 발걸음이 혹시 그이에게 무서운 동티라도 내는 빌미가 되지나 않을까. 이런 저런 걱정으로 마음이 어두워졌다. 그러나 마음과는 달리 걸음은 이화동 쪽을 향해 계속 옮겨지고 있었다. 마음은 자꾸만 뒷걸음쳤으나 몸은 이미 영순의 집 앞에 닿아 있었다.

"지난번에 사는 데를 알아놓지 않은 걸 얼마나 후회했는지 몰라. 잘 왔다."

걱정했던 것과는 달리 영순은 속내가 의심스러울 정도로 살갑게 맞아주었다. 생활의 여유는 몸과 마음을 다 넉넉하게 하는 것인가. 영순은 부잣집 마나님답게 귀태 흐르는 얼굴에 웃음기가 가시지 않았다. 인조견 실내복도 고급스러워 보였다.

"그래 오늘 무슨 바람이 불었을까?"

"서울에 아는 사람이 있어야지, 심심할 때마다 영순이 네가 생각났지만 불쑥 찾아오는 것이 폐가 될 것 같아 망설이다 한번 큰마음 먹고 왔어."

"그래 잘 왔어. 늘 집안 귀신 노릇하려니 나도 여간 심심해야지."

"이런 큰 집에 일이 어디 한두 가지라서 심심할 짬이나 있겠다."

"사람 사는 게 안 그래. 아무리 일이 많아도 늘 같은 일이고 보면 한가지 일이나 마찬가지야."

"듣고 보니 그것도 그렇겠다. 같은 일을 되풀이하는 것은 즐거운 맛이 덜하기는 하겠지. 하지만 분란 겪는 것에 비하려고?"

"하기야 요즘 세상이 어떻게 될지, 우리 그이는 하루하루가 어떻게 될지 불안하고 무섭다더라."

"지금도 종로통이 시위대에 가로막혀 전차가 걸어오는 것보다 더

느리더구나.”

“자고 일어나면 테러 뉴스가 신문 라디오에 등장하지 않은 날이 없으니, 우리 그이는 사업이나 제대로 할 수 있을지 모르겠다며 큰 걱정이야. 미군정 당국은 공산당 때려잡는다고 야단이고 공산당은 미군 몰아내고 일제 잔재 청산해야 한다고 폭력을 일삼고 있으니, 그 등쌀에 어느 눈치를 봐야 할지 우리 같은 선량한 사람은 감을 잡을 수 있어야지.”

영순의 얼굴에 근심이 가득했다.

“어서 이 혼란이 가셔야 할 텐데!”

은희도 영순의 근심에 마음을 보탰다.

“무슨 궐기대회다 무슨 시민대회다 정치집회에 웬 공장 노동자들을 동원하느냐고 그이는 볼멘소리를 하지만 무슨 소용이야. 며칠 전에도 공산당 주도로 그이의 영등포 제사공장 여공들이 일제히 거리로 뛰쳐나가 이틀이나 손을 놓고 지냈잖아.”

“걱정이 많겠다. 없는 사람은 없어서 고생, 있는 사람은 있어서 고생, 우리가 사는 세상이 참 한심하기는 하다!”

“한편에서는 세상을 뒤집어엎어야 한다 하고, 한편에서는 주어진 세상을 잘 지켜 나가야 한다 하고, 세상에 이런 난리가 어딨어.”

“힘없는 백성들만 고생이지.”

은희는 어정쩡하게 거들었다.

“백성들 고생뿐인가, 어디. 정치 테러에 귀한 목숨은 또 얼마나 죽어 나가는데. 고하 선생이라고 들어봤지?”

“글쎄, 들어본 것 같기도 하고. 내가 정치 방면에는 영 어두워서,

원!"

"우리 그이의 말에 의하면, 일본에서 유학하고 동아일보 사장을 지낸 우리나라에서 둘째가라면 서러워할 그런 큰 인물이 작년인가 흉탄을 맞고 저세상으로 가고 말았다고 하잖아."

"권력은 피를 먹고 자란다더니, 그 말이 맞는 것 같군."

은희는 가만 듣고만 있기가 부자연스러운 것 같아 한마디 거들었다.

"그런데 정말 세상이 뒤집어지면 이를 어째?"

두려움 때문인지 영순의 얼굴에 짙은 그늘이 드리웠다.

"설마 세상이 뒤집어지기야 하겠어."

은희는 속마음과 다른 말을 태연히 하고 있는 자신이 놀라웠다.

"아, 그러고 보니, 은희 너 신랑이 김병산 씨라고 했지?"

"그래. 왜?"

"우리 그이가 잘 알더라. 진양 천석꾼 김 진사 댁 장남이라며?"

"옛날이야기지, 요즘은 그렇지 않아."

은희는 손끝이 떨렸다. 얼굴 근육이 굳어졌다. 좌불안석, 어찌 처신을 해야 할지 갈피를 잡을 수가 없었다. 그이를 안다는 말은 그이의 사상을 알고 있다는 말에 다름 아닐 것이고, 일찍부터 반일운동을 펼쳐왔고 공산주의 사상에 경도되어 활동해오고 있다는 사실 또한 잘 알고 있을 뿐만 아니라, 가산을 송두리째 남로당에 바치고 지금은 궁색한 생활을 이어가고 있다는 사실 또한 알고 있다는 말에 다름 아닐 것이었다.

"우리 그이가 그러는데 세상이 바뀌면 큰일을 맡아 할 아주 중요한 인물이라고 하던걸."

은희는 어안이 벙벙했다. 가진 사람은 으레 남로당이라면 기겁을 하고 멀리하기 마련이라 들었는데, 영순은 도리어 친근감을 나타내며 호감을 사기 위해 기분을 맞추고 있는 것 같았다. 그러나 열 길 물속은 알아도 한 길 사람 속은 모른다고 하지 않았는가. 조심해서 나쁠 것은 없었다. 경계심을 가다듬으며 말조심에 신경을 곤두세웠다.

"우리 그이가 그러는데, 고향 사람끼리 알고 지냈으면 좋겠다고, 은희 널 보면 꼭 이 말을 전해달라고 하더라."

갈수록 태산이라더니, 아주 노골적으로 친근감을 나타냈다. 사람 접근을 항상 조심하고 경계하며 지내온 은희로서는 선뜻 대답이 나오지 않았다. 하지만 말이라도 인색하게 보여서는 안 될 것 같았다.

"고향 사람 싫다는 사람 있겠어, 우리 그이도 싫다고 하지는 않을 거야."

영순은 어린애처럼 손뼉이라도 칠 듯이 좋아라 했다.

"그럼 잘 됐다. 언제 한번 같이 와. 내가 거하게 한 상 차릴게."

"우리 그이가 요즘 일이 많아. 언제 짬이 날지, 알아보고 연락할게."

사과 깎은 것과 주스도 다 마시고 양과자도 두어 개만 남아 있었다. 아마 두어 시간은 실히 지난 것 같았다. 일어나야 할 시간이 지나도 한참 지난 것 같았다. 하지만 정작 작정하고 온 일은 한마디도 꺼내보지 못하고 일어서려니 눈앞이 막막할 뿐만 아니라 못난 자신이 죽이고 싶도록 미웠다. 하지만 이제는 어쩔 수 없다는 생각에 입술을 깨물었다. 그이가 어떤 사람이라는 걸 알고 있는 영순에게 죽는 한이 있더라도 어찌 궁색한 표를 낼 수 있겠는가.

"고마웠어. 고향 친구 좋다는 걸 오늘 또 실감한 셈이다."

"벌써 가려고? 저녁 먹고 우리 그이 오면 보고 가지?"

"자기 그이 보는 사이 우리 그이는 어쩌라고."

"아, 그런가!"

영순은 은희의 손을 잡으며 작은 소리로 웃었다. 은희는 벗어두었던 마고자를 걸치고 현관으로 나왔다. 마당으로 따라 나오던 영순이 갑자기 은희의 팔을 덥석 잡으며 걸음을 멈추었다.

"아니, 은희야 잠깐만 있어."

영순은 급히 현관으로 뛰어 들어갔다. 잠시 후 서둘러 현관을 나온 영순의 얼굴에 활짝 웃음꽃이 피어 있었다.

"내가 깜빡했어. 이거……."

손에 쥐고 나온 봉투를 은희의 허리춤에 찔러주었다. 눈앞이 아찔했다. 이런 변이 있나. 내 속을 다 꿰뚫어 보고 있었다는 것인가?

"우리 그이의 말 꼭 전해줘. 알았지. 그럼 기다린다."

이게 무슨 해괴한 일인가. 삼신물산 김호경 사장이라면 사업가로서 명망이 높다는 사실을 병산도 인정하고 있었다. 그런 명망 높은 사업가가 왜 그이와 친분을 쌓으려 하는 것인가. 한 길 물속을 어찌 알랴, 그런 생각에 은희는 다시 마음이 어두워졌다. 영순은 대문을 나와 길까지 은희를 배웅했다.

14

별안간 마당이 왁자했다. 난데없는 사내들의 살기등등한 협박조의 고함소리가 집안을 발칵 뒤집어놓았다.

"이놈이 여기가 어딘 줄 알고 담을 넘어와 큰소리치고 야단이야."

"이놈들이 세상 무서운 줄 모르는 모양일세. 총 몇 방 맞는다고 내가 끄덕이나 할 줄 알아. 다 알고 왔으니, 병산이 그놈 내 앞에 불러 와."

"그런 사람 없다면 없는 줄 알고 순순히 물러갈 일이지, 죽지 못해 환장한 놈일세, 그려?"

"네놈들이 사람 목숨 파리 목숨같이 하찮게 여긴다는 말은 들었다만 내가 밥값은 좀 하는 놈이니라. 서너 놈 붙어 나를 집 밖으로 쫓아내보든가?"

협박조의 대거리를 주고받던 두 사람은 급기야 주먹질을 몇 차례 해대더니 서로 팔을 잡고 엉기었다. 한쪽은 집 안으로 돌진하려 덤비고 한쪽은 상대방을 밖으로 쫓아내려고 힘을 겨루었다. 드잡이도 막상막하였다. 한쪽이 메치면 넘어졌던 몸을 벌떡 일으켜 상대에게 겨를을 주지 않고 다리를 걸어 넉장거리를 시켰다. 불청객의 완력이나 맷집이 여간 아니었다. 사세가 기울어질 찰나 집 안에서 청년 하나가 달려 나와 힘을 보탰다. 두 사람이 힘을 합해 용을 써도 불청객을 몰아내는 데는 힘이 달렸다. 불청객을 제압하기 위해 또 다른 청년 하나가 달려 나와 두 사람에게 힘을 보탰다. 그때였다.

"형님, 오셨습니까. 안으로 들어갑시다."

김병산이 마당으로 내려서며 뒷머리를 긁적였다.

드잡이하던 무리가 일시에 동작을 멈추었다. 불청객은 손바닥을 탁탁 털며 몸을 꼿꼿이 세웠다. 병산을 쏘아보는 눈에 분노의 섬광이 번쩍했다. 다음 순간 불청객의 손이 다가오는 병산의 빰을 들입다 갈겼다. 빰을 맞은 병산은 불청객의 팔을 끼고 얼른 마루로 올라섰다. 불청객은 가쁜 숨을 헐떡이며 병산이 이끄는 대로 방으로 들어갔다. 순식간에 일어난 일이었다. 예상하지 못했던 사태 진전에 청년 당원들은 어리둥절했다. 방문이 닫히자 어안이 벙벙한 채 돌아갔다.

"거기 꿇어!"

방으로 들어선 순간 객은 눈을 치뜨고 노려보며 서슬 퍼런 얼굴로 다그쳤다. 마침 은희가 옆에 서 있었으나 거들떠보지도 않았다. 병산은 고분고분 형의 명령에 따라 무릎을 꿇었다. 손을 마주잡고 고개를 숙인 채 공손히 앉아 있는 것이 어떤 처분도 달게 받겠다는 태도로 보였다.

"내가 아우를 찾기 위해 염탐꾼 두엇을 사 부리며 두어 달 헤맸네. 오늘 내 손으로 아우를 경찰에 넘겨야겠어."

"형님, 당치 않은 말입니다."

"내가 그래야 하겠다고 나섰는데, 왜 당치 않다는 것인가. 고분고분 내 말을 듣게."

"형님, 제가 하는 일이 무슨 일인지 몰라 그러십니까? 그건 절대 안 됩니다."

"국가를 위하고 백성을 위하고 집안을 위하고, 어른을 공경하는 것이 배운 자의 도리 아닌가? 그래 아우가 제 본분을 다 하고 있다 생각하는가?"

"형님, 전에도 말씀드렸지 않습니까. 제가 하는 일은 국가 장래와 헐벗고 힘없는 민중을 위해 헌신하는 것이라고. 지금까지 저는 한 번도 그 뜻에 어긋난 짓을 하지 않았습니다."

"아우와 나는 어려서 사서삼경을 다 뗐지 않나. 세상 이치는 거기다 있다고 믿어도 크게 틀리지 않을 걸세. 자네가 신식 공부를 해 지식을 더 넓혔다고는 해도 큰 테두리 안에서는 세상사 모두 어금지금할 걸세. 자네의 영명함에 서양 지식을 더 보탰으니 국가 장래에 크게 쓰이리라 우리 집안 누구나 철석같이 믿고 있었네. 국가 대업을 위해 주춧돌을 놓는 저명인사를 배출한다는 것은 집안의 광영 아니겠나. 세상이 우러러보는 큰 인물이 되리라 믿어 온 집안 어른들이 아우에게 얼마나 큰 기대를 걸었었나. 그런데 오늘 자네는 어떤 모습인가. 세상이 우러러보는 큰 인물은커녕 당국의 수배를 받고 피해 숨어 지내고 있는 한심한 신세 아닌가. 아우가 그렇게 되라고 온 집안 어른들이 지원을 하고 기대를 했겠나."

"형님, 우리나라는 지금 저 같은 사람을 절실히 필요로 하고 있습니다. 지금 우리나라는 아주 위태로운 지경에 놓여 있습니다. 섣불리 선택을 잘 못할 경우 백년 천년 백성들이 노예 상태에 떨어져 허덕이게 되어 있습니다. 국가를 바로 세워 백성을 노예 상태에 떨어지지 않게 하기 위해 제 가진 힘을 다 쏟고 있습니다."

"내 귀에는 아우의 말이 공허하게 들리는데 그 까닭이 무엇이겠나? 백성이 노예 상태에 빠지지 않게 하기 위해서라고? 수신제가한 다음 치국평천하라 하지 않았는가. 집안을 송두리째 말아먹은 인사가 국가 장래를 걱정한다니, 소가 웃을 일일세. 그래 당숙께서 자식 잘못 둔 것이 부끄러워 아는 사람 없는 곳에 숨어 살겠다며 가산을 정리해 서울로 올라온 것을 알기나 하는가?"

병산은 고개를 푹 숙여 가슴에 파묻었다. 진양 김 진사의 파산은 전적으로 병산이 초래한 것이었다. 토지문서며 재산 관련 서류를 부친

몰래 빼내 저당 잡히거나 팔아 거액을 마련하여 중앙당에 헌금해온 것이 어제오늘의 일이 아니었다. 간자를 중간에 넣어 집안사람 아무도 모르게 저지른 일이었다. 귀신은 물론 하늘도 땅도 모르게 저지른 짓이라 할지라도 그것을 행한 간자를 단속하는 것은 한계가 있었다. 그리고 비밀이란 원래 스스로 빠져나가는 습성이 있었다. 그 비밀의 습성은 사람의 힘으로는 어쩌지 못하였다. 솔솔 빠져나간 비밀이 결국 경찰 수사망에 걸려들었다. 경찰의 기민한 수사는 비밀자금 출처와 그 자금이 흘러들어간 곳을 어렵지 않게 탐지해냈고 급기야 소유주인 김 진사를 소환, 자산 변동 여부를 추궁하기에 이르렀다.

그러나 가산의 소유주인 김 진사는 재산 변동사항을 전혀 모르고 있었다. 병산이 도동 큰들과 봉강 전답 저당 잡힌 사실은 알고 있었지만 곧 되돌려 받으리라 생각하고 있었다. 그런데 도동 큰들과 봉강 전답은 물론 초전 들이며 작은 들 논마저 남의 손에 다 넘어가고 지금은 살고 있는 집 한 채만 달랑 자기 소유로 남은 알거지나 다름없는 신세로 전락해 있었다. 경찰에 연행되어 조사받는 과정에 이 사실을 뒤늦게 알게 된 김 진사는 얼굴이 파랗게 질렸다. 분을 이기지 못한 나머지 입에 거품을 물고 뒤로 넘어지고 말았다.

집으로 돌아간 김 진사는 자리보전을 하고 누운 며칠 만에 겨우 몸을 추스르고 일어났다. 누구를 원망하랴. 자식 잘못 둔 것 또한 하늘에 큰 죄를 지은 것일진대, 지금 자식 잘못 둔 벌을 받고 있는 것이 분명한데, 누구를 원망하겠는가. 김 진사는 시급을 다투어 가산을 정리한 후 식솔을 거느리고 도망치듯 서울로 올라왔던 것이다. 이 넓은 서울에서야 자식 잘못 둔 죄인이라 손가락질할 사람 누가 있겠는가. 서울에 잠적하기로 한 결정은 아주 마침맞다 김 진사는 여겼다.

"지금 겪고 계시는 고생은 반드시 보상을 받을 것입니다."

"당숙이 보상을 받는다? 아우 자네. 옛날의 그 영명함은 다 어디로 갔나? 도대체 천석지기 부자 소리 듣던 당숙께서 알거지도 상알거지가 되어 서울로 도주하다시피 했는데, 그런 당숙에게 보상이 주어진다고 해도 그간 당한 수치와 낭패를 보상할 만한 것이 세상에 무엇이 있겠나? 답답한 일인지고, 답답한 일!"

"제가 뜻을 이루면 반드시 집안을 다시 일으킬 것입니다. 잠시 가산을 빌려 쓴 것이니, 기다리고 계시기 바랍니다."

"자네가 이루겠다는 그 꿈, 그 꿈이 소련 같은 나라를 세우겠다는 걸로 알고 있는데. 내가 신식 공부에는 어두워도 신문은 좀 읽는 편이네. 그래서 요즘 세상 돌아가는 꼴을 대략 짐작은 하고 있네. 소련은 당을 앞세운 일인 독재체제로 당료나 지배계층에게는 낙원이 되어 있지만, 인민의 생활은 별로 좋아진 것이 없는 것으로 알고 있는데, 내가 잘못 알고 있는 것인가. 평등 평등 하지만 권력을 쥔 자들의 지배는 예와 다름없고 정의 정의 하지만 감옥만으로 다스려지지 않으니까 강제수용소까지 운영하며 인민을 감시하고 탄압하고 있다는데 이런 세상, 별로 좋은 세상 같진 않더군. 협동조합 운영, 공동생산, 무상배급, 무상교육, 무료 진료 및 치료, 무상 무상 하지만 거기 상응하는 노동을 제공하지 않으면 배급도 교육도 진료도 없다니 나로서는 별로 호감 가는 세상이 아닌 것 같네."

"일제로부터 그렇게 차별과 탄압을 받고도 아직 모릅니까? 이 나라에 일제와 다름없는 권력 가진 지배계급의 횡포를 영원히 허용하자는 그 말씀입니까. 이대로 가면 이 나라는 미제국주의 노예밖에 안 됩니다. 우리 조선 인민이 노예로 비참하게 살아가도 좋습니까?"

"미제국주의 노예가 되다니, 누가 그러던가?"

"지금 국제정세와 시국을 보십시오. 일본 대신 미국이 이 나라를 차지하기 위해 혈안이 되어 있지 않습니까."

병산의 말에 객은 입맛을 쩝 다셨다.

"내가 신문을 보고 느낀 것은 오히려 소련이 이 땅을 호시탐탐 노리고 있는 것으로 보이던데, 그렇지 않은가. 그래 자네들이 그렇게 격렬하게 시위를 벌이고 폭동을 일으키며 너희 나라로 돌아가라고 외친다고 미국이 물러날 것 같은가."

"미국이 이 조선 땅에서 물러나는 것은 국제정세의 순리인 걸 어쩝니까. 남의 나라를 강제로 점령할 수야 없는 것 아닙니까."

"그럼 소련은 이 조선 땅을 강제로 차지해도 되고 미국은 안 된다는 말인가. 하지만 이 대한민국을 누가 해방시켰나?"

"미소 연합군이 해방시켰지요."

"소련군은 종전 열흘 전인 8월 6일 대일 선전포고를 하고 8월 9일에야 참전하지 않았나. 공교롭게도 미국이 히로시마에 1차 원폭투하한 날 소련은 대일 선전포고를 하고, 나가사키에 2차 원폭투하 하던 날 참전했단 말일세. 소련은 한반도 해방을 위해 피 한 방울 흘리지 않았고 미국은 몇 해에 걸쳐 일본군과 치열한 전투를 벌이며 엄청난 자국군 사상자를 내고 원폭투하까지 해 일본 천황의 항복을 받아낸 것인데, 이들 두 나라가 한반도를 해방시켰다고 똑 같이 보면 미국이 섭섭하지 않겠나."

"소련이 참전하지 않았다면, 국면이 또 달라졌을 수도 있었지요."

"소련 측에서야 그렇게 나오겠지. 하지만 피 한 방울 흘리지 않은 소련이 한반도에 공산주의 체제 정부를 수립하겠다고 저렇듯 혈안이 되어 있는데 그것이 온당한 일인가."

"국제적으로나 국내적으로나 조선반도 민족통일국가 건설이 대세 아닙니까. 그런데 미국이 대세를 역행할 수 있겠습니까."

"하지만 내가 신문을 보며 깨우쳐 알게 된 것이지만, 그건 당치 않은 주장 같네. 자네 미국 입장에서 한번 생각해보게. 거듭 말하지만 대일전쟁은 주로 미국의 전쟁이었네. 소련은 뒤늦게 곁다리를 꼈을 뿐이네. 엄정히 말하면 우리 한반도 해방은 미국이 가져다준 선물 아닌가. 자국 군대 피를 흘려 수복한 땅에 자기들의 자유민주주의 정치체제를 펼치려 하는 것이 뭐가 문제인가? 당연한 순리 아니겠나."

"자유민주주의? 양두구육이지요. 그들이 내세우는 자유민주주의란 조선을 식민지로 삼기 위한 가면에 불과합니다. 제국주의 타파가 국제정치 대세입니다. 이 땅이 미국 식민지로 전락해서야 되겠습니까. 결코 안 될 일이지요."

"아까부터 아우는 대세 대세 하는데 그 대세라는 것도 나는 믿지 않네. 그것은 일시적 현상이지 어찌 본질이라 할 수 있겠나. 미국이 한국을 식민지로 삼킬 야욕을 품고 있는지는 그들 속에 들어가보지 않아 모를 일이지만, 한국 땅에서 미국이 고전하고 있는 진정한 이유는 자네들에게 그 책임이 있다고 나는 보네."

병산은 객의 입을 지켜보았다.

"생각해보게. 일제 탄압에 시달려온 이 땅의 식자들이 일본 제국주의와 대립적인 입장에 있는 사회주의 사상에 우호적일 수밖에 없었던 것은 맞네. 해방이 되자 이들이 여론 지도층으로 부상한 것은 자연스러운 현상이었지. 국내 여론을 주도해 나간 이들의 입에서 혹은 행동에서 친소련 성향이 강하게 나타난 것은 어쩔 수 없었다 하세. 하지만 왜 자네들은 미국에 대해서는, 그들을 이해하거나 친해지려 노력하지 않나. 모든 강대국을 제국주의 국가라고 단정하는 자네들의 소아병적 사실 왜곡이 한반도의 정세를 그르치고 있다고 나는 생각하네. 그렇지 않나. 그런데 자네들은 왜 소련은 강대국임에도 제국주의 국가라고 배척하지 않나? 자네들이 지향하는 공산주의 국가라고? 어쨌든 자네들의 그 사실 왜곡 바람을 타고 소련은 손도 대지 않고 코 풀듯 북에 공산주의 정권을 수립하고 있고 따라서 한반도 적화가 손에 쥔 떡처럼 먹기만 하면 되리라 판단하고 있는 것 아닌가?"

병산은 얼굴을 찌푸리며 객을 노려보았다.

"소련에 반해 미국은 어떤가. 한국인들 사이에 자유민주주의에 대한 이해는 아주 미미하지. 미국의 정치체제에 대한 이해가 일천한 한국인에게 자네들이 미국의 자유민주주의란 일본의 제국주의와 유사한 것이라고 선전선동을 하며 설치자 순박한 백성들은 그렇게 믿을 수밖에. 자네들 친소 세력의 무분별한 선전선동에 맞서 정책을 펼치려니 미국은 번번이 고전할 수밖에 없었고. 그런 현상을 두고 대세 운운하는 것 같은데 그건 사실을 호도해도 너무 호도하고 있는 것이라 나는 생각하네."

"그럼 제가 하고 있는 구국 운동이 선전선동에 불과하다는 말입니까. 그렇지 않습니다. 형님이 사회주의에 대한 이해가 조금만 있어도 그렇게 말하지 않을 것입니다. 가난한 사람 없고 억울하거나 서러움 겪는 사람 없는, 누구나 똑같이 잘사는 세상, 이런 세상을 만들자는데 왜 안 된다는 것입니까?"

"누구나 똑같이 잘사는 차별 없는 세상, 글쎄 그런 세상이 있을 수 있을까?"

"지금 소련이 바로 그런 나라 아닙니까."

"차별 없고 누구나 잘사는 나라라면 어떤 사람도 불만이 없을 터, 불만이 없으면 다툼 또한 없을 터, 다툼이 없으면 다스릴 일도 없을 터, 그런 나라에 왜 감옥이 필요할까. 어디 감옥뿐인가. 감옥에다 강제수용소까지 설치하여 엄중히 인민을 통제하고 다스리는 나라가 아우가 말하는 그런 차별 없는 지상낙원이란 말인가?"

"형님도 사회주의 사상을 좀 살펴보시면 알 것입니다. 일제나 미제국주의자들과 소련의 차이가 무엇인지. 그 차이를 알면 그런 말씀 안 할 겁니다."

"매일이다시피 신문에 그 차이를 밝혀 제시하는 사람들이 널렸지만 서로의 주장이 하도 다르고 선전선동을 일삼고 있으니 어느 쪽 말을 믿어야 할지 알 수가 있어야지. 진실되고 참된 이성적인 주장은 묻혀버리고 강하게 선전선동을 일삼는 쪽은 너무 현실성이 없어 미덥지가 않고. 그래 우리가 이 어두운 세상을 어찌 헤쳐 나가야 할지 막막한 것은 맞네. 하지만 아무래도 소련은 아닌 것 같아. 왜 감옥을 두고 또 강제수용소까지 필요로 하는지 알 수가 없단 말일세."

"제각각 자기 나라 정치체제에 맞는 기구를 마련하여 운영하고 있는 것은 당연한 일 아닙니까."

"내 깜냥이라야 별 볼일 있겠나만 감옥이 범법자를 사회로부터 격리시키는 사회정화 시설이라면 강제수용소는 아무래도 정치적 목적을 위한 시설 같아. 감옥이 살인, 방화, 폭력범 따위 범죄자를 가두는 곳이라면 강제수용소는 인간양심을 가두기 위한 시설 아닌가 싶어. 양심선언 같은 정치적 타격을 주는 풍문을 막거나 잠재우기 위한 시설 말일세. 그래 소련이나 독재국가는 왜 강제수용소를 필요로 할까, 이 의문에 대한 해답이 체제에 대한 해답을 내포하고 있으리라 생각되는데, 아우의 생각은 어떤가?"

"왜 강제수용소를 그렇게 강조하십니까. 사회 전반의 안정과 평화와 행복을 확보해가고 있는 세계 유수의 선진국인 소련 체제를 두고 너무 야박하게 평가하는 것 아닙니까?"

"옛날 상아 젓가락을 얻고 희희낙락하는 것을 본 주왕의 숙부 기자가 상나라의 멸망을 예측한 고사가 있지 않았나."

"예, 저도 알고 있습니다."

병산은 사촌 형의 말뜻을 알아차리고 마음이 어두워졌다. 임금이 나무젓가락을 사용할 때와 상아 젓가락을 사용할 때 백성들 생활에 각기 다르게 미칠 영향을 분석한 다음 상나라의 멸망을 예견했다는 기자의 고사는 널리 회자되고 있었다.

"최첨단 과학시대입니다. 원자폭탄 한 방으로 수십 수백만 명을 일시에 괴멸시키는 시대입니다. 이런 과학시대에 고리타분한 옛날 일화를 교훈 삼을 수 있겠습니까. 형님은 아우를 너무 얕잡아보고 계십니다. 우리는 일제만 겪은 게 아닙니다. 조선왕조 5백여 년간 지배자들의 폭정에 시달려왔습니다. 이 기회에 우리는 그런 권력의 횡포가 없는 평등한 세상을 만들어내야 합니다. 그러기 위해 저희들은 목숨까지 내놓고 혁명을 이루고자 나선 것입니다."

"권력의 횡포가 없는 평등한 세상? 그런 세상은 전설이나 꿈속에나 있으려나. 사람의 능력이나 재주에는 차등이 있게 마련 아닌가. 사람이 각기 지닌 능력이나 재주의 차등에 따라 얻거나 누리는 것에도 차등이 있기 마련이며, 이 차등은 누구나 인정하여 서로 침해하지 않음으로 사회가 평온을 유지하게 되는 것인데, 누구나 인정하는 이 공인된 차등을 인위적으로 다 없애고 억지로 고른 세상을 만들겠다니, 부작용이 크지 않겠나? 그렇게 생각하지 않나?"

"맞습니다. 재주를 덜 타고 난 사람, 재능이 좀 모자란 사람도 다 같은 사람인데 어찌 잘난 사람들만 더 누리며 잘 살아야 하겠습니까. 우리는 평등하고 공정한 세상을 반드시 이루어낼 것입니다. 북조선에서는 지주로부터 토지를 몰수하여 농민들에게 고루 나누어 주었고, 공장 경영은 노동자들의 손에 맡겨 생산을 독려하고 있습니다. 소수에게서 몰수하여 다수 인민에게 그 주인이 되게 한 것입니다. 남조선에도 이런 세상을 열어가야 합니다."

"누가? 아우가?"

"곧 내려오실 겁니다. 우리는 장군의 왕림을 고대하고 있습니다. 우리는 장군이 왕림하여 행사할 수 있도록 준비를 하고 있는 것입니다."

"장군이라면, 신문에 보니 김일성이 조만식 선생도 연금시키고 소련 덕에 실권을 잡았다고 하던데, 그 김일성이 구세주라도 된단 말인가?"

"노동자 농민이 주인이 되는 세상을 열어 나갈 분이 곧 우리가 기다리는 분입니다. 장군께서도 그런 분 가운데 한 분입니다."

"그만 좀 하게. 아우가 아무리 둘러대도 내가 다 아네. 내가 신문 하나는 꾸준히 봐오고 있다 하지 않았나. 신문에는 현실이 있지, 아우가 갖고 있는 이상이나 꿈으로 치장되어 있는 것은 아니네. 내가 어찌 내 입으로 공산당 정체를 까발기며 아우를 괴롭히겠나. 그만 같이 가세. 나와 함께 가서 자수를 하세."

병산은 이마를 찌푸렸다. 이마에 주름살이 깊게 패었다. 입술을 꾹 깨물었다. 눈을 질끈 감고 치밀어 오르는 화를 삭였다.

"형님은 세상을 잘못 알고 있습니다. 신문은 현상만을 다룹니다. 파도가 너울대는 수면의 양상만을 이러쿵저러쿵 나불대지 깊은 물속 본질적인 수심의 흐름은 다루지 못합니다. 물속의 사정을 꿰뚫어 알고 있는 저로서는 신문을 신뢰하지 않습니다. 이만 돌아가십시오. 우리 아이들이 배웅해드릴 겁니다."

"본질적인 수심의 흐름? 철도파업, 폭력시위, 동맹휴학, 이런 것들이 모두 남로당이 주도한 폭력행위라고 들었네. 세상에 분란을 일으키고 살상을 아무렇지도 않게 저지르는 이런 세력을 우리더러 어찌 믿으란 말인가?"

"정치적 수단으로서는 바꿀 수 없으니 혁명을 수단으로 이용할 뿐이지, 목적을 위한 방편일 뿐이지 목적 그 자체는 아닌 것입니다."

"어쨌든 일단 내가 여기 온 이상 혼자 갈 수는 없네. 함께 가세. 만약 내 말을 듣지 않는다면 총으로 제압하지 않고서는 나를 막을 수는 없을 것이네. 집안을 다시 일으키려면 무엇보다 아우가 먼저 바로 서야만 하네."

"형님, 우리 아이들이 형님을 배웅해드릴 겁니다. 순순히 따라가지 않으면 제가 먼저 실례를 저지를 겁니다. 만약 불미스러운 일이 일어나더라도 저를 원망하지 말기 바랍니다."

병산이 말을 마치기 전, 방의 앞뒤 문이 동시에 벌컥벌컥 열렸다. 여남은 명의 장정들이 들이닥쳤다. 장정들은 순식간에 불청객의 입에 재갈을 물리고 밧줄로 사지를 결박하고 말았다. 불청객은 끙끙 신음을 삼키며 발버둥을 쳤다. 고개를 거칠게 저으며 살기 띤 눈으로 노려보는 걸 뒤로하고 병산은 방을 나갔다.

15

"여보, 오늘 삼신물산 김호경 사장 연락을 받았소."

은희는 자기 귀를 의심했다. 저게 무슨 뚱딴지같은 말인가. 가끔 영순을 만나도록 하라고 한 것이 얼마나 됐다고, 김호경 사장에게서 전화를 받았다니?

"저녁에 당신과 집으로 와 저녁이나 먹자고 하지 않소. 지금 갑시다."

여느 날 보다 귀가가 빠르다 싶더니, 그 일 때문이었군. 알았다고 대답은 했으나 별로 흔쾌한 기분은 아니었다. 그렇지만 어쩌겠는가, 은희는 외출 준비를 서둘렀다. 옷차림에 그다지 신경 쓰지 않고 지내는 터라 따로 챙겨 입을 입성도 없었다. 평상복 가운데서 좀 성한 것으로 골라 몸에 걸쳤다. 얼굴에 분을 찍어 바르는 것이 영 마뜩치 않아 맨 얼굴로 지내는 것이 습관이 되어 있어 화장은 생각지도 않았다.

전차를 타고 동대문에서 내려 이화동으로 건너갔다. 골목길이 헷갈려 한번 잘못 들기는 했으나 워낙 번듯한 영순의 집을 찾는 데는 별로 힘들지 않았다. 초인종을 누르자 금방 현관문 열리는 소리가 들리고 신발 끄는 소리에 이어 쪽문이 딸각 열렸다.

"어서 와."

영순이 활짝 웃으며 은희의 손을 잡았다.

"안녕하세요? 들어오세요. 김 사장은 조금 전 들어와 옷 갈아입는 중이에요."

영순이 한 걸음 앞서 현관문을 열었다. 병산과 은희는 그 뒤를 따라 현관으로 들어갔다. 막 신발을 벗고 마루로 올라서려는데 안방 문이 열리고 사람이 나왔다.

"어서 오세요. 집이 누추합니다."

"사무실도 누추하다더니 집도 누추하다니, 김 사장 말은 어디까지 믿어야 할지 모르겠습니다."

병산이 그렇게 눙치며 김 사장의 손짓을 따라 소파에 가서 앉았다. 은희는 병산의 옆에 앉으며 김 사장을 일별했다. 기름기 흐르는 찰진 얼굴에 미소가 떠나지 않았다. 미소에 가려져 있으나 눈매가 날렵한 것이 잇속을 챙기는 데 매우 적극적인 성품일 것으로 짐작되었다. 사업하는 사람은 다 그런 것인가, 남을 경계하는 데 신경을 많이 쓰는 습관이 들어 있는지 눈동자가 쉴 사이 없이 움직였다. 영순은 은희를 김 사장에게 소개했고, 고향 친구들 이름을 대며 가까운 사이였다는 점을 강조했다.

"식사 준비가 다 되었다니, 식사를 먼저 합시다."

고향에 대한 소회를 주고받는 사이 식사 준비가 다 되었다고 찬모가 알려왔다. 영순이 먼저 일어나 병산과 은희를 식탁으로 안내했다.

갈비찜에 군침이 절로 넘어갔다. 굴비 구이도 구미를 당겼다. 당면에 쇠고기무침이며 시금치, 고사리, 숙주 등 나물무침들도 여러 가지 갖추어져 있었다. 김치와 파마늘조림 등 밑반찬도 구색을 잘 갖추고 있었다. 조갯살에 무를 넣고 끓인 국도 시원했다. 은희는 밥을 먹으면서도 병산의 숟가락 놀림을 계속 곁눈질했다. 이런 진수성찬을 언제 맛보겠는가. 체면 차리지 말고 많이 먹기를 간절히 바라며 속으로 숟가락질 젓가락질을 독촉했다.

식사 후 소파로 자리를 옮겼다. 영순이 커피와 홍차 중 어느 걸 마시겠느냐고 물었다. 귀한 커피가 있다니, 이럴 때 체면 차려 무엇에 쓰겠는가. 두 사람 다 커피를 마시겠다고 했다. 김 사장과 영순도 커피로 통일했다.

"그동안 김 동지 권유를 신중히 생각해봤습니다. 좋은 세상 만들겠다는 데 반대할 사람 누가 있겠습니까. 김 동지 생각에 전적으로 동의합니다."

김 사장이 커피를 마시다 말고 병산을 바라보며 운을 뗐다.

"고맙습니다. 그동안 우리 조선 사람, 고생이 너무 많았습니다. 합방 후 일본 놈들 행패가 여간 심했습니까. 지네들 구상대로 이 조선을 마음대로 주무르고 짓밟아 조선 인민은 숨도 제대로 쉬지 못하고 죽어지냈습니다."

"맞습니다. 우리가 공장을 차리고 사업을 해오고 있었지만 그들의 비위를 조금이라도 거스르면 당장 문을 닫도록 온갖 술책을 다 부렸습니다."

"용케 사업을 해오느라 고생 많았습니다."

"그래, 우리가 일본 놈이 좋아 그들이 시키는 대로 했겠습니까. 시키는 대로 하지 않으면 당장 어떤 제재가 들어올지 모르는데 놈들 말을 듣지 않고 어쩌겠습니까."

"그 굴욕을 당하고 지금까지 버텨오시다니, 용하십니다."

"거듭 말하지만, 사업을 하려면 일본 놈들 눈 밖에 날까 걱정하는 것이 먼저지 사업 번창은 그다음이었습니다. 아, 돌이켜보면 부끄럽고, 참 더러운 세상을 살았다는 생각이 듭니다."

"그런데, 이번에는 일본 놈 대신 미국 놈들이 그 자리를 차지하려드니 우리 조선 사람이 가만있어서야 되겠습니까. 그래서 우리 남로당이 일어나 이를 제지하기 위해 총력을 기울이고 있는 것입니다. 미군을 반드시 이 땅에서 몰아내야 합니다."

"고맙습니다. 김 동지가 아니었으면 또 속으며 살 뻔했습니다."

"여기 서류를 가져왔습니다. 일단 읽어보시기 바랍니다."

병산은 안주머니에서 작은 봉투를 하나 꺼냈다. 봉투에서 꺼낸 서류를 김 사장 앞에 펴놓았다. 남로당 입당원서와 관련 서류였다. 김 사장은 입당원서와 서류를 신중히 읽어 나갔다.

"다 읽으셨으면 필요한 난에 몇 자 기입하시고 서명을 해주시면 됩니다."

김 사장은 필요한 사항을 기입하고 서명을 한 다음 서류를 병산에게 넘겼다. 병산은 서류를 꼼꼼히 검토한 다음 봉투에 넣어 안주머니에 깊숙이 간직했다.

16

'혁명은 조선의 위대한 미래다' '혁명은 분노를 먹고 산다' '적의 존재를 명확히 하라' '충동하라, 분노케 하라' '폭동은 혁명의 구체적 실천형태다'

방을 치우고 있던 은희는 병산이 세수를 하기 위해 나간 사이 무심코 책상 위에 펼쳐져 있던 수첩을 보고 불에라도 덴 듯 소스라치게 놀랐다. 결코 봐서는 안 되는 금단의 내용들이었다. 그 수첩은 병산의 머리를 쪼개야만 들여다볼 수 있는 명제와 주장들로 가득 차 있었다. 병산의 본색이며 존재 명분이 똬리를 틀고 있는 그의 심장과 다름없는 것들이었다.

"나중에 이 동무가 올게요. 이 동무를 따라가 일을 좀 도와주시오."

수첩을 엿본 사실을 알아챌까봐 열심히 방을 치우는 척 하고 있던 은희는 속으로 안도의 숨을 내쉬었다.

"이설희 동무 말인가요?"

밀가루 반대기를 씹으며 맛있어 하던 그녀의 모습이 떠올랐다. 물로 배를 채우다시피 하고도 넉넉해하던 불가사의한 여자였다.

"혁명을 위해 태어난 동무요. 아마 사회주의 사상에 그보다 밝고 철저한 사람이 드물게요."

"첫날 저도 다 알아봤어요. 당을 위한 것이 아니면 손가락 하나 움직이는 것도 마다할 것 같은, 철저한 혁명투사임에 틀림없다고 생각했어요."

"민족국가 건설에 반드시 필요한 인재로 널리 인정받고 있으니 잘

사귀시오."

알겠다고 대답은 했으나 잘 사귀게 될 것 같지는 않았다. 사귄다는 것은 마음을 주고받는 것을 전제로 하는 것일 터인데, 그녀에게는 마음을 우러나게 할 만한 인정머리라는 것이 겨자씨만큼도 없어 보였다. 심장이 돌처럼 굳어 있는 것 같았다. 그렇지 않고서야 어찌 그렇듯 감정이 메말라 보였겠는가.

기다리느라 일손이 잡히지 않아 허방 짚듯 한나절을 보냈다. 이설희는 쉽사리 나타나지 않았다. 오늘은 아닌 모양이라고, 마음을 접었으나 그래도 혹시나 하며 어정거리고 있는데 저녁나절이 다 되어서야 모습을 드러냈다. 세 번 두 번 거듭 판자문 두드리는 소리에 나가봤더니 비쩍 마른 그녀가 서 있었다. 뭘 좀 먹여야 되리라 생각하고 있던 은희는 방으로 들어가자고 했다. 그러자 그녀는 기겁을 하며 완강하게 손사래를 쳤다.

"너무 늦었어요. 바로 가도 눈총이 심할 거예요."

은희는 방으로 들어가 치마저고리를 갈아입고 나왔다. 혹시나 하여 싸두었던 주먹밥을 손에 들고 나왔다.

이설희 동무는 몸은 허약해 보여도 걸음걸이는 재빠르고 기운찼다. 주로 골목길을 더듬어 남산 비탈로 올라갔다. 비탈이 좀 가팔라진다 싶을 무렵 회현동 어느 집 앞에서 걸음을 멈추었다. 높은 벽돌담이 안과 밖을 가르고 있었다. 아담한 2층 목조주택이었다. 아마 일본 사람이 살았던 적산가옥 같았다. 대문을 열어준 청년이 두 사람을 안내했다.

"이 동무가 안 올 리 없는데, 좀 늦었네요?"

"사람이 사는 데 왜 그렇게 자질구레한 일이 많은지, 먹고 자고 누는 일은 누가 대신 좀 해주면 안 될까요?"

"그러게 말이요. 허허!"

먼저 도착한 당원들은 기다란 목재 탁상 위에 반절지를 펴놓고 벽보 작성을 하고 있었다. 잠시 일손을 멈춘 당원들은 이설희를 향해 수작을 건넸다. 이설희가 동행한 은희를 김병산 지도위원의 아내라고 소개하자 당원들의 눈이 휘둥그레졌다. 당원들의 시선이 일제히 은희를 급습했다. 당황한 은희는 고개를 숙여 시선을 피했다.

"반갑습니다. 하지만 회포는 나중에 풀고 어서 붓을 좀 잡으세요. 오늘 밤중으로 서울 요처마다 붙이라는 상부의 지시가 지엄하오."

간부 당원이 이설희를 향해 채근했다. 이설희는 고개를 끄덕이며 창가에 놓인 책상으로 다가갔다. 거기에도 반절지와 벼루와 붓이 놓여 있었다. 은희도 이설희 옆 책상 위에 놓인 붓을 들었다. 앞 사람이 쓴 반절지 내용을 그대로 베껴 쓰는 일이므로 어려울 것은 없었다.

'장군께서 오신다!'

상단의 큰 제목이었다. 장군이라면, 남로당 당원이면 누구나 가슴 두근거리지 않고서는 상념할 수 없는 위대한 동지, 바로 그분임에 틀림없을 것이었다. 그 장군께서 서울에 오신다니 놀라운 사실이 아닐 수 없었다. 은희는 이 놀라운 소식을 서울 시민들에게 널리 알리는 선전벽보 작성의 영광스러운 소임을 맡게 된 것이었다. 붓을 들기 전에 가슴이 먼저 콩닥거리며 뛰기 시작했다.

위대한 소련 군대에 의해 해방된 북조선은 제반 민주적 과업을 성공리에 수행하며 위대한 토지개혁을 비롯하여 각종 민주적 개혁을 실시하여 민주주의적 통일 정부 수립의 토대를 구축하였다. 그런데 소·미 공동위원회 사업의 파탄과 그 후 남조선에서 진행되고 있는 갖가지 상황은, 조선에 대한 미제국주의의 침략적 야망과 친일파·민족반역자들의 책동 밑에, 민주주의 임시정부 수립과 민주적 발전을 방해하고 있을 뿐만 아니라, 민주주의적인 각 정당과 사회단체를 억압하고 있다. 남조선에서의 미제국주의자들의 책동과 모략 밑에 조선을 또다시 식민지로 착취하려는 반동파들의 음모가 적나라하게 폭로되고 있는 정세를 감안하여 단일 민족통일국가 건설을 위한 초석을 다지기 위해 위대하신 장군께서 서울에 오신다는 사실을 만천하에 널리 알리는 바이다.

남조선노동당 서울시위원회 선전부 백

두 장을 쓰고 나니 이마에 땀방울이 맺혔다. 손수건을 꺼내 이마의 땀을 훔치던 은희의 눈이 한곳으로 달려갔다. 자신의 눈을 의심했다. 눈을 비비고 다시 봤으나 틀림없었다. 언젠가 병산과 집으로 와 두 사람만의 은밀한 의논을 나누고 간 일이 있었던 시인이었다. 돌아가는 그의 뒷모습을 눈으로 배웅하고 있던 병산이, '유명한 원로시인이셔. 알 만한 사람은 다 아는 분이지.' 그렇게 말하던 유명한 시인이 손수 벽보 작성을 하고 있었다. '장군께서 오신다!'는 중대한 사실을 서울 시민에게 널리 알리기 위해 원로시인까지 나서서 벽보를 쓰고 있는 중이지 않은가. 은희는 새삼스럽게 한줄기 경외의 감정이 온몸을 관통하고 있는 것을 느끼며 엄숙한 기운에 사로잡혔다.

밤이 이슥해갈 무렵 일을 마쳤다. 서울 요처에 벽보 부착의 임무를 띤 청년 당원들이 두 명씩 짝을 지어 사무실을 나가고 나자 비로소 긴장감이 풀리고 한가해졌다. 벽보를 쓰던 사람들도 하나둘 사무실을 빠져나갔다. 언제 갔는지 원로시인은 보이지 않았다.

"우리도 갈까요?"

이설희 동무는 당 지도원들과 인사를 나누었다. 은희도 옆에 서서 말없이 고개를 끄덕이며 인사를 대신했다.

"우리 집으로 가세요."

아지트를 나와 길 건너편에 자동차가 빠른 속도로 지나가는 것을 보며 은희가 말했다. 이설희는 깜짝 놀란 눈으로 돌아보았다. 마뜩찮아 하는 표정이 가게 불빛에도 환히 식별되었다.

"왜 그렇게 놀라세요?"

"그게 당키나 한 일이에요."

"반찬은 없지만, 집에 가서 식사를 대접하고 싶어요."

"밀가루 반대기에 질렸던 모양일세. 그렇지 않아도 아지트에 일손이 모자라는데 내가 늦은 걸 좋아할 사람 있겠어요. 동무들 눈치가 빤한데, 내가 왜 늦었는지 알기나 하세요?"

은희는 무슨 말을 하려는지 궁금해 말없이 이설희를 쳐다보았다.

"낮에 미행이 붙은 것 같아, 그 미행을 떼어내기 위해 얼마나 걸었는지 알아요? 만리동 고개 어름 골목마다 안 들어가본 데가 없었을 거외다."

농담조로 빈정거리듯 말했으나 언제나처럼 표정은 그대로 굳어 있었다.

"지금도 우리에게 미행이 없으란 법 있어요?"

듣기만 해도 서늘했다. 병산으로부터 늘 길 조심, 사람 조심, 말조심하라는 당부는 들었으나 미행 조심하라는 주의를 들어본 일은 없었다.

"나야 무슨 탈이 난다 해도 무슨 대수겠어요. 하지만 김병산 동무는 다르지요. 당의 대들보가 흔들리는 셈인데, 동무 말을 내가 고분고분 따를 수 있겠어요."

꾸중 듣는 어린애 같은 기분이 되어 은희는 입술을 꾹 깨물었다.

"엉성하지만 우리 집으로 가요. 마음 편한 게 제일 아니겠어요. 오늘은 된장이 있으니 끓이면 밀가루 반대기도 잘 넘어갈 거예요."

이설희의 눙치는 말이 밉지 않았다. 은희는 손에 들고 있는 주먹밥을 생각하며 속으로 빙그레 미소 지었다.

"그래요. 사무실에서 먹을까 하고 주먹밥을 가져왔으니 오늘 저녁은 따로 준비하지 않아도 되겠네요."

"그래요. 이런 고마울 데가. 그럼 나는 된장국만 끓이면 되겠네."

이설희의 얼굴에 드물게 미소가 어렸다.

"장군님께서 언제 오시는 거예요?"

둘은 이설희의 움막에서 된장국을 끓여 주먹밥을 나누어 먹었다. 낮부터 궁금해 입이 근질거렸으나 참고 있던 것을 은희는 은근히 물었다.

"궁금하세요? 당 사업은 궁금해하면 안 되는데."

잠시 은희를 물끄러미 쳐다보고 있던 이설희가 내키지 않는다는 표정으로 말했다. 은희는 또 한 대 얻어맞은 기분으로 고개를 숙였다.

"동무니까, 하는 말인데 우리도 장군님께서 언제 서울에 오실지 몰라요. 이전부터 장군님께서 서울에 오셔서 구원의 사자후를 토해야 한다고, 인민을 노예에서 구할 민족통일국가 건설을 약속하고 그 청사진을 제시해야 한다고, 그리하면 반드시 서울 시민들이 감읍하며 장군님의 품안으로 다 몰려들 것이라 믿고 서울 방문을 줄기차게 제안해왔어요. 김병산 동무도 장군님의 서울 방문 추진 사업의 일익을 담당해왔을걸요."

"벽보를 보면 서울 시민들은 장군님께서 곧 서울에 오실 것으로 믿을 것 아니에요. 그런데 언제 오실지도 모르는데 그런 벽보를 붙이다니, 그래도 되는 것일까요?"

"은희 동무는 뭘 잘 모른다. 기다린다고 금방 나타나면 그게 구세주겠어요. 구세주는 늘 오래 기다린 끝에 늦게 나타나는 거예요."

더 모를 소리였다. 구세주란 약속이지 즉각적인 이행은 아니라는 것인가.

"구세주는 약속만 하고 나타나지 않을 수도 있어요. 기다림이 곧 구원이고 구세주이기도 한 것이에요. 기다림을 놓지 않는 것이 곧 신념이기도 하고."

들을수록 어안이 벙벙하였다. 공산주의란 그러면 신념이고 약속일 뿐 실행이 아니라는 말인가.

"은희 동무는 매사를 복잡하게 생각하는 경향이 있다. 당 사업은 복잡하게 생각하면 안 되는데. 우리는 당의 지시에 따르기만 하면 되는 거예요. 당은 언제나 옳아요. 당의 지침은 다수 영명한 지도자들의 숙의와 논의의 산출물이므로 흠결이 있을 수 없어요. 절대 진실이지. 그러니까, 장군님께서 오신다고 하면 오시는 걸로 믿으면 되는 거예요."

당의 지침이 장군님께서 서울에 오시리라 하니 그렇게 믿어야 하고, 당의 지침이 미제국주의는 나쁘다고 하니까 사실 여부와는 관계없이 나쁘다고 믿어야 하는 것이란 말인가. 사회주의 국가 건설의 위대한 성공을 거둔 소련은 계급 차별 없고 노동자 농민 모두 평등하게 잘사는 공산주의 전범 국가로서 우리 민족을 구원해줄 것이지만, 미국은 일제처럼 이 땅에 식민정책을 펼치고 재물을 약탈해 갈 것이며 주민을 노예로 부릴 것이 명백하므로 이런 미국의 제국주의 정책은 기필코 이 땅에 발을 붙이지 못하게 막아내야 하리라고 주장하는 것도 다 당에서 내린 지침과 당원 교육의 결과인 것인가.

"많이 교육해주세요."

"김병산 동무가 들으면 날 어찌 생각하라고 그런 말을 하세요. 우리는 당의 지시에 따르기만 하면 만사형통이에요. 다만, 항상 가슴속에 레닌의 유지, 즉 노동자 농민 프롤레타리아 구원은 혁명으로써만 이룩할 수 있다,는 유지만을 품고 실천하면 되는 거예요."

"실천이 가장 중요하다고 교양 받았어요."

"레닌 동지의 유지를 받드는 것이 곧 실천이고 혁명이에요."

이설희는 잠시 말을 그치고 물로 목을 축였다. 물 그릇 옆에 있던 삐라 한 장이 은희의 눈에 들어왔다. 무심코 그것을 들고 읽었다.

미국의 식민지 정책 결사반대. 반동 테러의 박멸. 파업에 대한 탄압 결사반대. 노동당 지도자 박헌영 체포령 취소. 정권을 인민위원회로 넘길 것. 토지를 농민에게 신속히 돌려줄 것. 강제 공출 반대. 당에서 시위 때마다 반복하는 구호들이 견출 명조체로 도드라져 보였다.

17

누군가 방문을 두드렸다. 안집 사람이라면 기척을 내고 새댁하고 불렀을 것인데 방문을 두드리다니, 몸이 굳어졌다. 벽을 뚫지 않고서는 도망칠 구멍도 없는 방 안에서 곱다시 잡혀가는 것인가. 그런데 문 두드리는 것이 낯익은 세 번 두 번 세 번 리듬을 갖추고 있었다. 안도의 한숨을 내쉬며 방문을 열었다. 훌쭉한 얼굴에 눈이 땡그란 청년이 어색한 표정으로 손을 비비고 서 있었다. 한나절 넘게 '장군님께서 오신다'는 벽보를 썼던 회현동 아지트에서 본 기억이 났다.

"지도원 동지께서 부인을 정릉으로 모시라고 했습니다."

"정릉이라니요?"

"가보시면 압니다. 당분간 철호를 정릉에 맡겨야 한다고 했습니다."

며칠 전 잠자리에 든 병산이 은근히 포옹하며, 지나가는 말처럼 우리 당분간 철호와 헤어져 있어야 하겠다고 했었다. 이제 갓 젖을 뗀 철호와 헤어져 있어야 하겠다니, 무슨 뚱딴지같은 말인가 싶어 쳐다보았다. 철호 신경 쓰느라 당 사업에 너무 많은 지장을 받고 있으니 적절한 조처를 취하지 않을 수 없구려. 이웃집에 늘 맡기는 것도 마음이 놓이지 않고 걱정이구려. 선당후사, 그 명제가 생활 전체, 일거수일투족을 지배했다. 지고지존의 행동지침이었다. 병산의 말에 어찌 토를 달 수 있겠는가. 알았어요. 내키지 않았으나 그렇게 얼버무리고 말았었다. 그런데 그 일이 바로 코앞에 닥친 것이다. 바닥에 퍼질러 앉아 발버둥이라도 치며 안 된다고 버티고 싶었다. 하지만 당 사업보다 중요한 것이 우리에게 무엇이 더 있겠는가. 어쩔 수 없이 철호를 업고 청년 당원 뒤를 따라 집을 나섰다. 그새 정릉에 새 아지트라도 마련해둔 것인가.

집을 나선 은희는 청년을 따라 서울역에서 버스를 탔다. 남대문을 지나자 평소보다 많은 사람들이 떼를 지어 시청 쪽으로 몰려가고 있는 것이 보였다. 대한문에서 법원 쪽 길은 군중으로 꽉 차 있었다. 군중은 팔을 뻗어 하늘에 엿을 먹이며 무엇인가 목청껏 구호를 외치고 있었다. 시청 광장에도 군중이 가득 차 있었다. 그들도 하늘에 엿을 먹이며 연신 구호를 외치고 있었다. 버스는 천천히 종로통으로 들어섰다. 종로통에도 시위대가 보였으나 대한문 앞의 군중과는 달리 격렬해 보이지는 않았다. 하루도 시위 없는 날이 없다시피 한 종로통이 오늘따라 도리어 조용한 느낌이 들었다. 약속한 대로 돈암동 정류소에서 버스를 내린 은희는 아리랑고개 길로 들어섰다. 어느 새 청년이 몇 걸음 앞서 걷고 있었다. 아리랑고개를 넘어 정릉을 오고 가는 행인이 빈번했으므로 남의 눈을 경계하거나 의식할 필요는 없었다. 행인들 사이에 섞여 숨을 가다듬으며 고갯길을 넘어갔다.

정릉천 다리를 건너고 시장을 지난 청년은 묵묵히 앞서 걸었다. 장미원 방향의 큰길로 접어들어 얼마쯤 걸었을까 청년은 왼쪽 골목으로 꺾어 들었다. 골목길 초입에 작은 가게가 하나 있었다. 은희는 가게를 지나 골목길로 들어섰다. 은희를 기다리고 있던 청년은 골목 안으로 더 깊숙이 들어갔다.

"저 앞에 파란 양철 대문집 보이지요. 저 집입니다. 그럼 저는 이만 돌아가겠습니다."

낡은 점퍼에 무릎 부위에 구멍이 난 바지 차림의 청년이 그러나 기운찬 걸음걸이로 골목을 빠져나갔다. 눈으로 청년의 뒷모습을 배웅하던 은희는 파란 양철문을 향해 돌아섰다. 파란 양철문을 두드리자 안에서 신발 끄는 소리가 들렸다. 마당을 가로질러 와 걸음을 멈추더니 문틈으로 바깥을 살피는 눈치였다.

"언니!"

문을 활짝 열어젖히며 은애가 뛰어나왔다.

은희는 기겁을 했다. 여기서 은애를 보다니, 이게 꿈에나 있을 법한 일인가.

"어서 와. 기다리고 있었어."

은애가 손을 덥석 잡더니 마당으로 끌고 들어갔다. 쪽마루에 서 있는 엄마를 본 은희는 한달음에 달려가 얼싸안았다. 반갑고 죄송하고 미안하고 기뻤다. 엄마는 양팔로 은희를 껴안고 방으로 데리고 들어갔다. 은애도 바짝 붙어 따라 들어왔다.

"니 시누이가 다녀갔다. 네가 철호를 데리고 올 것이라고 하더니, 어디 우리 손자 좀 보자."

엄마는 은희 등에 업혀 있는 철호를 받아 안고 연신 뽀뽀를 해댔다.

"예? 시누이가 다녀갔어요?"

"그래, 철호를 좀 맡아달라더라."

더 모를 소리였다. 시누이가 철호를 맡아달라고 했다니 그동안 병산은 시댁은 물론 친정과도 내왕이 있었던 모양이었다. 그 사실을 자신에게는 귀띔 한번 해주지 않은 병산의 처사가 서운했다. 하기야 당사업에 지장을 주는 일을 최대한 경계해온 병산으로서는 당연한 조치였는지 몰랐다. 그렇지만 그래도 집안일인데 이렇게 나를 감쪽같이 따돌릴 수 있단 말인가. 게다가 친정 식구들이 정릉으로 올라왔다는 말은 들었지만 선당후사를 입에 달고 사는 병산이 어떻게 생각할지 몰라 궁금해도 전혀 내색하지 못하고 있었는데 자신은 정릉 친정집에 대해서도 환히 알고 있으면서 한마디 귀띔도 해주지 않았다니 울고 싶었다. 하지만 그럴 수밖에 없는 무슨 사정이 있었을 것으로 짐작하며 마음을 다독였다.

"시누이가 여기 가끔 다녀갔다. 아마 오늘낼 들를 거다."

시누이가 안다면 시어머니도 알고 있을 게 아닌가. 그렇다면 먼저 찾아가 문안 인사라도 드려야 하는 것이 도리 아니겠는가. 참 어이없고, 민망스러웠다. 그이다운 일 처리라는 생각이 없지 않았으나 그래도 이건 도리가 아니라는 생각에 마음이 눅눅했다.

"나는 이 모든 것이 어리둥절해. 그이가 정릉을 아는지도 시댁과 연락을 하고 있었다는 사실도 통 몰랐어. 나는 시댁이 어디 있는지도 모르는걸."

은희는 입맛이 썼다. 무엇인가, 혼자 따돌리고 자기들끼리 한통속으로 할 짓 안 할 짓 다 한 것 같아 속이 상하기도 했다.

"설마! 형부가 다 알아 하는 줄 알았는데."

"형부는 개인 사정 같은 건 돌보는 사람이 아냐. 일이 최고지 다른 것은 안중에도 없어."

"설마! 그런 형부라면 언니 행복하겠다."

"글쎄, 형부 속을 내가 어찌 알아. 속을 열고 들여다보고 싶을 때가 한두 번인 줄 알아."

"속이 그만큼 깊은 형부를 만났으니, 언니는 좋겠다."

"이 아가 남 답답은 속을 긁고 있네 그래."

쑥스러워 웃지 않을 수 없었다.

철호를 일찍 재운 세 모녀는 밤늦도록 이야기로 꽃을 피웠다. 경찰관이던 동생이 남로당에 입당한 후 동료 경관들을 포섭하고 다닌 것이 문제가 되었고 연행되어 온 공산당 당원을 풀어준 것이 크게 말썽을 일으켜 지하로 숨어들지 않을 수 없었다는 사실은 은희도 알고 있었다. 은희에 관한 소문은 진주 바닥에 널리 퍼져 있었고 아버지의 예사스럽지 않은 죽음도 주위의 이목을 끌었다. 동생까지 공산당으로 알려지자 가족이 고향에 발을 붙이고 살 수가 없었다. 어쩔 수 없이 가산을 정리해 서울로 올라왔고 대체로 집값이 싼 정릉에 집을 마련했다는 것이었다.

정릉에서 하룻밤을 지낸 은희는 집이 왜 좋다는 것인지 알 것 같았다. 아무렴 집이 왜 좋겠는가. 집이란 가옥이 좋은 것이 아니라 거기에 마음과 몸을 푹 감싸주는 엄마와 식구들의 정이 있기 때문인 것이다. 식구들의 정, 그것은 모든 근심 걱정 피로를 다 풀어주는 영약인 것이다. 마음 푹 놓고 지내도 되는 데가 집인 것이다. 오랜만에 병산에 대한 걱정이나 근심도 없이 푸근하게 지낸 은희는 마음속에 깊이 패 있던 주름살이 펴진 것 같았다. 속으로 은근히 기다리고 있던 시누이가 저녁나절에 나타났다.

"어머님은 잘 계세요?"

시댁 식구들은 하나같이 거북했다. 한 사람도 만만한 사람이 없었다. 시아버지는 다락같이 높은 좌대에 앉아 아래를 굽어보고 호령하는 무서운 존재로 여겨졌고 시어머니도 범처럼 무서운 존재였다. 시동생이며 시누이 사촌 형제자매들도 다 한 칸 높은 데 있는 두려운 존재들로 생각되었다. 따라서 그들은 자신을 한 칸 아래로 낮춰보고 있을 것으로 생각하며 말 한마디 붙이는 것도 조심했다. 그나마 시아버님께서 세상을 버렸다는 소식은 나중에 말로 전해 들었고, 며느리 도리를 하지 못한 죄인으로서 언제 묘소라도 찾아뵈어야 하리라 생각하고 있었다. 그렇지만 시어머니는 달랐다. 같은 서울 하늘 아래 살고 있는 걸 알게 된 만큼, 지금이라도 당장 찾아뵙고 문안을 여쭤야 하는 것이 며느리로서 도리일 터였다. 병산이 세상을 다른 사람들과 달리 사는 바람에 거기 맞추다 보니 도리를 차리지 못했을 뿐 마음은 늘 죄인 같은 기분으로 지내왔었다.

"이 어지러운 세상에 마음 편하게 지내는 사람 몇이나 되겠어요. 외양은 멀쩡하지만 속이 어디 속이겠어요."

자식 잘못 둔 죄인이 겪어야 할 모든 고초를 다 겪다 제명을 누리지 못하고 별세한 시아버지의 속이 어디 온전했겠는가. 시어머니 속도 어디 그와 별반 다르겠는가.

"그래도 철호 말은 자주 하셔요. 손자 말만 나오면 안 보이던 웃음도 보이고는 해요."

시누이는 빙그레 웃었다. 은희는 언제 봐도 시누이가 만만하지 않았다. 고향에 있을 때는 바로 쳐다보기도 어려울 만큼 높은 상전 같기만 했다. 눈앞의 시누이를 새삼스럽게 뜯어본 은희는 속이 상했다. 흰 광목 저고리에 검은 인조견 치마 차림에 혈색도 좋지 않았다. 옛날 관부연락선을 타고 현해탄을 건너 오고 가던 하이칼라 유학생의 모습은 어디에서도 그 흔적을 찾아볼 수 없었다. 양장 차림에 중앙대로를 휘저으며 걸어가던 모습을 먼빛으로 본 적이 있었다. 세상에 저런 하이칼라 미녀가 있는가, 싶어 눈을 떼지 못했었다. 오빠와 같은 반일 사상에 깊이 빠져 감옥 나들이도 자주 했다는 신식 여성의 자취도 어디 하나 찾아볼 수 없었다. 초라한 시누이의 모습에 은희는 속이 상했다.

"집이 돈암동이라 했지요? 지금 어머님 뵈러 가면 안 될까요?"

"괜찮겠어요?"

"감히 앞에 나설 용기는 없지만 그래도 도리가 아닌 것 같아서, 너무 죄송스러워서 얼굴을 들 수나 있을지 모르겠어요."

"걱정 말아요. 철호가 있는데 무슨 걱정이에요. 반가워하실 거예요."

그렇게 안심시키고 입을 다문 시누이는 속으로 도리질을 하고 있었다. 다 잃고 몸만 살아 있는 분이에요. 이제 몇 사람 남아 있지도 않은데 누굴 탓하고 원망하고 그러겠어요. 그런 생각을 굳이 올케에게 말로 나타내고 싶지는 않았다.

아리랑고개를 넘어간 시누이는 돈암동 버스 종점에서 길을 건넜다. 큰길에서 멀지 않은 골목으로 들어가 어느 집 앞에서 걸음을 멈추었다. 세 칸도 되지 않은 작은 기와집이었다. 담장은 한 길에도 못 미쳐 까치발을 하면 집 안이 환히 들여다보일 정도였다. 정면에 여닫이 일각 출입문이 있었다. 시누이는 익숙한 솜씨로 문 안에 손을 넣더니 요리조리 움직이는 기색이었다. 일각문이 안으로 밀려들어갔다.

"집 안에 엄마 혼자 계세요."

마당이 손바닥만 했다. 몇 걸음 옮기지 않아 툇마루에 닿았다.

"옥이가?"

방 안에서 시어머니 목소리가 들렸다.

대답도 하지 않고 마루로 올라간 시누이는 방문을 열었다.

"엄마, 철호 왔어요."

자리에 누워 있던 시어머니는 부스스 일어나며 옷매무시를 고쳤다. 머리를 손가락 빗질로 가다듬었다. 철호를 받아 안고 금방 얼굴이 환해졌다.

은희는 그런 시어머니 앞에 넙죽 엎드렸다.

"애비와 함께 오지 못해 죄송해요. 늘 죄만 짓고, 면목 없습니다."

어찌 말로 다 할 수 있겠는가. 차라리 입술을 꾹 깨물고 있으면 그냥 짐작으로 모든 것을 알아차리리라. 한동안 엎드린 채 속으로 울먹였다.

"다 시절 탓인 걸, 어쩌겠나. 좋은 시절이 곧 온다니까, 기다리마."

좋은 시절이 곧 도래하리라는 희망을 지니고 계신 것이 그나마 다행이다 싶었다. 좋은 시절이 반드시 오리라. 가진 것 다 바친 이들에게 넉넉한 보상이 주어질 그런 세상이 곧 찾아오리라. 그런 세상의 도래를 위해 우리가 목숨 걸고 싸우고 있지 않은가. 참았던 눈물이 왈칵 쏟아졌다. 정말 시어머니의 희망이 이루어질 수는 있는 것일까. 불효를 효도로 다 씻어드릴 그런 구원의 때가 도래하기는 할 것인가. 우리는 이길 것인가. 그래, 기필코 이겨야 한다.

'장군님께서, 반드시 서울에 오시리라!'

18

"후암동 이설희 동무에게 이걸 좀 전해주고 오시오."

저녁을 먹고 설거지를 한 다음 은희가 방으로 들어가자 병산이 쪽지를 하나 내밀었다. 가끔 쪽지 배달을 해온 터라 스스럼없이 쪽지를 받아들고 집을 나섰다. 쪽지 심부름을 할 때마다 그 내용이 궁금했으나 은희는 한 번도 펴보지 않았다. 비밀을 공유하는 편보다 지켜주는 편이 병산에 대한 예의를 지키고 돕는 것으로 생각되었기 때문이다. 비밀을 공유한다는 것은 동지적 유대감은 충족시킬지 모르지만 모종의 위험을 내포하고 있는 것 또한 사실이었다. 서로를 존중하고 있는 터 따로 무슨 비밀이 필요하겠는가, 스스로 말하거나 밝히지 않은 것은 그냥 눈감고 넘어가는 편이 현명한 것이라고 경험은 늘 강조하고 있었다.

골목은 불빛 하나 없이 어두웠고 행인도 뜸했다. 이웃집들도 조용했다. 나들이 때마다 경계심이 작동하는 습성이 몸에 배 있었다. 동작을 최대한 줄이고 귀를 크게 틔워 인기척에 신경을 썼다. 눈을 들어 살피지는 않았으나 작은 물체의 움직임도 촉감으로 알아차렸다. 서울에 올라온 이래 사람에 대한 경계심이 아주 예민하게 발달되어 있었다. 일부러 좀 둘러 가기는 했으나 염천교를 지나자 서울역과 남영동 쪽을 피하여 서소문을 지나 남대문 방향으로 곧장 걸어갔다. 남대문 바로 앞에서 남산 방향의 비탈길로 접어들어 후암동으로 넘어갔다. 낯익은 이설희 아지트 부근에 이르자 은희는 습관적으로 은밀히 주위를 둘러보았다. 큰길에는 오고가는 행인들이 더러 보였다. 그러나 골목길은 행인이 뜸했다. 골목길로 접어든 순간 뒤에서 발걸음 소리가 들렸다. 중년 남자가 다가오고 있었다. 남자가 앞질러 가도록 걸음을 늦추고 딴전을 피웠다. 얼핏 은희를 거들떠본 남자는 그냥 옆을 스쳐 지나갔다.

이윽고 이설희의 아지트가 보였다. 집 안에 불빛이 보이는 것으로 봐 집에 있는 모양이었다. 미행이 없나 다시 주위를 살핀 은희는 아지트의 뜰로 들어섰다. 불빛이 새어나오는 방을 바라보며 쪽문을 열고 성큼 부엌으로 들어섰다. 무심코 부엌으로 들어서던 은희는 무엇엔가 발이 걸려 앞으로 꼬꾸라질 뻔했다. 별안간 부엌 바닥에서 검은 물체가 벌떡 일어났다. 사람이었다. 기겁을 하고 놀란 은희는 비명이 터져 나오려는 입을 얼른 손바닥으로 눌러 막았다. 벌떡 일어났던 남자는 다시 픽 쓰러져 누웠다. 남자는 담요를 머리끝까지 푹 둘러썼다.

이 상황이 어떤 상황인지 종잡을 수가 없었다. 방이 아니라 부엌 바닥에 남자가 누워 있다니, 당황한 은희는 벌린 입을 다물지 못하였다. 방문이 열리고 불빛이 확 쏟아져 나왔다.

"최 동무가 이 시간에 웬일이에요?"

이설희는 은희의 팔을 확 나꿔채 방으로 끌어들였다. 은희의 몸이 방으로 끌려들어갔다. 이설희는 얼른 방문을 닫고 안에서 문고리를 걸어 잠갔다. 은희는 영문을 알 수 없어 어리둥절한 채 품에서 쪽지를 꺼내 이설희에게 건넸다. 이설희는 받아든 쪽지를 펼쳐 보며 고개를 끄덕였다.

"빈틈없이 시행하겠다고 전하세요."

쪽지 따위는 이미 은희의 관심 밖의 일이었다. 오로지 지금 이 황당한 상황이 궁금해 죽을 지경이었다. 이설희가 허락하지 않고서는 남자가 부엌 바닥에 누워 있을 까닭이 없었다. 이설희가 보통 까다로운 성깔인가. 부엌 바닥에 누워 있도록 허락할 만한 남자라면 두 사람이 예사로운 관계가 아닐 것이 틀림없었다. 예사로운 관계가 아니라면 굳이 방 안에 들이지 않는 까닭이 무엇이란 말인가. 안에서 방문을 걸어 잠그고 접근을 차단하는 남자라면 아예 부엌 바닥도 허락하지 않았어야 옳지 않았겠는가.

"누구세요?"

밖에서 들을세라 목소리를 낮춰 소곤거리듯 물었다. 궁금증을 풀지 않고서는 좀이 쑤셔 돌아갈 수가 없을 것 같았다.

"누군지 몰라? 당 아지트에서 몇 번 봤을걸."

마뜩잖은 표정으로 심드렁하게 말했다.

"어두워서 얼굴을 못 봤어요."

"저 사람과 내가 가부부로 정해졌어."

"가부부로 정해지다니, 그게 무슨 말이에요?"

"목소리 낮춰. 당에서 저 사람과 내가 당분간 부부로 지내도록 명령이 떨어진 거야."

"당분간 부부로 지낸다면 정식 부부는 아닌 것이네."

"당에서 필요한 만큼만 부부로 지내는, 즉 가짜로 부부 행세를 하라는 것이지."

6월 남조선해방 목표를 세운 조선노동당 지도부는 당원들에게 혁명의 승리를 확신시키기 위한 교육에 총력을 기울였다. 당원들을 상대로 펼쳐 보이는 조선의 위대한 미래라는 혁명의 청사진은 화려했고 눈부셨다. 곧 낙원의 도래를 약속하며 그 실현을 장담했다.

이런 당원 교육과 함께 조직을 전투부대로 재편성하고 폭력적이며 불법적인 태세를 한층 강화했다. 숙청할 반동분자 명단을 작성하고 체포 계획을 세우는 한편 방송국 접수, 중앙청 및 공공기관 점령, 한강교

폭파 계획 등 구체적인 혁명계획을 수립했다. 이런 중차대한 6월 혁명을 앞두고 비밀 유지와 당원 정예화 조직이 무엇보다 중요하다며 그 대책의 일환으로 가부부제를 시행하기로 당에서 정했다는 것이다.

이 무렵 당에서는 불안정하게 동가식서가숙하는 당원들로 골머리를 앓고 있었다. 다른 직업 없이 당 지하활동이나 업무에만 종사해온 당원들 대부분이 지명수배를 받고 집에 들어가지 못해 피신생활을 하는 것도 시급히 풀어야 할 과제지만 지방에서 올라온 간부들 또한 일정한 숙소나 거처 없이 하숙을 하는 경우가 많았다. 이들은 대개 가정을 가졌을 법한 중년 남자들이었다. 주로 하숙생활을 하고 있는 이들은 주변의 이목을 끌기 십상이었고 수상하게 여긴 나머지 당국에 신고하는 일도 종종 일어났다. 이렇듯 당원들 신변에 상존하는 위험을 줄이기 위해 중앙당에서 서울 시당 여 당원과 남자 당 간부를 짝을 지어 가부부로 지내도록 한 것이다. 당성이 강한 간부라면 혁명 승리를 위해서는 지옥도 마다할 수 없었다. 혁명 승리 때까지, 남녀가 아니라 당원으로서 가부부로 지내도록 한 것을 어느 당원이 감히 거역하겠는가.

이야기를 듣고 난 은희는 어안이 벙벙했다. 아무리 혁명의 승리를 위한 당의 조치라고 해도 이해가 되지 않았다. 남녀 관계란 거래라면 모를까, 사랑 없는 남녀의 만남이라니 어찌 상상이나 할 수 있는 일인가. '사람 중심'을 외쳐온 당에서 이런 비인간적인 처사를 시행하다니, 은희는 믿고 싶지 않았다.

"최 동무 생각도 그렇지?"

"인간 본성을 무시한 그런 시책은 결과가 좋지 않을 것 같아요."

"내가 방문을 걸어 잠그고 접근을 막자 저 동무도 알아차리고, 저렇게 부엌에서 고생하겠다고 했어."

"그나마 다행이네요."

"이 가부부제가 누구 머리에서 나온 줄 아세요?"

은희는 속이 뜨끔했다.

"김병산 동무가 제안한 것이랍니다."

이설희의 비꼬는 듯한 말투와 표정에 은희는 가슴이 철렁 내려앉았다. 이설희의 말이 사실일까. 당 사업도 인민 대중의 안락한 삶을 도모하는 방편이 가장 으뜸일 것일진대, 인민의 관습을 무시하는 사업은 찬동하고 싶지 않았다. 하기야 관습, 상식, 윤리, 도덕 모두 혁명 승리의 방편으로 쓸모가 없다면 무시하라고 할 것이다. 비합법, 폭력 행위를 혁명의 수단으로 삼고 있는 당 간부로서는 소소한 인간성 파괴 따위에 눈이나 꿈쩍하겠는가. 은희는 갑자기 눈앞이 흐려졌다.

"김 동무한테 한번 진지하게 따질 생각이었어요. 직업혁명가는 왕왕 독단적이고 희망적 관측에 빠지는 경우가 있거든요. 특유의 편견을 일반화시키는 오류도 범하지요. 혁명이론을 맹신하다 보면 보편적 상식을 무시하는 우를 범하는 경우도 있어요. 김병산 동무도 그런 자기 오류에 빠졌을 거라고 생각했거든요. 그런데 알고 봤더니 가부부제는 김병산 동무의 독창적인 기획이 아니었어요."

하늘같이 믿고 의지하는 그이가 가부부제 같은 그런 터무니없는 기획을 수립했다는 것이 믿어지지 않았고 믿을 수도 없었다. 그이를 맹렬히 비난하고 비판할 것으로 생각하고 뜨악한 기분으로 이설희의 입을 쳐다보고 있던 은희는, 그이의 독창적인 기획이 아니었다니, 그나마 다행이다 싶었다.

"공산당 선언에서 거론하고 있는 부인공유제의 시의적절한 창조적 변형이라는 것입니다."

"공산당 선언에 부인공유제에 대한 항목이 있군요?"

"부르주아들이 자기 아내를 단순한 생산도구나 착취 대상으로 삼는 것을 지양하기 위한 방편을 논의하는 과정에 나온 시니컬한 항목으로 부인공유제가 등장합니다. 부르주아들은 공공매춘시설을 이용하기도, 지위가 낮은 신분의 아녀자를 돈으로 사서 노리개로 삼기도 하고 더 나아가 서로가 남의 부인을 유혹하려고 호심탐탐 기회를 노리는 데 이런 것이 바로 부인공유제가 아니고 무엇이겠느냐는 것이지요. 허울 좋은 일부일처제니 뭐니 하는 이런 위선적인 외양을 털어버리고 은밀하게 횡행하는 부인공유제를 공식적이고 공명정대하게 도입하는 편이 더 도덕적이고 윤리적이지 않겠느냐는, 그런 이상론을 펼쳐놓은 것이랍니다."

"하기야 매춘은 인류 역사의 시발과 함께한다는 말은 들은 적이 있습니다만……."

그래도 가부부제라니, 흔쾌히 동의하고 싶지 않았다.

한동안 시국 이야기 등 많은 이야기를 나눈 후 은희는 자리에서 일어났다.

이설희는 은희를 방 안에서 배웅했다. 은희가 방을 나오자 뒤에서 급히 문을 닫고 안에서 문고리를 걸어 잠그는 소리가 들렸다. 집으로 돌아오는 발걸음이 내내 무거웠다. 걸음을 옮길 때마다 등 뒤에서 들리던 문고리 걸어 잠그는 쇳소리가 생생히 들리는 것 같았다.

병산은 남포등을 켜고 당원 교육 기획안을 짜고 있었다.

"이설희 동무 움막에 남자 동무가 있어 놀랐어요."

"이 동무 집에 남자가 있어, 아 남자 간부가 배당되었구만."

"부엌에 널빤지를 깔고 누워 있었어요."

"그 남자 동무 복이 없구만. 이설희 동무 같은 상대를 배당받다니."

병산은 쓴웃음을 지었다. 은희는 길을 오는 동안 계속 마음속에 갈마들던 궁금증을 애써 눌러 참았다. 그이가 스스로 말을 하기 전에는 어떤 것도 묻지 않는 것을 철칙으로 삼아온 그녀였다. 가부부제를 기획한 당사자인 병산에게 그 제도에 대한 의문이나 반대 의견을 새삼스럽게 어찌 제기하겠는가. 그이의 생각은 언제나 옳았다. 그이의 생각이 언제나 옳듯 그이가 입안한 어떤 사안도 옳았다. 옳지 않았다면 당에서 시행하지 않았을 것이다. 당에서 시책으로 받아들여 시행하는 사안을 두고 주제넘게 왈가왈부할 수는 없는 일이었다.

병산은 하던 일을 계속해 나갔다. 밥상 위에 펼쳐둔 공책에 글씨가 빼곡하게 차 있었다. 글씨가 굵어 은희도 고개만 돌리면 식별이 가능하였다. 병산이 하는 일은 가급적 모른 척 해왔었다. 그러나 가부부제에 관한 뜨악한 기분이 가시지 않았던 탓인지, 병산이 하는 일에 새삼스럽게 궁금증이 일어났다.

'적이 있어야 한다. 적은 부당해야 하고 부패해야 하고 폭력적이어야 한다. 적을 찾을 수 없을 때는 적을 만들어내야 한다. 적이 존재해야만 그 적을 대상으로 적개심을 품게 되고 적개심이 클수록 분노 또한 큰 것이다. 적개심과 분노가 행동으로 옮겨질 때 투쟁이 시작되는 것이다. 명분이 정의로울 때 투쟁은 혁명으로 승화된다. 볼셰비키의 적은 차르 체제와 귀족 지배계급이었다. 볼셰비키는 차르 체제와 귀족 지배계급을 철저하게 무너뜨리고 인민해방을 가져왔다. 우리는 어떤가. 지금 미제국주의자와 친일 잔재들이 우리의 적으로 존재한다. 이들이 우리의 적인 까닭은 인류 역사상 가장 정의롭고 공정하며 평화로운 공산주의 체제를 이 땅에 펼치려는 우리 노동당을 적대시하고 탄압하고 있기 때문이다. 우리는 미제국주의자와 친일 잔재 세력과 필사적으로 싸워 반드시 이들을 무찌르고 혁명을 완수해야 한다.

혁명당원의 기본 조건: 혁명정신의 투철함. 적에 대한 명확한 인식. 분노와 적개심은 혁명의 자양분이다. 당의 궁극적 목표인 혁명은 적을 제거하는 데 있다.

낙천주의, 영웅주의, 증오심, 모험심, 열광성 등 혁명가가 지녀야할 다섯 가지 필수 관념이란?

낙천주의: 혁명에 관한 환상을 말함. 어떤 난관과 장애와 투쟁을 거쳐서라도 최종적으로 공산혁명이 반드시 승리하리라는 믿음.

영웅주의: 몸과 정신이 혼연일체로 혁명적인 열정에 자신을 불태우며 헌신함.

증오심: 혁명의 적, 자본주의 진영과 친일민족주의 진영에 대한 적개심과 투쟁.

모험심: 피검되어 고문을 당하는 등 어떤 위기에 직면해도 당을 수호하고 미래를 향한 희생적 모험심을 잃지 않을 것.

열광성: 당과 혁명 사업을 위한 열정과 광기.

이 다섯 가지 관념을 철저히 인식하고 내면화시켜 혁명의식을 고취함으로써 공산혁명에 성공할 수 있는 당원 양성에 힘을 기울여야 하리라, 결론짓고 있었다.

일을 마치기를 기다린 다음 은희는 병산의 옆에 누워 잠을 청했다. 잠자리에 들면 쉽게 잠이 들고는 했다. 그러나 그날은 그렇지 않았다. 이런저런 생각이 오락가락 넘나들어 쉽게 잠이 오지 않았다. 천장을 쳐다보며 병산의 고른 숨소리를 듣다 은희는 새벽녘에야 겨우 눈을 붙였다.

옆으로 누워 숨소리를 고르게 내고 잠든 척하고 있었으나 병산은 뜬눈으로 밤을 새웠다. 나날이 사태가 심각하게 흘러가고 있었다. 미군정과 민족진영 사이 협조가 순조롭게 이루어져감에 따라 남조선 정세가 나날이 안정되어갔다. 남조선의 정세가 안정되어감에 따라 당의 활동에 제약이 늘어갔다. 미군정이 남로당을 불법단체로 규정한 이래 당국의 감시와 경계가 전보다 아주 촘촘해졌다. 당의 활동 일체를 불법행위로 규정한 미군정 당국은 남로당 당원 색출에 적극성을 띠었다. 활동에 제약이 따랐고 체포될 위험이 매우 높았다. 병산은 당 업무를 일체 비밀에 부치고 은희에게 알리지 않고 지내왔으나 이제 태도를 바꿔야 할 것 같았다. 모든 당 활동과 비밀을 은희에게 털어놓고 공유하며 긴밀히 의논해야 장차 닥칠지 모를 위험을 예방할 수 있고, 체포되었을 때 위기에 대처할 방안을 모색할 수 있으리라 생각되었다. 지금까지 알리지 않는 것이 마음 편하리라 생각하고 당 사업을 혼자 알아서 다 처리하고 일체 함구하였으나 가장 가까운 동지인 아내에게 감출 일이 결코 아니라는 판단이 섰던 것이다. 병산은 그런 생각 끝에 마음을 정하고 새벽에 잠깐 눈을 붙이고 일어났다.

밤늦게 집에 들어온 병산은 작심하고 그날 있었던 당에서의 일을 은희에게 소상히 털어놓았다. 전에 없던 일이라 은희는 긴장을 풀지 않고 귀담아 들었다.

19

그날 오후 당 아지트를 나선 병산은 동대문 전차 종점에서 내렸다. 번다한 큰길을 벗어나 해가 지고 어둠이 내리기 직전의 고요가 깔려 있는 이화동 비탈길 쪽으로 방향을 잡아 걸음을 옮겨놓았다. 행인은 드물고 어쩌다 자동차가 비탈길을 탈탈거리며 숨 가쁘게 올라갔다. 낙산 자락 일대는 번듯한 가옥은 찾아보기 힘들었다. 그만그만한 작은 집들이 납작납작 엎드려 있었다. 담장 낮은 집들 사이를 뚫고 골목길이 여기저기 여러 갈래로 뚫려 있었다. 골목으로 들어서 몇 걸음 걷고 난 다음 몸에 밴 주의와 경계심이 시키는 대로 병산은 문득 돌아서 뒤를 살펴보았다. 미행은커녕 도둑고양이 한 마리 보이지 않았다. 어느 경우에나 위험이란 부주의가 불러들이는 불청객인 것이다.

비밀 아지트에 접근한 병산은 대문이며 담벼락이며 처마를 차례로 주의 깊게 살펴 나갔다. 대문이나 담장에 암묵적 경계 표시물이 보이지 않았다. 처마 밑 빨랫줄에 바지와 저고리 등 옷가지 세 개가 걸려 있었다. 숫자 세 개는 안전을 의미했다. 하나나 둘이면 조심해 접근하라는 암호고 넷 이상은 위험하다는 뜻이었다. 다른 경계 표시가 없는 것을 확인하고 정해진 대로 둘 셋 헤아리며 대문을 두드렸다. 곧 마당을 가로질러 오는 신발 끄는 소리가 들리고 이어 빗장 따는 소리와 함께 판자문이 슬며시 열렸다.

방으로 들어가자 먼저 와 있던 네댓 명의 당원들이 병산을 반색하며 맞아들였다.

"김 동무는 언제 봐도 늠름해 좋아. 그냥 기대고 싶은 마음이 절로 일거든. 그렇지 않아?"

현이 앉은 채 가까이 온 병산의 손을 덥석 잡으며 너스레를 떨었다. 다른 당원들도 그렇고말고 하며 맞장구를 쳤다. 현은 병산보다 한 직급 높은 당 간부였다.

"이번에는 또 어떤 호랑이굴로 밀어 넣으려고 이러실까?"

"호랑이굴에 밀어 넣을 만한 인재가 어디 잘 있나. 불러 쓸 때가 좋은 것인데, 원망 섞인 저 말투 좀 보시게. 아니, 그건 그렇고 하지 놈이 하고 싶은 말이 있다니, 우선 그놈 말이나 먼저 좀 들어보세."

현이 손사래를 치며 책상 위에 놓인 라디오를 가리켰다.

"……우리가 얻은 확실한 정보에 의하면 남조선에서는 모 정당이 미군에 대해 고의적인 악선전을 펴고 있으며 이들 선동분자들에 의해 하루도 시위 없는 날이 없다. 철도파업으로 온 나라가 홍역을 치렀고 노동자 농민들의 불만의 원성은 나날이 강도를 더해가고 있다. 이 모든 사회 혼란이 미군 때문이라고 하는데, 남조선 인민들은 현실을 냉정히 살피고 이들 선동꾼들에게 현혹되어서는 안 될 것이다. ……모든 국민이 다 알고 있듯이 지금 남조선에는 물가고, 주택난, 귀환 동포의 수용 문제, 이런 어려운 문제가 산더미처럼 쌓여 있다. 이런 문제가 모두 미군 잘못으로 생긴 일이라고 남로당은 선전선동하고 있는데, 이는 미군 때문에 생긴 일이 아니라 대일 전쟁 때문에 발생한 전쟁의 후유증인 것이다. 일본이 항복하고 해외 귀환 동포가 급속히 대거 귀국함에 따라 식량 부족과 주택난이 겹치고 물가가 천정부지로 올라가고 있는 것이다. 그런데도 남로당에서는 이 모든 것을 미군의 책임으로 돌리고 있다. 가령 남한의 식량부족은 미군이 다 먹어 치우고 있기 때문이라고 선동한다. 그러나 이는 완전한 거짓말이다. 미군의 주식은 쌀과 보리가 아니다. 미국 본토에서 밀가루 등 식량을 가져와 미군의 식성에 맞는 음식을 조리해 먹는다. 약품 또한 미국에서 공수해 오고 있다는 사실을 여러분도 다 알고 있으리라 생각한다. 남조선 인민들은 이런 점을 직시하고 남로당 선동분자들의 선전과 선동에 속는 일이 없도록 조심해주기 바란다……."

라디오가 말씀을 계속해 나가는 것을 현이 버튼을 툭 눌러 껐다.

"누가 아니래나. 너희들이 밀가루를 가져다 빵을 구워 먹는다는 것 알고 있어. 하지만 우리가 왜 선전선동 작업을 강화하고 있는데. 너희들이 속에 감추고 있는 야욕을 일반 인민들이 모르고 있기 때문이지. 네놈들의 야욕을 일반 인민들이 알도록 널리 알려야 하지 않겠어. 그렇지 않아?"

현이 이죽거렸다.

"그래. 네놈들은 남반부에 상륙한 그날부터 조선을 네놈들 식민지로 만들 작정으로 날뛰고 있잖아. 위대한 소련군의 결정적 역할에 의해 일제 식민지 굴레에서 벗어난 조선을 너희들 극동 침략의 군사기지로 만들어 중국과 소련과 대적하려는 속셈이잖아. 그 야욕을 꺾어놓지 않고 우리 조선이 어찌 자주독립 국가가 될 수 있겠어."

"그런 속셈이 없고서야 어찌 카이로회담이나 얄타회담, 포츠담회담, 모스크바3상회담 등 조선 문제에 관한 각종 국제적 약속을 파기하고 유린하고, 친일 민족반역자들을 규합하여 파쇼적 반동 통치기구를 조직하여 우리 민주진영을 탄압하고 민주인사를 살해해왔겠어."

현의 옆에 앉아 있는 간부가 맞장구를 쳤다.

"아무리 네놈들이 악을 쓰고 덤벼봐라. 조선 땅 먹물 좀 든 사람치고 사회주의자 아닌 사람 있는지. 네놈들이 그 대세를 어찌 꺾겠다고, 흥!"

또 다른 간부가 시큰둥한 표정으로 히죽거렸다.

"우리는 쌀과 보리 먹고 살고 싶다. 제발 밀가루와 고기는 원하지 않으니 너희 나라로 물러나 빵과 고기 먹고 잘 살려마."

여기저기서 규탄의 목소리가 터져 나왔다.

지금 남로당의 적은 미제국주의자들과 자본가, 지주, 친일 잔재들이다. 이들 적을 섬멸해야만 이 땅의 인민들을 노예상태로부터 구할 수 있고 평화와 번영을 누리게 할 수 있으므로 이들 적을 섬멸하기 위해 우리가 혁명운동을 펼치고 있는 것이다. 그러므로 미국에 대한 적개심과 분노는 이들 남로당 지하조직원들의 존재 조건에 다름 아니었다. 일제히 적의와 증오심에 불타는 갈라진 목소리로 외쳐댔다. 마치 적의와 분노의 목소리를 누가 더 강하게 내는가 하는 것으로 당성을 겨루는 경연장을 방불케 했다. 미국에 대한 규탄이 한차례 거센 파도처럼 지나가고 나자 힘이 소진한 듯 물을 찾아 마시거나 궐련에 불을 댕겨 입에 물고 연기를 깊숙이 빨아들였다가 후우욱 내뿜거나 제

각기 다른 방식으로 끓어오르는 분노를 삭여나갔다. 드디어 광풍이 가라앉고 냉정을 찾아갈 무렵 현이 자리에서 일어나며 병산에게 눈짓을 했다.

병산은 방문을 열고 나가는 현의 뒤를 따라 마루로 나갔다. 마당으로 내려간 현은 언덕 아래 집들을 내려다보았다. 간혹 불을 밝힌 집이 있었으나 대부분의 집에는 불빛이 보이지 않았다. 별 하나 보이지 않는 구름 낀 캄캄한 하늘이 무엇인가 불길한 징후 같아 병산은 땅바닥으로 눈을 깔았다.

"당에서 정 동지의 가족을 확보해두기로 했네. 준비가 되는 대로 북으로 보내야 하겠어."

"정 동지라면 명동파 그 정진영 대장 말인가?"

"정 동지가 아니고서는 김두한을 누가 제거할 수 있겠나. 김두한 패당 때문에 골머리를 썩인 게 어디 한두 번인가. 전차파업이 흐지부지된 것도 그 패당 때문이었지. 용산 철도파업도 놈들 때문에 우리 측 피해가 얼마나 컸어."

"경찰보다 김두한 패당이 우리한테 입힌 타격이 더 위협적이니 큰 우환덩어리지. 그래 암초 제거에 더 적극성을 띠어야 할 걸세."

"그래서 평양에서 정 동지 가족을 북으로 보내라 하지 않나."

가족을 북으로 보내 신변 확보를 해둔다는 것은 정 동지에게 부여한 임무의 막중함과 위급함을 명확히 해두려는 의도일 것이었다. 가족을 볼모로 잡아둠으로써 임무수행에 적극성을 띠게 하려는 방편이었다. 정 동지가 임무를 소홀히 하거나 동요할 때 가족의 안위를 빌미로 협박하기 위한 속셈도 없지 않을 것이었다.

임무를 받고 집으로 돌아가는 병산의 발걸음이 한없이 무거웠다.

며칠 후에 있을 것이라고 하더니 바로 다음 날 시행 지시가 내려왔다.

병산은 허름한 작업복 차림을 하고 일부러 때 절은 운동모자를 썼다. 고무창의 운동화도 옆구리가 터진 것을 찾아 신었다. 동대문에서 전차를 타고 종로통을 거쳐 서울역에서 내렸다. 접선 장소인 서울역 대합실로 들어가 두리번거리던 그는 어렵지 않게 상대방을 발견했다. 접선 암호로 정한 한약 한 첩을 든 아녀자가 시름에 잠긴 듯 눈을 바닥에 깐 채 서 있는 것이 보였다. 아녀자 옆에는 연년생으로 보이는 처녀 둘이 나란히 서 있었고 앳된 남자아이는 아녀자의 손을 잡고 있었다.

일행의 숫자를 파악한 병산은 먼저 매표구로 가 개성행 기차표 다섯 장을 샀다. 주위를 재빠르게 훑어본 다음 병산은 조심스럽게 한약을 든 아녀자에게로 다가갔다. 기차표를 내밀자 아녀자는 병산을 물끄러미 쳐다보며 받아들었다. 아녀자는 별다른 내색 없이 기차표 매수를 확인하였다.

"개성에 기다리고 있는 사람이 있습니다. 출발 시간이 임박했으니, 지금 바로 홈으로 나가야 합니다."

접선 방법과 행동지침을 미리 들어 알고 있던 아녀자는 별다른 주저 없이 옆에 놓아두었던 보따리를 집어 들고 희미하게 고개를 끄덕였다. 개찰구로 나가는 병산의 뒷모습을 주시하며 아녀자는 아이들을 데리고 뒤를 따랐다.

출발 시간이 임박해서 승차한 터라 빈 좌석은 기대할 수 없었다. 입석이 용이한 곳을 눈으로 물색한 병산은 출입구 쪽에 공간을 확보하고 거기에 아녀자 일행을 모여 있게 조처했다. 아녀자 일행은 모래내를 지날 무렵 다리가 아팠던지 바닥이나마 개의치 않고 편안하게 자리 잡고 앉았다. 병산은 거리를 두고 따로 서서 차창 밖으로 지나가는 풍경을 바라보고 있었다. 개성역에 내릴 때까지 아녀자 일행과 병산은 한마디도 말을 나누지 않았다. 서로 나눌 말이 없는 사이가 얼마나 편안한가, 그런 생각으로 다른 신경 쓰지 않았다.

개성역에 내려 대합실로 들어가자 미리 정한 암호 물건을 손에 든 접선자가 다가왔다. 빠른 어조로 오늘 김 동무를 만나기로한 당 간부가 급히 평양으로 올라가게 되어 오지 못했다는 사실을 귀띔했다. 곧 연락이 다시 있을 것이라는 말도 덧붙였다. 병산은 접선자에게 일행을 인계했다. 영문 모르고 북으로 올라가는 정 대장의 가족이 측은했다. 무심코 작별인사를 하게 됐다.

“먼 길 조심하시오.”

먼 길은 어느 경우에나 위험이 도사리고 있는 것이다. 낯선 곳에 가면 으레 고생이 기다리고 있기 마련이다. 그들 아녀자 일행은 지금 낯선 곳을 향해 먼 길을 가고 있는 것이다.

이 이야기를 들은 은희는 속으로 한숨을 내쉬었다.

나중에 안 일이지만 명동파 정진영 대장은 김두한의 어깨에 총상을 입히기는 했으나 살해에는 실패하고 도리어 김두한이 응사한 총에 맞아 그 자리에서 절명하고 말았다고 했다. 암초 제거에 실패하고 도리어 암초의 손에 의해 살해되고 말았다는 우울한 소식에 병산은 속으로 도리질을 했다.

20

종각에서 전차를 탄 병산은 시청역을 지나 남대문에서 내렸다. 곧 시청 쪽에서 파란 스파크를 일으키며 전차가 오고 있었다. 전차가 정차하자 병산은 얼른 뛰어올랐다. 전차는 발 디딜 틈 없이 혼잡했다. 몸을 감추기에 안성맞춤이었다. 그래도 마음이 놓이지 않아 용산에서 한 번 더 내렸다. 먼 데를 살피는 척 시치미를 떼고 어슬렁거리며 미행이 붙지 않았는지 주위를 살폈다. 용산에서 갈아탄 전차도 혼잡해 사람들 사이에 끼어드니 마음이 한결 놓였다. 노량진에서 전차를 내린 병산은 본동리 뒷길로 들어서며 슬쩍 뒤를 살폈다. 뒤를 밟는 사람은 없었다.

나지막한 바자울에 짚으로 이엉을 얹은 초가 몇 채를 그냥 지나친 병산은 돌담에 대문을 갖춘 기와집 앞에서 걸음을 멈추었다. 습관적으로 주위를 둘러본 병산은 인적이 없는 것을 확인한 다음 대문을 둘 셋 둘 셋 박자를 넣어 두드렸다. 곧 신발 끄는 소리가 들리고 빗장 따는 소리에 이어 쪽문이 열렸다. 몸집이 왜소한 여인이 문을 활짝 열고 그가 들어오기를 기다렸다.

병산에게 다녀가라는 연통을 넣은 당 간부는 깊숙한 안방에서 그를 기다리고 있었다. 먼저 와 있던 청년 두 명이 병산을 쳐다보며 앉을 자리를 내주었다. 두 청년 다 얼굴이 야위어 광대뼈가 튀어나올 것 같았다. 수분을 어디다 모두 증발시킨 것인지 몸을 털면 먼지가 날 것 같았다. 무엇이든 닥치는 대로 게걸스럽게 먹어치울 것 같은 아주 오래 주린 인상이었다. 당 간부로부터 무슨 감당하기 벅찬 임무라도 부여받은 것인지 표정이 굳어 있었다. 내리깐 시선을 손끝에 모으고 있는 것이 무엇인가 결의를 다지고 있거나 정신을 집중하고 있는 모습이었다.

"김 동무와 함께 일할 행동대원이오. 훈련이 잘 되어 있으니 어렵지 않게 성공할 거외다."

당 간부는 두 청년을 병산에게 소개한 뒤 자신이 한 말을 스스로 수긍하듯 고개를 끄덕였다.

"당 제거대상 1호라는 점을 명심하고 반드시 성공해야 하오."

당에서 정한 제거대상 1호가 참석하는 행사장과 행사 소요 시간, 행사를 마친 다음 이동할 승용차의 통행 경로, 그리고 수행원 등에 관한 사항을 세세히 설명했다. 증거를 남기지 않는 것이 철칙이므로 지시를 하되 문서로 하지 않고 자료를 주되 당사자들만 알 수 있는 암호 방법으로 하였다. 즉 듣는 귀를 조심하고, 글로 남기지 않아 뒤탈을 예방하며, 이름을 밝히지 않아 연루자를 차단하는 것을 3대 행동 철칙으로 엄수하고, 지시사항의 자의적 판단은 절대 불가하며 이를 어겼을 경우 불복종 행위로 간주하여 당으로부터 엄한 처벌을 받게 된다는 점을 다시 강조했다.

안국동 로터리에서 창덕궁으로 넘어가는 길에 교통경찰 몇 명이 분주하게 움직이고 있었다. 차량 통과를 재촉하기도 하고 행인을 다른 길로 유도하기도 했다. 원남동 쪽에서 오는 차량은 운현궁 쪽으로 좌회전 시켜 보내고, 안국동 쪽에서 오는 차량은 수운회관 쪽으로 우회전 시켜 보냈다. 행인들은 미 군정청의 고위 인사 차량 통행을 배려한 조치려니 여기고 시큰둥한 반응을 보이며 가던 걸음을 재촉했다.

자기들 세상인 듯 유세를 떠는 그들의 행태를 시민들이 고깝게 여기고 있었던 것이다.

교통경찰의 호각소리도 잠시 그치고 자동차들이 오고 가는 평소의 일정한 소음 외에 한동안 특이 사항이 없었다. 어색한 고요 속에 창덕궁 인근 구름다리 부근에서 순간 휘익 무엇인가 휘어지는 변화의 기색이 느껴진 찰나였다. 종로경찰서 쪽으로부터 노란색 미제 승용차 한 대가 빠른 속도로 달려오고 있었다. 경계태세를 갖춘 교통경찰이 호각을 불며 급히 길 가운데로 뛰어들어 다른 차량을 일시 정지시켰다. 교통경찰의 제지를 받은 대여섯 대의 차량이 갓길에 멈추어 섰다. 빠른 속도로 달려오는 노란색 미제 승용차를 피해 교통경찰이 인도로 막 뛰어오른 순간이었다. 검은 작업복 차림의 청년 두 명이 차도로 뛰어들었다. 달려오던 노란색 미제 승용차가 급히 브레이크를 밟았다. 타이어와 아스팔트가 마찰을 일으키며 검은 분진을 일으켰다. 자동차를 가로막은 청년 하나가 쏜살같이 뒤로 뛰어나가며 차를 향해 탕 탕 탕 권총을 발사했다. 승용차 뒷문에 총탄 구멍이 숭숭 뚫렸다. 교통경찰이 혼비백산 외마디 비명을 지르며 범인을 향해 돌진하고 거의 동시에 시동을 건 승용차가 급발진 했다. 승용차는 폭발하듯 앞으로 내달렸다. 괴한이 다급히 승용차 뒤를 향해 총탄을 퍼부었다. 그러나 아랑곳없이 승용차는 원남동 방향으로 질주했다. 뛰어오는 교통경찰을 흘끔거리며 검은 작업복 차림의 두 괴한은 수운회관 뒷골목으로 부리나케 달아났다. 인근에 있던 교통경찰들이 황급히 범인을 쫓아 수운회관 골목으로 뛰어갔다. 아주 순식간에 일어난 일이었다.

이튿날 신문에 그 사건이 대대적으로 보도되었다.

'…… 이승만이 미 군정청에서 회의를 마치고 이화장으로 가던 중 창덕궁 부근에서 괴한의 총격을 받고 차량의 뒷문 유리 등 파손이 상당했으나 이승만을 비롯한 동승한 비서와 호위경관 등 탑승자는 모두 위기를 모면하고 무사히 이화장에 도착했다. …… 현장에 있던 경찰이 범인을 뒤쫓았으나 체포에는 실패하고 말았다. 당국에서는 공산당원이나 극좌분자의 소행으로 간주하고 있다.'

병산은 씁쓸한 기분으로 마른 침을 삼켰다. 임무 실패에 따른 문책이 걱정되는 것이 아니었다. 당의 제거대상 1호인 이승만을 제거하지 못한 것이 통탄스러웠다. 그런 절호의 기회가 언제 다시 오겠는가, 그 절호의 기회를 놓친 것이 뼈아팠다.

신문 사설을 읽어 나가며 병산은 이마를 찌푸렸다.

'어두운 구름이 세상을 뒤덮고 있는 듯하다. 도처에 위험이 도사리고 있다. 언제 어디서 어떤 험난한 사고를 당할지 불안감을 감출 수 없다. 총 가진 자, 주먹을 휘두르는 자가 세상의 주인 같다. 무법천지와 다름없다. 이런 무법천지는 내일 어찌 될지 예측 불가능한 데 원인이 있다. 온 세상에 전염병처럼 퍼져 있는 불안감이 그 근본 원인이다. 거기다 남로당 및 불순 정치세력의 준동이 사회를 혼란의 도가니로 몰아넣고 있다. 일자리를 잃은 노동자는 날로 늘어나고 일본 만주 등지에서 귀환한 귀환동포를 수용할 능력이 절대 부족한 당국에서는 임시방편의 땜질처방 밖에 달리 손쓸 방법이 없는 것도 문제이다. 거리는 유랑객으로 넘쳐나고 배곯고 죽어 나가는 사람이 나날이 늘어가고 있다. 이런 흉흉한 세상의 혼란을 더 방치할 수 없다고 판단한 미군정 당국은 남한 일대에 계엄령을 선포했다. 미군정 당국은 물가급등이나 식량부족, 일자리 확보 등 사회구조와 긴밀히 맞물려 일어나는 이런 근원적 문제는 행정력을 빌려 장기적으로 해결해나갈 수밖에 없다고 판단한 한편, 그보다도 더 시급한 문제로 직접적인 사회 혼란의 원인이 불순세력의 발호에 있다고 보고 불순세력 척결을 우선적으로 시행하기로 결단을 내리고 계엄령을 선포한 것이다. 무엇보다 노동자 농민을 선동해 파업과 시위를 일삼는 남로당 제압에 힘을 쏟기로 방침을 정한 당국에서는 남로당 중요 간부는 물론 당원 체포령을 내리고 검거에 들어갔다.'

다음 날 저녁 병산은 당의 호출을 받고 아지트를 다녀왔다. 한밤중 늦어서야 돌아온 병산은 침통한 표정으로 말없이 잠자리에 들었다.

"여보, 당신은 어머니 모시고 식구들과 북으로 가야겠소."

이튿날 아침, 잠자리에서 일어난 병산은 은희를 불러놓고 내키지 않는 표정으로 말했다. 전에 없이 풀 죽은 모습이었다. 무슨 일을 겪어도 크게 겪은 모양이었다. 은희는 무슨 일이냐고 묻고 싶었으나 입이 떨어지지 않았다. 어머니를 모시고 식구들과 북으로 가라니, 이게 무슨 청천벽력 같은 소린가?

"당 간부 가족들을 안전한 북한으로 보내라는 지령이 떨어졌소."

볼셰비키와 러시아 혁명에 관한 팸플릿이며 빨치산 투쟁에 관한 책자를 읽고 긴급 상황 대처요령에 관한 학습을 받아온 은희는 당의 지령이 의미하는 바를 금방 알아차렸다.

"아무래도 이번 미군정 계엄령은 오래갈 것 같소. 장기전을 펼치려면 가족의 안전이 무엇보다 중요하지 않겠소. 그래서 당에서 긴급히 내린 지시라오. 당신 직장은 평양 당 중앙부처에 마련되어 있다니까,

가족생활에 문제는 없을 거요."

평양 당 중앙부처에 직장까지 마련해두었다니, 당의 배려가 돈독하고 자상한 조처처럼 보였지만 속내는 문책성 조처임을 병산은 뼈아프게 느끼고 있었다.

"당신은 안 가고요?"

가족을 안전한 북으로 보내라는 당의 명령은 혁명 일선에 투입한 투사를 적극적으로 활용하려는 방안에 다름 아닌 것이었다. 겉으로는 가족에 대한 근심걱정으로 혁명 과업에 지장을 초래하는 사태를 예방하려는 차원이라고 둘러대지만 사실은 투사를 적극적으로 활용하기 위한 안전판으로 삼을 수도 있고, 불행한 사태, 즉 투사가 체포되었을 시 변절을 막는 유용한 수단으로 활용할 수도 있는 방편이었다.

"나야 이곳에 할 일이 많은데 어찌 몸을 빼겠소. 가족들 때문에 신경 쓰지 않도록 당에서 배려한 조치니 반드시 따라야 하오."

"언제 가야 하는데요?"

당의 명령에 절대 복종해야 한다는 움직일 수 없는 사실이 원망스러웠다. 은희는 거역하지 못한다면 도망이라도 치고 싶은 절망적인 심정으로 물었다.

"새 루트를 개발하면 바로 떠나야 한다니까, 준비나 잘 해두시오. 집안 세간은 아는 이들에게 다 나누어주어 버리시오. 평양에 가면 집은 물론 필요한 생활필수품은 모두 당에서 지급해 준다니까, 당장 갈아입을 여벌 옷이나 좀 챙기고, 아 그리고 거긴 약이 귀하다니까 구와노찡, 다이아찡, 비타민 같은 약이나 좀 여유 있게 준비하구려."

듣고 있던 은희는 갑자기 고개를 힘차게 저었다.

"안 돼요. 저는 안 가요. 당의 지시라면 죽으라면 죽기는 하겠지만, 당신과 헤어지라니, 그것은 절대 따를 수 없어요."

은희는 단호한 음성으로 암팡스럽게 선언했다. 눈에 실망과 분노가 이글거리고 있었다. 은희는 당의 과업이라면 무엇이든 절대 복종해야 하는 것으로 알고 고분고분 따랐었다. 시키는 일에 토를 달거나 거역한 적이 한 번도 없었다. 매사에 순종적이었던 것과 달리 돌변한 은희의 완강한 거부에 직면한 병산은 아찔했다.

"안 된다니? 지금 그게 할 소리요? 어림없는 소리 말고 마음을 가다듬으시오. 지금 북에서는 일꾼들이 잠도 제대로 자지 못하고 당 과업에 매진하고 있다 하오. 남에 있는 우리는 하루빨리 공산통일을 위한 초석을 마련하지 않으면 안 되오. 당신은 북에 가서 모범적인 일꾼의 모습을 보여주고, 공부나 열심히 하기 바라오."

공산통일, 당 최우선 목표가 남북 공산통일 아닌가. 그 목표 달성을 위해 몸을 바치기로 결심한 병산에게 부부간의 개인사 따위가 관심이나 있겠는가. 병산은 죽어 이 세상에 없다면 모르려니와 살아 있는 한은 당의 명령을 거역하지 않을 것이 분명했다.

그 점을 누구보다도 잘 알고 있는 은희는 입에 자물쇠를 굳게 채웠다. 말로 사정해 될 일이 아니었다. 은희는 먹고 마시는 것을 일체 다 끊었다. 밥은커녕 물 한 모금 마시지 않았다. 끼니때가 돌아오면 밥을 짓고 반찬을 만들어 식구들의 밥상을 차려 내놓기는 했다. 그러나 자신은 숟가락 한번 들지 않았다. 이틀, 사흘이 지나자 밥 냄새에 회가 동하고 군침이 흘러 견딜 수가 없었다. 밥을 눈앞에 두고 먹고 싶은 충동을 견디는 것은 극한적인 인내심을 요구했다. 극한적인 인내심에 종지부를 찍듯 마침내 은희는 쓰러져 자리에 눕고 말았다. 시어머니와 시누이 소생 자매와 꼬마 철호까지 머리맡에서 병세를 살피며 간병을 했다.

"죽어도 같이 죽고 살아도 같이 살아야지, 혼자 두고는 갈 수 없습니다. 그이에게 말 좀 잘 해주세요."

이틀 만에 은희는 정신을 수습하고 자리에서 일어났다. 미음을 마신 다음 은희는 시어머니 손을 꼭 쥐고 눈물을 흘리며 간곡히 부탁드렸다. 알았다고 방을 나간 시어머니 대신 병산이 들이닥쳤다.

"내가 당신을 잘못 봤구려. 이게 무슨 못난 짓이오. 무슨 일이나 당이 먼저고 나는 다음이라 하지 않았소. 이런 당신을 둔 내가 무슨 면목으로 다른 동지들을 지도하겠소."

은희는 의식이 오락가락하는 와중에도 그이의 날카로운 꾸중과 힐난을 고스란히 다 듣고 있었다. 입술을 꾹 깨물며 그렇다면 이대로 죽으면 그만 아니냐고 생각했다. 항변은 하지 않았으나 마음은 바위처럼 굳어갔다. 은희는 눈물만 줄줄 흘릴 뿐 아무 대꾸도 하지 않았다.

"당신 대신 철호를 보내면 당신은 서울에 남아도 좋다고 했소."

다음 날, 출타에서 돌아온 병산은 심각한 표정으로 입맛을 다시고 나더니 씁쓸하게 말했다. 당에서 제시한 조건을 듣고 보니 북으로 가족을 보내라는 것은 가족을 보호하기 위한 것이 아니라 인질로서 확보하려는 의도가 아닌가, 은희는 의심을 떨칠 수 없었다.

"여보 그걸 말이라고 하는 거예요."

"당의 방침이 그러한 걸, 내가 어쩌겠소."

"이제 겨우 세 살이에요. 젖 뗀 지 얼마나 되었다고 그런 어린것을 어미한테서 떼놓겠다니, 그게 말이나 돼요?"

병산은 입을 꾹 다물고 얼굴을 돌려 문을 바라보았다. 병산의 뒷모습이 굳건한 바위 같다는 생각이 들었다.

병산의 좌우명이 무엇인가. 선당후사 아닌가. 당의 명령을 어긴다는 것은 병산에게는 용납되지 않는 불경일 것이었다. 죽기로 작정하고 그녀가 떼를 쓰니, 마지못해 체면과 견결한 당성의 손상을 무릅쓰고 당에 아쉬운 소리를 했을 병산의 모습이 떠오르자 은희는 자신이 죽이고 싶도록 미웠다. 하지만 이제 세 살밖에 되지 않은 어린것을 엄마 품에서 떼어놓겠다는 당의 처사가 원망스럽고 야속하고 미웠다. 이를 악물고 안 된다고 당에 항변하고 싶었다. 그러나 당의 방침이 그렇다는 병산의 말은 더는 어쩔 수 없다는 마지막 선언과 다름없을 터였다. 병산에게 있어 당 위에 무엇이 있겠는가. 그래, 시어머니와 시누이가 데리고 돌본다면 어미 품을 떠나 있어도 크게 걱정하지 않아도 되지 않을까, 그런 핑계가 위안이 되기도 했다. 그렇지만 두 눈에 눈물이 주루룩 흘러내렸다.

드디어 새 루트가 개발된 모양이었다. 생이별의 날이 왔다.

은희는 식구를 대동하고 돈암동에서 버스를 타고 서울역으로 갔다. 마음속에 가랑비가 계속 흩뿌리고 있었다. 조그만 자극에도 눈물이 왈칵 쏟아질 것 같아 애써 감정을 억누르며 철호를 안고 있는 팔에 힘을 주었다.

서울역에 내린 가족은 역 대합실에서 열차 출발 시간을 기다렸다. 이윽고 대합실에 개찰을 알리는 역원의 안내방송이 낭랑하게 울려 퍼졌다. 안내 방송을 들으며 여섯 식구는 대합실 의자에서 일어났다.

시어머니와 시누이는 각기 단출한 보따리를 하나씩 옆구리에 끼고 있었다. 은희는 철호를 안은 채 일곱 살 난 조카의 손을 잡고 개찰구로 나갔다. 플랫폼에서 열차에 오른 은희는 2인용 목재 장의자에 시어머니, 시누이와 셋이서 나란히 앉았다. 조카 자매는 시누이가 안고 철호는 그녀가 꼭 안고 체온을 나눴다. 이게 오랜 이별을 위한 작별인사에 다름 아니라는 생각에 안고 있는 팔에 자꾸만 힘이 들어갔다. 얼마나 오랜 이별이 될지 어찌 알겠는가.

열차는 이윽고 기적을 울리며 개성을 향해 천천히 움직이기 시작했다.

개성에서 철호와 생이별을 하고 돌아온 후 은희는 눈에 띄게 말 수가 적어지고 매사에 굼떴다. 병산의 따듯한 배려가 고맙기는 해도 철호가 없는 집이 마냥 서글펐다. 철호의 빈자리가 너무 횅뎅그렁하고 쓸쓸했다.

21

한동안 넋이 나간 사람처럼 맹하게 지내던 은희에게 병산이 내일 나들이 준비를 하라고 했다.

"그냥 평상복 차림으로 작은 보따리 하나 옆구리에 끼고 집을 나섭시다."

갑자기 나들이라니, 무슨 새로운 임무를 띠기라도 한 것인가. 병산의 모든 말의 배경에는 표현되지 않은 은밀한 내용이 감추어져 있었다. 한마디는 열 마디 말을 함축하고 있었다. 표현하지 않은 부분이 더 중요한 핵심인 경우가 많았다. 그러므로 무슨 말이든 거기 의문을 제기해서는 안 되었다. 다만 시키는 대로 따를 뿐 사족을 붙여서는 안 되었다. 은희는 오늘도 그 철칙을 묵묵히 지켰다.

평상복 차림으로 작은 보따리 하나를 옆구리에 끼고 집을 나선 은희는 몇 걸음 간격을 유지하며 병산의 뒤를 따라 걸음을 옮겨놓았다. 병산도 평소와 같은 낡은 작업복 차림이었다. 모자를 하나 눌러쓴 것이 평소와 다를 뿐이었다. 돈암동 버스 정류소에서 부부는 걸음을 멈추었다. 버스가 정류소에 도착하고 병산이 먼저 타는 것을 바라보고 있던 은희도 뒤따라 버스에 올랐다. 종로를 거쳐 남대문을 지나자 병산이 눈짓을 보냈다. 병산의 움직임을 주시하며 은희는 서울역에서 내렸다. 멀리 원행을 하려는 것인가. 궁금증을 속으로 삭이며 병산이 들어간 대합실로 따라 들어갔다. 대합실은 언제나 그렇듯 사람들로 붐볐다. 병산은 사 온 기차표 중 한 장을 얼른 은희에게 건넸다. 흘낏 보니 행선지가 개성이었다. 혼자 보내는 것이 아니라 함께 갈 모양이었다. 부부가 함께 어딘가로 간다, 는 것이 평상시 같으면 얼마나 가슴 설레는 일이겠는가.

"개성에 볼일이 생겼구려."

대합실을 나서 열차를 타러 홈으로 나가는 길에 지나가는 말처럼 흘렸다. 가슴속에서 궁금증이 구름처럼 뭉게뭉게 피어올랐다. 하지만 궁금증을 늘 달고 살아온 은희였다. 병산의 출타며 임무며, 병산에 관한 것 어느 하나 궁금하지 않은 것이 없었다. 나날이 궁금증이 켜켜이 높이 쌓여갔으나 그것을 여름 소나기가 씻어내듯 시원하게 씻어내 본 적이 한 번도 없었다. 궁금증과 동거하는 생활이 얼마나 고달픈지 겪어

보지 않은 사람은 모를 것이다. 그러나 궁금증을 푸는 것은 비밀을 생명으로 아는 사람에게는 금기사항이었다. 병산에 대한 믿음이 굳건했기 때문에 그나마 견뎠지 그렇지 않고서야 사람이 궁금증을 껴안고 어찌 편안한 나날을 보낼 수 있겠는가. 다만 궁금증 위에 위험한 기운이나 불길한 기운이 감돌 때면 인내심이 바닥이 나 입을 열어 묻기도 했으나 돌아오는 반응은 빙그레 웃으며 걱정 마, 걱정할 것 없어, 정도가 다였다. 하나 마나 한 질문이고 들으나 마나 한 답변이었다.

몇 번째 개성 길이었으나 바깥 풍경은 낯설었다. 한가하게 바깥 풍경을 구경하며 가고 온 적이 없어 눈에 익혀둔 것이 별로 없었기 때문이었다. 오늘따라 바깥 풍경에는 신경이 쓰이지 않았다. 오로지 병산의 머릿속에 들어 있을 어떤 일이 궁금해 거기에 신경이 온통 쏠렸다. 개성에 내리니 해가 지고 역 광장에 어스름이 깔리고 있었다. 빠른 걸음으로 역 광장을 지나 병산은 길을 건넜다. 자동차가 가끔 지나가고 있는 대로를 성큼성큼 가로질러 건넌 병산은 재바르게 골목으로 모습을 감추었다. 급히 뒤따라간 은희는 댓가지를 결어 울타리를 한 나지막한 초가 마당으로 불쑥 들어가는 병산의 뒷모습을 보고 안도했다. 사립문이 따로 없고 울타리 가운데 트인 곳이 바로 마당으로 이어져 있었다. 인기척을 들었던지 방문이 열리고 사내 하나가 마루로 나왔다. 댓돌로 내려선 사내는 마당을 가로질러 간 병산을 반색했다. 병산과 사내는 무슨 말인가를 낮게 주고받았다.

호롱불 아래서 저녁을 먹는 둥 마는 둥 하고 있는데, 병산이 입을 열었다.

"나, 오늘 북으로 가야 하오. 중앙당에서 다녀가라는 지시가 내려왔다 하오."

은희는 가슴이 철렁 내려앉았다. 개성까지 불러낸 이유를 비밀에 부친 다음, 개성에 도착하자 다음 행선지를 통보한 당의 주도면밀함에 은희는 기가 질렸다. 결국 나 혼자 남으란 말인가. 병산의 눈을 뚫어지게 쳐다보았다. 당장이라도 병산의 속을 열고 시원하게 들여다보고 싶었다.

"혼자 남겨두고 가 안됐지만, 일주일 안에 사람을 보낸다니 당신은 그때 넘어오시오."

병산은 은희의 집요한 의심의 눈길이 거북했다.

"미안하오. 조직생활이 이러한 것인데 어쩌겠소."

바깥의 동정을 살피고 있던 사내가 이윽고 길을 나서자고 했다. 그 사내의 말끝에 병산은 은희의 손을 끌어 당겨 힘주어 꼬옥 쥐었다.

"곧 사람을 보낸다니, 그때 봅시다."

병산은 은희에게 몸조심하라고 당부한 다음 사내의 뒤를 따라 집을 나섰다. 두 사내는 몇 걸음 간격을 두고 골목을 빠져나가 큰길에 이르자 걸음을 서둘렀다. 은희는 말없이 그들의 뒤를 밟았다. 그들이 송악산 방향으로 접어들어 나무숲 사이로 모습을 감추자 은희는 어쩔 수 없이 걸음을 멈추었다. 갑작스러운 이별 앞에 명치끝이 아렸다. 은희는 숲속의 어둠이 그들을 집어삼킨 후에도 한동안 선 자리에서 움직이지 못했다. 하늘에는 별이 총총했다. 저 별들은 누구를 위해 저렇듯 총총히 반짝이고 있는 것일까. 그이를 위해 반짝이고 있으면 좋으련만. 피를 말려가는 불안감 속에서도 저 별들이 그이를 지켜주면 좋으련만 하고, 기도하듯 별을 마음에 주워 담고 있었다.

어쩔 수 없었다. 속이 텅 빈 것처럼 쓸쓸하게 혼자 서울로 돌아왔다.

나날이 지루하고 외롭고 슬펐다. 평양에서 곧 보내리라 하던 사람은 목이 빠지게 기다려도 소식이 없었다. 매일 청각의 촉수를 길게 빼늘이고 골목을 오고 가는 발걸음 소리를 헤아리는 부질없는 짓밖에 은희가 할 수 있는 일은 아무것도 없었다. 이레 열흘이 지나도 평양에서 왔다고 모습을 나타내는 사람은 없었다. 보름을 넘기고 한 달이 지나도록 감감 무소식이었다.

북에서 중요하게 쓰려고 그이를 불러 간 것일까, 그렇게 생각하면 안도가 되기도 했다. 그러나 무소식의 나날이 길어지자 의혹이 싹트고 불안감이 커져갔다. 혹시 당의 비판 대상으로 북에 불려 간 것은 아닐까. 비판 대상으로 지목될 경우 처벌은 가혹하다고 했다. 당 사업 수행에 관해 누가 모함이라도 한 것일까. 모함을 당하고 처벌을 받고 나면 나중에 결백이 밝혀지더라도 의심의 눈길 속에 감시만 강화될 뿐 원상회복이 힘들기 마련이라고들 하던데, 나날이 걱정이 깊어갔다.

언제나 조심하고 경계해야 했다. 어떤 곳에 어떤 위험이 도사리고 있을지, 언제 그것이 불쑥 튀어나올지 알 수 없었다. 지하활동은 비밀이 최우선이었다. 비밀이 보장되지 않고서는 어떤 활동도 할 수 없었다. 비밀보장이란 유리처럼 깨지기 쉬웠다. 비밀보장을 확보하기 위해서는 눈가림이나 속임수도 적절히 활용해야 했다. 이런 수단이 간혹 동료의 오해를 살 수도 있었다. 이런 동료의 오해는 회복불능의 타격을 가져올 수도 있었다. 다른 당원 동지에게 무슨 오해를 사기라도 한 것일까.

그런 불안에 싸여 좌불안석하고 있던 어느 날 드디어 골목으로부터 예민한 청각의 촉수를 끌어당기는 기척이 들렸다. 끌리듯이 마당을 가로질러 대문으로 갔다. 낯익은 모스 부호 식의 노크소리를 감별한 은희는 대문을 열었다. 회현동 아지트에서 벽보 작업을 함께 했던 낯익은 청년이 서 있었다. 눈으로 알은체를 한 청년은 서둘러 당의 지시를 통보했다.

“내일 오후 한 시, 개성역 대합실에서 서울 오는 기차표 두 장을 사서 들고 있되, 누구나 알아볼 수 있게 기차표를 반드시 왼손 손가락 사이에 끼우고 있어야 합니다.”

청년은 그렇게 말하고 재빨리 돌아서 총총히 골목을 빠져나가 사라졌다.

이튿날 개성역으로 간 은희는 서울행 기차표 두 장을 산 다음 남의 눈에 잘 띄도록 왼손 검지와 엄지로 쥐고 대합실 한쪽에 서 있었다. 얼마나 그렇게 서 있었을까. 옆에서 갑자기 낯익은 체취가 느껴졌다. 인기척도 없었는데 어느새 다가온 것일까. 바로 옆에 병산이 바투 서 있었다. 기다리는 동안 무슨 혼자 생각에 그토록 골똘해 있었기 때문일까, 기차 도착을 알리는 확성기 안내 방송도 듣지 못한 것 같은데 언제 온 것일까. 어찌나 반가운지 주먹을 쥐고 가슴을 두드리려다 말고 뜨거운 눈으로 쳐다보았다. 반가움은 금방 가시고 너무 늦게 나타난 것이 야속해 눈물이 핑그르르 감돌았다.

집으로 돌아와서야 병산은 이야기보따리를 풀어놓았다. 북한 당국의 정세와 당무에 관한 여러 궁금증을 대충 다 풀어내고 나니 그녀는 마음이 다소 홀가분해졌다. 그런데 왜 철호에 대한 이야기는 하지 않는 것일까.

"그래, 어머님은 건강하게 잘 계시지요?"

너무 속이 보이는 것 같아 철호를 제쳐두고 시어머니 안부를 물었다.

"어머니? 가족은 물론 아는 사람 하나 못 만났소."

"아니 평양까지 가서 어머님도 못 뵙고 왔어요?"

한동안 머뭇거리던 병산은 변명하듯 궁색한 표정으로 입을 열었다.

"내가 평양에 온 사실이 알려지면 안 된다 하지 않소. 어머니는 물론 철호도 꼭 한번 보고 싶었지만 비밀누설 방지를 위해 못 만나게 하는데 어쩌겠소. 조직 규율이야 어겨서는 안 되는 것이니까. ……다 잘 있다 하니 걱정 안 해도 될게요."

당의 명령이 우선이고, 조직의 규율이야 어길 수 없는 것이라 하겠지만, 가족의 안부를 궁금해하는 것은 사람이면 누구나 지닌 본성 아닌가. 그 본성을 외면하는 당의 방침과 행동은 어떤 명분으로 합리화될 수 있을까.

말은 하지 않지만 병산은 평양에서 벅찬 임무를 부여받고 서울로 돌아왔으리라 짐작되었다. 잠시도 평온한 눈빛이 아니었다. 사소한 자극에도 터지고 말 것 같은 긴장감이 온몸 가득 팽팽했다. 무엇을 보거나 흉기를 볼 때처럼 눈매가 날카로웠다. 일부러 평온을 유지하려 애를 쓰는 것 같아 옆에서 보기에 안타까웠다.

22

명륜동 아지트를 나선 병산은 내수동 골목 안의 중앙당 아지트에 당도하기까지 긴장을 늦추지 않았다. 변장을 한다고 했지만 무슨 일이든 완벽한 것은 없는 것이다. 경계와 주의로서 챙기지 못한 결함을 보완해야 하는 것이다. 미행을 따돌리고 예측하지 못한 어떤 탈을 미연에 방지하는 방안으로서 경계와 주의보다 적절한 것이 없었다.

중앙당 아지트로 들어가자 당 최고위원 김삼룡이 병산에게 고개를 끄덕이며 인사를 대신했다. 그 옆에 군사부 책임자인 이중업과 군 프락치 책임자인 이재복이 앉아 있고 그 맞은편에 연락책, 선전책, 조직책 등이 마주 보고 앉아 있었다. 병산은 이중업 옆의 빈 의자에 가서 앉았다.

"이번에 이중업 동무와 이재복 동무의 수고가 빛을 발했습니다. 여순 해방투쟁을 당적 사업으로 승화시킨 것을 북 박헌영 동무께서 높이 평가하였소."

김삼룡이 이중업과 이재복의 공훈을 평가하자 선전책과 조직책이 가볍게 도리질을 했다. 병산도 도리질을 하고 있는 그들의 내심에 속으로 공감했다.

"저는 박 동무의 평가를 고맙게 생각하지만, 지난 제주도 민중항쟁과 여수 순천 해방투쟁을 평가는 하되, 참고할 것은 참고하고 버릴 것은 버려야 한다고 봅니다. 과정 전체를 다시 냉철히 검토하고 평가하여 장차 당의 투쟁 노선 설정에 반영해야 하리라 생각합니다."

김삼룡은 병산을 지그시 눌러 보았다. 반듯한 얼굴에 이지적인 표정의 김삼룡은 생각이 많은 사려 깊은 눈을 지니고 있었다. 웃음이 흔하지는 않았으나 웃을 때는 정이 넘쳐 보였다. 병산을 돌아보는 눈에는 반신반의하는 기색이 역력했다.

병산의 말을 잠자코 듣고 있던 조직책 황기옥이 병산을 슬쩍 훔쳐

보았다. 그리고 작심한 듯 입을 열었다.

"저는 박 동무나 김 동무와 의견을 달리합니다. 이중업 동무와 이재복 동무는 비판받아야 마땅하다고 생각합니다."

병산의 의견개진과는 달리 황기옥은 퉁명스럽게 군 관련 사업을 맡은 이중업과 이재복 동무를 비판하고 나섰다.

"황 동무, 그건 무슨 말입니까?"

"여수 순천의 군 병력과 인민을 완전 장악하고도 해방혁명에 실패한 두 군사책임자는 책임을 면할 수 없다고 생각합니다."

김삼룡을 비롯한 모든 사람의 눈이 황기옥에게로 확 쏠렸다.

"혁명 사업은 첫발을 내딛었으면 그 완결을 봐야 하는 것으로 알고 있습니다. 그런데 필요한 혁명 자산의 핵심을 다 제공받고서도 성공을 거두지 못한 군사지도부는 책임을 면할 수 없다 할 것입니다."

"그래도 현 상황에서 그만한 성공을 거둔 것만으로도 평가받아야 마땅한 것 아닙니까."

"대구 민중항쟁이나 여러 농민투쟁에 제주나 여수 순천처럼 군대가 조직적으로 움직인 적 있습니까. 군대까지 조직적으로 동원된 이번 제주 여순 혁명투쟁은 기필코 어떤 평가할 만한 결실을 거둬야 했습니다."

"당의 병력 지원은 제한적인데 반해 반동군과 경찰병력은 무한정으로 밀려드는데 이를 어찌 감당할 수 있었겠습니까?"

김삼룡의 두둔에 황은 이마를 찌푸리며 퉁명스럽게 내뱉었다.

"하기야 시작은 평가할 만합니다. 그러나 끝이 너무 졸렬했습니다. 책임을 아는 당 지도원이라면 거기서 자신을 불살랐어야지 실패도

자각하지 못하고 돌아와 저기 저 자리에 뻔뻔스럽게 앉아 있다니, 저라면 부끄러워서 원!"

황기옥은 이중업과 이재복을 쏘아보며 의자를 소리 나게 뒤로 확 밀치고 일어나 사무실을 나가버렸다.

"황 동무가 워낙 다혈질이어서, 그냥 애교로 봐줍시다. 어쨌든 평양의 평가는 대단하므로 우리는 북한의 혁명시책에 따라 앞으로의 사업을 기획해가기로 합시다."

잠시 숙연한 공기가 감돌았다. 이중업과 이재복은 혼란스러운 표정을 수습하고 평정을 되찾았다.

"저는 황 동무의 의견은 사안의 본질을 흐릴 우려가 있다고 생각합니다. 지금은 말로는 쉬운 즉흥적인 비판이나 평가 같은 것은 뒤로 미루고, 다시 말하지만, 제주 여순 혁명투쟁의 전 과정을 냉철하게 검토하여 버릴 것은 버리고 취할 것은 취하는 현명한 판단이 선행되어야 하리라 믿습니다."

"그래, 김 동무는 제주 여순 혁명투쟁을 어떻게 생각합니까?"

병산의 말을 사려 깊은 표정으로 듣고 있던 김삼룡이 입을 열었다.

"박 동무나 평양에서는 남에서 활동하고 있는 우리를 평가하고 격려하는 것이 마땅합니다. 하지만 우리는 그런 격려성 평가에 안주해서는 결코 안 되리라고 생각합니다."

병산의 말에 김삼룡은 잠시 생각에 잠긴 눈치였다.

"그러면 제주 여순 혁명투쟁을 김 동무는 어떻게 보고 있는지 말해보시오."

김삼룡의 말에 병산은 준비하고 있었다는 듯 거침없이 대답했다.

"저는 제주나 여순 두 지방의 혁명투쟁이 시사하는 바가 매우 크다고 생각합니다. 두 지방 혁명투쟁의 발단과 과정, 그리고 종결이 앞으로 남조선에서 당이 전개해 나갈 혁명투쟁의 전형적 사례가 되지 않을까 생각하고 있습니다. 이를 바탕으로 당의 남조선 혁명 전략을 수립해가야 하리라 믿습니다. 그러나 막연한 낙관적 전망은 절대 금물이라 생각합니다."

"김 동무의 말에 일리가 있습니다. 그럼 김 동무가 제주 여순 두 지방의 혁명투쟁 과정을 면밀히 분석 검토하여 앞으로 당의 혁명 전략 방향을 설정해 제시해주기 바랍니다."

"최선을 다해보겠습니다."

병산은 두 지역의 혁명투쟁에 관한 검토에 들어갔다.

23

두 지역의 혁명투쟁 검토에 나선 병산은 시름이 깊어갔다.

두 지역 혁명투쟁에 직접 가담한 당료나 당원들을 폭넓게 접촉하며 당시 혁명투쟁의 시작과 전개 과정 및 그 결말에 대해 수소문해 나갔다. 가담한 당료나 당원들의 직접적인 경험은 물론 당이 확보하고 있는 두 지역 투쟁상황 보고서를 대조해가며 정황 파악에 보다 신중을 기했다. 보고서 작성의 목적은 현상 파악에 있는 것이 아니었다. 현상 파악이 본질 접근의 지름길임에는 틀림없었다. 그러나 현상에 치중하다 보면 본질적인 사항을 놓칠 우려가 있었다. 그러므로 현상을 바탕으로 해석의 길을 열어 본질에 다다라야 하는 것이다. 그래야만 앞으로 전개해 나갈 혁명투쟁의 방향을 설정할 수 있을 것이라 믿었다. 그러나 이해나 해석이라는 것이 주관적 한계를 지니고 있기 마련이라는 사실 인식이 병산의 시름을 키우고 있었던 것이다.

무엇보다 평양의 상황 인식과 판단이 조급했다고 생각했다. 주관적 상황 인식이란 객관적 상황을 도외시하거나 소홀히 지나치는 경우가 없지 않았다. 미국이 조선반도 문제를 유엔에 넘긴 것은 그들의 절박한 상황 인식이 낳은 어쩔 수 없는 선택으로 볼 수밖에 없었다. 미군정 당국의 상황 인식은 조선 문제에 있어 소련이 유리한 입장을 선점하고 있다는 사실에 대한 우려 섞인 전망이었다.

무엇보다 조선 지식인들 중에는 공산주의에 우호적인 인사가 많았다. 조선은 중국보다 먼저 공산주의를 받아들인 나라였다. 제국주의 일본의 침략으로 나라를 잃고 신음해온 조선의 지식인들은 일찍부터 제국주의에 반대하는 사회주의 사상에 기울어져 있었다. 항일운동가나 독립투사들 중 많은 친사회주의적 성향을 지닌 인사들이 주도적 역할을 맡고 있는 정치사회적 여건 아래에서 해방을 맞은 조선은 공산주의 정치체제 수립에 아주 좋은 조건을 갖추고 있는 셈이었다. 소련군은 이런 좋은 조건을 백분 활용하며 단시일 안에 북조선에 친소 정권을 수립하는 데 순항 중이었고 나아가 조선반도의 적화통일을 바로 눈앞에 놓인 잔칫상처럼 여기고 있었던 것도 사실이었다. 소련보다 한발 늦게 조선반도에 진주한 미군이 38선을 긋고 더 이상 소련군이 남쪽으로 내려오는 것을 막지 않았다면 소련군은 순조롭게 조선반도 전체를 손아귀에 넣었을 개연성이 매우 높았다. 인천 서울, 남조선 중심부까지 깊숙이 내려와 있던 소련군은 미군의 제지와 저항으로 38선 이북으로 물러났고, 따라서 소련군은 북조선에 미국군은 남조선에 진주하게 되었던 것이다.

북조선에 진주한 소련군은 해방 직후 조선반도에서 경쟁적으로 활동을 펼치고 있던 공산주의자들의 자발적이며 적극적인 참여로 정권 수립을 순조롭게 착착 진행해갈 수 있었다. 초기에 박헌영을 중심으로 한 국내파, 김두봉이 이끄는 연안파, 허가이 등의 소련파, 갑산파 등 4대 공산주의 세력이 서로 정권 장악을 위해 분쟁과 소요를 일으켰으나 소련의 방침에 따라 이들 세력은 조선노동당으로 통합되었고 소련의 지지와 후광을 입은 김일성을 주축으로 일사분란하게 북조선에 공산주의 정치체제를 갖추어 나갔던 것이다.

그러나 남조선에 진주한 미군정은 소련과는 달리 어려운 사정에 놓여 있었다.

남한의 선도적 지식인이나 반일운동을 해온 인사들 역시 대부분 친사회주의 사상을 지니고 있었다. 미국의 정치제제나 자유민주주의에 대한 이해나 지식을 갖춘 친미적 인사는 전무하다시피 했다. 강대국이란 으레 제국주의를 지향하고 있으려니 믿고 도리어 미국에 반감을 갖고 있는 인사들이 많았다. 그런 척박한 정치사회적 토양에 미국식 자유민주주의 정치체제를 펼치려는 미군정 당국은 여간 애를 먹지 않았다. 그런 데다 그들에게 접근해오는 이른바 남한의 '정치인이라는 자'들은 정치적 소양이나 이념적 인식이 부족한 데다 국제정세에도 어두웠다. 서로 정파를 만들어 미군정을 기웃거리며 이권을 챙기거나 장차 정치적 패권을 잡기 위해 진흙탕 싸움을 벌이는 데 혈안이 되어 있었다. 이런 가운데 미소공동위원회가 결렬되고 신탁통

치안의 극렬한 찬반 투쟁 속에 한반도는 하루도 조용할 날이 없었다. 사정이 이렇다 보니 한반도에서는 문제가 쌓여갈 뿐 미군정 당국은 그 문제를 풀 만한 방안을 찾기가 쉽지 않았던 것이다.

"평양에서는 정권 수립이 안정적으로 진행되고 있다는 정보를 접한 미군정 당국이 얼마나 초조했겠어요. 소련이 좀 더 유연했어야 했는데."

정세 판단의 중요성에 대해 황기옥은 병산과 거의 뜻을 같이했다.

"그래요. 저도 황 동무와 생각이 같습니다. 신탁통치 관철이다, 미소공위 좌초다, 좌우합작 거부다, 사사건건 강경하게 대립하다니 너무 심했던 것 아닌가 싶습니다."

"남조선 인사들의 비우호적 태도에도 미국은 맥이 빠졌겠지요. 거기에다 소련의 강경한 대응에 타협점을 찾을 수 없으리라 판단하기도 했겠지요."

"하지만 세계 유수의 강대국인 미국이 소련을 설득하지 못하고 조선 문제를 유엔에 떠넘기다니 비겁한 것은 맞지 않습니까."

남북 조선의 정치적 이념적 대립이 격해지고 한반도 통일국가 건설이 난망한 가운데 남조선 정치상황 또한 혼미를 거듭하자 미국의 고민은 깊어질 수밖에 없었을 것이다. 좌우합작을 모색하는 등 백방으로 묘안을 찾아도 속 시원한 해결 방안을 찾지 못하고 시행착오를 거듭하던 미국이 어떤 길을 선택할 수 있었겠는가. 이 점을 사려 깊이 연구하지 않은 것이 평양의 실수라면 큰 실수였을 것이다. 병산은 뒤늦게나마 그렇게 생각하며 쓴 입맛을 다셨다.

"설마 미국이 한반도 문제를 유엔에 떠넘길 줄 소련이 짐작이나 했겠습니까."

"우리가 부주의했습니다. 친공산주의 세력이 대세를 이루고 있는 한반도의 해방통일을 너무 낙관하지 않았다면 이런 실수는 저지르지 않았을 겁니다."

"뒤늦게 한반도 문제의 유엔총회 결의를 강경하게 반대하고 나선들 다수결 앞에 소련이 무슨 힘을 쓰겠습니까."

"결국 우리가 부주의해 한반도 문제 해결을 유엔이 관장하도록 떠넘기게 됐고, 유엔 감시 아래 총선거 실시에 들어가게 되자 우리가 총선거를 저지하기 위해 총력을 기울이지 않을 수 없게 되지 않았습니까."

"그렇게 된 이상, 남한만의 총선거 실시 방해 공작을 대대적으로 벌리며 그 등에 업혀 혁명통일을 이루기로 한 평양의 결정은 그나마 당연한 조처였다고 생각합니다."

"마침 남조선 각처에 박 동무가 양성한 유격대원들이 포진하고 있었던 것도 시의적절했고."

"제주도가 육지와 달리 유격활동이 활발했던 것은 행운이었습니다."

"그렇지요. 김달삼 동지를 미리 파견해 혁명투쟁에 대비한 것도 매우 적절했다고 봅니다."

소련과 평양 당국은 남조선만의 총선거 실시는 한반도 통일을 방해하는 행위로 낙인찍고 유엔이 그 책임으로부터 자유로울 수 없다는 점을 세계에 널리 천명하며 공개적으로 총선거 방해 공작에 들어가기에 이르렀다.

중앙당 지도부는 김삼룡 휘하의 군사위원회를 가동하여 이미 남조선에 심어둔 군사인민위원회 조직과 연계하여 성과를 거두도록 지령을 내렸던 것이다. 이미 몇 해 전부터 박헌영이 남조선 혁명에 대비하여 남조선 요처마다 심어둔 유격대와 연계하도록 한 것이다.

박헌영은 1946년 10월 대구 인민항쟁 직전 미군정 경찰의 수배령이 내리자 황해도로 피신하여 평양과 서울 중간 지점에 있는 해주에 둥지를 틀고 소련 군정과 긴밀히 협의하며 남조선 혁명 준비 사업을 착착 진행해 나갔다. 평양 인접의 강동에 정치학원을 설립하고 이승엽과 박치우 주도 아래 서울에서 젊은 청년 당원을 월북시키거나 이미 월북해 있던 남조선 출신 젊은 청년들을 상대로 3개월 내지 6개월 과정의 당 조직 간부와 유격대 간부 양성 훈련을 실시한 것도 그 혁명 준비 사업의 일환이었다. 이들 특수대원들을 남조선에 이미 조직되어 있던 지하 인민군대인 이른바 K대에 합류시키거나 지리산, 오대산, 백운산 등에 잠입해 있던 유격대와 합류시켜 유사시에 합동 작전을 펼칠 수 있도록 만반의 준비를 갖추게 했던 것이다.

한편 김삼룡의 군사위원회는 서울 시당은 물론 각 도당 지도부에 군사부를 두고 군사부 책임자와 인민군사령관 및 유격사령관 등 지휘체계를 갖추고 있었다. 남조선 일대의 지하 인민군사조직과 유격대는 물론 남조선 국방경비대와 정규 경찰조직에 심어둔 프락치들과 긴밀히 연계하여 선거 관련 기관이나 경찰관서 등 공공기관을 습격하고 방화하는 한편 통신시설 등 공공시설을 파괴하여 총선거를 방해하도록 중앙당에서 비밀지령을 내렸던 것이다.

남한 일대에 폭동을 일으켜 혼란을 조장하고 그 틈을 타 선거를 방해하려던 평양 노동당의 비밀지령은 그러나 미군정과 남조선 경찰의 철저한 경계와 대비에 막혀 뜻처럼 활발하게 펼칠 수가 없었다. 이런 어려운 사정 때문에 의기소침해 있던 평양 당국에 제주도에서 희소식이 날아들었다. 육지와는 달리 제주도는 별천지였던 것이다.

24

제주도는 육지와 사정이 달라도 많이 달랐다. 국방경비대나 경찰이 있기는 했으나 병력이 미미해 있으나 마나였다. 해방 전 15만 명에 그쳤던 섬 주민 또한 만주나 중국 일본 등지에서 귀환한 동포들로 두 배로 늘어났다. 그 귀환동포들 가운데 지식인들은 대부분 항일운동과 좌익 활동과 관계를 맺었던 인사들이었다. 이들은 미군정에 반대하는 입장을 취하고 있었다. 따라서 제주도에는 미군정의 행정력이 제대로 미치지 못했다.

이런 호조건의 토양을 지닌 제주도에 남로당 중앙당에서 일찍이 파견한 빨치산 지도원 김달삼(金達三)은 이미 남로당 전라남도위원회 산하에 결성되어 있는 제주 합동노조, 농민위원회, 민애청, 민주여성부 그리고 군사부와 적극 협조하며 선거방해 활동에 들어가 있었다. 김달삼은 제주 군사부 아래 인민해방군을 조직했고 각 읍면에 중대를 편성해 두는 한편 만주, 일본, 중국 등지에서 활약하다 해방을 맞아 귀환한 동포들 가운데 군사 경험자를 찾아 조직의 요처에 심었다. 이들 인민해방군에게 유격전술 및 군사훈련을 특별 지도한 김달삼은 서른 두 살의 매우 공격적인 성격의 이덕구(李德九)를 제주 인민군사령관으로 임명했다.

김달삼이 주도한 제주도 남로당 군사조직이 크게 활약할 수 있었던 조건 가운데 가장 중요한 요인은 무기 확보였다. 세계대전 패망 직전 일본군은 제주도를 최후 군사적 요충지로 전환시키기 위해 약 6만 명에 이르는 병력을 주둔시켰다. 이들 군단 병력은 제주도 주둔과 함께 산속 동굴에 대량의 무기와 탄약을 비축하고 있었다. 그런데 전쟁이 그처럼 느닷없이 막을 내릴 줄 어찌 알았겠는가. 예고 없이 닥친 패전으로 허둥지둥 피신하기에도 바쁜 형국이 되자 비축하고 있던 무기와 탄약 상당량을 그대로 두고 떠날 수밖에 없었다. 김달삼 휘하 빨치산 유격대원들은 일본군이 두고 간 그 무기와 탄약을 고스란히 손에 넣었던 것이다. 그뿐만이 아니었다. 국방경비대 제주지구대 소속 장병들도 거의 김달삼의 휘하로 들어왔다.

드디어 4월 3일 D데이, 오전 2시. 국방경비대 제주지구대 소속 육사 3기생 문상길(文相吉) 중위가 유엔 총선거 반대 기치를 높이 내걸고 군사행동을 선포했다. 문 중위의 개전선포에 맞추어 1읍 12면에 포진하고 있던 무장 유격대원들이 일제히 경찰지서 습격에 나섰다. 지서를 지키고 있던 경찰관이라야 기껏 서너 명이나 될까, 벌 떼처럼 들이닥치는 무장 유격대원들의 총질 앞에 몇 발 응사도 해보지 못하고 투항하고 말았다.

처음 1천여 명이던 유격대 병력은 시간이 갈수록 그 숫자가 늘어났다. 섬 주민들이 너도나도 유격대에 가담하여 얼마 지나지 않아 그 규모가 두 배로 늘어났다.

유격대원들은 미군 앞잡이 경찰과 총선거에 관련된 공직자와 미군정과 관련을 가진 지방 유지를 철저히 색출해 처단해 나갔다. 섬 주민들은 '김일성 장군이 곧 목포에 도래할 것이니 안심하라!'는 유격대원들의 선전을 철석같이 믿고 제주도가 해방되었음을 확신했다. 유격대원들이 방공호 진지에서 발행한 등사판 신문을 섬 주민들은 즐겨 읽기도 했다.

그러나 얼마 있지 않아 사정은 일변했다. 육지로부터 국방경비대와 경찰관 등 진압병력이 제주도에 속속 상륙하여 본격적으로 진압작전을 펼쳐 나갔던 것이다. 진압병력이 증원되고 진압의 강도가 높아지자 유격대원들은 어쩔 수 없이 한라산 깊숙이 숨어들어가지 않을 수 없었다.

진압병력을 피해 산속 깊이 숨어들어간 유격대원들과 진압군 사이에 대치 국면이 길어졌다. 김달삼은 일단 모든 군사 임무를 이덕구 사령관에게 일임하고 국면 타개 방안 강구를 위해서라는 명분을 내걸고 은밀히 목포를 거쳐 해주로 올라갔다.

국방군과 경찰의 진압작전이 본격화되자 공산 유격대는 지형이 험준한 한라산 '눈노름' 삼림지대로 더 깊숙이 피신하지 않을 수 없었다. 눈노름 삼림지대에 잠입 은신한 이들 공산유격대는 몇 달에 걸쳐 군경이 대대적인 소탕작전을 펼쳤음에도 불구하고 쉽사리 진압되지 않았다. 물자 보급이 차단된 유격대원들은 야음을 타고 부락으로 내려가 식량을 탈취해 연명했다. 진압군의 일원으로 제주에 내려온 서북청년단의 격렬한 활동에 유격대원들이 타격을 좀 입기는 했으나 양측 모두 피해만 커갈 뿐 대치 국면은 길어지고 갈수록 치열해지기만 했다. 몇 달 동안 제주도는 낮에는 대한민국이고 밤에는 인민공화국이 되는 기이한 국면이 되풀이되었다.

대치 국면이 길어지자 소련과 평양의 반대에도 불구하고 시행된 유엔 감시하의 총선거를 통해 수립된 남한 정부에서는 제주의 유격대 소탕을 위해 여수에 주둔하고 있던 14연대 장병을 제주에 투입하기로 결정하기에 이르렀다.

“저는 제주도 민중항쟁이 지금도 계속되고 있다고 생각하고 있습니다. 황 동무 생각은 어떻습니까?”

“진압군을 아무리 투입한다 한들 그 광대한 한라산을 무대로 활동하는 유격대원들이 눈 하나 꿈쩍하겠습니까. 잘 버텨낼 것입니다. 그런데 14연대 장병을 제주도에 투입하기로 하다니 남조선 정부의 큰 실책이었지요.”

“그래요. 지휘자 성분 분석도 제대로 하지 못한 군대라니, 한심할 따름이지요.”

25

“14연대 연대장이 오동기 소령 아니었습니까.”

“오 소령은 나도 만난 적이 있지만, 학도병 출신으로 우리가 장차 크게 쓸 인물이지요.”

남로당 군사 담당과도 긴밀한 관계를 유지하고 있던 사회주의 열성 전파자인 오동기 소령은 국방경비대 소속 가운데 계급 서열이 빠른 편이었다. 여수 지구로 내려간 그는 장병 교육에 심혈을 기울였다. 물 만난 고기처럼 입을 열었다 하면 사회주의 이념을 담은 구수한 언변이 술술 쏟아져 나왔다. 기회의 문은 누구에게나 균등하게 열려 있고, 얻은 기회의 문을 열고 들어간 이에게는 성공 추구의 과정과 그 실현이 공정하며, 마침내 이룩한 결과는 공과가 분명한 정의로운 세상에서 살아갈 권리가 주어져 있다며 이상주의적 국가사회 이념전파에 여념이 없었다. 그가 전파하는 이념이 어찌나 달콤하고 매력이 흘러넘쳤던지 귀가 솔깃하지 않은 장병이 하나 없었다.

오동기 소령이 불어넣는 이념의 옳고 그름을 판별할 능력이나 갖추고 있는지 모를 일이었지만, 장병들은 이슬비에 옷 젖듯 알게 모르게 지상낙원이나 다름없다는 공산주의 사상에 하염없이 젖어 들어갔다. 무상 교육은 물론 무상 치료를 실시하며 부자나 가난한 자가 따로 없고 권력을 독점하고 천단하는 지배자 없이 누구나 평등하게 잘 살 수 있다는 공산주의 국가야말로 지상낙원이 아니고 무엇이겠느냐고 부르짖는 그의 주장에 장병들은 열렬히 박수를 보냈다. 우리 같은 젊은 군인들이 뜻과 힘을 모아 이런 이상 국가 사회를 건설해가야 한다는 오동기 소령의 주장은 장병들 사이에 신선한 바람을 일으켰다. 소비에트 인민공화국을 이런 이상 국가 사회 모델로 제시하며 오동기 소령은 집단 농장 콜호스, 남녀평등, 동일임금, 균등한 배급제 등의 장점을 자상하게 설명하기도 했다. 은밀히 동조자를 포섭해 나가며 오동기 소령은 당의 지시를 기다리고 있었다.

드디어 오동기 소령에게 10월 17일 러시아 혁명 기념일 새벽에 봉기하라는 당의 밀명이 내려왔다. 준비를 마치고 때를 기다리고 있던 중 12일, 갑자기 당으로부터 혁명봉기를 중단하라는 급보가 다시 내려왔다. 서울시당 지휘부의 공 모가 경찰에 체포되어 전국적인 혁명투쟁 계획 일체를 실토했기 때문에 다음을 기약해야 한다는 급보였다. 공 모의 실토로 인해 서울시당은 물론 각도 지도부와 군 관련자들 다수가 체포되어 중앙당에서는 어쩔 도리 없이 혁명봉기를 다음으로 미룰 수밖에 없었던 것이다. 많은 동지를 규합하여 혁명봉기를 기획하고 있던 오동기 소령은 신변의 위험을 느끼고 잠적하지 않을 수 없었다.

그러나 오동기 소령이 뿌린 씨앗이 결코 헛되지는 않았다.

14연대에는 육사 3기생 김지회(金智會), 이기종(李起鍾), 박기암(朴基岩) 중위 등 오동기 소령과 뜻을 같이해온 젊은 장교들이 은밀히 암약하고 있었다. 이들은 제주도 공산유격대 소탕작전을 위한 병력출동 명령이 내리자 비밀회합을 갖고 이를 거부하기로 뜻을 모았다. 이들은 육사 재학 중 오동기 소령과 다름없이 사회주의 이념에 젖은 학도병 출신 생도대장 오일균(吳一均) 소령과 정훈부장 조병건(趙炳乾) 소령의 영향도 적지 않게 받은 바 있었다. 국군 창설 초기인 당시 소령, 중령은 국방군 최고 계급에 속했고 육사 생도들에게 막대한 이념적 영향을 끼칠 수 있는 위치에 있었다. 그들의 영향을 받은 육사 3기생 80퍼센트가 사회주의 이념에 물들어 있다는 보고를 접한 중앙당에서는 고무되어 흥분을 감추지 못한 적도 있었다.

4월 20일, 제주도 출동 당일 새벽 동틀 무렵 김지회 중위는 뜻을 같이하기로 한 40여 명의 혁명군 병력을 이끌고 병기고를 급습했다. 경비병 한 명이 지키고 있던 병기고는 주먹 한 방으로 혁명군 손에 떨어졌다. 신속히 완전무장을 한 혁명군은 막사를 돌며 병력 장악에 들어갔다. '제주 해방군 진압 반대'를 외치는 한편 '인민해방군 만세'를 부르며 총부리를 휘두르는 혁명군 앞에 병사들은 저항 없이 무릎을 꿇었다. 간혹 반항하는 자가 있으면 장사병을 불문하고 가차 없이 사살해버렸다.

'한라산 유격대는 인민해방을 위해 싸우고 있는 혁명군이다. 남조선 인민해방혁명의 날이 가까워졌다.'

'……지리산 골짜기마다 50명, 1백 명, 2백 명, 3백 명, 도합 1만여 명의 유격대가 무장을 하고 인민해방혁명의 그날을 위해 싸우고 있다. 우리도 거기 합류해야 한다.'

김지회 중위 등 혁명 주동자들은 군 프락치로부터 들은 정보를 부대원들에게 널리 전파하며 장병들을 제압해 나갔다. 혁명군이 휘두르는 총구 앞에 연대병력 1천여 명은 속절없이 굴복하고 말았다.

손쉽게 14연대를 장악한 혁명군은 아침 6시경 병력을 이끌고 여수 시내로 진출했다. 해방혁명을 외치며 경찰서와 관공서를 닥치는 대로 습격하여 불 지르고 미군 앞잡이 경찰관과 관리, 반동적인 지방 유지를 색출하여 처단했다.

여수 시내 중요 건물에 인공기(人共旗)가 휘날리기 시작했고 거리마다 '인민공화국 만세'소리가 크게 울려 퍼졌다.

오후 3시 무렵 시민대회가 열리는 중앙동 광장에는 4만여 명의 시민이 운집했다. 연단에 오른 혁명군 지휘부는 '인민해방혁명의 날'을 선포하고 시민들로 하여금 남조선에 공산주의 새 세상이 열렸음을 널리 알렸다. 그리고 한발 더 나아가 곧 남한 전체에 해방혁명이 도래할 것임을 선언했다.

'김일성 장군이 38선을 열었다.'

'서울은 인민군에 의해 해방되었다.'

혁명군 지휘부가 퍼뜨린 풍문이 삽시간에 여수 시내에 널리 퍼져 나갔다. 이 풍문의 효과는 즉각적으로 나타났다. 여수의 내로라하는 유지들이 하나둘 나타나 혁명군 앞에 무릎을 꿇었다. 혁명군 지휘부는 이들 유지들을 중심으로 새 세상을 열어갈 인민위원회를 급속히 조직하였다.

의장단에 이용기(李容起), 박채영(朴采英), 송욱(宋郁), 유목윤(兪穆允), 문성휘(文聖輝), 김귀영(金貴榮) 등을 선출하는 한편 동사무소나 읍사무소에 보안대를 설치하고 치안유지에 들어갔다. 관계, 금융계, 재계 등 반동인사 60여 명을 체포하여 성분에 따라 사형, 징역, 취체, 석방 등 조처를 했고 항거하는 자는 무조건 사살했다.

혁명군에 동조하는 청년들의 숫자 또한 빠르게 늘어갔다. 병기고에서 탈취한 총기로 무장한 청년들은 군의 선봉이 되어 인민해방을 위한다는 명목으로 활동에 들어갔다. 여수의 모든 공공기관을 완전히 접수한 혁명군은 인근 순천, 남원 등으로 세를 확장시켜 나갔다. 순천도 순식간에 혁명군의 손에 들어갔다. 혁명군이 장악한 두 도시는 손쉽게 해방이 되었다.

그러나 혁명군 세상은 그리 오래가지 못했다. 광주와 남원에 주둔하고 있던 국방군과 원근의 경찰병력이 해방군을 진압하기 위해 순천, 여수로 속속 진군해왔던 것이다. 해방 성공 5일째 되는 날, 여수 앞산에서 혁명군과 국군 사이에 일대접전이 벌어졌다. 혁명군은 숫적 열세에다 무기 또한 소총 중심인 데 비해 진압군은 숫적으로 우세한 데다 무기 또한 기관총이며 수류탄 등 다양했다. 따라서 전황은 혁명군에 불리하게 기울어져갔다. 뿐만 아니라 연이어 미군 비행기가 나타나 살포한 삐라를 읽은 시민들 또한 하나둘 혁명군에 등을 돌리기 시작했다. 천지가 뒤바뀌어 새 세상이 온 줄 알고 들떠있던 주민들은 비행기에서 살포하는 삐라를 읽고 당황하는 한편 미군 장갑차가 지축을 울리며 시내에 진입하자 그만 풀이 죽고 말았다. 혁명군은 저항을 단념하고 고소동, 능동, 서교동 등 2천여 호의 민가에 불을 지르고 도주에 들어갔다. 대부분 공산 유격대가 잠복해 있다는 지리산으로 숨어들어갔고, 인근 덕유산과 백운산으로 피신한 혁명군도 적지 않은 것으로 파악되었다.

"황 동무는 제주 민중항쟁과 여수 순천 해방투쟁에서 우리가 주목해야 할 점이 무엇이라 생각합니까?"

"나는 지휘부의 능력이 얼마나 중요한가에 대해 주목했습니다. 김달삼 동지의 탁월한 지도가 제주 민중항쟁을 성공적으로 이끌었다고 생각합니다. 김지회 중위 등 여순 해방투쟁 지휘부도 나름 훌륭했지만, 이들이 좀 더 장기적 안목을 갖고 인근 유격대와 손을 잡았다면 결과가 어땠을까, 그런 아쉬움이 남습니다."

"그렇습니다. 지휘부의 면밀한 상황 파악과 장기적 안목이 혁명 성공의 필수적 요건임을 우리는 잊어서는 안 될 것입니다."

"그리고 김달삼 동지가 탁월한 활동을 펼친 것은 부인할 수 없지만, 만약 김 동지가 좀 더 제주에 머무르며 유격대를 지휘 통솔했다면 보다 성공적인 결과를 가져오지 않았을까, 그런 아쉬움도 남습니다."

"그렇기는 하지만 김 동지는 당 지도부의 판단에 의해 움직이지 않았겠습니까. 아쉬운 점을 지적하자면 어디 한이 있겠습니까. 내가 제주나 여순의 사례에서 무엇보다 큰 위안을 받은 것을 꼽자면 주민들의 자발적 귀순이 많았다는 점입니다."

"아, 그렇지요. 그 점이 매우 중요한 포인트입니다."

"제주에서 주민들의 자발적 참여로 혁명군이 두 배로 늘어난 것이나, 여수에서 그 많은 유지들이 혁명군에 가담한 것은, 남조선 일대에 다량의 우호 세력이 잠재해 있다는 사실을 방증하는 것 아니겠습니까. 혁명 해방군이 남조선에서 일떠서면 이 잠재적 우호 세력 또한 떨쳐 일어나지 않겠습니까. 이 점에 주목하여 앞으로 혁명해방운동 방향을 세워 나가야 하지 않을까, 저는 그렇게 생각했습니다."

"맞습니다. 핵심을 찔렀습니다. 제주 여순 인민항쟁에서 문제를 찾아내 앞날을 위한 대책을 궁리해야지 섣불리 성공이니 승리니 하는 말은 당치 않은 것으로 생각됩니다. 승리를 쟁취한 것이 아니라 희생만 치렀을 뿐 값진 결실을 보지 못한, 미온적인 결과밖에 무엇을 더 손에 쥐었다고 혁명의 때가 무르익었다느니 어쩌느니 자화자찬을 늘어놓고 있는 것인지, 선뜻 동의할 수가 없었습니다."

"그래서 이중업 동무와 이재복 동무를 비판하고 나왔군요?"

"김 동무의 진단과 전망에 중점을 두고 보고서 작성에 들어가지요."

"황 동무의 의견도 소중합니다. 머리를 맞대고 의견교환을 하며 보고서 작성에 신중을 기하도록 합시다."

황기옥이 흔쾌히 동의했다. 김병산은 조직책 황기옥과 머리를 맞대고 조사 연구한 결과를 과감하게 정리하여 김삼룡 군사위원회 위원장에게 제출했다.

그 보고서를 접한 중앙당 지도부는 군사부 책임자인 이중업과 군프락치 책임자인 이재복을 급히 지리산 등 유격대가 진지를 구축하고 있는 현지에 파견하였다. 이들은 전남도 당부와 긴밀히 유대, 여수 순천 혁명투쟁에 가담한 병사와 무장 동조자들을 규합하여 지리산으로 잠입시켰다. 지리산에 잠입한 이들은 피아골, 신흥계곡 등 지형이 유리한 골짜기에 장기적인 유격투쟁과 혁명해방투쟁의 그날에 대비하여 거점을 확보 유지하도록 조처했다. 한편 백운산, 덕유산, 오대산, 용문산, 월출산 등에도 당 중요 간부를 파견하여 유격투쟁의 거점을 확보해 나갔다. 지리산에는 특히 당 지도위원 이현상을 책임자로 파견하여 해방혁명에 대비하도록 하였다.

그와 때를 같이하여 평양 당 지도부에서는 김삼룡의 군사위원회에 서울시당 특별위원회와 각도 인민위원들과의 연합투쟁을 위해 북에서 더 많은 유격대원을 남한에 증파시켰다. 7월 6일 오대산에 약 2백 명을 남하시킨 것을 시작으로 8월에는 제주도 4·3 민중항쟁을 주도한 후 황해도 해주로 올라갔던 김달삼이 이끄는 부대를 일월산에 침투시켰다. 명지산과 경기도 용문산에도 수십 명의 유격대원을 잠입시켜 무장폭동 및 해방혁명에 대비한 대대적인 준비에 들어갔다.

26

병산은 눈을 감고 깊은 생각에 빠져 들었다.

'혁명의 때가 무르익었다!'

소수의 고문단만 남기고 6월 29일 남한 주둔 미군이 철수함으로써 혁명의 가장 큰 장애물이 사라졌던 것이다. 게다가 미국 국무장관 애치슨이 한국을 미국의 방위선에서 제외한다는 국방계획을 대외에 널리 공포하기도 했다. 미국은 남한을 방위하지 않을 것임을 세계에 널리 알린 것이다. 미군이 철수하면 남한의 병력이라야 국방경비대 9만 7천여 명이 존재할 뿐이었다. 정부 수립에 맞추어 급조된 이들 오합지졸은 병기도 제대로 갖추고 있지 않았다. 무기를 소지한 병력은 겨우 절반 정도에 이른다고 했다. 그 소지한 무기마저도 성능이 빈약한 일제 소총이라고 했다. 이렇듯 남한은 무장해제된 것이나 다름없었다. 남한을 손아귀에 넣을 절호의 기회가 절로 굴러들어온 것이다.

연합 중앙위원회의 의결을 거쳐 남북 노동당이 조선노동당으로 단일화하여 세력을 결속시킨 것은 아주 시의적절한 조치였다. 평양의 조선노동당에서 남반부의 토지개혁 실시 법령과 인민군 전사 및 하사관 부양가족 원호 법령을 제정하고, '조국보위후원회'라는 전국적인 대중조직을 결성한 것도 남반부 해방혁명을 위한 당연한 준비 작업으로 평가할 만했다. 하지만 평양방송의 조국통일전선 선언은 아무리 생각해도 너무 성급한 감이 없지 않았다.

'첫째: 8월 20일에 대한민국 정권 접수, 둘째: 9월 1일 박헌영이 선거위원장으로서 서울에 도착, 셋째: 9월 20일 총선거 실시, 넷째: 9월 21일 서울에 '조선민주주의인민공화국' 중앙정부 수립.'

이 선언은 떡 줄 놈은 생각지도 않는데 김칫국부터 마시는 격이 아닌가 싶었다.

하기는 애초 평양의 남한 혁명해방은 지난 6월 안에 달성하는 것이 목표였다. 남한 측의 정세가 여의치 않다는 보고를 접하고 어쩔 수 없이 7월로 한 달 연기하면서도 여간 분개하지 않았다. 그럼에도 불구하고 서울시당은 아직도 준비 미비를 구실로 혁명투쟁에 나서기를 주저하고 있었다. 그런 마뜩잖은 과정이 겹치자 평양에서는 8월 20일까지 못을 박아 폭동혁명을 완수하라는 추상같은 명령을 내린 것이다. 서울시당 지도부는 각급 당부와 세포조직에 평양의 지시를 하달하지 않을 수 없었다.

그러나 8월 혁명 또한 무산되고 말았다. 서울시당과 각도 지휘부는 이미 혁명계획을 철저히 수립하여 당원 교육과 훈련을 마쳤고 수류탄 등 무기 제조를 위해 재원확보에 총력을 기울였다. 해방혁명 후에는 모든 금고가 당원들을 위해 문을 활짝 열 것이라는 약속을 전제로 4개월간의 최저 생활비를 제외한 모든 가산을 처분하여 당에 헌납할 것을 전 당원을 상대로 독려하고 나섰다. 해방혁명 후에는 모든 금고가 당원들을 위해 문을 활짝 열 것이라는 약속이 유효했던지, 혹은 혁명해방에 목말라 있었던지, 당원들은 집과 가구와 패물 등을 처분하여 서울시 당부에 경쟁적으로 헌납했다. 당에서는 헌납받은 1천여 만원의 거금을 폭약 구입 및 수류탄 제조 등 무기 확보에 긴급히 활용하였다. 그런 철저한 준비를 갖추고서도 해방혁명투쟁에 선뜻 착수하지 못한 것은 남한 정세의 변화 때문이었다. 평양의 기대와는 달리 남한의 정세는 날이 갈수록 점점 안정되어갔다. 미군의 철수로 국방력은 허약해졌으나 미국의 원조로 일반 국민의 생활여건은 점차 좋아지고 있었다. 게다가 미군철수로 당의 가장 강력한 미제국주의 반대의 명분도 약해져 있었다.

경기도당 청년부장 박일원의 전향에 따른 폭로로 당 조직이 괴멸 직전까지 내몰렸던 것도 전에 겪어보지 못한 큰 위기였다. 이 위기를 겨우 넘기고 당 조직을 복구한 지 얼마 지나지 않아 이번에는 병산이 직접 지도하고 양성했던 노동자 출신 조직 간부 공한중이 또 경찰의 회유에 넘어가 당 조직 명단을 당국에 넘기는 바람에 당이 뿌리째 흔들리는 위기를 맞기도 했다. 서울시경 경찰관으로 임명된 공한중이 직접 조직원 검거에 나서자 당은 혼비백산 흩어지지 않을 수 없었다. 그런 큰 위기가 잇따라 들이닥치는 바람에 당은 어쩔 수 없이 평양의 혁명투쟁 명령에 응하지 못했던 것이다. 당 간부를 보내 그런 사정을 잘 설명하도록 했음에도 평양은 서울시당에 보내는 불신과 의혹의 눈길을 거두지 않았다. 따라서 평양의 독촉은 날로 강도를 더해갔다. 그러나 아무리 냉철히 당 조직을 점검하고 분석하고 평가해도 혁명투쟁에 착수하기에는 무리라 생각되었다. 어디에도 긍정적인 구석이란 손톱만큼도 보이지 않았다.

무엇보다 대다수 당 간부와 당원들의 혁명투쟁에 대한 기백과 열정이 전보다 아주 미미해져 있는 점이 문제였다. 게다가 혁명투쟁의 중심 세력으로 믿어왔던 노동자들의 경우 와해의 기운마저 감지되었다. 노동자들의 사회적인 불만과 자본가나 지주들에 대한 적개심과 분노가 사상적으로나 계급적으로 폭력혁명의 자산이 되어야 할 것임에도 노동자들의 불만이나 적개심이 날이 갈수록 희박해져가고 있는 현실도 부정할 수 없는 사실이었다. 분노나 적개심의 분출이 혁명의 기본 동력으로 작동해야 하는 것인데 이런 기본 동력이 미미하다는 것은 곧 혁명 지향성이 미미하다는 사실을 반증하는 셈이었다. 병산은 서울시당이 혁명을 일으킬 주체적 역량이 부족하다는 결론을 내릴 수밖에 없었다. 혁명은 폭동을 수반하기 마련이고 폭동은 적대적 감정의 폭발로서 실현되는 것이다. 혁명 동력을 잃은 이들을 동원해 폭동혁명을 일으킨다고 해도 성공 여부를 장담할 수는 없을 것 같았다. 이런 불안한 여건을 무시하고 혁명투쟁에 나섰을 경우 성공을 장담할 수 있을 것인가, 병산은 회의적이었다.

8월 혁명이 이런저런 사정으로 무산되자 평양에서 다시 연락책을 특파했다. 연락책을 통해 9월 20일까지는 반드시 무장폭동을 일으켜 서울을 강제 점령해야 한다는 지시를 하달했다. 서울시당 군사위원회와 남조선 전 지역에 파견되어 있는 지하 인민군대는 물론 유격대원이 일시에 상호 호응하여 무장폭동을 일으키면 남조선 해방이 곧 달성될 것이라고 평양에서는 낙관하고 있는 눈치였다. 서울시당에서 혁명통일의 신호탄을 쏘아 올리기를 남조선 전 지역에 퍼져 있는 지하 인민군대와 유격대원이 학수고대하고 있다는 것이었다. 그러나 서울시당에서는 6월 폭동 지시를 7월로 미루었고 다시 8월로 미루어 온 터였다. 남조선 해방투쟁을 9월로 못 박은 평양의 초조함이 혁명투쟁을 그르칠까 병산은 도리어 불안했다.

병산을 비롯한 서울시당 지도부는 평양에서 연락책을 급파해 폭동을 재촉할 때마다 면밀히 분석한 남조선 정세를 보고하고 시기를 기다리고 있음을 강조해왔다.

27

해질 녘에 집으로 돌아온 병산의 얼굴에 짙은 구름이 끼여 있었다.

웬만한 일은 집에서 내색하지 않는 병산이 오늘따라 보기 드물게 얼굴이 어두웠다. 이를 본 은희는 불안감을 감출 수 없었다.

"무슨 속상한 일 있었어요?"

대답에 인색한 병산으로부터 명쾌한 대답을 기대하기보다 의례적으로 그냥 떠본 것에 지나지 않았다. 은희를 언뜻 쳐다본 병산은 고개를 저었다.

"옛날 친구를 만났는데, 처지가 아주 딱해 보여 못 봐줄 지경이었소."

남의 아픔을 대신 앓아주고 있다는 가벼운 대답이었다. 그러나 병산의 머릿속에서는 엉킨 실타래처럼 풀지 못할 복잡한 상념이 들끓고 있었다.

당 아지트를 나와 전차를 타기 위해 보신각 앞을 막 지나려는 순간 누군가 팔을 덥석 잡았다. 본능적으로 잡힌 팔을 거칠게 뿌리치고 내빼려는데 아차, 아는 얼굴이었다. 기관원이 아닌 것에 도리어 맥이 탁 풀렸다.

"승용이 아닌가? 오랜만일세."

승용은 병산의 아명이었다. 변장을 한다고 했는데, 어찌 알아본 것일까. 성진의 눈썰미가 날카로웠던 것인가.

"성진이 자네, 서울에는 웬일인가?"

손을 아프도록 힘주어 꼭 쥐고 놀란 눈으로 서로의 행색을 살폈다.

"서울에서 얼쩡거리고 다닌 지 꽤 오랠세. 어디 앉을 데 없나?"

"저 모퉁이 돌아가면 찻집이 있을 걸세."

"내 주제에 무슨 찻집까지나……. 저기가 좋겠군."

성진답지 않은 자학적인 말투에 신경이 쓰였다. 주위를 두리번거리던 성진이 병산의 팔을 이끌고 보신각 아래로 갔다. 남의 이목을 경계하는 병산으로서는 사방이 트여 있는 한데는 달갑지 않았다. 종루 아래에는 행색이 남루한 노숙자 몇이 누웠거나 앉아 졸고 있었다. 노숙자들을 비켜 적당한 자리에 마주 앉고 나서야 성진은 병산의 팔을 놓아주었다.

"성진이 자네 부친께서 대구에서 큰 직물공장을 경영하고 계신다고 했잖나?"

어딘가 풀이 죽어 있는 것 같기도 하고 자학적인 말투를 상기하며 기분을 다치기라도 할까 저어하며 조심스레 운을 뗐다. 순간 성진의 표정이 험악하게 돌변했다. 쏘아보는 시선이 비수처럼 날카로웠다. 그러나 곧 평정을 되찾았다.

"옛날에 그랬지."

시큰둥한 대답에 가시가 돋쳐 있었다.

"옛날에 그랬다니?"

"이 풍진 세상에 어디 온전한 것이 하나나 남아 있나."

"일제를 쫓아내고 해방이 되었는데, 이 풍진 세상이라니?"

"해방이 되었으니, 이 풍진 세상이 된 것 아닌가."

히죽거리며 비아냥거리는 말투와는 달리 온몸에 흉기라도 숨기고 있는 것처럼 위험해 보였다. 그 온건하고 온화하고 여유롭던 성진의 옛 모습은 어디에서도 자취조차 찾아볼 수 없었다.

"이 풍진 세상, 우리가 바로잡아가야 되지 않겠나?"

"우리가 무슨 힘으로?"

"성진이 자네 왜 이렇게 변했나? 우리가 하숙방에서 머리를 맞대고 궁구하고 토론하던 그 이상을 펼칠 절호의 기회가 지금 우리 앞에 펼쳐져 있지 않나. 그런데 그런 유약한 소리를 하고 있는 자네가 성진이 맞기는 하나?"

"승용이 자네는 자네 이상을 펼쳐가고 있는지 모르지만 나는 아닐세. 동경에서 철없이 날뛸 때 일시적으로 가져본 낭만적 꿈이었지. 이 풍진 세상에 그런 유토피아를 실현시킬 수 있기나 한 것인가."

"실현시킬 수 있는 방안을 강구하고 시행하도록 노력은 해봐야지. 미리 단념하고 손을 놓아버리다니 그건 자네답지 않네."

"우리의 꿈, 볼셰비키 혁명 실현, 레닌은 모든 것이 정당하다. 그래 그 꿈이 철도파업이고 노동자 농민을 선동하여 공권력을 상대로 폭동을 일으키는 것인가? 그것이 옳은 것인가? 레닌은 반드시 혁명으로 타도해야 할 차르라는 적이 있었네. 그렇지만 우리에게 있어서 차르와 같은 적이라면 일제일 텐데 일본은 쫓아버리지 않았나. 그런데 누구를 상대로 무슨 혁명을 해야 한다는 것인가?"

"일본을 쫓아버렸다고 믿나? 일제가 차지하고 있던 모든 것을 미제국주의가 고스란히 가로채고 앉아 있지 않은가. 미군이야말로 조선을 노예화하기 위해 진주해 있는 점령군 아니고 무엇인가. 그들을 몰아내지 않고서는 우리나라가 진정으로 해방되었다고 할 수 없을 것이네. 일제 잔재도 척결해야만 하고."

"나는 좀 알 만한 사람들 입에서 미국을 원수처럼 여기는 말을 들을 때마다 이상하다는 생각이 들고는 한다네. 왜 미국을 몰아내지 못해 그 안달인지, 원!"

"우리가 제국주의를 어찌 받아들이겠나. 일본 제국주의에 그렇게 당해놓고서."

"미국을 일본과 같은 제국주의로 몰아가는 것도 의아스럽지만, 무엇보다 우리 한국을 누가 해방시켰나?"

병산은 성진의 얼굴을 물끄러미 바라보았다.

"소련이 해방시켰나? 소련군은 천황 항복 엿새 전에 참전하지 않았나. 그런 소련군이 한국을 해방시켰다고? 나는 그렇게 볼 수 없네. 그러면 빨치산 유격대가 한국을 해방시켰나? 아니지 않은가."

성진의 도발적인 질문에 병산은 입술을 꾹 깨물었다.

"그럼 항일독립투사들이 한국을 해방시켰나? 그것 또한 아니지 않은가."

병산의 얼굴이 점점 어두워졌다.

"그럼 상해 임시정부 요인들이 한국을 해방시켰나? 그것 역시 아니지 않은가."

"어린애도 다 아는 이야기를 왜 자꾸 들먹이고 있나."

"자네가 미제국주의를 몰아내야 한다고 하니 하는 말 아닌가. 우리 한국을 일제로부터 해방시킨 건 미국이라는 것이 엄연한 사실 아닌가. 미국이 자국군의 많은 희생 끝에 일본군을 제압하고 히로시마, 나가사키에 원폭을 투하하여 겨우 일본 천황의 항복 선언을 받아내지 않았나. 따라서 우리나라가 해방되었고. 이렇듯 한국을 해방시켜준 것이 미국이 확실한데도, 이런 미국을 왜 고맙게 여기기는커녕 원수처럼 몰아내지 못해 안달하고 있는지 나는 이해가 가지 않는다네."

"나는 그런 자네 현실인식이 의심스럽네. 미국의 야심을 왜 꿰뚫어

보지 못하나. 일본 대신 조선을 자기들 노예국으로 삼기 위해 점령하고 있는 것 아닌가?"

"그럼 왜 북에 진주해 있는 소련 점령군에 대해서는 우호적인가. 소련 점령군의 적화통일 야욕은 왜 간과하고 있나. 우리가 한때 이상으로 삼았던 사회주의, 마르크스 엥겔스의 이념을 현실화한 공산주의 혁명에 성공한 최초의 국가, 레닌과 트로츠키, 스탈린의 나라, 혁명의 선진 모범국이기 때문인 것인가?"

"성진이 자네, 많이 변했군."

"나는 낭만의 허울을 벗어던지고 현실을 직시하고 있을 뿐이라네. 그래 미제국주의자들이 폭동을 일으켰나? 남로당에서 노동자 농민을 선동해 폭동을 일으키지 않았나. 쌀을 달라고 임금을 더 올려달라고. 생산이 중단되고 농사도 여의치 않아 누구나 먹고살기 어려워 발버둥치고 있는 마당에 어려움을 극복해 나갈 방안을 마련할 생각은 하지 않고 더 잘살 수 있는데 부자 때문에 못살고 있다고 거짓 선전선동이나 일삼는 무리들을 어찌 옛날 우리가 동경에서 꿈꾸었던 그 이상적인 모습이라고 생각할 수 있겠나."

"옳은 길로 가기 위한 준비 단계 아닌가. 과정 없이 결과가 있겠나."

"과정이 좋아야 결과도 좋은 것인데, 그렇게 적당히 눙치지 말게. 어쨌든 미국이 자기들이 피 흘려 해방한 이 땅에 공산주의를 허용하려 들겠나. 아직도 지식인 사이에 사회주의가 대세를 이루고 있는 남한에 민주주의 씨앗을 뿌리기가 어디 그렇게 쉽기야 하겠나만, 미국이 고생을 좀 하더라도 자기들 정치체제를 심고 말 것이네. 생각해 보게. 자유민주주의 정치체제를 갖춘 미국은 소련 공산주의 스탈린 일

당 독재체제를 절대 반대하고 있지 않은가. 더구나 자기 권력기반 구축을 위해 서슴없이 2천 2백만 인민을 처단한 스탈린의 반인륜적 잔혹행위를 서구 사회가 계속 규탄해오고 있지 않은가. 그런데 자국 군대의 피를 흘려 수복한 땅에 공산주의 체제가 들어서도록 미국이 수수방관하고 있겠느냐 말일세. 아니 그건 그렇고 병산이 자네 경륜과 학식이면 우리 정계에 중요하게 쓰이리라 생각하고 있었는데 어느 어른과 일하고 있나?"

"그냥 세상 좋아지는 것이나 구경하고 있으면 됐지 내 국량에 정치는 무슨 정치."

"이런 어지러운 세상이 좋아지기는 하겠나? 서로 죽이지 못해 안달인데."

"그래도 약속된 세상이 오면 좋아지지 않고 어쩌겠나."

"약속된 세상이 오면 좋아지지 않고 어쩌겠느냐고? 자네 아직 사회주의 이상에 젖어 있는 것인가?"

"우리나라는 공산혁명이 아니면 구제할 길이 없다고 성진이 자네도 일찍이 동경에서 열변을 토했지 않나. 우리에게는 그 길밖에 길이 없는 걸 어쩌겠나. 혁명이 곧 조선의 위대한 미래를 열어갈 것이네."

성진은 거칠게 도리질을 했다.

"우리가 동경에 있을 때 의기투합했던 것은 맞네. 하지만 내가 한때 사회주의에 편승하고 러시아 혁명을 칭송한 것은 맞지만 그것이 당시 우리 조선 젊은 지식인에게는 메시아와 다름없는 구원의 이념이고 논리전개를 위한 전범이었기 때문이었네. 레닌과 트로츠키가 타도해야 할 혁명 대상이 차르였다면 우리에게는 일본 제국주의가 타도 대상 아니었나. 사회주의, 공산주의 이념이 차르를 축출하기 위한 무기로서 레닌과 트로츠키에게 필요했다면 일본 침략자를 물리치기 위해 우리에게도 사회주의 사상이 필요했던 것이네. 그래, 그때가 좋았지!"

성진은 입맛을 쩝 다셨다.

"하지만 지금은 다르네. 투쟁 대상인 일본 침략자가 쫓겨나고 없지 않은가. 그런데도 사회주의 이념을 자기 출세 방편으로 헌 칼 휘두르듯 휘두르고 있는 퇴행적인 일부 인사들이 나는 한심하다네. 지난 몇 년 사이 연이어 일어난 남로당 폭력사태가 그들이 저지른 만행 아니고 무엇이겠나. 그런 만행은 내가 생각해오던 사회주의 이념을 역행하는 과오라고 생각하네. 그리고 승용이 자네와 내가 공부할 때는 크로체며 막스 베버, 그리고 토크빌, 뒤르켐도 밤을 새우며 열심히 읽지 않았나. 그런데 왜 지금 우리는 그들을 다 망각의 강 저 건너편으로 흘려보내고 오로지 마르크스 레닌에게서만 정신적 참조점이나 좌표를 찾아 시대적 현안을 풀어야 한다고 고집하고 있는지 원! 내가 마르크스 레닌에 경도되고 프랑크푸르트학파의 계몽의 변증법에 매료된 것은 일종의 '지성인을 위한 아편'에 중독된 일시적 현상이 아니었네. 하지만 나중 실상을 알고 발을 뺐다네. 선친께서 당한 치욕을 내가 어찌 잊을 수 있겠나."

병산은 대꾸할 말이 없었다. 성진의 선친이 무슨 치욕을 겪었다는 것인가.

"제정 러시아와 정치적 여건이 판이한 이 땅에 공산혁명을 통해 소련식 정치를 펼치려는 조선노동당에 나는 절대 반대하고 있네. 혁명의 첫째 구실이 뭔가. 미제국주의 타도 아닌가. 자네 말마따나 미군정은 조선인민을 노예화하기 위해 미국이 설치한 기관이라며 미국을 철저히 배격해온 공산당이 이제 미군이 철수한 마당에 이 땅에 소련식 공산주의를 펼치기 위해 광분하고 있는 것은 무엇 때문인가. 나는 우리나라 사람들이 머리를 맞대고 지혜를 짜내 우리에게 가장 좋은 정책을 펴는 그런 국가를 건설해야 한다고 생각해왔네. 그런데 요즘 세상 돌아가는 꼴, 이게 뭔가. 대한제국 말기와 무엇이 다른가. 자네와 나, 양계초의 「조선멸망의 원인」을 읽고 얼마나 분통을 터트렸나. '조선이 멸망한 가장 큰 원인은 양반에게 있다. 양반이라는 자는 모두 높은 자리에 앉아 일하지 않고, 오직 벼슬하는 것을 유일한 업으로 삼았다. 벼슬아치는 백성으로부터 욕심나는 것을 법으로 정해진 방법이 아니라 약탈할 뿐이었다. 이런 고로 조선을 망하게 한 자는 조선이지 일본이 결코 아니다.' 양계초의 비웃음 앞에 우리는 말을 잃고 말지 않았는가."

성진의 신랄한 성토에 병산은 눈을 감았다. '그래, 조선의 멸망은 조선 사람 스스로 자초했으니, 또한 무엇을 불쌍히 여기겠는가?' 양계초의 결론은 그런 야유였다. 병산은 한차례 강하게 고개를 저은 후 감았던 눈을 떴다.

"그래 반드시 혁명을 성공시켜야 할 것이네."

"또 혁명타령인가? 혁명은 우리 것인가?"

"혁명이 아니고서는 우리의 미래는 없네. 자네는 미군이 저대로 순순히 물러나리라 생각하나?"

"이미 철수하는 중이지 않나?"

“지금 남조선 정부라고 선 것이 미국의 꼭두각시 아니고 무엇인가. 정부 요처에 미군 고문 없는 데가 어디 있나. 남조선을 노예화하기 위한 준비를 다 갖춘 후에 형식적으로 철군 흉내를 내고 있는데, 우리가 이를 어찌 믿는단 말인가?”

“의심은 의심을 낳고, 불만은 불행을 낳고, 믿음은 행복을 가져온다고 하는데, 우리가 믿을 데가 없는 게 큰일이군. 정부를 수립했다고는 하지만 이곳 정상배들 놀고 있는 꼴을 보면 그것도 못 봐주겠고. 그동안 얼마나 많은 우국지사들이 비명에 쓰러졌나. 서로 권력을 차지하겠다고 모함하고 살해하고 아, 모두 다 싫네, 다 싫어.”

병산은 전에 볼 수 없던 시니컬한 성진의 표정과 냉혹한 비웃음에 속으로 도리질을 했다. 이 친구 변해도 너무 많이 변했군. 무슨 일을 겪어도 크게 겪은 것 같은데, 무슨 일을 겪은 것인가, 속으로 짐작의 오솔길을 따라가던 병산은 일순 불에 덴 것처럼 뜨끔했다.

“몇 해 전 대구에서 인민항쟁이 일어나지 않았나?”

병산의 말에 성진은 금세 얼굴이 굳어졌다. 불끈 주먹을 부르쥐고 몸을 부르르 떨었다.

“우리 공장 노동자들이 전평 핵심 간부들이었다네. 그들 손에 공장이 전소되고 부친도 살해되었어. 어머니는 화병으로 시름시름 앓다 돌아가셨고. 공장을 정리하여 밀린 임금 정산하고 나니 알거지가 되어 있지 뭔가. 할 수 없이 서울로 야반도주할 수밖에 없었지.”

비통한 표정으로 그렇게 내뱉은 성진은 거칠게 도리질을 했다.

병산은 아찔했다. 쇠몽둥이로 머리를 얻어맞은 것 같았다. 고개를 푹 꺾었다. 차마 성진의 얼굴을 쳐다볼 용기마저 사라져버렸다. 병산은 전평 간부들을 직접 지휘했던 당사자였다. 그렇다면 그 직물공장이 바로 성진의 선친께서 운영하던 칠복직물공장이었단 말인가. 이런 공교로울 데가 어디 있나. 동경에서 공부할 때 한 하숙집에서 뒹굴며 시국을 논했던 친숙한 동창생의 씁쓸한 현재가 자신의 어떤 작위의 결과와 맞닿아 있을지도 모르리라 생각하니 기분이 아주 참담했다. 그러나 어찌 혁명에 있어 주저함이 있을 수 있겠는가. 성진의 사정은 혁명을 위한 불가피한 과정의 한 곁가지에 지나지 않는 것이다. 그렇게 자기합리화에 분주했으나 생각은 복잡하고 척척하기 이를 데 없었다.

성진과 헤어져 돌아오는 동안 병산은 기분이 아주 더러웠다. 병산은 이런저런 생각으로 고민이 깊어갔다.

28

한나절가량 방 안에서 꼼짝 않고 생각에 잠겨 있는 그이를 위해 은희는 부엌에서 소리 죽여 밥을 짓고 반찬을 만들었다. 밥상을 차려 방으로 들어가 병산 앞에 놓았다.

"여보, 당신이 또 수고 좀 해주어야겠소."

밥상 대신 은희를 쳐다보며 병산이 유사시 처분하기 좋게 성냥개비 크기로 만 암호문을 내밀었다.

"급한 것인데, 이걸 계동 아지트에 좀 전하고 오구려."

은희는 암호문을 허리춤에 단단히 간수했다.

"이 암호문에 우리 당의 운명이 걸려 있소. 목숨보다 더 엄중히 지켜야 할게요."

"예, 명심하고 빨리 갔다 올게요. 식기 전에 먼저 드세요."

"아아니, 별로 시장하지 않으니, 당신 오면 함께 먹겠소."

방을 나서기 전 병산은 '조심해 다녀오라'며 은희를 다정하게 포옹했다. 다정하게 포옹하는 것은 이 임무의 위중함을 의미하였다. 그들은 목숨을 내놓고 지낸 지 오래되었다. 병산은 당국의 체포 명단에 올라 있은 지 오래였다. 언제 검거될지 모를 위급한 처지에 놓여 있었다. 나들이 때마다 수시로 옷차림을 달리하고 절름발이 행세를 하는 등 신체의 특징을 달리하기도 했다. 변장술은 전문가 못지않은 수준이었다. 그래도 외출을 삼가고 신변안전에 신경을 많이 썼다. 은희는 그에 비하면 아직 공공연히 드러나 있는 존재는 아닌 것으로 그들은 판단하고 있었다. 그러나 언제 어떤 위험이 닥칠지 몰랐다. 둘 다 죽음을 맞이할 각오를 굳히고 비장한 나날을 보내고 있었다.

명륜동 거처를 나온 은희는 택시를 잡아타고 계동으로 달렸다. 계동의 아지트는 국가기관 관장의 관사였다. 관장은 당원이 아니고 공작활동에 참여하지도 않았다. 집 주인은 직접 당 활동은 하지 않았지만 장차 공산 통일이 되어 새 세상이 열릴 때 신변안전을 보장받을 수 있으리라는 기대를 걸고 집을 아지트로 제공해오고 있었다. 관사가 시야에 들어오자 은희는 걸음을 늦추고 주위를 조심스레 살피며 경계의 촉수를 높였다. 행인은 뜸했고 사위는 고즈넉했다. 아지트의 초인종을 누르고 기다리자 안에서 인기척이 났다. 누구세요? 명륜동에서 왔다고 대답하자 쪽문이 열렸다. 쪽문 안에 낯익은 당원 동지가 서 있었다. 은희는 아무 말 없이 허리춤에 간수하고 온 암호문을 꺼내 당원 동지에게 건넸다.

"이 암호문은 목숨과 같다고 했습니다."

"잘 알았습니다."

대답과 동시에 암호문을 신속하게 가슴께 옷섶에다 감추었다. 집 안에서는 별다른 동정이 없었다. 임무를 마친 은희는 의례적인 인사를 남기고 아지트를 나왔다.

큰길로 나오자 은희는 마음이 급해졌다. 그녀가 돌아오기를 기다리고 있을 병산을 생각하며 택시를 잡으려고 서둘렀다. 그러나 택시가 오지 않았다. 발을 동동거리며 뛰어다녔으나 오늘따라 택시잡기가 하늘의 별 따기 같았다. 마음이 급한 나머지 택시를 단념한 은희는 집을 향해 종종걸음을 쳤다. 시장기도 시장기려니와 그녀가 무사히 임무를 마쳤는지 더 궁금해하고 있을 병산의 초조한 마음을 생각하면 뛰는 것으로도 부족했다. 대로를 버리고 지름길로 들어섰다. 지름길로 들어선 그녀는 호박밭이고 포도밭이고 가릴 계제가 아니었다. 호박밭과 고추밭을 가로질러 숨차게 걸음을 서두른 보람이 있었던지 이윽고 저만치 집이 바라보였다. 집은 저녁 어스름 속에 잠겨가고 있었다. 2층 방 창문께로 눈이 간 은희는 가슴이 쿵 내려앉았다. 암묵적 안전신호로 2층 창문에 드리워져 있어야 할 대발이 보이지 않았다. 위기를 느낀 은희는 걸음을 멈추고 신중히 집 안팎의 동정을 살펴나갔다. 별다른 움직임은 보이지 않았다. 그렇지만 안전신호가 사라진 터에 집으로 불쑥 들어갈 수는 없었다.

마른침을 삼키며 맞은편 집 담장에 붙어 서서 정황을 예의 주시했다. 마침 그 집 대문이 열리고 주인이 나왔다. 인사를 주고받는 낯익은 사이였다. 은희는 거리낌 없이 다가갔다.

"진지 드셨어요?"

그녀는 태연한 음성으로 인사를 여쭈었다. 은희를 알아본 앞집 주인이 도리어 화들짝 놀랐다.

"아니, 아주머니 여기서 뭐하고 있어요. 댁의 선생님이 조금 전 잡혀갔어요. 지금 아주머니를 잡으려고 난리예요."

앞집 주인은 은희의 팔을 덥석 잡더니 담장 아래로 이끌었다.

"경찰에서 나왔던가요?"

은희는 다리가 후들거렸다. 다리에 힘을 주고 버티며 정신을 가다듬었다.

"모르지요. 하지만 다 사복을 하고 권총을 차고 있었어요. 처음에 차가 두 대나 들이닥쳤는데, 선생님을 잡아 태우고 한 대는 사라지고 다른 한 대는 지금 골목 입구에서 아주머니가 돌아오기를 지키고 있는 모양이던데, 아주머니는 어떻게 들어왔어요?"

"그래, 지금도 그들이 집에 있는가요?"

"아마 가택수색을 하고 있는 것 같아요. 어서 피하세요."

앞집 주인의 재촉이 고마웠다. 위기에 처한 이웃을 배려하는 마음이 눈에 보이는 것 같았다. 은희는 발길을 돌려 다시 호박밭으로 들어갔다. 호박밭을 가로질러 뛰기 시작했다. 호박밭을 벗어나 한길에 이르자 그들의 감시망을 벗어난 것 같았다. 만약 호박밭을 가로질러오지 않고 평소처럼 길을 따라 왔다면 필경 골목 입구에서 체포되고 말았을 것이라 생각하니 소름이 오싹 끼쳤다.

그이가 잡혀갔다니 억장이 무너졌다. 가혹한 고문을 견딘다 한들 당 간부로 지명수배된 터 처형을 면할 수나 있을까. 저절로 무너지듯 주저앉고 말았다. 그러나 문득 소스라치게 놀랐다. 그러고 있을 때가 아니었다. 간신히 몸을 일으킨 은희는 당 간부의 아지트를 향해 잰걸음을 놓았다.

병산의 검거 사실을 조직에 통보해야 하는 것이 무엇보다 시급한 당적 원칙 임무였다. 그래야만 보고를 접한 조직에서는 병산과 관련된 모든 인적 물적 자원의 자취를 지우는 일에 착수할 것이고, 사고 아지트에 다른 당원의 발길을 끊도록 조처할 수 있을 것이었다. 사고 당원으로 인한 2차 3차 피해를 예방하는 것이 당으로서는 시급한 조처였던 것이다. 비상사태를 맞았거나 위기상황에 처했을 때 취할 행동지침을 은희는 병산으로부터 들어 누구보다 잘 알고 있었다. 조직에 사실을 통보한 은희는 다시 거리로 나왔다. 어딘가 무턱대고 헤매지 않고서는 견딜 수 없을 것 같았다. 정신의 방향타를 놓은 채 무작정 어둠 속을 헤매고 있는데, 적절한 경고음처럼 통행금지 사이렌이 울렸다. 내가 이래서는 안 되지. 통행금지 위반으로 잡히면 신분 확인 절차를 거치게 될 것이고 섣불리 신분이 드러날 경우 자신마저 체포될 위험이 높았다. 내가 체포되면 누가 그이를 구출하겠는가. 당에서는 조직의 보호를 우선해야 한다며 나서지 않을 것이 뻔하고 시댁 쪽에도 힘을 쓸 만한 일가친척은 모두 북으로 올라가고 서울에는 하나도 남아 있지 않았다. 으슥한 골목 안으로 들어갔다. 막다른 골목 작은 집 처마 밑에 웅크리고 앉았다. 어찌해야 그이를 구할 수 있을지 갈피를 잡지 못하고 전전긍긍하고 있는 사이 날이 샜다. 여름밤은 그나마 짧아 다행이었다.

은희가 웅크리고 밤을 샌 곳에서 그다지 멀지 않은 곳에 친정 쪽 사촌 여동생 집이 있었다. 일단 그 사촌 여동생 집에 가서 몸을 추스르고 대책을 강구해보자는 생각에 몸을 일으켰다. 사람 눈을 피해 가급적 골목길을 더듬어 나갔다. 그 사촌 여동생이 엄한 시어머니 밑에서 시집살이가 고되다는 말을 들은 적이 있었으나 지금은 그런 사정 따지고 있을 처지가 아니었다. 설마 내 처지보다 딱하겠는가. 사촌 여동생 집을 향해 걸음을 재우쳤다. 걸음을 재촉해 막상 사촌 여동생 집 앞에 당도했으나 문을 두드릴 엄두가 나지 않았다. 발끝으로 땅을 몇 번 파며 도리질을 하고 있는데 대문이 벌컥 열렸다. 사돈할머니가 대문을 열고 나왔다. 은희와 마주친 사돈할머니가 의아한 눈으로 쳐다보았다.

"첫새벽에 여기는 웬일이시우?"

엄하다는 사돈할머니와의 뜻밖의 조우에 당황한 은희는 고개를 꾸벅 숙여 인사를 한 둥 만 둥 대문 안으로 불쑥 들어갔다. 마당을 가로질러 사촌 여동생 방으로 달려간 은희는 다짜고짜 사촌 여동생을 부르며 방문을 두드렸다. 대답을 기다릴 여유가 없었다. 벌컥 방문을 열었다. 아직 잠자리에 들어 있던 내외가 놀라 벌떡 일어났다. 은희를 본 사촌 여동생은 오만상을 찌푸렸다. 제부와 인사를 나눌 겨를도 주지 않고 은희를 옆방으로 이끌고 갔다.

"이 새벽에 무슨 일로 이 난린데? 그렇지 않아도 요즘 세상이 하도 뒤숭숭해 언니 형부가 어떻게 되지 않았을까 걱정이 태산 같았는데?"

어떻게 둘러대야 할지 궁리가 서지 않았다. 입안의 침이 바싹바싹 마를 뿐 말이 나오지 않았다.

"형부한테 무슨 일 생겼지?"

대답 대신 눈물이 왈칵 쏟아졌다.

"형부한테 일이 터졌는데, 우리한테 오면 어떻게 해?"

"미안해, 갈 데가 있어야지."

눈물을 훔치고 있는 은희를 살피던 사촌 여동생은 죽을상을 짓고 방을 나갔다.

"언니 안 되겠어. 우리 집까지 망칠 일 있냐며 시어머니가 당장 내쫓으라고 노발대발이야. 그이에게도 사정을 해봤지만 소용없어. 내 시집살이 언니도 잘 알잖아. 그냥 나가줘야겠어."

여동생은 울먹이며 손사래를 쳤다.

"그래 알았어. 화근덩어리를 누가 반기겠어. 여벌 옷이나 한 벌 다오."

변장을 위해 옷 한 벌을 지니고 다녀야 하리라는 생각에 옷을 청했다.

"여벌 옷이라니, 이것밖에 없어."

마침 횃대에 걸려 있는 적삼 하나를 걷어서 던져주었다.

"적삼 하나로는 안 돼. 치마저고리 다 있어야 해"

"여벌 옷 한 벌이 어디 있다고 이 난리야. 없어. 시어머니 닥치기 전에 어서 가란 말이야."

사촌 여동생은 다급하게 애원하며 재촉했다. 은희는 앞에 있는 농장의 문을 홱 열어 젖혔다. 이불 등 침구만 보일 뿐 옷가지는 하나도 없었다. 하는 수 없이 적삼을 받아들었다. 급히 걸음을 서두르려던 은희는 경황 중에도 부엌 옆 광에서 대바구니를 하나 챙겨 들었다. 대바구니를 머리에 이고 대문을 나서는 은희의 뒷모습을 지켜보고 있던 사촌 여동생의 눈에서 금방 눈물이 후두둑 떨어졌다.

29

우리나라 어디에서나 흔히 볼 수 있는, 들과 인접해 있는 나지막한 야산. 젖무덤처럼 봉긋이 솟아오른 산등성이를 따라 곰솔이 듬성듬성 서 있고, 바람이 지나갈 때마다 지층 어디에선가 맴돌고 있는 한 맺힌 가락을 뽑아 올리는 곰솔을 감돌아가며 진달래꽃이 지천으로 붉게 피어 있었다. 지천으로 피어 있는 진달래꽃 사이로 문득 두 갈래의 길이 확연히 나타났다. 왼쪽 길은 한산하고 오른쪽 길은 번잡하였다. 왼쪽이든 오른쪽이든 길을 가는 사람들은 하나같이 하얀 무명베옷을 입고 있었다. 왼쪽 길을 가고 있는 사람들은 숫자가 적은 편이었다. 그들은 하늘을 향해 주먹을 휘두르며 비탄과 분노의 함성을 질러댔다. 오른쪽 길을 가고 있는 사람들은 숫자가 훨씬 많았으나 낮은 음정으로 고운 노래를 부르며 가고 있었다. 왼쪽 길의 행렬은 어수선하고 소란스러웠고 오른쪽 길의 행렬은 평화로웠다.

산등성이를 넘어가면 길이 어디로 뻗어 있는지 모르지만 왼쪽 길은 불안해 보였고 오른쪽 길은 평온해 보였다. 각기 두 길을 가고 있는 사람들은 하얀 무명베옷을 입은 것이나 얼굴까지 똑같아 서로 구분이 가지 않았다. 사람마다 얼굴이 제각기 다를 것이 분명했으나, 하나하나 따져보면 각기 다른 얼굴에 다른 눈을 지니고 있을 것임에 틀림없을 것이었으나 한결같아 보였다. 하나같이 흰 무명베옷 차림에 똑같은 얼굴들이었다. 불현듯 왼쪽 길이 크게 술렁이며 광풍 같은 분노와 비탄의 바람이 일어났다. 광풍 같은 분노와 비탄의 바람을 타고 한 얼굴이 또렷이 나타났다. 그이, 병산이었다. 진달래꽃 길 사이 저 산등성이 너머를 찌르듯 손으로 가리키며 분노의 함성을 질러댔다. 다 함께 가야 한다고, 다 함께 가야만 살 길이 열린다고, 목이 터져라 외쳐댔다. 그런 그이의 얼굴이 매우 슬퍼보였다. 자기를 믿어주지 않는 세상이 원망스러웠던 것인가.

"여보 저는 당신을 믿어요. 당신은 세상을 구하고자 하는 일념밖에 없잖아요. 당신의 혁명이야말로 세상을 구할 수 있는 유일한 방편임을 저는 알아요. 세상은 당신이 기획한 대로 반드시 이루어져야 해요. 분노와 비탄은 앞길을 망칠뿐 아무 도움이 되지 않을 거예요. 슬픔을 거두고 희망을 가지세요. 우리가 가진 것은 희망밖에 없지 않아요. 힘내세요."

그렇게 외쳤으나 목소리가 나오지 않았다. 답답해 가슴을 쥐어뜯었으나 생각만 간절할 뿐 말이 되어 나오지 않았다.

"세상의 물산은 한정되어 있는데, 권력을 쥔 자와 부유한 자는 많이 차지하고 못 배우고 가난한 사람은 적게 차지하여, 많이 차지한 부자는 호의호식하고 적게 차지한 가난한 자는 한데서 떨며 굶주려야 한다니 이게 말이 돼?"

"물론 안 되지요."

"그래, 고루 나누어 차별을 없애야 서러움도 한도 없는, 누구나 평온한 세상을 누릴 수 있어."

"그래요. 한정된 세상 물산을 누군가 술수를 부려 많이 차지해버리면 순수한 누군가는 반드시 적게 차지하게 되는데, 이게 세상의 순리라고 할 수 있겠어요. 세상이 부지런한 사람의 것과 가난한 사람의 것으로 나뉘어 있다면 모르지만, 좀 부지런했다고 많이 차지하고 좀 게

을렀다고 적게 차지해야 한다면 이건 순리가 아니지요. 하느님의 것이니 고루 나누어 가져야 순리 아니겠어요."

비통해하는 그이를 위로하기 위해 은희는 평소 그이가 입에 달고 살던 주장을 크게 외쳐 들려주었다. 그러나 목소리가 터져 나오지 않았다.

"주인이 따로 없이 다 함께 일하고 다 함께 고루 나누어 갖는, 억울한 사람도 서러운 사람도 없는 그런 나라, 우리나라는 그런 나라가 되어야 해."

"누가 아니래요. 우리가 이 몸을 바쳐서라도 반드시 그런 평온한 세상을 만들어 자손만대에 물려주어야 해요."

이전에 입에 달고 살다시피 했던 말을 되풀이하며 둘은 의기투합했다.

"그래. 당신이 고생스럽더라도 이겨내야 해."

진달래꽃 산등성이에 이르자 그이는 뒤돌아서서 마지막 작별인사인가, 손을 흔들었다. 불현듯 은희는 다급해졌다. 작별이라니, 그건 안 될 말이었다. 돌아오라고, 가면 안 된다고, 은희는 다급하게 손짓하며 부르짖었다. 그러나 생각만 간절할 뿐 소리가 되어 나오지 않았다. 손가락 하나 꿈쩍하지 않았다. 목이 터지라고 외쳐 불렀지만 절박한 은희의 마음이 가 닿지 않은 듯 병산은 몸을 돌렸다. 병산의 몸이 진달래꽃 길 너머로 다리로부터 허리로 가슴으로 그리고 마침내 머리끝을 마지막으로 꼴깍 사라지고 말았다. 가슴을 쥐어뜯고 울부짖으며 불러도 그이는 다시 돌아오지 않았다.

30

낯선 집의 낯선 방에서 은희는 그이를 외쳐 부르다 눈을 떴다. 베갯잇이 촉촉이 젖어 있었다. 어느새 아침이 와 있었다. 방 밖의 동정에 귀를 기울였다. 아무 기척이 없었다. 시댁 쪽으로 먼 친척이 되는 이 집에 오기까지 몇 집을 돌았던가. 며칠만 쉬도록 부탁했으나 들르는 집마다 경계하며 손사래를 쳤다. 아마 조직을 통해서 병산의 검거 사실이 은밀히 전해졌을 것이다. 급할 때마다 아지트로 사용하던 국가기관 관장댁에서는 출입하는 사람이 많아 도리어 위험할 것이라며 옷가지와 얼마간의 돈을 챙겨주며 미안하다고 했다. 옷을 갈아입고 나가 안경을 사서 끼고 가까이 지내던 동지 집을 찾아갔다. 내외가 다 형제처럼 지내던 사이였으나 의외로 쌀쌀하게 대했다.

"우리 처지도 좀 생각해주세요."

애걸하는 말투가 아니라도, 왜 아니겠는가. 우환덩어리를 누가 집에 들이고 싶겠는가. 서운했지만, 발길을 돌릴 수밖에 없었다. 다른 동지 집을 더 찾아간들 반가워할 사람 아무도 없을 것 같았다. 평소에는 간이라도 빼줄 것처럼 곰살갑게 굴며 대접이 융숭했지만, 어떤 재앙을 불러들일지 모를 위험한 존재를 누가 반색하겠는가.

후암동 이설희 아지트를 찾아갔다. 아픔을 함께 나눌 수 있는 상대라면 이설희 말고 누가 있겠는가. 은희의 설움을 가장 잘 알고 다둑거리거나 쓰다듬어줄 것 같았다. 그런데 이설희 아지트는 텅 비어 있었다. 방이며 부엌 어디에도 세간 하나 없었다. 방문을 열자 놀란 쥐가 후다닥 달아났다. 비운 지 오래된 듯 곰팡이 냄새와 냉기가 감돌고 있었다.

당을 찾아갔으나 어디 아는 사람 없는 데 가서 한동안 은신하고 있으라는 권유를 할 따름, 방편을 일러주는 사람은 없었다. 절망적인 마음으로 어느 이름 모를 무덤 앞에 쪼그리고 앉아 번민에 사로잡혀 있던 그녀는 해가 뉘엿뉘엿 저갈 무렵 가까스로 몸을 일으키고 병산의 친척집을 찾아갔다. 사정을 말하니 혀를 쯧쯧 차며 측은한 표정으로 곁방을 내주며 마음 놓고 지내라고 했다.

어디서 어떤 지옥을 겪고 있는 것일까. 이미 처형되어 아무 데나 버려진 것은 아닐까. 생사 여부도 생사 여부려니와 행방을 알 수 없는 것이 무엇보다 절박하고 답답했다. 그러나 검거된 당 간부의 행방을 알아내려는 것은 자신의 안위를 걸지 않고서는 감히 할 수 없는 위험을 동반한 일에 다름 아니었다. 게다가 자칫 당에 불꽃이라도 튈까 우려하여 엄중 경계하는 일이기도 했다. 걱정으로 은희는 물 한 모금 제대로 넘기지 못했다. 슬픔과 걱정으로 지새며 가을 풀처럼 시들어갔다. 그러나 사촌 시누이의 지극정성 수발이 미안해 받아먹는 시늉을 한 것이 그나마 효험이 있었던지 며칠 사이 몸이 좀 가벼워졌다. 그이가 어떤 기관에 잡혀간 것인지, 어디에서 무슨 고초를 겪고 있는 것인지, 행방도 알 수 없고 구출해낼 방법 또한 막막한 은희는 그이에 대한 걱정과 근심으로 살아 있는 것 같지 않은 나날을 하릴없이 보낼 수밖에 없었다.

그러나 그이라면 내가 지금 무엇을 어떻게 하기를 바랄까, 문득 생각이 거기에 미친 순간 은희는 화들짝 놀랐다. 그렇지, 잠시도 당적 임무를 소홀히 해서는 안 된다는 평소 그이의 말이 어깨를 탁 쳤다. 은희는 뒤늦게 자신이 중대한 당적 임무를 소홀히 하고 있었다는 사실을 깨닫고 혼비백산했다.

그날 저녁, 어스름을 타고 은희는 은신처를 나섰다. 비가 부슬부슬 내리고 있었다. 평범한 검정 옷차림에 우산으로 얼굴을 가리고 남산 아래 후암동에서 걸어서 명륜동 옛집으로 갔다. 동숭동 뒷길로 접어들 무렵 통행금지 사이렌이 울렸다. 순시경찰의 눈을 피해 골목길로 들어가 발소리를 죽이며 걸음을 옮겨놓았다. 소리를 죽이려고 애를 태웠으나 어떻게나 발소리가 크게 울리는지 간이 콩알만 하게 얼어붙었다. 혜화동 큰길을 건널 때는 죽을 각오를 하고 뛰었다. 작은 골목으로 스며들고 나자 살았다 싶었다. 그러자 뒤늦게 이마에 식은땀이 났다. 가까스로 숨을 죽이고 명륜동으로 접어들어 옛집 앞에 당도했다.

몇 집 건너 이웃집 담벼락에 몸을 붙이고 주위 동정을 세심히 살폈다. 통행금지 시간이므로 오고 가는 사람은 없었다. 하지만 인근에 사는 사람의 눈에 띄어 좋을 일은 없었다. 인적이 전혀 없는 것을 확인한 다음 옛집으로 다가갔다. 조심스럽게 대문을 밀어보았다. 대문은 꼼짝하지 않았다. 대문을 열지 않고 집 안으로 들어갈 방법이 없을까. 집을 한 바퀴 둘러본 은희는 낙담이 컸다. 담을 넘지 않고서는 집 안에 들어갈 방법이 없는 것으로 보였기 때문이다. '당원에게는 불가능이란 없다.' 순간 그이가 뜨거운 입김을 내뿜으며 귀에 대고 속삭였다. 정신을 가다듬은 은희는 담이 낮은 데를 찾아 다시 나섰다. 지붕과 맞닿아 있는 뒷담이 아무래도 가장 만만해 보였다. 돌을 들어다 쌓은 다음 그것을 딛고 팔에 힘을 주어 지붕으로 올라갔다. 기왓장을 밟고 발을 옮길 때마다 간이 콩알만 하게 졸아들었다. 장독대 옆에서 뛰어내렸다. 살금살금 도둑걸음으로 장독대로 다가갔다. 은희가 쓰던 항아리가 제

위치에 그대로 놓여 있었다. 가운데 어름의 작은 감 항아리를 열고 손을 넣어 더듬었다. 종잇장이 손에 잡혔다. 순간 은희는 '하느님 고맙습니다' 하고 속으로 외쳤다. 비밀문건을 꺼내 허리춤에 간수한 은희는 들어왔던 뒷담으로 가서 장독대 돌을 딛고 담장 위로 올라갔다. 집에서 나와 한길에 이르렀을 즈음 벌써 통행금지 해제 사이렌이 울렸다.

은신처에 돌아와 비밀문건을 펴본 은희는 다시 '하느님 감사합니다'를 속으로 외쳤다. 경찰의 가택수색이 촘촘하여 이 서류가 그들 손에 들어갔다면 조직은 회복 불능의 타격을 입었을 것이 명확했다. 생각만으로도 모골이 송연했다. 그동안 조직이 별 움직임 없이 조용한 것으로 보아 비밀문건이 발각되지는 않았으리라 짐작은 하고 있었으나 막상 실물을 손에 쥐고 보니 안도감에 도리어 맥이 풀리는 것 같았다. 비밀문건에는 당 간부와 공작원 명단을 비롯해 지하공작업무 등 사업 계획이 깨알같이 박혀 있었다.

조직에 비밀문건 확보를 알리는 것이 급선무였다. 병산이 당국에 체포되자 그동안 병산에게 포섭됐던 공무원들이 공포에 떨고 있었다. 비밀문건이 당국에 발각되어 명단이 공개될 경우 북으로 넘어가지 않고서는 살 길을 찾을 수 없다고 생각한 이들은 이런저런 핑계를 대며 결근으로 하루하루를 버티고 있었다. 이들에게 이제 숨통이 트였던 것이다. 비밀문건 확보 소식을 접한 포섭 공무원들은 가까스로 출근을 재개했다.

31

'혁명은 조선의 위대한 미래'라고 했다. 조선의 위대한 미래는 혁명이 뿌린 씨앗의 결실을 거두며 모든 인민이 평등하고 풍족하며 화기애애하게 살아갈 수 있는 희망의 땅이 될 것이라고 했다. 혁명은 우리 당의 지상 명령으로 반드시 성취해야 할 목표였다. 혁명은 기존의 국가 경영 방식인 법과 제도를 허물고 새로운 법과 제도로 국가를 경영하는 것을 전제로 했다. 삶의 준거 틀인 법과 제도에 하자가 발견되었을 경우 그 하자를 바로잡기 위한 개선책은 당연히 강구되어야 하는 것이다. 그러나 그 개선책은 반드시 현재의 법과 제도가 정하고 있는 틀 안에서 강구되고 시행되어야 한다는 점을 전제로 하기 마련이다. 그러나 우리 당은 그런 점진적이고 미온적인 개선책을 용납하지 않는다. 기존의 삶의 기본 틀인 모든 법과 제도를 갈아엎고 천대받던 노동자 농민이 세상의 주인이 되는 세상을 만들기 위해 준비된 새로운 법을 시행하고자 하는 것이다. 혁명이란 우리로서는 우리의 이상을 꽃 피우고자 하는 열망의 다른 표현에 지나지 않지만 기존의 법과 제도 아래서 살고 있는 사람들에게는 청천벽력과 다름없는, 흔히 말해 반역적 행위로 치부됐던 것이다. 그러므로 기존의 법과 제도에서 별다른 불편을 느끼지 않고 살아가고 있는 사람들에게 우리는 적이거나 더 심하게 말하면 역적에 다름 아닌 셈이었다.

즉 우리는 제도 밖의 존재들이었다. 이 제도 밖의 위험한 존재들은 경계와 감시의 대상이었다. 이 불법적 존재는 박멸해야 할 병원체와 다름없는 위험인자였다. 그러므로 우리 당은 어떤 명시적 행동도 불가능했다. 은밀하고 암묵적인 움직임 이상의 행동은 허용되지 않았다. 따라서 당의 중요 간부가 체포되었음에도 그 행방을 알아내는 데는 심한 제약이 따랐다.

은희가 아무리 애간장을 태우고 발을 동동 구르며 병산의 행방을 알아내고 싶어도 방법이 없었다. 조직의 중요 간부인 병산의 행방을 탐문하고 다니는 사람은 열에 아홉 조직원으로 찍혀 검거될 것이 뻔한데 누가 섶을 지고 불로 뛰어드는 그런 위험한 일에 선불리 나서겠는가. 시도 때도 없이 눈에 눈물을 달고 사는 은희를 딱하게 여긴 한 비당원 공작원은 부인이 애지중지하는 피아노를 팔아 경비를 쓰며 병산의 행방을 탐색하고 다니다 엉뚱하게 체포되고 말았다.

제분공장을 경영하던 한 당원이 큰돈을 들여 병산의 행방을 백방으로 탐문하고 다니던 끝에 간신히 소재지를 알아냈다. 무려 석 달 만에 가까스로 병산의 행방을 알아냈던 것이다. 그러나 짐짓 모르고 지내는 편이 은희로서는 더 마음 편했을 것 같았다. 사형 언도를 받고 육군형무소에 수감 중이라는 것이었다.

주위의 걱정과 달리 그 소식을 접한 은희는 전혀 낙담하거나 절망하지 않았다. 살아 있다는 사실이 중요한 것 아닌가. 도리어 눈물을 그치고 기운을 차렸다. 이미 죽어 세상에 없는 것이 아닌가 걱정하던 은희는 절망감에서 벗어나 다시 만날 수 있으리라는 희망에 기운을 차렸다.

은희는 곧 나들이에 나섰다. 나들이 때마다 옷차림을 바꾸고 머리 모양도 달리했다. 용의주도하게 다른 사람의 신분증에 사진을 바꿔 붙여 지니고 다녔다. 그 신분증의 이름을 익히기 위해 길을 가면서도 입속으로 중얼거리고는 했다. 은희는 병산과 친분이 두텁던 평화일보 정치부장 신용우를 찾아가 통사정을 했다. 정치부장 신용우가 어떻게 손을 썼던지, 육군형무소에서 면회를 할 수 있도록 주선해주었다. 어렵게 이루어진 면회는 그러나 단 2분 만에 끝나고 말았다. 병산과 은희만이 알아듣는 밀어를 주고받는 것을 옆에서 지켜보던 헌병이 수상하게 여기고 면회를 중지시켰던 것이다. 은희는 끌려 나오면서도 몇 번이나 병산을 돌아보았다. 아쉬웠지만 살아 있는 모습을 본 것만으로도 하늘에 감사드렸다.

면회에 성공한 것을 조직에서는 높이 평가했다.

"여하한 방법을 써서라도 김 동무를 구출하시오."

조직에서 호출해 아지트로 갔더니 중앙당 간부가 1백만 환을 은희 앞에 내놓으며 눈에 힘을 주고 말했다. 공산통일 후를 대비한 기업가 김만식이 기부한 거금이라고 했다. 병산을 구출해낼 수 있는 튼튼한 동아줄이라도 잡은 듯 은희는 기쁨을 감추지 못했다.

방편을 궁리하던 은희는 다시 평화일보 정치부장 신용우를 찾아갔다. 정치부장에게 그 돈을 몽땅 내놓고 그이의 구명을 호소했다. 불가능할 것이라며 고개를 저으면서도, 마지못해 해보기는 하겠다던 정치부장을 믿고 돈을 맡기고 나왔다. 역시 불가능한 일이었던지 두어 달이나 애면글면 마음만 졸였지 성사될 것 같지 않았다. 하지만 역시 돈이란 불가능한 것을 가능하게 만드는 요술 같은 힘을 발휘하는 것이 맞는 모양이었다. 육군형무소에 사형수로 수감되어 있던 김병산은 일반 장기수로 형이 감경되어 마포형무소로 이감되었다. 경찰의 신경망에 어떤 수상한 점이 포착되었던 것일까. 이런 반가운 소식에 들떠 있던 은희는 마포형무소에 면회 한번 가보지 못하고 4월 어느 어름, 진달래꽃이 남산 등성이를 연분홍으로 곱게 물들여갈 무렵 경찰에 체포되고 말았다.

성북경찰서 사찰계로 연행된 은희는 엄중한 취조를 받았다.

조직에서 교육받은 대로 검거됐을 시의 대응요령을 적절히 구사하며 취조에 응했다. 구타나 몽둥이찜질 따위는 으레 겪기 마련이라 각오하고 있었으므로 가볍게 견뎌냈다. 소지하고 있던 가짜 신분증을 토대로 관련 사항을 미리 숙지하고 있었으나 가급적 더듬거리거나 일자무식에 바보 비슷한 행세로 신문을 피해 나갔다. 은희가 세 들어 사는 집 주인으로부터 혼자 사는 과수댁이라는 것과 이렇다 할 수상한 점을 발견하지 못했다는 말을 듣고 온 경찰관은 결국 한 달 만에 은희를 풀어주었다. 본명이 무엇인지 남편이 누구인지, 호구지책이 무엇인지 신분상 중요한 사항을 하나도 불지 않고 무사히 풀려난 것에 은희는 쾌재를 불렀다. '승리는 고통 끝에 온다.' 병산의 평소 신념을 상기하며 그이의 뜻에 맞게 행동한 것 같아 속으로 흐뭇했다. 한 고비 위기를 넘긴 은희는 병산의 말대로 공산주의 혁명만이 조국과 민족을 위한 유일한 애국애족의 길이라면 앞으로 닥칠지도 모를 어떤 고난도 이겨내리라는 각오를 새롭게 다졌다.

32

다르게 살고자 하는 사람은 다른 세상을 만들어야 한다. 이런 세상이 아닌 저런 세상을 따로 만들어야 한다. 이런 세상과 저런 세상은 사람 사는 기본 틀을 각기 달리한다. 사람 사는 방법은 법과 제도가 정하고 있는데, 이런 세상과 저런 세상은 그 법과 제도가 각기 다른 것이다. 이 세상에서 옳게 여기는 것을 저 세상에서는 그르게 생각하기도 하고 이 세상에서 의롭게 생각하는 인물을 저 세상에서는 해롭게 여기기도 한다. 이 세상에서는 불의로 금기시하는 것을 저 세상에서는 정의라며 권장하기도 한다. 이 세상에 사는 사람들은 저 세상을 두려워하고 경계한다. 사람이 먹고 입고 자고 사랑하는 것은 똑 같은데, 이 세상 사람과 저 세상 사람의 생각이 이렇듯 다른 까닭이 무엇일까. 두 세상 다 사람 살이를 중심으로 제도를 운영해 가야 옳은 것 아닐까.

감옥은 죄지은 사람을 가두어놓고 벌을 주고 교화시키는 인류문화의 소산일 터였다. 제도 운영상 필수적인 정치시설일 것이다. 제도 운영상 필수적 시설이라면 거기에는 당연히 인류의 경험과 문화적 이유가 내포되어 있을 것이다. 감옥이 있어야 하는 당연한 인류의 경험과 문화적 이유가 무엇일까. 인류문화 발달은 이전 사람과 다르게 생각하는 선각자들에 의해 새롭게 열려오고는 했다는 사실을 역사는 여러 페이지에 걸쳐 기록하고 있다. 이 선각자들의 다른 생각은 나중에 세상의 공인을 받기 전까지는 핍박을 당하고 고초를 겪으며 세상을 한동안 가치관의 혼란 속에 몰아넣기도 했다. 이 선각자들에게 고초를 겪게 하고 처벌을 가하는 시설로서 감옥이 유효하게 쓰여온 것을 은희는 알고 있었다. 이 선각자들을 가두고 처벌하는 시설로서의 감옥을 사람들은 어떻게 생각하고 평가하고 있을까. 인류 경험이 형성한 인간 생활의 기본을 이루는 기존의 문화와 문명의 유지와 발달을 저해하는 독소로 판단된다고 하여 선각자를 반드시 처벌해야만 되는 것인가. 기존의 가치관을 뒤엎고 세상을 어지럽힌다고 하여 선각자를 범죄자 다루듯 형벌에 처하거나 감옥에 가둬 다스린다면 인류 문화 발달이 계속 순조롭게 지속될 수 있겠는가.

이와 마찬가지로 세상을 새롭게 고쳐보려는 순수한 의욕에 사로잡혀 자기희생을 마다하지 않는 공산당을 억압하는 도구로 감옥이 사용되는 것 또한 잘못 아닐까. 인간 생활의 평화적 유지를 해치는 독소, 질서파괴, 약탈, 살인 등 범죄를 다스리기 위해 운영하는 제도적 시설이 감옥이라면 슬픔과 비탄으로 신음하고 있는 세상을 노래 부르는 낙원으로 만들어보겠다는 일념으로 가진 재산, 편안한 생활, 개인의 기쁨과 안락을 돌보지 않고 오로지 국가와 민족의 앞날에 모든 것을 다 바치려는 이들 공산당원을 잡아 가두고 처벌하는 것은 모순이 아닐까. 이상과 포부를 달리 갖고 있다고 잡아 가두고 처벌하는 이런 감옥은 야만적 사상이 만들어낸 형벌의 도구일 뿐이지 어찌 현대 정치의 인류 문화적 시설이라 할 수 있겠는가.

증거를 찾아내지 못해 풀어주기는 했지만 은희로부터 무슨 기미를 느끼고 있었던 것일까. 경찰은 계속 감시와 미행의 끈을 놓지 않았다. 경찰 또한 그들 나름 촉수를 지니고 있으리라. 그 촉수가 은희를 미끼로 대어를 낚을 수 있으리라는 기대를 버리지 못하게 작동을 계속하고 있는 모양이었다.

사형수에서 장기수로 감경되어 마포형무소에 이감되어 있는 병산에 대한 걱정으로 은희는 한시도 마음 편할 때가 없었다. 감시의 눈을 분별해두기 위해 일부러 가게 나들이를 하거나 동네를 몇 바퀴 돌아 집으로 오기도 했다. 신변에 위험이 도사리고 있음을 통지해둔 터이므로 조직원은 일체 발길을 끊었다.

어느 날 주인집 아주머니로 변장한 은희는 드디어 집을 나섰다. 미행을 피해 골목을 여기저기 돌아들기도 나가기도 하며 걸음을 재촉했다. 애오개를 너머 마포형무소를 향해 걸음을 서둘렀다. 미행은 없었다. 그이를 볼 수 있으리라는 기대로 발걸음이 날아가는 것처럼 가벼웠다. 그러나 마포형무소에 도착해 면회 신청을 한 은희는 그만 주저앉고 말았다.

마포형무소에 수감되어 있는 동료 죄수들에게 새 세상의 도래를 널리 알리려던 병산은 옥내투쟁 주모자로 체포되었고 중죄인을 수용하는 광주형무소로 이감되었다는 것이었다.

은희는 셋방으로 돌아가지 않았다. 바로 이화동 영순이 집을 찾아갔다.

영순은 은희를 반갑게 맞았다. 차를 내오고 과일을 깎아 권하기도 했다.

"그래, 잘 지냈지?"

찻잔을 비워갈 즈음 영순이 말문을 열었다.

"영순이 너만큼 잘 지내기야 했겠어. 늘 혁명 사업에 눈코 뜰 새 없이 지냈지."

"혁명 사업에 눈코 뜰 새 없이 지내다니?"

"우리 그이와 김 사장은 교류가 있는 것으로 아는데, 넌 몰랐니?"

"우리 김 사장과 김 선생이 몇 번 만난 것은 들었어. 하지만 너까지?"

"부부가 일심동체라는데 하는 일도 그렇지 않겠어. 그건 그렇고 우리 그이가 지금 광주형무소에 수감 중이야. 그래서 찾아왔어."

"뭐, 광주형무소에?"

영순은 금세 얼굴이 핼쑥해졌다. 뒤로 물러앉으며 은희를 두렵고 성가시다는 눈으로 쳐다보았다.

"김 사장한테 전화 한번 넣어줘."

"김 사장한테 전화를?"

목소리에 가시가 돋혀 있었다.

"급히 의논할 일이 있어."

"우리 그이에게 의논할 일이 있다니?"

"일단 전화 좀 넣어줘."

은희가 다그치자 영순은 경계하는 빛을 감추지 않고 그러나 내키지 않는 표정으로 다이얼을 돌렸다. 영순은 은희가 집에 와 있다며 의논할 일이 있다니 전화를 한번 받아보라고 했다.

"그이가 지금 광주형무소에 수감 중인데, 빼내려면 아무래도 돈이 좀 들 것 같아서 찾아왔습니다."

"저도 들어 알고 있습니다만, 웬만한 돈으로는 안 될 텐데, 그만한 돈이 어디 쉽겠습니까."

"김 사장님 힘이면 가능하지 않을까 해서 믿고 찾아왔습니다."

"어렵겠습니다. 요즘 불경기가 워낙 심해 회사 운영도 힘듭니다."

"쉬운 일이라면 김 사장님께 부탁드리려 왔겠습니까."

"저는 힘들겠습니다. 살려주십시오."

은희는 잠시 말을 멈추고 뜸을 들였다. 숨을 한 차례 고른 다음 목소리를 진중하게 가다듬고 말문을 열었다.

"그럼 잘 알겠습니다. 협조란 자발적인 데가 있어야 하는 것인데, 그렇지 않은 경우 뒤탈이 나기 마련일 것입니다. 하지만, 김 사장님의 자필 서류 몇 가지가 저희 손에 있다는 사실은 잊지 않으셔야 할 것입니다."

"압니다. 알고 있습니다. 그래도 힘든 것을 힘들다고 해야지 거짓말은 할 수 없지 않겠습니까."

"그리고 김 사장님께만 귀띔하는 것이지만, 곧 장군님이 서울을 해방시킬 것이라니 대비하시기 바랍니다."

"아, 그렇군요. 제가 힘들더라도 애는 써보겠습니다. 하루 이틀 말미를 주시면 감당할 수 있는 만큼 마련해보겠습니다. 이틀 후 이 번호로 다시 전화 주시기 바랍니다."

자필서류라는 최후의 카드를 꺼낸 것이 주효했던지, 아니면 장군님이 곧 서울을 해방시킬 것이라는 막연한 기대로 해본 허언이 먹혔던 것인지 김호경 사장은 태도를 일변했다.

"그럼 부탁합니다."

은희는 전화를 끊고 영순을 돌아보았다. 영순은 미처 분을 삭이지 못한 얼굴로 은희를 노려보고 있었다. 그러거나 말거나 영순을 무시한 은희는 전화번호를 적은 쪽지를 챙겨들고 인사도 없이 총총히 영순의 집을 빠져나왔다. 며칠 후 광주로 내려가는 기차에 탑승한 은희는 줄곧 가슴이 설레었다. 시선은 차창 밖에 던져져 있었으나 풍경은 하나도 눈에 들어오지 않았다. 중범으로 분류된 사상범은 면회가 되지 않을지도 모르리라는 동지들의 귀띔이 있었으나 그이가 있는 곳과 가까워지고 있다는 사실만으로도 가슴이 뛰었다. 반드시 만날 수 있으리라는 터무니없는 기대로 가슴이 부풀어 올랐다. 무엇보다 당에 돌고 있는 장군님이 곧 서울을 해방시킬 것이라는 소식을 한시바삐 그이에게 전하고 싶었다.

어젯밤 북아현동 당 아지트는 흥분의 도가니였다. 남한 해방혁명을 위한 모든 준비를 완료한 인민군이 38선 인근에 배치되어 장군의 지시가 떨어지기만을 기다리고 있다며 흥분을 감추지 못했다. 오로지 그날이 올 것을 확신하며 가진 것을 모두 바쳐 준비해온 그이의 소원성취의 순간이 눈앞에 와 있다는 말을 들으면 얼마나 흐뭇해할까. 남조선에 해방혁명을 성취하다니, 그이와 우리가 그토록 바라고 원하던 세상을 실현시키게 되었다니, 이보다 기쁘고 보람 있는 일이 어디 있겠는가. 그 소식만으로도 그동안 치른 고생과 고통을 다 보상받고 남음이 있는 것 같았다.

요행을 바라며 광주로 내려간 은희에게 요행의 기회는 주어지지 않았다. 중죄인은 면회가 힘들 것이라 귀띔하던 동지의 말이 현실이었다. 그러나 쉽사리 단념할 수는 없었다. 요행의 기회는 아주 엉뚱한 데서 올 수도 있다고 믿고 있었다. 세상일이란 예측할 수 없는 많은 변수들이 작용하며 윤회하거나 나선형으로 또는 혼돈상태로 나타나기도 하는 것이다. 그러므로 사람이 살아가는 데는 '기다림'보다 효험 높은 특효약은 없는 것이다.

은희는 형무소 부근에 방을 얻은 다음 백방으로 면회 방법을 탐색하고 다녔다. 형무소와 길을 사이에 두고 면회 오는 사람들을 상대로 장사를 하고 있는 식당이며 점방을 의식적으로 드나들며 주인들에게 말을 붙이고 낯을 익혔다. 남편이 억울한 누명을 쓰고 형무소에 갇혀 고생하고 있다는 하소연에 듣는 이들마다 혀를 쯧쯧 차며 동정을 금치 않았다. 드디어 몇 번 드나든 식당 주인이 은희를 가엾게 여겼던지 발 벗고 나섰다. 기다림과 요행이 효력을 나타냈던지 식당 주인이 형무소 서무주임으로 있는 고향 진주 사람을 소개해주었다.

어릴 때부터 나이 들어가면서 보고 겪은 일 하나하나와 연관을 가진 산, 강, 마을, 어른들, 잊히지 않는 추억과 엮여 있는 동무들, 가슴속에 항상 촉촉이 젖어 있는 고향 풍광에 대해 몇 마디 주고받지 않아 소개받은 자리에서 서로 믿음이 생겼다. 특히 들을수록 정다운 사투리라니, 마치 십년지기나 되는 것처럼 쉽사리 친근한 사이가 되었다. 준비해 간 돈도 적당히 찔러주었다. 서무주임의 적극적인 주선으로 마침내 그이와의 면회가 이루어졌다.

간수가 지켜보고 있었으나 은희는 개의치 않고 그이의 손을 꼬옥 잡았다. 광대뼈가 도드라진 누런 얼굴에 가슴이 미어졌다. 영양실조로 살가죽만 남아 있었다. 눈빛이 살아 있지 않았다면 죽어가는 사람 취급받아도 쌀 것 같았다. 어느새 눈물이 은희의 양 볼을 타고 주르륵 흘러내렸다. 병산이 말없이 뼈만 앙상한 손으로 은희의 눈물을 훔쳐주었다.

"눈물을 보여 미안해요. 잘 견디고 있는데……."

"나도 할 일 하면서 잘 지내고 있으니, 걱정하지 않아도 되오."

서로 안부를 교환하고 건강을 걱정하며 대비를 잘 할 것을 당부한 다음 은희는 목소리를 낮추고, 준비해 온 말을 꺼내놓았다.

"곧 해방군이 내려온답니다."

그들만 통하는 암어로 해방소식을 알렸다.

"그렇다면, 더욱 조심해야 할 게요."

당연히 뛸 듯이 기뻐하리라 생각했는데, 병산은 별로 기쁜 내색이 아니었다.

"무턱대고 좋아라 할 것이 아니라, 눈을 똑바로 뜨고 잘 살펴 매사 신중히 대응해야 할 게요. 그러면 살길이 열리겠지만, 그렇지 않고 자칫 실수할 경우 큰 봉변을 당할게요."

"해방이 되면 당신과 함께할 걸, 제가 무슨 다른 걱정할 게 있겠어요."

"그것도 두고 봐야 할 거요. 모든 일이 이전보다 복잡해지리라는 점만 명심하면 큰 실수는 없을 것이오."

새로운 세상이 열리면 새로운 위험과 새로운 걱정이 닥칠 것이니 조심해야 살아 남을 수 있다니, 알다가도 모를 말이었다. 우리가 그토록 고대하던 우리의 세상이 도래하는데 그 준비를 위해 투쟁해온 우리가 조심을 해야 한다니, 그냥 해본 당부려니 생각했다. 하지만 지금까지 살아오는 동안 그이의 말이 언제 한 번이라도 틀린 적 있었던가. 다른 사람에게는 어떻게 들릴지 모를 말도 그이의 입을 통해 나온 것이라면 은희에게는 진실 아닌 것이 하나 없었다. 당부대로, 몸조심하겠으니 반드시 살아서 함께 해방을 누려야 한다고 거듭거듭 다짐을 두었다. 가슴이 복받쳐 눈물이 솟구쳐 올랐다. 이를 악물고 참았으나 흐르는 눈물은 어쩔 수가 없었다. 혁명가의 아내가 눈물을 보이다니 당치 않은 일이었다. 그러나 부여잡은 손을 놓지 못한 채 여한 없이 눈물을 흘렸다. 면회를 마치기 전 비타민 등 준비해 간 약품과 한 달 분 고깃국 값을 서무과에 맡겨두었다고 했다.

"공연한 짓을 했소. 수백 명의 동지들이 함께 있는데 어찌 나만 고깃국을 먹겠소. 그 돈을 찾아 당신 약이나 사 먹도록 하시오."

은희는 병산의 말을 귓등으로 흘려듣고 형무소를 그냥 나왔다.

병산의 손을 부여잡고 지닌 눈물을 다 쏟아 더 나올 눈물이 없으련만 형무소를 등지고 걸음을 떼놓는 순간 또 눈물이 비 오듯 쏟아졌다. 어쩔 수 없이 호젓한 골목을 찾아 들어간 은희는 담벼락에 기대앉아 펑펑 소리 내 울었다.

서울로 돌아온 은희는 병산을 구출하기 위한 여러 가지 방법을 모색하고 다녔다. 탈옥은 불가능한 것으로 판단되어 단념했다. 대신 해방전쟁이 일어나면 구출할 방법이 있으리라는 조직원의 귀띔을 듣고 그녀는 그때까지 병산의 연명 방법과 해방전쟁이 일어날 때를 대비하여 병산의 뒤를 봐줄 사람을 찾아 백방으로 나섰다. 그러나 해방전쟁은 그녀를 기다려주지 않았다. 병산을 구출할 방법을 찾아 동분서주하던 어느 날 불현듯 해방전쟁이 터지고 말았던 것이다.

33

무명 치마저고리에 무명 수건을 머리에 질끈 묶고 옷가지를 넣은 가벼운 봇짐을 등에다 멨다. 어제 나를 본 사람은 오늘의 나를 알아보지 못하려니 생각하니 설핏 웃음이 났다. 매일 옷차림과 머리 모양을 달리하고 나가니 알아보는 사람이 드물 것이라 생각하며 막 집을 나서려는데, 골목에서 인기척이 났다. 인기척이 사라지기를 기다리며 문밖에 귀를 기울이고 있는데, 다가온 인기척이 대문을 두드렸다. 두 번 세 번 세 번 두 번, 동지들 사이에 암묵적으로 통하는 신호였다.

"연통을 받았습니까?"

대문을 열자 들어온 젊은 당원 동지가 나들이 차림을 한 은희를 쳐다보며 물었다.

"연통을 받다니 무슨 연통을 말입니까?"

"지금 장충동 아지트에 가는 길 아닙니까?"

"아니, 고향 사람 만나러 가는 길입니다."

"연락 가능한 동지는 모두 장충동 아지트에 집결하라는 조직의 하달이 있었습니다. 일단 아지트에 들렀다가 볼일을 보지요."

마침 외출하려던 은희는 잘됐다는 생각이 없지 않았다. 집을 나선 은희는 몇 걸음 앞서 가고 있는 당원의 뒷모습을 살피며 아리랑고개를 넘었다. 돈암동에서 당원 동지를 따라 버스를 탄 은희는 동대문에서 내렸다. 서울운동장을 지나 앞서 걷고 있는 당원 동지를 눈에서 놓치지 않으려 걸음을 서두르다 보니 어느새 장충동에 이르러 있었다. 2층짜리 목조 적산가옥 아래층 아지트에 들어서니 서른 명 넘게 동지들이 모여 있었다. 동지들 눈에 전에 볼 수 없던 광채가 이글거리고 있었다. 하나같이 광기를 방불케 하는 흥분과 열기에 들떠 있었다.

"연천 동두천을 해방시킨 혁명군이 의정부에 접근하고 있답니다. 내일이나 모레면 서울 해방이 틀림없답니다."

학수고대하던 혁명해방의 때가 온 것인가. 잘못 들은 것이 아니기를 바라며 은희는 재우쳐 확인하였다.

"동무는 그것도 모르고 계셨습니까? 시 당에서 통보가 있었습니다."

키가 멀대같이 큰 홍원 동무가 큰 소리로 대답했다. 감격에 겨운 듯 젊은 당원들은 흥분을 감추지 못하고 덤벙거렸다. 당 중요 간부들 다수는 감옥에 수감되어 있거나 북으로 넘어가 있는 상태였다. 젊은 하급 간부들이 당 아지트 업무를 담당하고 있었다.

"당에서 서울 해방군을 맞이할 준비를 하라는 지시가 내려왔습니다."

"그래, 우리가 무슨 준비를 해야 합니까?"

"시민을 대대적으로 동원해 서울에 입성하는 해방군을 열렬히 환영할 준비를 하라는 시달이 있었습니다."

"반동들이 말을 잘 들을지 모르겠습니다."

옆에 있던 길수가 퉁명스럽게 내뱉었다. 그래, 평소 우리 남로당을 사갈시하고 경계하며 멀리하던 시민들이 북에서 내려온 혁명해방군을 환영하자고 하면 선뜻 따라나설지 의문이 들기는 했다. 하지만 제깟 것들이 새 세상의 위대한 변화를 어찌 거역하겠는가. 어리석은 시민을 깨우쳐 혁명해방의 가치를 알게 하는 것도 당원들이 수행해야 할 중대임무 아닌가. 마음을 가다듬고 시민을 설득하여 혁명해방군 환영 대열에 가급적 많이 동참시켜야 하리라.

"해방군은 아마 파주와 연신내, 그리고 미아리, 청량리 방향으로 진군해오리라 예상하고 있습니다. 당원들은 가급적 많은 시민을 동원해 이들 진입 예상 지역에서 인민군 만세를 부르며 인공기를 흔들고 열렬히 환영하라는 지시가 있었습니다."

"해방혁명군 만세!"

말 수가 적던 길수가 오늘따라 말이 많다고 생각했는데, 불현듯 두 팔을 번쩍 치켜들며 큰 소리로 만세를 불렀다. 옆에 있던 젊은 당원들도 덩달아 인민군 만세! 해방군 만세!를 연이어 외쳤다.

한강호가 언제 준비했던지 인공기를 한 아름 안고 방으로 들어와 책상 위에 부려놓았다. 젊은 당원들이 달려들어 인공기를 펼치고 흔들며 만세를 불러댔다. 갱지로 급조한 인공기는 인쇄가 부실했다. 그러나 붉은 바탕에 흰 별이 또렷한 인공기 형태는 확연했다.

"오늘내일, 혁명군이 서울을 해방시킬 때까지 반동 경찰들 준동이 극렬할 것이라 했습니다. 당원 동지 여러분, 각별히 신변안전에 주의하고 열렬히 해방군을 맞이합시다."

홍원이 아지트를 나서는 당원들에게 신변안전을 주의하도록 당부했다.

젊은 당원들과 마찬가지로 은희 또한 어린아이처럼 들뜬 기분으로 아지트를 나왔다. 감격과 흥분에 겨워 어찌 왔는지 모르게 정릉 친정집에 도착한 은희는 비로소 마음이 턱 놓였다. 감격과 흥분은 때때로 걱정과 우려로 바뀌어 갈마들며 긴장감을 부추기기도 했다. 그럴 리가 없겠지만 혹시라도 혁명해방군이 잘못되기라도 하면 어쩌나 하는 불안감에 초조하기도 했다. 미군은 철수하고 없다 하지만 국방군이 아무 저항 없이 곡으로 서울을 내주겠는가. 그들 또한 혁명해방군에 못지않게 죽음을 무릅쓰고 저항할 것이 틀림없었다. 그러나 소련제 탱크를 앞세운 인민군이 파죽지세로 밀고 내려온다니 국방군이 저항해 본들 그 기세를 어찌 꺾을 수 있겠는가. 방으로 들어간 은희는 어머니를 보자 대뜸 끌어안았다. 영문을 몰라 어리둥절한 어머니는 은희를 밀쳐냈다. 동생도 마찬가지로 의아한 눈으로 쳐다보았다.

"엄마, 우리 세상이 오고 있대."

"우리 세상이 오고 있다니?"

"장군님께서 이미 의정부 인근까지 해방시켰대. 내일이나 모레면 서울까지 해방시킬거래."

"그게 사실이야?"

동생 은애가 은희의 손을 덥석 잡으며 뛸 듯이 기뻐했다.

"그래, 혁명군이 곧 서울을 해방할 거야. 그러면 그이가 말하던 새 세상이 열릴 거야."

"철호와 형부도 돌아오겠네?"

"그럼, 그렇겠지."

막상 그렇게 말해놓고 은희는 순간 풀이 죽고 말았다. 해방군이 남진해오고 있는 것이 우리에게는 축복이지만 남한 반동 정부에게는 재앙이 아니겠는가. 해방군이 서울 진입을 목전에 두고 있는 이런 급박한 상황에 남한 반동 정부에서 감옥에 수감 중인 공산당원을 그냥 수수방관만 하고 있겠는가. 서둘러 사상범들을 처형하고 말지 않겠는가. 그래, 사형선고까지 받은 그이가 무사할 턱이 없었다. 순간 눈앞이 캄캄해졌다. 이를 어쩌면 좋단 말인가. 해방혁명이 그이에게는 기쁨이 아니라 도리어 절망스러운 순간이 되고 마는 것 아닌가. 은희는 절망적으로 고개를 거칠게 저었다.

34

다음 날 아침 은희는 세상이 발칵 뒤집힌 것을 목격하고 어안이 벙

병했다. 정릉천 아랫녘, 미아리 쪽 길이 사람들로 미어터지고 있었다. 머리에 보따리를 인 부녀자, 지게에 진 짐의 무게에 짓눌린 남정네, 가재도구를 실은 리어카를 끄는 가족, 가재도구를 이고 양손에 각기 아이들 손을 잡고 걸음을 재촉하는 여인도 보였다. 이런 사람들이 수유리 쪽으로부터 꾸역꾸역 미아리 고개를 넘어가고 있었다. 일단의 인파는 장위동 안암동 쪽으로도 꼬리를 물고 계속 밀려가고 있었다.

밀려가고 있는 사람들 무리를 바라보며 은희는 속으로 도리질을 해댔다. 전쟁이 무서워 피난을 가고 있는 행색들인데, 인민을 해방하기 위해 내려오는 혁명군을 왜 무서워해야 한단 말인가. 혁명군이 제공할 축복받은 새 세상에서 함께 행복을 누리지 않고 도망을 치고 있다니, 저런 어리석은 사람들이 어디 있겠는가.

전쟁이란 속성상 인명이 희생되기 마련일 것이리라. 국방군과 해방군의 교전이 어디서 불시에 전개될지 모를 일이기는 했다. 교전이 붙을 경우 군인은 말할 것도 없고 일반인의 생명 또한 무사할 수 있을지 누가 장담하겠는가. 그렇지만 교전현장이 아닌 곳이라면 무슨 걱정이 있겠는가. 아무런 저항 없이 집 안에 가만히 들어앉아 있는 사람을 해방군이 해칠 까닭이 없지 않은가. 그런데도 굳이 도주를 해야 할까? 혹시 반동적인 무리들이 해방군을 싫어해 도망가고 있는 것은 아닐까. 그래, 대한민국 정부를 수립한 정치지도자들은 한사코 공산당을 적대시해왔었다. 공산당을 불구대천의 원수처럼 싫어하고 박멸시켜야 할 적으로 여겨왔었다. 그렇지만 공산당이 정말 그렇게 나쁘고 무서운 존재인가. 도리어 더 좋은 세상을 만들기 위해 나선 선각자들로서 개명한 인사들로 이루어져 있지 않은가. 불의와 불평등을 제거하고 오로지 평화롭고 정의로운 세상을 만들기 위해 헌신해온 인사들로 이루어져 있지 않은가. 이런 정의로운 인사들이 준비한 세상을 열기 위해 내려오고 있는 인민해방군을 두렵다고 도망가고 있다니 이게 있을 법이나 한 일인가.

남한 반동 정부에서 무슨 말로 어떻게 꾀기에 저렇게 속아 넘어간 것일까. 새 세상을 열기 위해, 모든 인민이 평등하게 잘사는 희망찬 세상을 만들기 위해 오랜 준비 끝에 남한을 해방시키기 위해 내려오는 해방군이 왜 무섭단 말인가. 저 사람들은 모두 공산주의를 싫어하는 반동들인가. 하기야 일제가 물러간 다음 온갖 죄를 지은 반동 인사들을 해방군이 그냥 용서하지 않을는지도 모를 일이기는 했다. 죄의 경중을 따져 처벌하거나 놓아주거나 하겠지. 혹시 처벌을 두려워하여 피난을 간다면, 그보다 어리석은 짓이 어디 있겠는가. 새 세상이 열리기를 우리가 얼마나 고대해왔던가. 바로 그런 새 세상에서 행복하게 살아가지 않고 도주하고 있다니, 제 발로 복을 차버리는 것과 무엇이 다르다 하겠는가. 은희의 머릿속은 그런 생각들이 넘나들며 복잡했다. 그러나 피난민 인파는 끊이지 않고 계속 밀려가고 있었다. 그뿐인가, 바로 이웃집 사람들도 한 집 두 집 보따리를 이고 지고 집을 떠나고 있었다. 공포에 질린 얼굴로 걸음을 서둘렀다. 여러 집들이 텅텅 비기 시작했다. 은희는 일일이 주저앉히고 싶었다. 제국주의 지배자의 억압과 설움으로부터 해방시켜줄 구원의 해방군을 환영할 생각을 하지 않고 해방군을 피해 도망을 치다니, 있을 수 없는 일이었다.

은희는 가슴 설레며 밤을 맞이했다. 그러나 밤이 깊어감에 따라 설레임이 불안감으로 바뀌었다. 혁명해방군이 무사히 서울을 해방시킬 수는 있을 것인가. 만약 돌변사태가 일어나 해방을 시키지 못한다면 그런 낭패가 어디 있겠는가. 간절한 마음이 도리어 초조감을 불러왔다. 밤중에 비가 내리기 시작했다. 빗소리 때문인지 초조감이 더해갔다. 불안감을 부추기듯 천둥번개를 동반한 장대비가 지붕을 무너뜨릴 듯 세차게 쏟아졌다. 천만다행으로 새벽이 가까워지자 천둥번개가 한풀 꺾이고 빗줄기도 점점 숙어졌다.

천둥번개가 그치고 나자 이번에는 교대라도 하듯 포성이 은은히 들려왔다. 날이 샐 즈음 은은히 들려오던 포성이 바로 지척에서 나는 것처럼 가까워졌다. 포성이 가까워짐에 따라 희망과 초조감이 교차했다. 잇따른 포성에 지붕이 폭삭 내려앉을 것처럼 흔들렸다.

은희는 뜬눈으로 밤을 새웠다. 이윽고 비가 그치고 포성도 뜸해졌다. 동이 트기 시작할 무렵 포성이 그쳤는가 싶더니 이번에는 소총 소리가 들려왔다. 콩 볶듯 갈겨대는 총성이 점점 가까워지더니 바로 옆집에서 들리기도 했다. 잠시 후 그 요란하던 총성도 뜸해졌다. 총성이 그치고 나자 갑자기 정적이 감돌았다. 비로소 은희는 가슴을 쓸어내렸다.

은희는 꾸민 듯 조용해진 바깥세상이 궁금해 방을 나와 대문을 밀고 골목으로 나갔다. 큰길에 총을 앞에 겨눈 군인들이 대오를 짓고 지나가는 것이 보였다. 장미원 쪽 산길로부터 군인들이 계속 내려오고 있었다. 군모에 붉은 별을 단 인민군이 틀림없었다. 얼른 집으로 달려간 은희는 벽장을 열고 인공기를 꺼냈다.

"이제 살았어. 어서 가 환영해야지."

어머니와 은애에게 인공기를 각기 하나씩 건넨 은희는 겨운 목소리로 채근했다. 큰길로 나온 은희는 '혁명군 만세, 해방군 만세'를 소리 높여 외쳤다. 행군하던 인민군들이 은희를 돌아보았다. 그러나 인공기를 흔들며 만세를 부르는 은희를 무감각하게 바라보며 지나갔다. 비쩍 마른 핏기 없는 얼굴에 잠을 자지 못해서 그런지 눈이 때꾼했다. 발에 무거운 돌이라도 차고 있는 듯 걸음이 느렸고 금방이라도 픽 쓰러지고 말 것처럼 지쳐 보였다. 밤낮 전투를 벌이며 진군해왔을 해방군의 모습이 가여웠다. 가슴이 미어터지는 것 같고 눈물이 왈칵 쏟아질 것 같았다. 목이 메 만세도 더 부를 수가 없었다.

"아즈마이 서울로 가는 길이 어디메요?"

언제 다가왔는지 지휘관인 듯싶은 장교가 은희 앞에 바짝 다가서 있었다.

"시내로 가는 길은, 저를 따라오세요."

손가락으로 아리랑고개를 가리키던 은희는 앞장서서 장교를 안내하였다. 개울의 다리를 건너던 은희의 눈이 미아리 방면으로 달려갔다. 탱크가 꼬리를 물고 미아리고개를 넘어가고 있었다. 대포를 실은 트럭, 2인승 사이드카, 총을 멘 군인 대열도 보였다. 서울을 해방시키기 위해 장군이 오고 있는 것이리라. 감격에 겨워 가슴이 터질 것 같았다. 광주형무소에 있는 그이는 서울 해방 소식을 듣고 있기는 한 것일까. 그이의 사상과 신념이 실현된 이 현장을 혼자만 보고 있으려니 죄를 짓고 있는 것 같았다. 그이와 손을 잡고 나란히 서서 이 감격의 순간을 누렸다면 얼마나 좋았겠는가. 그러지 못하는 것이 너무 아쉽고 억울하고 원통했다.

"이 아리랑고개만 넘어가면 돈암동입니다. 거기 가면 저 미아리고

개를 넘어오는 탱크와 만날 것입니다."

장교가 알았다며 고개를 끄덕였다. 그러나 은희는 걸음을 되돌리지 않았다. 제 신명에 겨워 인공기를 흔들며 장교의 앞장에 섰다. 은희의 안내를 받으며 행군부대는 아리랑고개로 접어들었다. 해방군 안내를 자임하고 나선 은희는 겉보기에는 그냥 인공기나 흔들고 있는 것 같았지만 속으로는 아까부터 춤을 덩실덩실 추고 있었다. 감격에 겨운 그녀는 몸과 마음을 다 춤사위에 맡겨놓고 마냥 흔들거리고 있었다. 서울 해방에 이어 남한 전체가 곧 해방되리라. 남한 전체가 해방되면 모든 감옥의 문이 활짝 열리고 수감 중이던 사상범은 모두 풀려나리라. 몸이 하늘을 날아오르는 것 같았다. 그이와 내가, 우리들이 그토록 격심한 고통과 인내를 치르며 학수고대해왔던 해방의 날이 오지 않았는가. 은희의 온몸에 그 해방의 감격이 넘실거리고 있었다.

춤을 추며 해방군의 앞장에 서 아리랑고개를 넘고 있는 은희의 감격의 정도를 누가 알겠는가. 언제 이처럼 가벼운 걸음걸이로 아리랑고개를 넘어본 적이 있었던가. 비탈이 가팔라 숨이 차서가 아니었다. 미행이 없나, 어디 경찰관이나 기관원과 맞닥뜨리지나 않을까 조마조마 마음 졸이며 넘어가고 넘어오고는 했다. 고통스럽던 기억이 아로새겨진 아리랑고개를 감격에 겨워 넘고 있다니, 꿈만 같았다.

아리랑고개를 넘어 돈암동으로 가던 은희는 신용우 부인과 마주쳤다.

"오늘 내가 할 일은 해방군 환영밖에 없는 것 같아요."

은희의 말에 신용우 부인은 빙그레 웃었다.

"그이도 없는데 나도 그럼 해방군 환영이나 하러 따라나설까."

지난번 육군형무소 면회 주선과 감형에 힘을 써준 평화일보 정치부장 신용우는 병산과 일본 유학 동기였고 이념을 같이한 동지였다. 가족끼리 식사를 몇 번 한 적도 있어 친숙한 사이였다. 은희와 신용우 부인은 돈암동에서 미아리고개를 넘어 진입해오는 혁명해방군 대오를 만나자 대오의 뒤를 따라 시내로 들어갔다. 종로며 을지로 충무로, 대로마다 인공기를 든 환영인파로 메워져 있었다. 반동시민들이 환영에 선뜻 나서겠느냐며 시큰둥해하던 당원들이 무색하고도 남을 만큼 많은 인파로 넘쳐났다.

특히 종로의 해방군 행렬이 인상적이었다. 지휘관의 구령소리에 맞추어 앞에 총 자세를 한 해방군이 6열 종대를 짓고 보무도 당당하게 광화문 방향으로 행군하고 있었다. 고급 장교가 탄 지프차가 행렬을 점검하며 앞질러 빠르게 달려가기도 했다. 양쪽 가두에는 인공기를 흔들며 해방군을 환영하는 시민들이 운집해 있었다. 붉은 완장을 찬 청년들이 시민들 사이를 분주히 누비고 다니며 '인민군 만세' '서울 해방 만세' 구호를 선창했다. 그 가운데는 북아현동 아지트에서 만난 청년들이며 장충동 아지트에서 인공기를 나눠주던 홍원이며 길수, 한강호 등의 모습도 보였다. 왼쪽 팔에 붉은 완장을 찬 그들은 환영 나온 시민들을 독려하며 '서울 해방 만세'를 목청껏 외쳐댔다.

은희는 가슴이 벅차올랐다. 그동안 치른 고생이 헛되지 않은 것 같아 뿌듯했다. 화근덩어리나 위험한 존재로 배척당해온 고통과 설움이 얼마나 크고 험난했던가. 남에게 떳떳이 드러내놓지 못하고 지하로 숨어들어 펼쳐온 온갖 공작이 헛되지 않고 이렇게 결실을 맺다니, 이 감격의 현장을 지켜보는 것보다 가슴 벅찬 일이 어디 더 있겠는가.

그러나 그 감격과 기쁨도 오래가지는 않았다. 흉흉한 소문이 계속

은희의 귀에 들려왔던 것이다. 해방군의 서울 입성 전 남한 반동정부 당국은 육군형무소와 서대문형무소에 수감 중이던 공산당원을 굴비 엮듯 엮어 한강 모래사장으로 싣고 가 총살시킨 다음 강물에 처넣었다는 것이었다. 그렇다면 광주형무소에 수감되어 있는 그이 또한 무사하겠는가. 중요 당 간부인 그이는 우선 처리 대상으로 분류되어 있을 개연성이 높았다. 어쩌면 이미 처형되었을지도 모를 일이었다.

그이에 대한 걱정으로 속이 새카맣게 타들어갔다. 그런 불안한 나날 사이사이에 '대전 해방' '광주 해방'이라는 낭보가 계속 날아들었다. 당원으로서 덩실덩실 춤을 추고도 남을 기쁜 소식이었다. 그러나 은희에게는 그 기쁜 소식이 그이의 처형 소식만 같아 남모르게 속을 태우며 가슴 졸였다.

마침내 광주형무소 소식이 당에 접수되었다. 수감 중인 사상범 전원을 사살하여 집단 매장했다는 흉보였다. 그 절망적인 소식에 충격을 받은 은희는 자리에 눕고 말았다. 식음을 전폐하고 자리에 누워 있던 은희는 며칠 후 애써 몸과 마음을 추스르고 자리에서 일어났다. 자신이 해야 할 일이 어디선가 기다리고 있을 것 같았다.

서울을 해방시킨 해방군은 계속 남쪽으로 내려가며 수원, 천안, 청주를 해방시켜 나가고 있었다. 이는 그이가 뿌려놓은 씨앗을 해방군이 거두고 있는 것과 다름없는 일이었다. 그이는 자신의 신념의 결실을 보지도 즐기지도 못하고 이 세상을 떠나고 말았지만, 그이는 오로지 혁명해방을 위해 생애 모든 것을 바쳤고 모진 고통과 역경을 헤쳐 나온 것으로 만족해야 하지만, 그이의 헌신과 희생이 오늘의 해방의 밑거름이 되었다는 사실을, 오늘을 위한 거름으로 쓰인 그이의 생애를 세상이 널리 알도록 해야 하는 것이 바로 내가 할 일이라는 자각이 은희를 자리에서 일으켜 세웠던 것이다.

35

병산이 떠나고 없는 세상에 혼자 남아 있다 생각하면 참 허망했다. 그이와 함께 새 세상이 열리는 걸 지켜볼 수 있었다면 얼마나 흐뭇했겠는가. 온갖 역경과 고통을 함께 치른 동지들과 새 세상을 맞아 꿈과 이상을 마음껏 펼쳐보지 못하고 비통하게 먼저 저세상으로 간 병산을 생각하면 원통하고 분하기 짝이 없었다. 비통한 심정을 다독이며 숨죽여 나날을 보내던 은희에게 좋은 소식보다 나쁜 소식이 더 많이 날아들었다.

어찌 꿈엔들 생각할 수 있는 일이겠는가. 처음에는 그럴 리 없다고 고개를 저었다. 누군가 이간질하려는 의도가 아닌지 그 소식을 전하는 동지를 의심하기도 했다. 북에서 내려온 정치보위부에서 남로당 지하공작원들에 대한 대대적인 검거에 들어갔다는 소문을 어찌 믿으라는 것인가. 오로지 당과 혁명과업을 위해 재산과 목숨을 아낌없이 바쳐온 지하당원들에게 남한해방 준비의 공을 포상하지 않고 도리어 처벌하기 위해 검거에 나섰다니, 있을 수도 없고 있어서도 안 되는 일이었다.

한지종이 정치보위부에 체포되었다는 소식에 은희는 고개를 절레절레 저었다.

한지종은 김해의 유족한 집안 출신이었다. 일본 유학을 다녀온 인텔리로서 마르크스 레인의 이론에 밝고 성품이 매우 활달했다. 공산 혁명에 대한 열정과 투쟁에 헌신해온 한지종은 부산과 경상도 지방 일대에서는 물론 서울에서도 지하공작 활동에 앞장서온 철저한 혁명 투사였다. 뼛속까지 혁명의식이 스며들어 있는 그런 철두철미한 남로당원 한지종을 정치보위부에서 체포하여 고문을 하고 있다는 소식에 은희는 속으로 신음을 삼킬 수밖에 없었다.

한지종이 남로당에 기여한 공은 대단했다. 그는 병산을 도와 남조선에 해방인민군 창설을 주도하는 한편 경상남도에 지방군사위원회를 조직하고 직접 참모장에 취임해 지휘에 나서기도 했다. 그는 자신의 분신과 다름없는 김갑수를 연대장으로 임명한 후 부산, 진주, 울산 등지에 연대를 조직하고 동조자를 확보하는 한편 남조선의 군대와 경찰조직의 전복을 기획하고 미군정에 관한 정보수집에 전념, 당에 기여해왔던 것이다. 혁명준비 활동에 적극적으로 헌신해온 한지종을 체포해 고문하고 있다니 그다음 차례는 누구란 말인가. 하물며 체포 이유가 더 기가 막혔다. 공산당 중요 간부들이 대부분 남한 경찰이나 방첩대에 피검되어 고문을 당하거나 총알받이가 됐는데, 지금까지 무사한 것이 의심스럽다며 첩자 용의를 씌워 체포했다는 것이었다. 당국의 검거의 손길을 피하고 무사한 것도 죄란 말인가. 은희는 어이가 없어 실소가 나왔다. 거기에다 한지종이 조직원으로 받아들여 지하공작을 시킨 인물이 반동 변절자로 돌변하여 조직을 판 사실이 뒤늦게 드러났다며 그 책임을 한지종에게 돌렸다. 한지종의 사주를 받고 변절자가 조직을 팔았을 것이 명백하다며 조직을 판 곳을 실토하라고 혹독한 고문을 자행하고 있다는 것이었다. 평생 가진 것을 다 바치며 오로지 당에 헌신해온 한지종이 얼마나 억울하고 분하겠는가.

그이가 살아 있었다면, 그이는 온전했을까, 그이도 한지종처럼 살아 있다는 이유만으로 정치보위부에 끌려가 갖은 고문을 당하지나 않았을까. 그런 생각에 머릿속이 혼란스러웠다.

은희는 정치보위부에서 강찬영 사장과 그 아들을 총살한 것도 납득할 수 없었다.

일찍부터 일본을 드나들며 무역업을 해오던 강찬영 사장은 신문물과 함께 신사상을 받아들인 엘리트 사업가였다. 부산에서 북진양행이라는 무역회사를 경영하며 유족하게 살아온 강찬영 사장은 사회주의 사상에 크게 공감한 바 있었다. 해방이 되자 국가 건설의 방향을 사회주의 사상의 실현이라 생각한 강찬영 사장은 서슴없이 남로당에 입당했다. 재산을 당에 바치고 서울로 이사한 다음 당 사업에 전력을 쏟았다. 강 사장은 남로당 서울시당 재정책임을 맡아 오랫동안 당 살림을 살며 당에 헌신했다. 그 아들 또한 아버지를 도와 남로당원으로서 당 사업에 몸을 아끼지 않았다. 노동자 농민이 주인인 가난한 사람 없는 세상, 병들면 누구나 무료로 치료받을 수 있는 세상, 스스로 알아서 몸을 부리며 다툼과 고달픔이 없는 그런 세상의 실현을 최고의 가치로 여겨온 강찬영 사장의 믿음을 어찌 그르다 하겠는가.

그러나 세상이 어디 그렇게 이상적이고 아름답게만 운영되는가. 사람들 간에는 차별이 없을 수 없고 서로 많이 갖고 좋은 것을 갖기 위해 다툼이 그칠 새 없으며, 몸을 편하게 가지면 손에 쥐는 것이 빈약하고, 귀한 것을 얻기 위해서는 반드시 남다른 대가를 치르는 것이 순리라 믿고 살아가는 사람들도 있는 것이다. 이들의 믿음이나 생활 태도를 또한 왜 그르다 하겠는가.

서러운 사람 억울한 사람 없는 세상, 눈물 없는 세상을 만들기 위해서는 강압과 폭력적 수단도 불사해야 한다는 신념으로 똘똘 뭉쳐 있는 세력이 있는가 하면, 세상을 법과 제도에 따라 순리대로 경영해가자고 주장을 달리하는 무리가 있는 것이다. 남한 땅에서는 이 두 주장이 서로 대립하고 격렬하게 다투어왔던 것이다.

자유와 평화를 모든 정책의 기준으로 삼은 미군정 당국은 남로당이 주장하고 있는 정치 노선을 강력히 억압하고 통제해왔다. 그들은 국민 개개인의 개인적 자질을 존중하고 개인적 능력과 노력으로 자기 생활을 스스로 엮어갈 수 있는 제도와 환경을 남한에 만들어주는 것을 정치적 이상으로 삼고 있었다. 이와 달리 남로당은 세상에 태어난 사람은 누구나 똑같으므로 개인의 능력이나 계급적 차별 없는 공평한 삶을 누릴 수 있는 제도와 환경을 만들어주는 것을 정치적 목표로 삼고 있었다. 남로당은 농장주와 소작인, 공장주와 노동자, 빼앗는 자와 빼앗기는 자, 이런 계급 차별 없는 고른 세상 실현을 이상으로 삼고 이를 위해 세상을 근본적으로 변혁시키는 혁명을 주장하여온 것이다. 따라서 개인의 방종과 탐욕을 부추기며 다툼을 일삼고 전쟁을 유발시키는 자유주의 제도를 증오하고 철저히 배척했다.

이 땅의 남과 북에는 38선을 사이에 두고 서로 이념과 체제를 달리하는 두 세력이 빙탄지세로 대치하고 있었다. 38선 이남에 진주해 있는 미군정 당국은 본국의 자유민주 정치 체제를 한반도에 도입하기 위해 준비를 착착 진행해오고 있었다. 이와 달리 38선 이북에 진주해 있는 소련군정 당국은 한반도에 공산주의 체제를 수립하기 위해 가진 힘을 다 쏟았다. 북조선에서 노동당 체제에 반대하는 불순세력이나 반동적인 인사를 발본색원하여 처벌하듯 남한에서는 공산당의 주의 주장의 허구성과 부당함을 널리 알리려 노력하는 한편 공산당 활동을 불법으로 규정하고 제도적으로 막고 있었다.

이런 사정이었으므로 남로당 활동은 매우 제한적이었다. 지하로 숨어들어 은밀히 당 사업을 펼치지 않을 수 없었다. 검거의 위험을 피해 숨죽여 활동하고 있었음에도 체포되어 감방을 제집 드나들 듯 해온 당원들이 부지기수였다.

강찬영이 수도경찰국에 체포된 것도 당원으로서 임무를 수행하다 당한 일이었다. 서울시당 재정책임자라는 중책을 맡고 있던 강찬영은 남로당 거물취급을 받고 취조가 혹독했다. 조직에 관한 정보를 얻기 위한 경찰의 고문이 극심하여 버티기가 불가능했다. 목숨 보전이 우선이라는 생각에 경찰의 회유에 넘어가는 척하며 전향을 받아들였다. 당에 큰 영향을 미치지 않을 사소한 정보 몇 가지를 경찰에 넘긴 것도 사실이었다. 그리하여 그는 풀려났던 것이다. 나중에 경찰에 검거된 아들 또한 형식적인 전향서를 써서 제출하고 석방되었다. 그러나 석방된 다음 강찬영 부자는 전향서를 쓰고 풀려난 전력을 지우기라도 하려는 듯 체포되기 이전보다 훨씬 더 당에 헌신적이었다. 게다가 강찬영 사장은 가산을 송두리째 당에 헌납하고 집도 한 칸 없는 빈털털이 신세였다. 당 사업이 아니면 할 일도 없는 사람이었다. 그리고 마음에 켕기는 것이 있었다면 왜 피난을 가지 않고 서울에 남아 계속 당에 헌신하고 있었겠는가. 그런 강찬영 부자를 전향서를 쓰고 경찰에서 풀려났다는 사실만을 문제 삼아 정치보위부에서 체포하여 총살

하다니 얼마나 원통하고 억울했겠는가.

총살 현장에서 하늘을 향해 울부짖으며 외쳤다는 강찬영 사장의 마지막 절규가 은희는 영영 잊히지 않을 것 같았다. '좋은 세상 연다고 해서 가진 것 다 바쳤지, 내가 죽으려고 재산 다 바친 줄 아나?' 그래 당을 위해 헌신한 것이 총살이라는 형벌을 받기 위해서였던가. 이것이 우리가 당 사업이라고 해온 결과란 말인가. 은희는 누군가의 가슴이라도 흔들며 대성통곡이라도 하고 싶었다. 우리가 목숨 걸고 펼쳐온 혁명해방 준비가 총살이라는 형벌로 돌아오다니, 혁명해방이란 무엇이란 말인가.

그이가 살아 있었다면 이런 사실을 보고 어떻게 생각했을까. 당의 결정은 누구도 건드릴 수 없는 성역이므로 그이 또한 속수무책이었을까. 아니, 만약 그이 또한 천행으로 목숨을 부지하고 서울에서 활약하다 혁명해방을 맞았다면 온전했을까. 누군가의 모략이나 모함에 걸려 속절없이 처형되는 비운을 겪지나 않았을까.

눈물 없는 세상, 서러움 없는 세상, 한을 품은 채 생을 마감하는 억울한 사람 없는 세상을 만들자고 우리가 떨쳐 일어났던 것 아니었는가. 그래 강찬영 부자는 억울하지 않았을까. 한을 품지 않았을까.

은희는 혼란스러웠다. 그러나 그 혼란은 곧 씻은 듯 사라졌다.

그이의 큰 손이 은희의 어깨를 잡고 흔들었다.

'당이 하는 일에 잘못은 없는 것이오. 무조건 믿고 따라야 하오.'

병산이 귀에 대고 퉁명스럽게 꾸짖었다. 은희는 속이 뜨끔했다. 언제 그이가 틀린 말을 한 적이 있었던가. 그이는 늘 선당후사를 강조했고 당적 원칙을 최우선으로 하였다. 이런 병산의 말과 당적 원칙을 상기하며 은희는 한숨을 쉬었다. 그녀는 잠시나마 당의 처사를 부당하게 여겼던 자신의 약한 당성을 뉘우쳤다.

36

풍문은 의혹을 내포하고 있다. 풍문은 사실을 허구화시킨다. 풍문은 사실의 칼 앞에서는 무력하다. 풍문은 깰 수 있는 것이다. 풍문은 사건 전체를 함의하고 있는 것이지 개별적인 사실과는 무관한 경우가 있다. 풍문은 틀릴 개연성을 늘 내포하고 있는 것이다. 은희는 병산이 처형되었다는 소식을 풍문으로 들었을 뿐 직접 눈으로 목격한 것은 아니었다. 이 세상에서 가장 소중한 그이를 풍문으로 듣고 진달래꽃 동산 너머로 사라져버렸다고 믿기에는 은희의 사랑이 너무 컸다.

옛 서울시청 건물에 있는 서울시 인민위원회를 문턱이 닳도록 넘나든 끝에 은희는 광주행 길을 여는 데 성공했다.

평양에서 내려온 당 간부는 면담조차 허락하지 않았다. 신분 확인의 불가가 그 이유였다. 애가 탄 은희는 하급 보위부 직원을 상대로 서울 해방 직전까지 자신이 펼쳐온 남로당 지하공작 활동을 구구절절이 펼쳐놓았다. 직책을 가진 간부들은 가급적 말에 신뢰를 두지 않았다. 눈으로 확인할 수 있는 서류나 증거 제시를 요구했다. 그러나 우리가 언제 눈에 보이는 증거를 남기며 당 활동을 해왔던가. 가급적 글로 남기지 않고 말로 표현하기를 두려워하며 이름을 밝히는 것도 꺼려온 것이 우리의 운동철칙 아니었던가. 은희가 가지고 있는 증거는 말밖에 없었다. 은희는 말로밖에 지난 지하공작 활동을 보여줄 수 있는 방법이 달리 없었다. 지도위원은 처형된 남편의 시신을 찾기 위해 광주로 내려가겠다는 지하공작원이라고 자칭하는 은희를 신뢰하려는 기색이 전혀 보이지 않았다. 서류를 제시하지도 증인을 데려오지도 못하는 은희를 쌀쌀하게 대했다. 더구나 광주로 내려가겠다는 목적을 인정하고 허락한다 해도 지금은 전시이므로 통행이 불가능하기도 했다. 총알받이가 되는 한이 있더라도 그이의 시체라도 수습하겠다고 고집을 부리는 은희에게 하늘은 쉽사리 도움의 손길을 내밀 것 같지 않았다.

통사정을 하며 매달리면 언젠가는 승낙을 해주지 않겠느냐는 맹목적인 기대로 매일이다시피 서울시 인민위원회 문턱을 넘나들던 은희는 어느 날 낯익은 인사와 마주쳤다. 말쑥한 신사복 차림의 그 신사를 보자 달려가 그 앞을 가로막고 섰다.

"저, 지도자 동지 남경우 동무 아니십니까?"

신사는 뜻하지 않은 여인의 돌발적 출현에 한 걸음 뒤로 물러났다.

"저, 김병산의 안사람입니다."

신사는 여인을 물끄러미 바라보았다. 눈에 파장이 일어났다. 반가운 표정으로 여인에게 선뜻 한발 다가섰다.

"김 동무는 어디 두고 아주머니만 왔습니까?"

순간 말문이 막히고 눈물이 왈칵 쏟아졌다. 설움이 복받치며 울음이 터졌다. 소리를 죽이고 눈물을 훔쳤다. 놀란 신사는 은희를 자기 사무실로 데리고 갔다. 책상 위에 경상남도 인민위원회 위원장의 명패가 놓여 있었다. 북에서 내려온 간부 정치일꾼 남경우는 같은 경남 출신 김병산과 함께 반일운동을 한 적이 있어 잘 아는 사이였다. 김병산의 반일운동이나 남로당 간부로서 펼쳐온 활약은 평양의 중요 인사들도 알 만한 사람은 다 알고 있었다. 그러나 그가 검거되어 광주형무소에 수감되어 있던 중 해방전쟁이 터지자 처형되었다는 사실은 금시초문이라 했다.

“그러니까, 김병산 동무가 서울 해방도 보지 못하였단 말입니까?”

은희로부터 그동안의 사정을 들으며 남경우는 혀를 몇 번이나 끌끌 찼다.

“시체라도 꼭 수습해 모시고 싶습니다. 그런데 광주로 내려갈 방법이 없습니다.”

“호남 일대를 해방했다고는 하지만, 은신해 있는 반동군 소탕이 완결되지 않아 아직 일반인 통행은 허용하지 않고 있습니다. 그렇지만 김 동무 일인데 그냥 있을 수 있습니까. 내가 한번 알아보겠습니다.”

어딘가 전화를 걸어 호남 일대의 전황을 알아본 다음 남경우는 광주로 가는 병력 수송 열차 편을 이용할 수 있는지 타진해보았다. 당 중요 간부 부인이 광주에 다녀와야 할 일이 있는데 군에서 편의를 제공해주기 바란다고 말했다.

“내일 아침 용산에서 광주로 가는 병력 수송 차량에 자리를 마련해준다고 했습니다. 왕복 통행증을 마련해줄 테니, 다녀오십시오.”

남경우의 말에 은희는 목이 꽉 멨다. 광주행이 불가능하리라 단념하고서도 행여나 하고 나와본 것인데, 막막하던 길이 열리자 도리어 눈물이 앞을 가렸다.

광주형무소는 전과 다름없이 같은 자리에 같은 외형으로 앉아 있었다. 종사하는 사람들의 제모와 제복이 전과 다르고 제복의 어깨에 달려 있는 견장 또한 전과 달랐으나 시설과 기능은 그대로였다. 법을 어긴 범법자들을 사회로부터 격리하여 구금해두는 형벌의 기능은 변함이 없어 보였으나 제모와 제복이 달라진 형무소 사람들에게서는 자신이 필요로 하는 정보를 얻을 수 없으리라 판단한 은희는 형무소 주변의 가게와 식당을 돌며 수소문에 나섰다. 가게에서 빵이나 과자를 사서 손가방에 넣으며 은근히 말을 붙여보기도 하고 밥을 시켜 먹으며 식당 주인에게 말을 걸어보기도 했다. 가게 주인이나 식당 주인은 이전 형무소에 관한 일은 경계하며 가급적 말을 아끼는 눈치였다. 낯을 익힌 후 같은 식당에 두 번째 들어가 식사를 하고 난 은희는 주인에게 통사정하다시피 도움을 청했다. 남편이 어딘가로 끌려가 집단 총살 당했다는 말을 들었는데, 그 시체나마 찾고 싶다고 하소연했다.

"우리도 자세한 건 알 수 없지만 화암 부근에 가서 알아보세요. 죄수들을 화암 충장사 인근 산으로 싣고 가 총살시킨 뒤 매장했다던데."

경계하며 말을 아끼던 주인은 은희의 딱한 사정을 듣고 나자 측은했던지 혀를 쯧쯧 찼다. 그때 처형된 죄수들은 모두 사상범이라 했다. 살아 있었다면 지금 달라져 있는 세상의 주인 노릇을 할 사람들이었다. 그러므로 말조심하는 것은 당연해 보였다.

광주 시내를 벗어나 시골길을 얼마나 걸었을까.

"어디까지 가시오?"

걸걸한 사내 목소리에 뒤를 돌아보았다. 쉰은 넘겼을 것 같은 순박한 얼굴의 사내가 빈 소달구지에 걸터앉아 흔들거리고 있었다. 광주에 물건을 실어다 주고 돌아가는 모양이었다.

"화암마을에 가는 길입니다."

"화암이면 길이 먼데, 화암까지 가지는 않지만 일단 여기 타시우. 가는 데까지 갑시다."

사내의 친절이 고마웠다. 근심과 슬픔에 젖어 있는 은희의 기색을 살핀 사내는 몇 번 힐뜩힐뜩 쳐다보았을 뿐 더 말을 붙이지는 않았다.

"우리 마을에 다 왔는데, 화암은 십리 길을 더 가야 합니다."

사내는 왼쪽에 있는 마을을 가리키며 말했다.

"고맙습니다. 이렇게 친절을 베풀어주시다니……."

소달구지를 잠시 눈으로 배웅한 은희는 계속해 길을 갔다. 야트막한 고개를 넘자 마을이 나타났다. 그 마을이 화암이라고 했다.

마을 사람들은 대부분 그날의 일을 기억하고 있었다.

이틀 연속 영문 모를 군용 트럭 대여섯 대가 장원봉 기슭을 따라 산속으로 들어갔다. 트럭에는 죄수복 차림의 장정들이 가득 실려 있었다. 쇠고랑을 찬 죄수들은 헌병의 엄중한 경비를 받고 있었다. 아침에 산속으로 들어간 트럭은 해질 녘이 되자 산을 나와 되돌아갔다. 그리고 다음다음 날 한밤중이었다. 헤드라이트를 켠 트럭이 줄지어 장원봉 기슭을 따라 산속으로 들어갔다. 이 어수선한 세상에 여러 대의 트럭이 한밤중에 산속으로 들어가는 것은 좋은 일은 아니리라. 불길한 예감을 느끼며 마을 사람들은 숨을 죽이고 트럭 행렬을 먼빛으로 지켜보았다. 얼마 후 산기슭에 몇 개의 전등이 환히 밝혀졌다. 그리고 얼마 지나지 않아 콩 볶는 듯한 소총 소리가 났다. 한동안 계속되던 소총 소리가 그치고 갑자기 세상이 고요해졌다. 불길한 침묵 속에 초저녁에 떠 있던 하현달이 어느새 지고 하늘에는 별들이 떨고 있었다. 검은 새 몇 마리가 산을 넘어 어딘가로 날아가고 이윽고 산기슭을 밝히고 있던 불이 일제히 꺼졌다. 그리고 다시 또 얼마나 시간이 흘렀을까. 동틀 무렵 헤드라이트를 밝힌 몇 대의 트럭이 줄지어 산속에서 기어 나왔다.

두려움과 불길한 기운에 못지않게 마을 사람들은 궁금증에 사로잡혀 밤잠을 설쳤다. 콩 볶듯 하던 총성에 가슴 졸였던 기억이 생생해 궁금증을 풀 엄두를 내는 마을 사람은 없었다. 얼마나 시간이 흘렀을까, 다시 찾아온 일상이 그들의 기억을 조금씩 지워갔다. 산에서 요긴한 물산을 채취해 생활해오던 마을 사람들은 마냥 두려운 기억에 사로잡혀 지낼 수만은 없었다. 덫을 놓거나 땔나무를 하러 산에 오르내리는 마을 사람들은 장원봉 기슭에 새로 생긴 생흙 언덕과 마주치기 십상이었다. 어쩌다 생흙 언덕이 눈에 들어오면 그들은 화들짝 놀라며 얼른 외면하고는 했다. 가급적 그 생흙 언덕을 피해 멀리 에둘러 오르내렸다. 생흙 언덕이 생긴 지 얼마나 지났을까, 마을 사람들이 꺼리고 멀리하는 그 생흙 언덕을 찾는 외지인들이 하나둘 늘어갔다.

시냇물이 흐르는 계곡을 건너 장원봉 기슭을 타고 얼마쯤 톺아 올라갔을까, 푸드득 꿩이 날아오르는 서슬에 걸음을 멈춘 순간 눈앞에 새로 조성한 널따란 공터가 나타났다. 산을 밀어내고 파헤친 공터에 다가간 순간 생흙 냄새가 코를 찔렀다. 생흙 냄새가 진동하는 공터는 가운데가 도톰하게 빚어져 있었다. 마을 사람들이 말하던 그 생흙 언덕임에 틀림없었다.

지표의 나무와 풀을 밀어내고 구덩이를 판 다음 죄수의 시체를 묻고 생흙을 덮어 도톰하게 돋워 올린 모양이었다. 저 속에 그이가 묻혀 있으리라. 순간 숨이 턱 막히고 몸이 스르르 무너져내렸다. 땅이 꺼지고 하늘이 무너졌다. 정신은 작동을 멈추었고 서럽고 억울하고 분하다는 생각이 뒤엉켜 마음이 칠흑처럼 어두웠다. 하염없이 눈물이 흘렀다. 눈물로 앞섶이 흥건히 젖었다. 한나절을 울음으로 보낸 은희는 해가 지고 어두워지자 가까스로 일어나 마을로 내려왔다.

수소문 끝에 어렵지 않게 여맹위원 집을 찾을 수 있었다. 은희 또래의 여맹위원은 생흙 언덕을 찾아왔다는 동무를 오랜만에 만난 식구처럼 반색하였다. 입맛이 없다는 말에 흰죽을 끓여 내왔고, 곁방이지만 잠자리도 편하게 보살펴주었다. 이튿날 아침 받은 밥상 또한 정성이 깃들어 있었다.

따라나서려는 여맹위원을 만류한 은희는 괭이 삽 호미 낫 등 연장을 빌려 지니고 다시 건너편 산으로 올라갔다. 연장을 빌려 산으로 올라가는 은희의 뒷모습을 눈으로 배웅하며 여맹위원은 혀를 끌끌 찼다. 설마 남편의 시신을 찾을 생각은 아니려니 싶으면서도 여자의 모진 데를 잘 알고 있는 여맹위원은 일을 크게 벌이지나 않을까 하는 걱정으로 한숨을 길게 내쉬었다.

그러나 여맹위원의 걱정과는 달리 생흙 언덕에 당도한 은희는 연장을 챙겨들고 산속으로 들어갔다. 산자락을 톺아 더듬어 나가며 은희는 눈에 보이는 대로 진달래나무를 캐기 시작했다. 진달래나무가 지천이었다. 호미와 괭이와 삽 등 연장을 부지런히 부려 진달래나무를 뿌리째 떴다. 한 그루, 두 그루, 목이 마르면 솔잎이나 붉은 청미래 덩굴 열매를 따 씹었다. 이마에 땀이 송글송글 맺혔고 손바닥이 부르텄다. 배고픔이나 목마름이나 손바닥 부르튼 것 따위에는 신경도 쓰지 않았다. 살아 있는 이의 고통을 어찌 죽은 이의 원통함에 견주겠는

가. 손놀림이 부지런했던지 해질 무렵이 되어 헤아려보니 진달래나무가 쉰 그루 남짓 되었다.

마을로 내려온 은희는 여맹위원 집에서 다시 잠자리를 구했다. 인정 많은 여맹위원의 배려로 주린 배를 채운 은희는 밥숟가락을 놓기 바쁘게 죽은 듯 곯아떨어졌다.

이튿날 은희는 여맹위원에게 부탁하여 한지를 구해 지전을 만들고 양초와 성냥과 소주와 포를 마련해 보따리에 싼 다음 연장을 챙겨들고 다시 산으로 올라갔다. 생흙 언덕에 당도한 은희는 어제 캐놓은 진달래나무를 한데 모았다. 눈대중으로 경계를 어림잡으며 생흙 언덕 둘레를 따라 구덩이를 파 나갔다. 어느새 해가 기울어가고 있었다. 어제 떠놓은 진달래나무를 하나하나 구덩이에 심어 나갔다. 그사이 해가 지고 별이 하나둘 돋아나고 있었다. 어디선가 소쩍새가 울고 있었다. 어둑어둑했으나 어둠이 눈에 익은 탓인지 진달래나무를 심어 나가는 데는 별로 힘들지 않았다. 어둠도 점점 눈에 익어갔고 진달래나무 심는 일도 손에 길이 든 탓인지 순조롭게 진행되었다. 가깝고 먼 곳에서 소쩍새가 쉼 없이 울어댔다. 소쩍새 울음소리에 손장단 맞추듯 하다 보니 힘든 줄 모르고 진달래 심기를 마칠 수 있었다. 마지막 그루를 심고 나자 비로소 피로가 한꺼번에 몰려들었다. 그러나 짐짓 가장 중요한 절차를 남겨두고 있었다.

진달래 동산 앞자락 어름에 양초 두 자루를 세우고 불을 밝힌 다음 향을 피웠다. 준비해 간 지전에 불을 붙여 태웠다. 타고 난 지전은 재가 되어 공중으로 날아올라갔다. 하염없이 지전을 태우는 동안 은희의 양 볼에는 눈물이 그칠 새 없이 흘러내렸다. 지전 태우기를 마친 은희는 양초 사이에 포를 놓고 술을 따라 바치고 흠향했다. 흠향 절차를 밟아 나가던 중이었는지 절차를 다 밟고 나서였는지, 비몽사몽간에 은희는 그만 앉은 자리에서 픽 모로 쓰러져 의식을 놓고 말았다. 별들은 그냥 하늘에서 은희를 내려다보고 있었다. 은희는 잠 속에서 자신의 온몸에 진달래꽃이 피어나고 있는 것을 보며 환호작약했다.

서울로 돌아온 은희는 남경우를 만나기 위해 인민위원회 사무실을 찾았다. 광주에 다녀온 사실을 알리고 고맙다는 인사를 드리려 했으나 지방으로 떠나고 없었다. 인민군에 의해 해방된 서부경남 당 사업을 위해 진주로 내려갔다고 했다. 은희는 도리어 잘됐다고 생각했다. 혁명 과업을 수행하는 당 일꾼인 그가 사사로운 일에 관여한 사실이 알려질 경우 그에게 이로울 것은 없을 터였다.

여러 동지들이 이미 해방군 휘하의 업무를 수행하고 있었다. 동지들의 주선으로 은희도 노동당 서울시당의 업무 중 시민 위무 사업에 동참하게 되었다.

피난 가지 않고 집을 지키고 있는 시민들은 불안에 떨고 있었다. 남정네들은 인민군 소집을 피하기 위해 지하실이나 다락에 숨어 지냈고 부녀자들은 밤낮을 가리지 않고 쳐들어오는 불한당들의 약탈에 대비해 식량이나 세간을 감추기에 바빴다. 총성은 시도 때도 없이 울리고 총을 겨누고 느닷없이 들이닥쳐 남녀 가리지 않고 잡아가고는 했다. 지난 세상에서 혜택을 조금이라도 받은 사람이라면 언제 인민위원회에 잡혀가 고초를 당할지 몰라 전전긍긍했다. 그런 불안에 떨고 있는 시민들을 찾아다니며, 안정시키는 업무가 은희에게 주어졌던 것이다. 공산사회의 장점을 널리 알리고 불안을 덜어주며 생활안정을 도와주는 한편 새로운 희망에 부풀도록 하는 것이 주업무였다. 업무수행을 위해 은희는 발바닥이 부르트도록 뛰어다녔다.

37

인민위원회는 조형미를 도외시하고 튼튼한 골격의 실용적 측면을 우선한 고딕식 옛 시청 건물에 들어 있었다. 건물 초입의 계단을 올라가 안으로 들어서면 팔을 좌우로 벌린 듯 양쪽으로 긴 낭하가 벋어 있었다. 대민사업부 사무실은 왼쪽 낭하의 끝자락에 위치해 있었다.

대민사업부 사무실 구석 작은 책상 자기 자리에 앉아 서류를 뒤적이고 있던 은희는 문득 찾아온 한 생각에 불현듯 몸을 일으켰다. 뜬금없이, 며칠째 시청 앞 광장에서 비둘기를 한 마리도 보지 못했다는 사실이 뒤늦게 떠올랐던 것이다. 언제부터 비둘기가 자취를 감추었는지, 그것은 기억에 없었다.

광장에는 언제나 비둘기들이 구구거리며 종종거리고 다녔다. 모이를 찾아 땅을 쪼기도 문득 날아올라 공중을 선회하기도 했다. 짝을 찾아 날개를 퍼덕이며 구애를 하기도 했고 이미 뜻이 통한 듯 부리를 비비며 정을 나누는 녀석들도 있었다. 비둘기와 광장은 잘 어울려 한 폭의 아름다운 풍경을 이루었다. 비둘기가 자취를 감추고 만다면 보는 이의 마음을 화평하게 하던 그 아름다운 풍경이 균형을 잃고 말 것이 분명했다.

청사 입구 계단 어름으로 나온 은희는 광장을 둘러보았다. 널따란 원형의 광장 어디에도 비둘기 한 마리 보이지 않았다. 그 많던 비둘기가 다 어디로 간 것일까. 비둘기가 광장을 떠나다니, 불길한 징조 같기만 했다. 시민의 화평과 소통과 교류의 상징이라는 광장에 평화의 상징이라는 비둘기가 사라짐으로써 균형과 조화가 깨진 듯했다. 제 기능을 하지 못하는 광장을 탄핵하기 위해 비둘기들이 떠나버린 것일까. 광장이 폭력과 탄압적인 존재로 돌변해 있다고 비둘기들이 오해한 것은 아닐까. 어쨌든 비둘기들이 자취를 감춘 것이 무슨 불길한 예시 같기만 해 은희는 기분이 울적했다. 대민 봉사 일거리를 챙겨들고 사무실을 나서면서도 버릇처럼 광장의 비둘기를 찾아 두리번거렸다.

비둘기가 자취를 감춘 것이 역시 불길한 조짐의 예시였던가, 그날 저녁나절 외근을 마치고 사무실로 돌아오자 언짢은 소식이 기다리고 있었다. 남로당 총책을 지낸 김갑영 동무가 권총 자살을 했고, 해방군 작전총책 최광 동무가 평양에 소환되었다는 것이었다. 김갑영 동무는 유격대 활용에 착오가 있었으며 최광 동무는 해방전쟁 전반의 작전실패 책임을 지고 소환된 것이라고 알려졌다. 이 비보는 인민위원회에 어두운 그림자를 짙게 드리웠다. 게다가 어제까지 전선으로부터 빗발치던 승전보가 뚝 끊어졌다. 대신 패전 소식으로 무선 유선 통신망에 불이 났다.

"평양에서 특별지시가 내려왔다나 봐."

"무슨, 오신다 오신다 하던 수상 동지께서 서울에 오시는가?"

"수상 동지께서 서울에 오시는 것이 아니라, 우리가 서울에서 북으로 쫓겨나게 생겼나 봐."

"남조선 전체 통일이 눈앞에 와 있다고 큰소리친 것이 어제 같은데, 왜 서울에서 쫓겨나?"

"그걸 알면 내가 점쟁이 하지 여기서 이러고 있겠어."

집으로 돌아온 은희는 저녁도 먹는 둥 마는 둥 머리를 싸매고 누웠다.

'여보, 무서워요. 당신이 말한 세상, 혁명으로 새 세상을 만들기는 틀린 것 같아요. 당신이 꿈꾸던 이상 사회를 만들기가 왜 이렇게 힘들까요. 왜 남조선 사람들은 공산당을 싫어하고 경계할까요? 왜 남조선 사람들은 새로운 세상을 두려워할까요? 당신이 이룩하고 싶은 세상은 하늘이 기획하고 설계한 인류 역사상 가장 이상적인 세상이라고 하지 않았어요. 유럽의 위대한 사상가들이 수십 년에 걸쳐 연구한 끝에 하늘이 기획하고 설계한 이 이상 사회를 마침내 러시아에서 실현시켰다고 했지요. 우리도 러시아 혁명이 걸어온 길을 그대로 따라 걸으면 지상낙원과 다름없는 세상을 만들 수 있을 것이라고 하지 않았어요. 그런데 왜 남조선 사람들은 하늘이 기획하고 설계한 그런 이상 사회 실현을 마다하는 것일까요?'

뒤채기만 했을 뿐 한숨도 눈을 붙이지 못하고 은희는 밤을 꼬박 새우고 말았다.

다음 날 사무실에 나가 보니 서울 철수 지시가 기다리고 있었다. 인민위원회는 행정업무와 대민업무 요원 중 인민군으로 자원입대하는 자를 제외하고 전원 서울 철수 작업에 들어갔다.

북으로 가야 할 것인가. 남에 남아야 할 것인가. 북에는 그이가 꿈꾸고 구상해왔던 혁명의 이상 사회가 실현되어 있다고 했다. 그이의 꿈이 실현되어 있다는 그이의 땅 지상낙원으로 갈 것인지, 이번에는 비록 해방을 이루지 못하고 철수하지만 다시 해방군이 남으로 내려올 날을 기다리며 오랫동안 그래왔던 것처럼 남조선에 남아 지하공작

활동을 펼쳐야 할 것인지, 선택하기가 지난하였다. 북은 그이가 꾸던 꿈을 실현한 혁명의 나라 아닌가. 그이도 없는 남조선에 남아 외로움에 시달리며 지낸다면 북이 얼마나 그리울 것인가. 해방군을 기다리며 애태우는 나날들이 얼마나 막막하고 답답할 것인가. 해방군은 반드시 다시 내려올 수 있을 것인가.

인민군을 피해 집을 버리고 떠났다 돌아온 서울 사람들이 공산당을 도운 부역자를 용납할까. 피난의 고통을 겪게 했고, 그들의 피붙이며 인척들과 지인들이 죽임을 당하도록 도운 부역자들에게 받은 것보다 더 독하게 앙갚음을 하려 들지는 않을까. 혹독한 고통과 죽음이 얽혀 있는 정황에서 용서와 화해란 바랄 수 없을 것 같았다. 죽임을 당했으니 죽여야 하겠다고 설쳐대면 이를 어찌 감당할 것인가.

밤새워 번민을 거듭한 은희는 혁명의 땅으로 넘어가기로 결심했다.

은희의 선택은 인민군 입대로 결론이 났다.

수송사업을 담당하는 인민군 부대를 찾아가 입대를 자원했다. 몇 해 전 은희는 병산에게 도움이 되지 않을까 생각하며 운전면허증을 따놓았었다. 병산이 세상을 뜨고 없는 지금 그 꿈은 허사가 되고 말았다. 배워둔 기술을 병산을 위해 쓰지 못한다면 인민해방군에 종사하며 유용하게 쓰는 것이 잘된 것 아닐까. 전선에서 포탄 나르는 트럭이라도 몰겠다는 각오로 운전병을 자원했던 것이다. 입대 절차는 별로 까다롭지 않았다. 병력 보충이 여의치 않아 애를 먹고 있는 터에 남조선에서 지하공작을 펼쳐온 당원이며 인민위원회에서 활동한 사실이 인정되어 환영을 받았다. 손쉽게 입대는 했으나 운전병이 되지는 못했다. 면허증을 딴 후 오래 쓰지 않아 녹이 슬었던지 시범운전을 하다

기어변속과 브레이크 실수가 겹쳐 실격판정을 받고 말았던 것이다. 일반 전투병으로서 복무하지 못할 것은 없었지만 이왕이면 먼저 찾아온 부대에 눌러 있고 싶었다. 막내 여동생 남편이 의사였던 인연으로 간병 일을 도우며 어깨너머로 간단한 의료기술을 익힌 적이 있었다. 그 말을 들은 지휘관의 얼굴이 환해졌다. 부상병이 넘칠 때 늘 손이 모자란 것이 간병사였다. 까다로운 절차 없이 위생지도원으로 입대가 허용되었다. 은희는 친정어머니에게 작별인사를 드리고 청진기와 간단한 의료기구를 챙긴 다음 부대로 돌아갔다.

그 즈음 서울과 가까운 지역에서 전투가 벌어지고 있는 것인지 나날이 부상자가 늘어갔다. 은희는 전상자를 돌보느라 밤잠을 설쳤다. 해방을 위해 목숨을 걸고 싸우다 몸을 다친 부상자들을 자기 몸보다 더 소중하게 여기며 지극정성 치료하고 간호했다. 그러나 얕은 의료기술과 약품 부족으로 큰 성과를 거두지는 못했다. 다만 몸을 아끼지 않고 부상자들을 돌보는 것으로 만족해야 했다.

전황이 급박하게 돌아가고 있었다. 누가 말해주지 않아도 나날이 늘어나고 있는 부상병들의 숫자가 잘 말해주고 있었다. 상처는 거짓말을 하지 않는다. 부상병들의 말을 굳이 들을 필요도 없었다. 상처의 상태는 부상을 당한 시간까지는 헤아릴 수 없다 할지라도 날짜쯤은 어림잡아 짐작할 수 있었다. 부상병들의 상처는 전선이 멀리 떨어져 있지 않음을 웅변으로 말해주고 있었다. 구름 한 점 없는 하늘에 천둥번개가 칠 리 없었다. 하늘 끝자락으로부터 어렴풋이 들려오는 허공을 흔드는 저 둔중한 음향이 대포소리가 아니고 무엇이겠는가. 해방군이 불리한 것인가. 해방군이 국방군에 밀려 전선이 서울 쪽으로 다가오고 있는 것인가. 설마 해방군의 전력이 국방군에 밀려 패주하겠는가. 하지만 점점 가까워지는 저 대포소리는 무엇이란 말인가. 애써 불안감을 털어내며 해방군이 국방군을 멀리로 물리쳐주기를 기도했다. 그녀의 간절한 기도가 약발이 없었던지 멀어지라는 대포소리는 갈수록 점점 가까워지고 있었다. 해방군이 저 대포소리를 잠재우지 못한다면 서울을 국방군에게 다시 내줘야 한다는 말 아닌가. 그런 일은 있어서는 안 되고 있을 수도 없는 일이었다. 그런 불길한 상상만으로도 전신에 소름이 돋았다.

드디어 불길한 예상이 현실로 나타났다. 부대에 병력과 장비 철수 명령이 떨어졌다. 인민위원회 등 통일준비에 여념이 없던 선임기관을 철수시킬 때는 잠정적 조처라고 선전해 그런 줄만 알았다. 해방군이 남한 전체를 곧 해방시키고 말 것이라고 당에서는 장담했다. 그래서 은희는 민간인 선임기관을 따라 북으로 먼저 가지 않고 인민군에 자원 입대했던 것이다. 그런데 승전을 장담하던 해방군 지휘부가 한 발 앞서 북행길에 올랐다니 믿어지지 않았다. 머지않아 한라산 정상에 붉은 인공기를 꽂는 날이 올 것이라며 희희낙락하던 지휘관들이 먼저 서울을 빠져나갔다니, 믿고 싶지 않았다.

38

트럭이 사직터널을 통과한 후 냉천동을 지나자 독립문이 저만치 시야에 들어왔다. 조수석에 앉아 있던 은희는 가슴속에서 뜨거운 기운이 울컥 치밀어 올랐다. 독립문이 보이자 서울을 떠나고 있다는 사실이 실감되었던 것이다. 내가 선택을 잘 한 것인가. 그이의 꿈과 이상을 실현한 혁명의 땅이라고는 하지만 그이가 없는 그곳이 내게 낙원이 될 수 있을 것인가. 남조선에 남아 혁명에 성공할 때까지 지하공작을 견결히 전개하며 그이가 묻혀 있는 진달래꽃 생흙 언덕을 지켜야 옳았던 것 아닐까. 남조선에서 그이가 이루지 못한 꿈을 마저 이루기 위해 몸을 바쳐야 옳았던 것 아니었을까. 무악재를 넘고 연신내를 지나면 서울 땅을 완전히 벗어나고 말 것이다. 지금이라도 차에서 내려 서울에 남아야 하지 않을까. 갈피를 잡지 못하고 번민하는 사이 트럭은 연신내를 지나 서울과 점점 더 멀어지고 있었다.

서울과 멀어질수록 길이 더뎌졌다. 여러 방향에서 시내를 빠져나온 후퇴 병력이 외곽지역의 간선도로로 한꺼번에 몰려들자 병력과 군용 차량으로 길이 미어터졌다. 완전군장을 한 보병부대가 길을 독점하다시피 했다. 퇴각하는 보병 대열은 시작도 끝도 보이지 않았다. 보병 대열에 막혀 수송부대 트럭은 클랙슨만 부질없이 울려댈 뿐 거북이걸음을 피하지 못했다.

서울시 경계를 벗어나자 미군 전투기가 자주 출몰했다. 장대비처럼 기총소사를 퍼붓고 지나갈 때마다 후퇴 병력은 거미새끼처럼 흩어졌다. 총알받이가 된 시체가 길에 널려 있고 총상을 입은 부상병은 그대로 길에 버려졌다. 공습 때문에 낮 동안은 이동이 불가능했다. 낮에는 은폐물을 찾아 숨어 있어야 했고 밤에만 이동해야 했다. 보병부대가 은폐물에 의지해 숨어 있는 틈을 타고 수송부대 트럭이 과감히 이동을 감행하기도 했다. 그러나 그것도 용이하지는 않았다. 얼마 가지 못해 시도 때도 없이 출몰하는 공습을 피해 나무 밑이나 언덕 아래로 다급히 기어들어가 숨어야 했다.

그럭저럭 고양, 파주 지역을 지나고 있었다. 가끔 갈림길이나 중요 길목에 서 있는 이정표를 바라보며 은희는 자신이 북으로 가고 있다는 사실을 실감했다. 그러던 어느 어름이었다. 콘크리트 기둥에 붉은 페인트로 '38선'이라 명기한 팻말이 눈에 들어왔다. 팻말이 눈에 들어온 순간 가슴이 쿵 내려앉았다. 여기가 바로 남북을 가르던 그 문제적 '38선'이란 말인가. 은희의 놀람이나 감상 따위는 아랑곳하지 않고 트럭은 '38선' 팻말을 지나 북한 땅으로 불쑥 넘어가고 말았다. 38선을 넘어 기어코 은희는 그이의 혁명의 땅으로 넘어간 것이었다.

'이곳이 나를 행복하게 해줄 것인가. 그이가 없는 이곳이 외로움의 연옥이 될 것인가, 아니면 그이가 약속했던 낙원이 될 것인가. 그이가 빙긋이 웃음 지으며 자신 있게 강조하던 희망의 땅. 혁명의 땅. 차별도 설움도 없는 화목한 세상. 오로지 인민을 위한 정치만 펼쳐지는 공산사회. 모든 인민이 한마음 한뜻으로 해방투쟁에 헌신하는 이상 국가.'

그이로부터 귀가 따갑도록 들었던 구원의 낙토, 웃음꽃이 활짝 피어 있을 행복한 나라, 그러나 38선을 넘어가 첫 밤을 보낸 집에서는 웃음꽃이 만발한 낙원 같은 분위기는 전혀 느낄 수 없었다. 마을에 진입한 수송대원들은 공터에 차를 세우고 숙영준비에 들어갔다. 대원들이 숙영준비를 하는 동안 지휘관은 은희에게 여자 눈썰미가 더 낫지 않겠느냐며 장교들이 묵을 만한 집을 물색해보라고 했다.

몇 집 돌아보지 않아 은희는 맥이 탁 풀렸다. 어느 하나 변변한 집이라고는 찾아볼 수 없었다. 방이야 허름한 대로 한두 칸 빌려 사용할 수 있을 것 같았지만, 밥을 해내라고 할 만한 집은 없었다. 땟거리가 없어 마을 주민 전체가 주리고 있었다. 시도 때도 없이 후퇴하는 병사들이 들이닥쳐 먹어치우는 통에 봄까지 마을 주민의 목숨을 부지시켜 줄 옥수수와 감자도 이제 씨가 말랐다고 했다. 마을 주민들이라야 거동이 불편한 노인네나 코를 질질 흘리는 코흘리개들뿐이었다. 어린애 늙은이 가리지 않고 거동 가능하고 총만 들 수 있는 남자라면 무조건 다 인민군으로 징집해 갔고 젊은 여자들도 동원되어 군역으로 나가 마을에는 부릴 만한 성한 사람 하나 남아 있지 않았다.

"마흔 넘은 큰애와 아들 삼형제에다 며느리까지 군대에 뽑혀 갔는데, 이렇게 많은 병사가 돌아오고 있는데 우리 애들은 아직 한 놈도 돌아오지 않고 있다니, 들에 있는 저 곡식은 다 어찌 거두라는 것인지 원."

눈물을 훔치며 하늘을 향해 원망을 늘어놓는 할머니의 푸념에 은희는 차라리 귀를 막고 싶었다.

"군대가 마구 들이닥쳐 간장 된장 다 털어먹고 소금도 없는데, 또 밥해내라고 으르니 이 일을 어찌해야 할꼬."

차라리 하늘나라로 보내달라고 애원하는 할머니를 달래며, 전쟁이 끝나면 곧 좋아질 것이니 지금은 함께 고생을 나누자고 입에 발린 정치 선전을 해댈 수밖에 없는 자신이 죽이고 싶도록 미웠다. 보급을 받지 못한 채 후퇴하는 인민군 패잔병들은 마을마다 계속 들이닥쳐 씨종자까지 털어먹을 것이고 마을 주민들은 풀뿌리를 캐 연명해야 할 것이 뻔했다.

억지로 비비고 들어가 하룻밤을 지내고 마을을 떠날 때 은희는 여간 마음이 아프지 않았다. 아무리 전시라고는 하지만 군부대가 민가에 폐를 끼치다니, 해서는 안 될 짓 같았다. 그러나 또 밤을 맞고 보니 새로운 숙영지를 찾아들지 않을 수 없었다. 새로운 숙영지 마을에서도 또한 같은 신세를 지며 죄책감에 시달렸다. 몇 번 그렇듯 폐를 끼치다 보니 이골이 난 것인가. 죄책감이고 뭐고 점점 아무렇지도 않게 무디어지고 말았다.

날이 갈수록 미군 전투기의 공습이 잦아졌다. 수송부대도 낮에는 은폐물을 찾아 숨고 밤을 이용해 이동해야 했다. 헤드라이트를 켜지 못하고 운행할 수밖에 없어 야간이동도 용이하지 않았다. 낮이나 밤이나 위험은 예고 없이 들이 닥쳤다. 산과 들 도처에 위험이 도사리고 있었다. 죽을 고비를 수없이 많이 넘겼으나 천만다행으로 은희가 소속된 수송부대 병력은 트럭 두 대를 잃었을 뿐 큰 손실 없이 무사히 평양에 들어갈 수 있었다.

평양에 도착하자 장병들은 살았다며 안도했다. 그러나 안도하기는 커녕 지옥처럼 처참하게 무너져 있는 평양 시가지에 그만 기가 질리고 말았다. 포탄 세례를 받은 시가지는 철저히 파괴되어 있었다. 온전한 건물 하나 찾아볼 수 없었다. 지옥인들 이보다 더 참혹할 수 있을까. 무너지다 만 벽이 위태롭게 버티고 있는 볼썽사나운 건물이며 타다 남은 검은 기둥 몇 개가 간당거리고 있는 처량한 건물 잔해들도 차마 눈뜨고는 볼 수 없는 참혹한 광경이었다.

북쪽을 향해 밀려가고 있는 피난민들로 평양 중앙대로는 발 디딜 틈 없이 붐볐다. 머리에 무거운 보따리를 이거나 등짐에 허리가 휜 피난민 대열이 꼬리를 물고 이어졌다. 소달구지에 가재도구를 실은 피난민은 그나마 여유가 있어 보였다. 팔에 붉은 완장을 찬 공안원들이 호각을 불며 대열을 이탈하지 못하도록 지도하느라 분주했다. 피난민 대열 주위를 어슬렁거리던 개가 호각소리에 놀라 급히 골목으로 달아나기도 했다. 대로변에는 아직도 검은 연기가 피어오르고 있는 타다 만 건물들이 듬성듬성 보였다. 눈을 찌르는 매캐한 연기와 살을 태우는 악취에 구토가 났다. 느닷없는 비명소리에 놀라기도 하고 다급한 고함소리와 호각소리에 쫓기며 피난민 대열은 불안한 행군을 계속했다. 그런 가운데 백발이 성성한 노할머니를 손수레에 태우고 피난길을 서두르고 있는 허약한 여인의 모습이 보이자 은희는 측은해 눈시울이 뜨거워졌다.

피난민들의 이동에 맞출 도리밖에 없어 수송부대 트럭의 이동 또한 굼벵이 걸음을 이어갔다. 운전병은 연방 클랙슨을 울리고 창밖으로 몸을 내밀고 비키라고 욕을 퍼붓기도 했다. 그러나 피난민은 듣는 척도 하지 않았다. 평양 경계를 벗어나는데 무려 한나절 가량이나 걸렸다. 평양을 빠져나온 부대는 숙천 부근에 당도해서야 겨우 한시름 놓았다.

수송부대는 본부의 지시를 기다리며 숙천읍에 잠시 대기하였다.

이튿날 부대에 이동명령이 떨어졌다. 지도군관의 집합 명령이 추상같았다. 그러나 간밤 야음을 타고 도주한 것인지 여남은 명의 병사가 보이지 않았다. 과수원에 은폐시켜두었던 차량도 탈주병이 몰고 가고 10여 대밖에 남아 있지 않았다. 지도군관은 하는 수 없이 부대원들을 남은 트럭에 나누어 탑승시키고 북쪽을 향해 후퇴 도정에 다시 올랐다. 가는 도중에도 공습은 간헐적으로 이어졌다. 공습에 질린 부대원들은 비행기 소리가 희미하게 들리기만 하면 혼비백산 논밭으로 달려가 머리를 처박고는 했다.

순천 인근에 이르자 전투기 출몰이 더 빈번해졌다. 귀신도 모르게 나타난 전투기는 수송부대 트럭에 사정없이 포탄이나 기총 세례를 퍼부었다. 몇 차례 공습을 받고 난 수송부대 트럭은 순천 부근에 이르기도 전에 온전한 것이 한 대도 남아 있지 않았다. 유엔군의 낙하산병 투하가 빈번해지고 유엔군과 국방군이 기세 좋게 북진해오고 있다는 정보에 부대원들은 기가 꺾이기도 했다.

공습으로 차량을 모두 잃은 수송부대 병력은 순천에서부터 도리 없이 도보로 퇴각을 서두를 수밖에 없었다. 차량 이동에 익숙해 있던 수송부대 대원들은 도보에 아주 비능률적이었다. 엎친 데 덮친 격으로 유엔군과 국방군이 평양에 입성했다는 소식이 날아들었다. 절망적인 소식에 부대원들의 발걸음이 더 느려졌다. 죽어라 퇴각해 봐야 아무 소용 없이 도중에 무기를 버리고 항복해야 하는 것 아닌가. 항복할 것이라면 더 가서 하나 여기서 하나 무엇이 다르다 하겠는가. 위대한 장군께서 무기력한 음성으로 유엔군을 향해 항복을 선언하는 일만 남았다면 그래 힘들게 퇴각할 것 없지 않겠는가. 그러나 장군의 항복 선언이 있었다는 정보는 아직 없었다. 기력을 완전히 상실한 부대원들은 지휘군관의 지시에 따라 어쩔 수 없이 북쪽을 향해 퇴각의 무거운 발걸음을 옮겨놓고 있었다.

전세가 호전될 가망이 정말 없는 것인가. 들려오는 풍문을 아무리 뜯어봐도 전세가 호전될 전망은 없어 보였다. 전세가 호전될 전망은 없어 보였으나 어쩌면 살아남을 희망은 없지 않아 보였다. 풍문이 사실이라면 유엔군은 인민군 장교를 잡으면 처형하되 사병은 집으로 돌려보낸다는 것이었다. 그렇다면 장교도 사병 행세를 하면 살아 집으로 돌아갈 수 있지 않겠는가. 하지만, 은희는 속으로 쓴웃음을 짓지 않을 수 없었다. 아무리 목숨이 소중하다고 하지만 위신과 체면을 잃은 목숨이라면 살아 있어도 살아 있다 할 수 있겠는가. 그런 목숨이라면 개 목숨보다 낫다 할 수 없지 않겠는가. 사람에게 가장 소중한 것이 목숨인 것은 맞는다. 하지만 자연적인 상태일 때 그럴지는 모르지만 사회생활이나 조직생활을 한 지도적 인사에게도 그럴 것인가. 아마 그런 모양이었다. 그 풍문을 사실로 믿은 것일까, 사병을 불러놓고 강제로 옷을 바꿔 입고 졸병 행세를 하는 군관의 숫자가 하나둘 늘어갔다.

"군관이 와서 그 옷 좀 벗으시구래. 미국놈이 아바이 같은 노인이야 일 있겠소. 어서 옷 좀 바꿔 입읍시다. 그러면서 데 손으로 벗겨 가는데 난들 어쩌겠소."

군관복을 입은 백발이 성성한 할아버지가 어이없어하며 그러나 장교복이 싫지만은 않은 듯 얼굴에 웃음을 띠고 있었다.

밤이 되자 지휘군관이 행군 명령을 내렸다. 국방군과 유엔군이 뒤를 바짝 쫓아 추격해오고 있다는 전갈을 받은 지휘군관은 밤새워 행군을 독촉했다. 적군의 추격의 손길에 덜미를 잡히지 않기 위해 공습을 피해가며 낮에도 행군을 서둘렀다. 보급이 끊어진 지는 이미 오래되었다. 행군 중에 밭에 있는 농작물 가운데 씹을 만한 것이 눈에 띄면 그것을 훑어 주머니에 넣고 행군 도중에 씹어 삼키고는 했다. 낮이고 밤이고 행군을 계속한 탓에 나흘째 되던 날 오후 은희는 한 발자국도 더 옮겨놓을 수가 없었다. 퍼붓는 잠을 감당할 수가 없었다. 행군 도중 자기도 모르게 쓰러져 깜박 깊은 잠에 떨어지고 말았다. 눈을 떠보니 아침이 되어 있었다. 주위를 급히 둘러보았다. 군관이나 부대원들이 하나도 보이지 않았다. 혼자 산속에 낙오된 것이 틀림없었다. 깜짝 놀란 은희는 다급하게 북쪽 방향으로 재우쳐 걷기 시작했다. 낙오된 부대원 몇 명과 만나기는 했으나 지휘부 소재를 아는 부대원은 없었다.

39

유엔군 전투기는 패주하는 인민군을 귀신같이 찾아내 기총소사를 퍼부었다. 제공권을 장악한 유엔군은 포탄을 투하하거나 기총소사를 퍼부어 퇴각하는 인민군 패잔병을 선제적으로 무자비하게 공격했다. 도로는 공습 표적 제일 순위였다. 공습을 피해 산을 타고 퇴각할 수밖에 없었다. 산을 타고 퇴각하는 인민군 패잔병은 지리멸렬했다. 위치도 방위도 목적지도 모르고 막연히 북쪽을 향해 퇴각을 계속하고 있었다. 주리고 쌓인 피로로 한걸음도 내딛기가 힘들었으나 국군과 유엔군이 빠른 속도로 추격해오고 있다는 흉흉한 소문에 속절없이 불안한 퇴각을 계속해야 했다. 나무들이 단풍으로 붉은 단장을 하고 있었으나 퇴각하는 주린 병사들의 눈에 들어올 리 없었다. 산새들이 놀라 날아가도 쳐다볼 여유가 없었다. 포성과 총성에 놀라 산속 깊이 숨은 듯 꿩은 한 마리도 보이지 않았다. 산이라야 나무들도 별로 없었다. 평소에 땔감으로 다 베어가 버려 나무들이 성겼고 키 큰 나무는 포탄 세례를 받아 온전한 것이 드물었다. 그래도 퇴각하는 패잔병들이 의지할 데는 산길밖에 없었다.

무리에 섞여 발걸음을 옮겨놓고 있지만, 가는 길이 살 길인지 아닌지 은희로서는 헤아릴 길이 없었다. 죽을 고비를 한두 번 넘긴 것도 아닌 그녀는 두려움 따위는 사라진 지 오래였다. 죽고 사는 것도 염두에 없었다. 다만 그냥 무리의 움직임에 따라 무의식적으로 발걸음을 옮겨놓고 있을 뿐이었다. 목이 타는 듯 마르다고 생각하며 얼마나 걸었을까. 일여덟 가구가 옹기종기 모여 있는 작은 마을이 나타났다. 마을에는 먼저 도착한 패잔병들이 여기저기 널려 있었다. 군모를 쓰고 군복만 걸치고 있을 뿐 총을 소지하거나 허리에 단검이라도 하나 찬 병사를 찾아볼 수 없었다. 오랜 퇴각에 지치고 굶주린 데다 의욕마저 상실하고 눈이 풀려 있는 한심한 몰골들이었다.

"최고사령관의 명령이다. 지금부터 부대를 편성하여 질서 있게 이동하도록 한다."

은희가 한 집을 찾아가 목을 축이고 돌아와 보니 언제 나타났는지 허리에 권총을 찬 군관 동무가 패잔병들을 모아놓고 열을 지어 정렬하도록 지휘하고 있었다. 최고사령관이란 지엄한 김일성 장군을 지칭하는 것이었다. 이는 절대 복종을 강요하는 지상명령이나 다름없었다.

"영명하신 최고사령관께서 적군을 격퇴할 반격의 기회를 노리고 계신다. 우리가 만주로 쫓겨날 일은 없을 것이다. 다음 안전지대로 이동하여 그곳에 있는 병사들과 다시 군을 편성해 반격의 준비를 하게 될 것이다."

군관 동무가 전황을 간략히 설명한 다음 반격을 위해 준비를 해야 한다는 점을 강조하자 술렁이기 시작했다. 군관 동무를 호위하고 있는 소총을 소지한 10여 명의 병사들의 통솔로 술렁임이 곧 가라앉았다. 군관 동무의 지휘 아래 40여 명의 패잔병이 새롭게 부대를 구성했다. 맨손과 다름없는 비무장 병사들로 구성했다고 해 그 부대를 도수부대(맨손부대)라 부르기로 했다. 은희도 그 도수부대의 일원으로 편성되었다. 도수부대는 산길을 타고 퇴각행군을 계속 이어갔다.

도수부대가 맹산 근처 수라산 기슭의 어느 산골짜기로 접어들어 얼마 가지 않았을 때였다. 산속에 작은 마을이 하나 나타났다. 지붕에 띠를 이거나 너와를 얹은 움막과 다를 것 없는 나지막한 집 열 몇 채가 산골짜기에 옹기종기 앉아 있었다. 도수부대가 마을에 들어섰으나 아무도 내다보지 않았다. 개 몇 마리가 꽁무니를 빼고 달아나며 낯선 무리를 향해 컹컹 짖어댔다. 다급하게 짖어대는 개 짖는 소리에 비로소 몇 집의 방문이 열리고 사람들이 바깥을 내다보았다. 패잔병 무리를 본 마을 사람들은 눈이 휘둥그레졌다. 마을 사람들은 초겨울 쌀쌀한 날씨인데도 얇은 베옷 차림이었다. 부지깽이처럼 깡마른 얼굴에 눈이 퀭한 것이 몇 달 굶은 사람들 같았다. 털어봐야 먼지밖에 나지 않을 것 같은 이런 빈한한 마을에 입에 댈 것이나 있겠는가, 부대원들은 실망이 컸다. 그런데 마침 한 노인이 소를 몰고 그들 곁으로 다가오고 있는 것이 보였다. 소 잔등에는 수숫대가 잔뜩 실려 있었다.

"이런 산속에서 소를 보다니, 아바이 집이 어느기오?"

얼굴이 환해진 군관 동무가 노인에게 친근하게 말을 붙였다.

"저기, 너와를 얹은 집이외다."

노인은 멀지 않은 곳에 있는 너와집을 가리켰다.

"오늘 밤만 아바이 집에서 신세를 좀 지웁시다."

노인은 이렇다 저렇다 말 없이 소고삐를 잡고 앞장을 섰다. 해가 아직 중천에 떠 있어 행군을 계속해도 무리가 없을 것 같았으나 군이 쉬어 간다니, 은희는 이해가 가지 않았다. 그러나 지휘군관의 쉬어 가자는 말에 부대원은 일제히 환호성을 올렸다. 부대원은 서로 앞 다투어 희희낙락 노인의 집으로 몰려갔다. 지휘군관은 노인의 집에 숙소를 정하고 병사들은 이웃의 여러 집에 고루 분산해 쉬기로 했다. 숙소에 들어가 쉬고 있는데, 하사관 이상 전원 지휘군관이 있는 노인의 집으로 모이라는 전갈이 왔다. 은희도 지도원급이었으므로 회합에 참석했다. 좁은 방이 장병으로 가득 찼다.

"아바이, 그 소 제게 파시오."

지휘군관 동무가 노인을 향해 뜻밖의 제안을 했다. 쉬어 가자더니 지휘군관의 생각은 딴 데 있었던 모양이었다. 이윽고 본색을 드러낸 것이었다.

"소를 팔다니요. 어림없는 말씀 마시오. 우리 식구가 소 없이 어찌 먹고삽니까."

"아바이, 우리한테 팔지 않는다고 소가 멀쩡할 것 같습니까? 곧 국방군이 쳐들어 올기요. 국방군이 쳐들어오면 소를 가만 둘 것 같소. 국방군에게 빼앗기느니 우리에게 파시오."

옆에서 보고 있던 군관 동무들도 노인을 향해 한마디씩 거들었다. 노인은 국방군이 쳐들어오면 소를 가만 놔두겠느냐는 군관 동무들의 위협에 수긍이 가는 모양이었다. 금을 많이 쳐주면 팔겠다고 했다.

흥정 끝에 결국 소를 잡게 되었다. 마을에 된장이며 간장은 동이 나고 소금도 몇 줌 구할 수 없었다. 소를 잡아 삶고 끓였으나 군관 동무 몇을 제외하고는 간도 없이 맨 고기와 국물을 삼켰다. 맹탕의 국물이었으나 쇠고기는 역시 보신이 되는 영양분이었던가. 아침에 일어나 보니 부대원들의 얼굴이 발그레하고 기름기가 흘렀다.

부대가 마을을 떠나기 직전 지휘군관이 노인을 찾았다.

"자 여기, 소 값 받으우."

소 값이라고 내놓은 것이 돈이 아니라 구깃구깃한 낡은 종이쪽이었다.

종이쪽에는 머리에 지불각서라고 크게 쓰고 그 밑에 어제 노인과 흥정한 금액이 한자로 분명히 명기되어 있었다. 도수부대가 이동 중 피치 못할 사정으로 소를 징발해 양식으로 삼았으므로 전쟁 후 정부에서 소 값을 지불할 것을 증명함이라는 내용이 적혀 있었다. 그 아래에 군부대 명과 지휘관 관등성명을 적고 옆에 커다랗게 서명이 되어 있었다.

노인은 어이가 없고 기가 막혔던지 내밀던 손을 급히 거둬들였다. 설마 종이쪽을 소 값이라고 내놓는 것일까, 그냥 해보는 수작이려니 여기던 노인은 지휘군관 동무를 쳐다본 순간 찔끔 놀랐다. 정색하고 있는 지휘군관의 표정과 눈에 감돌고 있는 위압적인 기색에 그만 간이 덜컥 내려앉았다.

"그게 무슨 노매 돈입니까. 노인 놀리지 마시라우."

노인은 종이쪽을 내미는 지휘군관의 손을 밀쳐내며 퉁명스럽게 쏘아부쳤다.

"내가 왜 노인을 놀리자고 합니까. 아바이, 아무 소리 말고 이걸 잘 보관해두시오. 전쟁이 끝나면 이게 다 돈이 될게요."

지휘군관은 엄숙한 목소리로 노인을 겁박했다.

"아무렴 그렇고말고요. 그 지불각서를 잘 보관하고 있으면 전쟁이 끝나면 국가에서 반드시 지불할 거요. 안심하고 기다리시오."

옆에 있던 군관 동무가 거들었다.

"함은요. 이제 여기루 국방군이 쳐들어올 텐데, 놈들에게 빼앗기느니 우리가 먹고 훗날 국가에서 지불해주는 게 더 낫지 않겠수."

다른 군관 동무도 거들었다.

"그럼요. 우리가 돈을 준다 해도 놈들이 돈을 빼앗을 텐데 이 지불증이야 빼앗겠어요. 어떤 점에서는 이 지불증이 훨씬 안전할 거외다."

지휘군관은 여러 군관 동무들의 지원에 힘을 얻었던지 자신감을 갖고 노인 설득에 나섰다.

이들 패잔병이 아니고서는 아직 피아간의 어떤 병정도 구경해본 적이 없는 이런 깊은 산골에 국방군이 쳐들어올 것이라 겁박하며 소값을 떼먹으려는 수작에 노인은 기가 찼다. 억울하고 분하기는 했으나 두려움 때문에 항변도 한마디 제대로 하지 못하고 눈물이 그렁그렁한 눈으로 군관동무들을 둘러보았다. 돈이 없는 것이 분명해 보이는데, 종이쪽을 받지 않고 계속 돈을 내놓으라고 따지고 들면 급기야 총을 들이대며 어떤 행패를 부리고 나올지 몰라 겁이 덜컥 났다.

"우리는 평생 이 산골짜기를 나가본 적이 없소다. 여기는 아직 비행기 한번 오지 않았는데, 우리 군대가 와서 쇠를 잡아먹고 그 값이라고 종이쪽을 내놓다니…… 우리내야 쇠보다 더 큰 재산은 없는 것으로 알고 살아왔는데 이 일을…… 어찌할꼬."

단념을 한 것인지, 노인은 탄식을 하며 방바닥에 내팽개쳤던 종이쪽을 주워 들었다.

"허어 참, 이게 원 돈이라니……."

노인은 한숨을 쉬며 고개를 뒤로 젖혀 천장을 올려다보았다. 도무지 시답지 않았던지 도리질을 했다.

눈치로 보아 불한당과 다름없는 패잔병들에게 반항하다가 어떤 행패를 부리고 나올지 모르리라는 두려움에 어쩔 도리 없이 소 값을 단념한 듯 종이쪽을 주워 들기는 했지만 분하고 억울한 마음은 견딜 수 없었던지 군관 동무들을 쳐다보는 노인의 눈에 울분과 원망이 가득 차 있었다.

은희는 노인의 손에 있는 종이쪽을 낚아채 발기발기 찢어버리고 싶은 충동을 견디느라 살을 부르르 떨었다. 군관 동무들의 덜떨어진 수작이 더럽고 치사하고 서글펐다. 아무리 퇴각하는 여정이 고달프고 오래 굶주려 허기지고 힘이 없는 패잔병들이라 할지라도 얼렁뚱땅 흰수작으로 얼러 농민의 명줄이나 다름없는 소를 잡아 먹어치우다니, 이게 인민의 생명과 재산을 지키기 위해 존재한다는 인민군이 할 짓인가. 돈이 없으면 왜 값을 흥정하고 마치 돈을 줄 것처럼 노인을 기만했는가. 가난한 농민의 재산을 빼앗아 배를 채운 후 휴지와 다름없는 종이 나부랭이를 소 값이라고 내놓다니, 이게 떼지어 몰려다니며 약한 백성을 노략질하는 비적질이나 무엇이 다르다 하겠는가.

그이가 이 광경을 목격했다면 어떻게 했을까.

종이쪽을 돈 대신 소 값이라고 내놓고 농민의 명줄과 다름없는 소를 잡아 먹어치운 군관들을 그이는 어떻게 처분했을까. 노동자 농민을 주인으로 섬기는 인민의 나라에서 농민을 기만한 이들 군관들을 공산당 명예를 더럽힌 죄목으로 엄벌에 처하지 않았을까. 아니면 혹독한 전쟁을 치르고 죽음의 전장에서 겨우 살아 돌아온 이들에게 그런 정도의 만행은 용서받을 만한 자격이 있다 생각하고 눈감아 주었을까. 은희는 갈피를 잡을 수 없었다.

비적질을 자행한 맨손부대는 북쪽 방향으로 길을 잡고 행군을 계속했다. 산비탈을 다 내려와 시내를 건너려던 은희는 불현듯 몸을 돌렸다. 다급히 왔던 길을 되짚어 뛰어올라갔다. 지휘군관이 돌아올 것을 명령했으나 은희는 뒤도 한번 돌아보지 않고 마을로 뛰어올라갔다. 마을로 돌아간 은희는 노인의 집으로 쫓아 들어갔다. 은희는 방 안으로 들어가 다짜고짜 노부부 앞에 무릎을 꿇고 말없이 허리를 꺾어 큰절을 올렸다. 어리둥절한 노부부는 얼결에 절을 받았다.

"죄송하고 미안해 발걸음이 떨어지지 않았습니다. 저는 남에서 온 남로당 출신입니다. 이거 받으세요. 훗날 팔아 소를 다시 사기 바랍니다."

그녀는 품에 간직하고 다니던 금반지 한 쌍을 할머니의 손에 쥐여 주었다. 그이를 대하듯 늘 소중하게 간직하고 다니던 결혼반지였다. 영문을 몰라 어리둥절해 있는 노부부를 뒤에 두고 은희는 다시 비탈길을 뛰어내려갔다.

"어디 갔다 왔소까?"

돌아가자 군관 동무가 물었다.

"두고 온 것이 있어 찾으러 갔습니다."

대답할 마음이 없었으나 그냥 무시하기가 뭣해 아무렇게나 대답하고 말았다.

산길을 따라 며칠 밤낮 강행군 끝에 도수부대는 압록강 만포진까지 퇴각하였다. 만포진 일대 압록강 기슭에는 패잔병들이 개미 떼처럼 모여 있었다. 버드나무가 무성한 강기슭에 주로 은신해 맥없이 주저앉아 있었다. 만포진에서 압록강 건너 지안(輯安)으로 벋어 있는 철교 밑 교각 부근에도 많은 병사들이 은신해 있었다. 한발 늦게 도착한 도수부대는 숙영할 곳이 마땅치 않았다. 지형지물이 엄폐에 유리한 곳은 먼저 도착한 부대가 선점하고 있었다. 철교 아래 교각 부근이 그나마 좀 성긴 것 같았다. 도수부대는 강변 자갈밭으로 내려갔다. 발밑에 자갈의 감촉을 느끼며 교각으로 가까이 다가가고 있을 무렵, 누군가 은희를 부르는 소리가 들렸다. 소리 나는 쪽을 찾아 고개를 든 순간 은희의 눈에 교각 부근에서 급히 뛰어오는 병사들이 보였다. 수송부대 병사들이었다.

"어디 갔다 이제 오우?"

늘 동생같이 굴던 영호가 먼저 뛰어와 손을 불끈 잡았다. 눈에 눈물이 그렁그렁했다.

"언니를 찾아 내가 얼마나 헤맨 줄이나 아우. 이렇게 살아 만나리라고는 생각지 못했는데……."

서울서부터 함께 온 민숙이 덤벼들 듯 은희를 덥석 끌어안았다. 민숙은 은희를 불끈 들어 올려 두어 바퀴 맴을 돌았다. 다른 대원들도 죽었다 살아 돌아온 것처럼 은희를 요란하게 반가워했다. 그 광경을 물끄러미 지켜보고 있던 도수부대 지휘군관과 군관 동무며 대원들은 자부대로 돌아가는 은희에게 뜨거운 환송인사를 보냈다.

만포진 일대에 은신해 있던 인민군 패잔병은 압록강을 건너 중국 땅 지안까지 퇴각했다. 수송부대도 그 무리에 섞여 지안으로 퇴각하였다. 유엔군의 공격권에서 벗어난 인민군 패잔병들은 비로소 안도의 숨을 내쉬었다. 수송부대는 지안에서 무개화차에 실려 만주 땅으로 깊숙이 들어갔다. 화차 바닥에는 말똥이 널려 있었다. 노천 변소와 다름없는 악취 속에 만주 땅을 가로질러 두만강 기슭까지 실려 갔다.

수송부대가 두만강 기슭에 도착할 즈음 전황이 사뭇 바뀌어 있었다. 중국에서 지원한 의용군이 이른바 인해전술로 유엔군과 국방군을 서울 이남으로 몰아내고 북한 일대를 수복했던 것이다. 수송부대는 두만강을 건너 유엔군이 쫓겨난 함경도로 진입했다. 함흥, 원산을 거쳐 이윽고 평양으로 다시 돌아간 수송부대는 평양 부근 순안에 주둔했다. 순안에 주둔한 이후, 부대원들은 오랜 고생 끝에 안정을 찾았다.

40

순안에 주둔한 지 3년이 지났다.

은희는 부대의 기밀실 주임 직책을 맡아 임무에 충실하며 부대원들과 가족과 같은 끈끈한 유대를 유지해왔다. 그이가 희구하던 이상적인 혁명의 땅으로 기꺼이 넘어오기는 했으나 주변에 정을 붙일만한 사람은 찾아보기 어려웠다. 어릴 적 추억을 함께 지닌 동무 하나 없었고, 살아오는 동안 친교를 나누었던 친근한 벗 또한 하나 없었다. 오로지 부대원들과 고락을 함께하며 수없이 든 정 난 정을 나누어왔다. 어린 부대원들은 은희를 언니로 누나로 부르며 따르고 의지하려 들었다. 군관이나 지휘관들을 제외한 병사들은 하나같이 동생 같았다.

은희는 집과 다름없는 부대를 떠나기로 마음먹었다. 그동안 정이

들 대로 든 부대를 떠나려니 썩 마음이 내키지는 않았다. 그러나 전쟁 시에는 간병사로서, 부대가 순안에 주둔한 후에는 기밀실 주임으로서 오래 봉사해온 은희는 군에서의 소임은 이제 마쳐야 하리라 생각했다. 남북 사이에 휴전협정이 체결된 후 휴전선을 사이에 두고 대치하고 있을 뿐 당분간 전쟁은 일어날 것 같지 않았다.

군에서 제대하고 사회에 나가 혁명의 씨앗이 맺은 열매를 수확하는 데 남은 생애를 바치고 싶었다. 남에서 혁명을 이루고자 목숨 걸고 투쟁했던 그 열정으로 조선 혁명 사업에 헌신하고 싶었다. 어떤 국가도 실현하지 못한 무오류의 세상을 열어가는 일에 미력이나마 보태고 싶었다.

"통일 되는 그날까지 함께 고생합시다."

군관 동무들은 한사코 은희의 제대를 만류했다. 그동안 함께 헤쳐온 숱한 역경과 추억 때문인지 군관 동무들과 병사들은 서운한 마음을 감추지 않았다. 그들의 진심 어린 만류에 부대를 떠나는 것이 마치 친정집을 떠나는 것처럼 서운하기는 했다. 그러나 그이가 마음속에 틀고 앉아 국가에 제대로 헌신하라고 자꾸만 채근해 대는데, 어쩌겠는가. 결국 부대원들의 뜨거운 배웅을 받으며 은희는 부대를 등지고 평양을 향해 걸음을 내딛었다.

부대장이 트럭을 내주겠으니 타고 가라고 했으나 은희는 한사코 사양했다. 순안에서 평양까지는 그다지 멀지 않았다. 다리가 품을 얼마 팔지 않고서도 몸을 평양으로 데리고 가리라 생각했다. 그리고 오랜만에 천천히 걷고 싶기도 했다. 마음이 여유로운 탓도 있었을 것이다. 부대를 뒤에 두고 평양강 기슭을 따라 번어 있는 도로를 따라 얼마쯤 걸어왔을까, 은희는 아쉬운 마음에 문득 뒤를 돌아보았다. 그러나 부대는 이미 보이지 않았다. 산모퉁이를 몇 굽이나 돌아 나왔을 지점에서 부대를 찾아 뒤를 돌아보다니 너무 늦은 헛수고였다.

평양강 다리를 건너면 서평양 가루개 초입이었다. 다리를 건너 검문소를 지나려는데 경무관(헌병)이 은희를 불러 세웠다. 신분증 제시를 요구했다. 제대 허가 서류를 내놓았다. 서류를 검토한 경무관은 무엇 때문인지 옆에 대기하고 있으라고 했다. 부대에 확인한 후에 조처하겠다는 것이었다. 서류에 잘못이 있을 턱이 없는데도 인민군에서 막 제대하고 나온 사람을 확인해본다니 어리둥절했다. 납득이 가지 않았으나 어쩔 도리가 없었다.

길섶에 식량 배낭을 놓고 주저앉았다. 느슨해진 방한화 끈을 조이는 등 담배 한 대를 다 태울 만한 시간이 흘렀음 직했음에도 불구하고 아무 말이 없었다. 부대에 알아보고도 남을 만한 시간이 지난 것 같은데도 계속 꿩 구워 먹은 식이었다. 식량이라도 좀 내놓으라는 것인지 알 수가 없었다. 하기야 보내줘도 당장 갈 곳이 있는 것도 또 다른 약속이 있는 것도 아니어서 서두를 것은 없었다. 그러나 하릴없이 애먼 사람을 붙들어놓는다 싶으니 기분이 별로 좋지는 않았다. 경무관에게 무엇인가 항변이라도 한마디 해야 될 것 같아 고개를 들던 은희는 그만 눈이 휘둥그레졌다. 은희는 순간 몸이 얼어붙은 듯 굳어졌다. 가까이 걸어오고 있는 중년 남자를 뚫어지라 바라보던 은희는 벌떡 일어났다. 닳아빠진 신창이 걸음을 옮길 때마다 혓바닥처럼 너덜거리는 군용 편상화를 신은 남자는 초라한 행색이었다. 단이 해져 보풀이 일고 있는 검은 외투에 테가 닳아 너덜거리는 중절모를 쓰고 있었다.

벼락같이 달려간 은희는 중년 남자 앞을 우뚝 가로막고 섰다. 남자는 얼결에 뒤로 주춤 한발 물러섰다.

"아니, 이 뉘기요?"

곧 은희를 알아본 중년 남자는 깜짝 놀랐다. 어찌나 반가웠던지 은희는 무심결에 남자의 손을 덥석 잡았다. 믿을 수 없다는 듯 연방 도리질을 하며 남자도 손을 부여잡았다. 까마귀도 고향 까마귀는 반갑다고 하는데 이게 누군가. 고향만 같은가. 시댁 집안끼리도 서로 형제처럼 지내던 가까운 사이였다. 뿐만 아니라 국립 서울대 문리대 교수로 재직 중이던 정희영 선생은 중간에 연락책을 두고 병산과 긴밀히 협의하며 조직과 운동방향을 설정하고 국대안(國大案) 반대투쟁의 선봉에 서서 활약을 펼쳤던 남로당 골수 당원이었다. 국대안 반대투쟁의 마무리도 보지 못하고 중도에 신분이 드러나자 어쩔 수 없이 지하로 숨어들지 않을 수 없었던 정희영 선생은, 이듬해에 부인 최경자를 대동하고 자진 월북길에 올랐던 것이다. 그렇지 않아도 자리를 잡으면 가장 먼저 찾아보려던 것이 최경자 언니였다. 그런데 그 남편 정희영 선생을 평양에 발을 들여놓은 순간 조우하다니 이 무슨 해괴한 조짐이란 말인가. 앞날이 순탄할 징조인 것인가. 평양에 아는 사람 하나 없는 은희는 당장 어떻게 지낼지 걱정이 태산 같았다. 그런데 여기서 정희영 선생을 만나다니 모든 걱정과 시름이 일시에 흔적도 없이 사라져버린 것 같았다.

"선생님……."

감정에 겨워 말을 잇지 못하였다.

"그동안 얼마나 고생이 많았을지 짐작이 가오. 병산 동무 비보에 나도 눈앞이 캄캄했었소."

정 선생 음성 또한 떨려 나왔다. 눈시울이 벌겋게 상기되어 있고 눈에 물기가 촉촉이 배 있었다.

"그래 동무는 지금 어디 가던 길이오?"

"제대하고 지금 막 평양에 발을 들여놓은 참입니다. 내일이나 언제 중앙당을 찾아가 근무지 배치를 받아야 합니다. 그런데 평양에 아는 데는 없습니다."

"그럼 잘됐습니다. 과학원 역사연구소 상급편수관으로 있는데, 갈 데가 없다면 우선 나 있는 데로 갑시다."

두 사람이 나누는 이야기가 들렸던지 감시초소의 경무관이 은희에게 가도 좋다는 허락을 내렸다.

"이거 동무 거요?"

정 선생은 곁에 놓여 있는 배낭을 가리키며 쳐다보았다. 고개를 끄덕이기도 전에 정 선생은 이미 배낭을 등에 짊어졌다. 가슴속에 반가운 감정이 계속 뜨겁게 출렁거렸다. 은희는 앞장서 걷는 정 선생의 뒤를 묵묵히 따라 가벼운 마음으로 발걸음을 옮겨놓았다. 무엇인가 까탈을 잡아 인정이라도 챙기려던 감시초소 경무관은 상대가 역사연구소 상급편수관이라는 말에 그만 속을 앓으며 그녀를 놓아준 것일 터였다.

"그렇지 않아도 동무가 군에 봉사한다는 말을 듣고 길을 가다 여군이 보이면 유심히 쳐다보고는 했는데, 오늘 이렇게 만날 줄은 꿈에도 몰랐습니다."

구수한 경상도 사투리를 들어본 지 얼마 만인가. 그리운 고향산천이 절로 그리워졌다. 그러나 뒤따라 걸으며 바라본 정 선생의 모습은 형편이 별로 좋아 보이지 않았다. 우중충한 회색빛 얼굴이며 살을 훑어낸 듯 쪽 빨은 볼에 힘줄이 드러나 보이는 손이며 영양상태가 좋지 않은 것인지, 무슨 병이라도 앓고 있는 것인지 매우 허약해 보였다. 입고 있는 외투는 추위를 막기에는 너무 얇아 보였고 귀밑까지 눌러쓴 중절모도 테가 닳아 너덜너덜했다. 눈길이 미끄러워서인지 아니면 신창이 빠지려는 군용 편상화 때문인지 걸음걸이도 시원치가 않았다.

정 선생은 고노골에 있는 김일성대학 교원 사택에 거주하고 있었다. 역사연구소 사무실과 편수관 합숙소가 거기에 함께 있었다.

"합숙소에 네 명이 같이 생활하고 있는데, 병산 동무와 직간접적으로 아는 사이들이니 최 동무가 왔다면 모두 반가워할 겁니다."

"합숙소에서 생활하세요? 경자 언니는 어쩌구요?"

"중국으로 피신해 있습니다. 이곳 평양에 폭격을 면한 데가 얼마나 있습니까. 집이란 집은 대부분 포탄 세례를 받았지요. 편수관들 가족은 거의 다 중국으로 피난시키고, 편수관들만 네 명씩 조를 이루어 한 방에서 생활하고 있습니다."

"손수 식사를 해 드세요?"

"아닙니다. 한 조에 식모 아주머니를 한 명씩 배당해주었습니다."

기숙사라고 해도 온전한 건물이 몇 없었다. 포탄을 맞아 뼈대만 흉물스레 서 있는 건물이 대부분이었다. 왼쪽 벽이 허물어지고 오른쪽 벽이 기우뚱 기울어져 보이는 건물 앞에서 정 선생은 걸음을 멈추었다. 은희가 따라온 것을 확인이라도 하듯 정 선생은 뒤를 한번 돌아보았다. 합숙소 방 앞에서 정 선생은 기침을 하며 인기척을 냈다. 방문을 열고 배낭을 벗어 들여놓고 신발을 벗었다.

방 안에 있던 사람은 정 선생 뒤에 서 있는 은희를 보고 기겁을 하고 놀랐다. 방바닥에 이불을 펴놓고 해진 데를 깁고 있던 그 사람은 민망한 얼굴로 이불을 접었다. 이불이라고는 하지만 내다 버려도 아까울 것 없는 넝마 같은 것이었다. 굴뚝에서 금방 꺼내기라도 한 듯 시커멓게 때가 절어 있는 넝마 같은 것을 보고 있으려니 마음이 여간 아프지 않았다. 이불을 꿰매고 있던 궁상맞은 모습을 들킨 남자는 쑥스러운 표정으로 방으로 들어서는 두 사람에게 자리를 내주었다.

"김병산 동무 부인일세."

"아, 그렇습니까. 반갑습니다."

나중에 돌아온 두 사람도 병산과 잘 아는 사이라며 은희를 반가워했다.

"김 동무는 사회주의 국가 건설에 절대적으로 필요한 인재였는데, 김 동무가 불행하게 됐다는 소식에 우리도 분을 삭이지 못했습니다."

"김 동무야말로 우리 열 몫을 하고도 남을 동량이었는데, 불행하게 되다니 우리가 복이 없는 탓입니다."

그이를 두고 지난 일을 회고하는 그들의 말에 귀를 기울이고 있는 사이 은희는 가슴 벅찬 감동과 그리움에 목이 멨다.

"김 동무처럼 혁명을 위해 일생을 바친 사람이 없었는데!"

"전 세계가 공산주의화 될 날이 멀지 않았다며 보편적 혁명이 보편적 영역을 가지는 공산주의 혁명은 단순히 한 국가의 혁명이 아니라 모든 문명국에서 전개되는 혁명이 될 것이라고 힘차게 주장했었는데. 모든 생산수단과 재화를 반드시 고르게 나누어 가져야 한다는 그의 주장은 매우 논리적이고 설득력이 있었어."

"나의 지난날 가운데 가장 빛났던 때가 우리가 동경에서 서클 활동을 할 때 아니었나 싶어. 그때만큼 우리가 열정을 쏟아 삶을 불태운 적 있었나. 세상을 우리 손으로 바꿔놓을 수 있다는 야심으로 가슴 벅찼던 그때가 마냥 그립네."

순간 네 사람은 누가 먼저랄 것도 없이 동시에 한숨을 푹 내쉬었다. 울적한 얼굴로 도리질을 하며, 옛 생각에 사로잡혀 침울해 있던 그들은 부엌문 쪽의 인기척에 뜨악한 듯 손으로 마른세수를 하며 표정을 가다듬었다.

"저녁 드세요."

아주머니가 부엌문을 열고 밥상을 들여놓았다. 밥 네 그릇에 국 네 대접이 달랑 올려져 있었다. 밥상을 받아든 네 사람은 난감한 표정으로 서로의 얼굴을 쳐다보았다.

"아지매, 어렵겠지만 손님 밥도 좀 부탁하오."

애원하는 표정을 지으며 정 선생이 아쉬운 소리를 했다.

"정량에서 한 톨도 더 주지 않는 배급사정을 몰라 그러십니까."

"왜 모릅니까. 아지매가 고생 많은 건 알고 있습니다. 그렇지만……."

"손님 생각을 하지 않을 수 없겠지만, 그럼 손님 대신 누구더러 굶으라는 말씀입니까?"

아주머니가 매정한 것은 당연한 처사였다. 한 톨 여유 없는 식량배급량의 철저함은 누구나 알고 있는 사실이었다. 식사를 담당하고 있는 부엌 아주머니로서는 어쩔 수 없는 일이었다. 허투루 인심을 쓰거나 여유를 부릴 형편이 아니었다. 이런 배급사정을 잘 알고 있는 은희는 서운하지는 않았다. 아주머니는 성깔이 난 듯 부엌문을 쾅, 소리 나게 닫았다.

"제 밥을 나눠 먹읍시다."

머쓱해진 정 선생은 은희에게 상 앞으로 다가앉게 하였다. 상 앞에 끼여 앉기는 했으나 숟가락을 들 엄두가 나지 않았다. 밥이라야 통강냥에 쌀알 몇이 섞여 있는 거친 것인데 그 양 또한 이 빠진 사발 운두에도 미치지 않았다. 대여섯 숟가락 뜨기에도 모자라 보이는 거기 어디에 숟가락을 대겠는가. 세 사람이 한 숟가락씩 떠서 정 선생 밥주발에 담아주며 권하는 바람에 한 숟가락 떠 입에 넣고 씹으며 국을 떠먹었다. 통강냥은 잘 씹히지 않아 입안에서 겉돌았고 국은 소금에 시래기를 삶은 것이어서 쓰고 떫은맛밖에 나지 않았다. 은희는 두 숟갈도 뜨지 않고 상에서 물러났다. 정 선생을 비롯한 네 사람은 그러나 몇 끼 굶은 사람들처럼 허겁지겁 밥과 국을 게 눈 감추듯 금세 먹어치웠다. 사발 밑바닥을 숟가락으로 닥닥 긁던 그들은 아주머니에게 두 번 세 번 애걸하듯 숭늉을 청해 마셨다. 그러한 그들을 지켜보는 은희 심정은 비통하다 못해 참담했다. 이들은 모두 부잣집에서 태어나 유복하게 자랐고 일본 유학까지 다녀온 남조선에서는 내로라할 만큼 행세를 하던 인사들이었다. 더구나 역사연구소 편수관이라면 북에서도 지도급 인사들 아니겠는가. 그런 인사들이 물배라도 채우기 위해 저러고 있다니, 못 볼 것을 본 것 같았다.

울컥 치솟는 울분을 참고 있던 은희는 배낭을 들고 부엌으로 나갔다.

배낭을 열고 매조미쌀을 꺼내 밥을 지었다. 가져간 부식으로 국을 끓이고 간을 했다. 상을 차려 방으로 들어가자 네 사람은 침을 꿀떡 삼켰다. 조금 전 식사를 했음에도 그들은 단숨에 밥그릇을 비웠다.

"쌀 밥 먹어본 지가 언제였나."

"꿈에 자주 먹었잖나!"

"하기야 꿈에 먹은 것도 먹은 것은 먹은 것이지!"

"그래도 남한보다야 낫지 않겠어. 남한에서는 먹을 것이 없어 깡통 들고 헤매는 거지들이 드글드글 하다던데."

"하기야, 남한보다야 못하겠나만……. 전쟁 끝이라 그렇지 이 고생이 얼마 가겠어."

숭늉까지 마시고 난 그들은 얼굴이 환해졌다. 웃음꽃을 피우는 그들의 모습을 바라보며 은희는 속으로 기쁨을 감추지 못했다. 자신에게 주어진 배급식량을 남을 위해 썼으므로 자신은 몇 끼 굶어야 한다는 사실이 걱정은커녕 보람으로 느껴졌다.

41

식모 아주머니 옆에 잠자리를 잡았으나 은희는 밤새 뒤척이다 잠을 설쳤다.

군에서 제대하고 사회에 첫발을 내딛은 날이었다. 혁명의 길을 고스란히 걷고 있을 노동자 농민의 나라에 대한 기대가 컸다. 남한과 달리 위대한 수령의 영명한 지도 아래 모든 인민이 평안하고 복이 넘치는 생활을 누리고 있으리라 믿었다. 그러나 직접 목격한 역사연구소 편수관들의 생활 모습은 예상과 너무 달랐다. 그들은 남한에서 저명한 학자로 활동해온 일급 지식인들이었다. 역사연구소라면 최고 권위를 자랑하는 국립기관이고 편수관이라면 최고 계층의 학자들이 아니면 임명될 수 없는 요직이었다. 그런 최고위 지도급 인사들이 배급량에 구속되어 손님 하나 먹일 수 없다니, 그리고 강냉밥에 소금국으로 끼니를 잇다니, 물배라도 채우려고 식모 아주머니에게 아쉬운 소리를 하다니, 예상을 벗어난 실망스러운 모습이 계속 떠올라 잠을 갉아먹었던 것이다.

군은 지휘계통이 철저하여 모든 일이 일사불란했다. 보급도 일정하여 차별이 없었다. 균형이 잘 갖추어진 조직구조였다. 상하 계급에 따라 약간의 차이는 있었으나 그것은 직위에 따른 도덕적 윤리적으로 누구나 인정할 만한 정도의 차이에 불과했다. 그러나 민간사회는 다른 모양이었다.

이것이 당신이 건설하고자 한 국가였습니까? 배급제로 누구나 잘 먹고 잘사는 나라를 건설하고자 한 당신이 꿈꾸었던 혁명의 나라가 바로 여기 이곳입니까? 배급제는 시행되고 있습니다. 그러나 식욕의 반도 채워주지 못하는 식량배급으로 인간의 존엄성을 박탈하는 이런 나라가 남쪽에서 당신이나 내가 바랐던 혁명의 나라가 맞습니까? 먹을 것 앞에 인간의 최소한의 존엄성마저 팽개치고 철저히 비굴해질 수밖에 없는 것이 인간이라는 사실을 당신은 한 번이라도 생각해본 적 있습니까? 당신이 촛불을 밝혀두고 밤을 도와 섭렵한 책들, 머리와 가슴으로 책들로부터 얻은 지식을 갈고 닦아 이 땅을 공정하고 정의롭고 풍요롭게 가꾸려던 희망과 이상에 부풀었던 그 수많은 나날들의 번민, 당신이 갖추고 있었던 모든 지식과 희망과 이상을 지니고 당신과 함께 몸을 아끼지 않고 활동했던 저 최고급 인재들의 생활 모습을 오늘 저는 여기서 똑똑히 목격했습니다. 우리가 목숨을 걸고 투쟁하여 반드시 쟁취하고자 했던 혁명의 나라가 이런 나라였습니까?

옆에 있으면 가슴이라도 쥐어뜯으며 따지고 싶었다.

지난해 철호를 만나려 안변에 갔을 때도 은희는 뜬눈으로 밤을 꼬박 새웠었다.

북으로 넘어온 지 3년이 지나도록 철호와 시댁 식구들의 소식을 모르고 지냈다. 잘 지내고 있는지, 어디 탈은 나지 않았는지 궁금하고 보고 싶어 애가 탔다. 그러나 제한이 많은 군 영내에서는 소재를 알 길이 막막했다. 휴전선을 경계로 북남이 분단되었으나 전쟁의 상처가 아물어가며 사회질서가 회복되고 있었다. 전쟁의 상흔을 지워가며 사회질서가 회복되고 인민의 생활이 안정을 찾아가고 있었다. 따라서 여유가 생긴 사람들은 본원적인 감정의 부림에 순응하여 떠났던 고향을 찾아가기도 헤어진 가족을 찾기도 했다. 은희도 먼저 북으로 넘어온 철호와 시댁 식구들이 보고 싶고 궁금해 애를 태우며 어쩌다 고향 사람을 만나면 가족 소식을 가장 먼저 물어보고는 했다. 그러나 여태 안다는 사람을 하나도 만날 수 없었다. 군부대 안팎 손이 닿는 데마다 수소문을 해보기도 했다. 그러나 실오라기 하나 건지지 못했다. 앉아서 기다리는 그런 식의 소극적인 방법에 문제가 있는 것으로 판단한 은희는 좀 더 적극적인 방법을 모색하기로 방침을 바꿨다.

관계 요로에 문의 편지를 보내기 시작했다. 남에서 북으로 보내진 남로당 간부 가족이므로 각별한 대우를 받고 있으리라 짐작하고 있었다. 그러므로 어렵지 않게 연락이 닿으리라는 기대가 없지 않았다.

중앙당이며 각도 당위원회 연락부 앞으로 가족 신상 명세를 적은 군사우편을 수없이 보냈다. 그러기를 두어 달쯤 계속했을 무렵이었다.

"기밀실 주임 편지요."

정치부대장의 정치학습 지도 시간이었다. 연락병이 편지를 흔들며 은희를 불렀다. 편지라는 소리에 은희는 벌떡 일어났다. 부리나케 뛰어나간 은희는 흔들고 있는 편지를 낚아챘다. 아니나 다를까, 학수고대하던 시누이에게서 온 것이었다. 겉봉을 뜯기도 전에 눈물이 핑 돌았다. 학습 시간에 이 무슨 소란이냐, 정치부대장이 규율을 지키라고 엄포를 놓았으나 귀에 들어오지 않았다. 발신지는 강원도 안변군 이주하유자녀학원이었다.

기밀실 사무실로 돌아온 은희는 펑펑 소리내 울었다. 세 살 젖먹이 때 자신 대신 북으로 보낸 살붙이가 이주하유자녀학원에 다닌다니, 꿈같은 소식이 아닐 수 없었다. 은희는 편지를 읽고 또 읽으며 북받쳐 오르는 울음을 그칠 수 없었다.

기밀실은 군부대에서도 특별한 곳이었다. 부대 내의 모든 비밀문건과 부대기와 관인을 보관하고 있었다. 지령문 수발을 담당하고 부대원의 증명서 일체를 발급하는 중요 부서였다. 기밀실은 상급 지시에 의한 검열 이외에는 부대장과 정치부대장의 출입도 통제되고 있었다. 용무는 작은 창구를 통해 이루어졌다. 입구에는 상시 입초병이 지키고 서 있었다. 부대장이 부른다는 전갈을 받은 은희는 눈물 자국을 대충 지우고 부대장실로 갔다. 정치부대장도 함께 있었다.

"기밀주임 동무 무슨 일인데 그러오?"

문밖으로 울음소리가 새나갔던지 그걸 듣고 누가 보고를 한 모양이었다.

“가족을 찾았습니다.”

“아, 축하하오. 기뻐서 울었군요?”

“어머님께서 별세하셨다는 소식을 들었습니다.”

“아 그 안됐구만. 철호는 찾았소?”

“네. 강원도 이주하유자녀학원에 있답니다.”

“동무에게 특별휴가를 줘야겠소. 철호, 철호 하다 찾았다니 얼마나 기쁘겠소. 나이 잡순 이야 죽기 마련 아니오. 아들을 찾았으니 한번 다녀오구려.”

정치부대장도 함께 기뻐해주었다.

기밀실로 돌아온 은희는 출장증명서와 10일간 특별휴가증을 스스로 떼 품에 지녔다. 동행으로 붙여준 어린 연락병은 부대를 벗어나 자유롭게 여행할 수 있다는 말에 마냥 신바람을 냈다. 허리에 방독면을 차고 단독군장을 한 데다 출장 기간에 먹을 식량과 부식을 꾸려 배낭에 넣고 등에 짊어지니 그 무게에 짓눌려 발을 떼놓기도 힘들었다. 다행히 부대장이 원산까지 부대 수송차를 이용하도록 특별배차를 허용했다. 그 덕에 원산까지는 수송차 편으로 편하게 갈 수 있었다. 그러나 원산에서 안변까지는 도보행군을 해야 했다. 등에 진 짐은 벅차고 그리운 마음이 먼저 달려가며 재촉이 심했던 때문인지 갈수록 길이 멀고 아득하기만 했다. 게다가 부슬부슬 비까지 내렸다. 빗속을 걸어가려니 힘들었던지 열일곱 살배기 연락병은 계속 구시렁거렸다.

이윽고 안변 부근에 이르렀다. 다 왔다는 생각에 마음이 더 급해졌다. 구시렁거리는 연락병을 제쳐두고 혼자서 걸음을 재촉했다. 안변에 당도한 은희는 길 가는 사람을 붙들고 이주하유자녀학원의 소재를 물었다. 비에 쫄딱 젖은 여군의 행색에 눈살을 찌푸리며 산 쪽을 가리켰다. 마을 사람의 손이 가리킨 산 쪽을 향해 은희는 잰걸음을 놓았다. 한시라도 빨리 당도하지 못해 애가 탔다.

그러나 정작 이주하유자녀학원 앞에 이른 은희는 맥이 탁 풀렸다. 목적지에 당도했다는 안도감이나 기쁨 대신 실망감에 눈을 질끈 감았다.

눈앞에 있는 건물 꼴이 너무 서글펐다.

애국열사 이주하를 기리기 위해 국가에서 건립한 유자녀학원이라 했다. 그러므로 그 명칭에 부합하는 정도의 시설과 의젓한 외양을 갖추고 있으리라 예상했었다. 그런데 국가에서 건립한 시설이라고는 믿어지지 않을 만큼 아주 초라하고 궁색한 달랑 초가집 한 채에 불과했다. 돈을 들여 세운 집이 아니라 동네 사람들이 울력으로 벽을 치고 지붕에 짚을 이어 세운 초가에 지나지 않았다. 그 초가 입구에 '애국열사 이주하유자녀학원'라고 쓴 손글씨의 나무 팻말 또한 한없이 서글펐다.

'아동들이 어머니의 초기 보살핌 없이도 지낼 수 있는 순간부터 국가기관에서 국가 비용으로 모든 아동을 교육한다'고 공산당 선언에서 공표한 교육시설이 이렇듯 초라하고 한심한 것이었단 말인가? 애국열사라니, 그이와 혁명 사업을 하다 희생된 수많은 동지들이 떠올랐다. 그들이 꿈꾸었던 이상의 나라가 이 정도밖에 되지 않았던 것인가?

겨우 눈물을 거두고 무거운 마음으로 사무실을 찾아 들어갔다. 목재를 얼기설기 짜 맞춘 책상 하나에 두 명의 선생이 마주 보고 앉아 있었다. 들어서는 은희를 물끄러미 쳐다보았다. 용건을 말하자 이미 연락을 받고 대기하고 있었다고 말했다. 기다리고 있던 철호와 시누이를 데리고 왔다. 거지도 상거지와 다를 바 없었다. 남루한 차림에 비쩍 마른 철호의 모습을 보자 그만 명치끝이 콱 막혔다. 와락 당겨 불끈 안고 뺨을 비벼댔다. 은희의 눈에서 흘러내린 눈물이 철호의 뺨을 적셨다.

시누이도 한눈에 알아볼 수 없을 정도로 초췌했다. 옛날 그 잘난 시누이는 어디로 사라지고 북쪽에서 새로 태어난 못난 시누이가 눈앞에 서 있는 것인가. 아무리 참으려 해도 마냥 쏟아지는 눈물이 그치지를 않았다.

그날 밤, 시누이 집에서 철호를 옆에 재우고 잠자리에 든 은희는 한숨도 잘 수 없었다. 거지같이 볼품없는 유자녀학원의 시설이나 비쩍 마른 나무꼬챙이처럼 여윈 철호나 시누이의 어린 삼남매 꼴이 예상이나 기대와 달라도 너무 달랐다. 옷이라고 걸친 것은 넝마와 진배없는 중국에서 온 구호품이었고 먹는 것은 강냉밥에 소금국이 전부였다. 은희는 메고 간 식량과 부식을 털어놓고 밥을 지어 배불리 먹였다. 걸신들린 듯 밥을 퍼 넣는 철호와 시누이의 어린 삼남매 모습에 은희는 고개를 돌리고 말았다.

"외숙모, 외숙모. 우리 아버지도 어디 군대 계세요?"

어린 조카들은 제 어머니 몰래 몇 번이나 은희의 옷자락을 잡아당기며 물었다. 그녀는 말문을 열지 못하고 머리를 쓰다듬으며 속으로 눈물을 삼켰다. 시누이 남편 또한 그이와 마찬가지로 남쪽에서 불귀의 객이 된 지 오래였다.

'이건 아니야! 이건 틀렸어!'

밤새 뒤척이며 속으로 몇 번이고 그렇게 외쳤다. 그 곱고 고상하던 시누이가 목기 만드는 공장에서 노동을 하고 있다니, 믿고 싶지 않았다. 천석지기 부잣집 딸로 태어나 항일운동을 하는 오빠의 영향으로 제국주의 배척사상과 항일운동에 깊이 빠져든 시누이는 일찍부터 사상범으로 검거되어 감옥을 드나들었다. 진주고녀에서 복학을 허락하지 않자 시누이는 오빠의 권유로 공부를 계속하기 위해 현해탄을 건너갔었고 거기 일본에 가서도 공부보다 무산계급운동에 열중했다. 결국 일본에서도 체포되어 감옥살이를 하다 추방되어 집으로 돌아왔었다. 집으로 돌아온 시누이는 항일운동을 함께해온 오빠의 친구와 결혼한 후 남편의 지하 활동을 적극적으로 도왔다. 시누이 남편은 나중에 대남 정치보위부 총책임자라는 중책을 맡고 당을 위해 헌신적으로 일한 열혈 애국투사였다. 시누이 자신이 혁명 활동을 견결히 수행해온 열성 당원이었다. 남편은 당 사업 수행 중 체포되어 불행한 최후를 맞은 혁명가였다. 시누이와 조카들은 혁명 유가족이었다. 그들은 반드시 국가로부터 우대를 받으며 다른 이들보다 더 잘 살고 있으리라 믿었다. 그래야만 했다. 그런데 공장 노동을 하며 헐벗고 굶주리고 있다니, 이건 아니야! 이건 틀렸어! 하는 생각에 한숨도 눈을 붙이지 못했다.

중국 의용군의 인해전술 덕에 다시 수복한 서울에 갔을 때도 하룻밤을 꼬박 새운 적이 있었다. 정릉 친정 식구들을 찾아갔다가 헛걸음하고 그날 저녁 돈암동에 있는 명자 동무 집에서 하룻밤 지내게 되었다. 친정 식구들과 내왕이 있던 명자 동무는 마지못한 듯 은희에게 친정 식구들의 소식을 들려주었다.

동생은 지하 공작활동을 계속하다 체포되어 서대문형무소를 거쳐 진주형무소에서 처형되었고, 올케는 행방불명이 되었다고 했다. 의사에게 시집간 막내 동생은 사상에 물들지 않고 온전했는데, 산속에서 처형된 아들의 시체나마 찾겠다고 나선 친정어머니를 부축하고 다니다 북에서 내려온 내무서원에게 '반동의 며느리'로 찍혀 친정어머니 앞에서 총살되는 끔찍한 일을 겪었다는 것이다. 2남 2녀를 둔 친정어머니는, 3남매는 남로당 당원으로 고스란히 바쳤고, 막내딸은 북에서 내려온 내무서원의 손에 의해 총살되어 잃고 말았다는 것이다.

시댁이나 친정 모두 혁명 가족으로서 무슨 손색이 있는가. 그런 혁명 유가족인 철호가 지금 받고 있는 대우가 이런 정도밖에 안 된다니, 이것이 온당한 것인가. 시어머니 무덤도 그랬다. 가산을 송두리째 당에 바치고 아들딸 모두 혁명투사로 내준 시어머니의 무덤이 그렇게 초라할 수가 없었다. 무덤 앞에 망자의 이름을 새긴 목비 하나 서 있지 않았다. 시누이가 아니면 누가 시어머니 무덤을 찾을 수나 있겠는가. 아, 이건 아냐! 이건 틀렸어!

그이가 바라던, 그이가 목숨 바쳐 이룩하고자 한 '혁명은 조선의 위대한 미래'라던 그 나라가 이런 것이었던가. 전쟁 뒤끝이라 이렇듯 궁색하지 점점 형편이 펴게 되지 않겠는가. 그럴까. 그렇지만 그럴 것 같지가 않았다.

42

규정에 맞추어 서류를 작성한 다음 은희는 중앙당에 근무지 배치 신청을 넣었다. 자기소개서와 경력증명서 작성에 심혈을 기울였다. 김병산 동지의 아내로서 남로당 지하 공작활동을 활발히 전개한 바 있으며 전시에 인민군에 입대하여 군 업무에 충실하게 종사해온 과정을 소상히 밝혔다. 다른 당원에 견주어 손색이 없으리라 자부했다. 서류를 검토한 당에서는 경력과 적성에 비추어 재정성이 맞춤하다 판단했던지 국가 살림을 통괄하는 재정성으로 발령을 냈다.

재정성은 부벽루 옆에 있었다. 대동강이 바로 내려다보였다. 지척 지간에 능라도가 있는 명소였다. 산허리를 뚫고 설치한 방공호 안에 위치해 있으므로 어떤 공습에도 끄떡없는 안전한 이점도 있었다. 방공호 안에는 재정성 몇 중요 부서가 있었으며 재정상(相: 장관), 부상(副相: 차관) 및 소련 고문관이 그 가족과 함께 생활하고 있었다.

최창익 재정상과의 면담에서 배치 부서와 직책이 결정되었다. 자기소개서와 경력증명서 등을 검토한 재정상 최창익은 매우 우호적인 표정이었다. 친근한 미소를 띠고 은희의 가슴에 부착된 군공 메달을 이윽히 쳐다보았다. 볼이 두툼하고 인자한 인상의 재정상 최창익은 잠시 궁리하더니 군대서 기밀실 주임을 했다니 기요문서 과장을 맡기면 어떻겠느냐며 간부부장을 돌아보았다.

"기요문서 과장 직책은 곧 없어지게 됩니다."

간부부장은 난처한 표정을 지었다. 그러자 옆에 있던 검열국 국장이 자기도 이력서를 검토했는데, 우리 부서에 맞춤할 것 같다며 검열국에 배치해달라고 요청했다. 간부부장이 동의하자 최창익 재정상은 검열국으로 최종 결재를 했다. 은희는 재정감독 검열국 검열원으로 배치받았던 것이다.

검열국에 배치받은 지 두 달가량 지났을 무렵이었다. 재정성 당위원장이 은희를 찾아왔다. 간부부장과 검열국장으로부터 추천을 받았다면서 검열국 당 사업을 책임지고 수행하라고 했다. 그날부터 은희는 검열국 당 사업을 짊어지게 되었다. 그리고 재정성 여맹 부위원장으로 뽑히기도 했다. 게다가 평양시 여맹 직외강사 감투까지 쓰게 되어 어깨가 무거웠다.

어느 날 은희는 귀가 솔깃한 소식을 접했다. 재정성 간부부에 법률학교 학생 추천 통지서가 왔는데, 갈 사람이 없어 곤란을 겪고 있다는 것이었다. 법률학교를 졸업하면 판검사에 임용된다고 했다. 판검사라면 누구나 선망하는 직종 아닌가. 그런데 갈 사람이 없다니 학과 과정이 힘들기 때문인가. 은희는 간부부장을 찾아갔다. 법률학교에 추천해달라고 간곡히 부탁했다.

"동무네 국장과 의논해봅시다. 판사 검사라면 동무 같은 적임자는 찾기 힘들 거요."

간부부장의 말에 은희는 한껏 고무되었다. 그러나 검열국에 함께 근무하는 전직 검사 두 명이 그 사실을 듣더니 절대 안 된다고 손사래를 쳤다.

"동무는 자기주장이 강해서 판검사는 못할 거요."

"자기주장이 강해서 판검사 못할 거라니요?"

"판검사가 법으로 일하는 줄 아시오. 당 방침에 따라 판결하는 것이지, 법이나 판검사의 판단으로 판결하는 것이 아닙니다. 동무 성질에 얼마 가지 못해요."

전직 검사 동료의 만류를 귓등으로 흘려들었으나 그래도 마음이 찜찜했다. 은희는 변호사협회 중구 지역위원장으로 있는 고향 사람을 찾아갔다.

"동무는 판검사 안 되오. 동무니까 믿고 하는 말이지만, 법학은 자본주의 사회에서나 쓰이는 것이지 공산주의 사회에서는 쓰일 데가 없어요."

고향 출신 변호사 역시 일언지하에 안 된다고 잘라 말했다. 공산주의 사회에서는 법이 쓰일 데가 없다니, 이상한 생각에 고개를 빳빳이 세우고 도발적인 시선으로 변호사를 쳐다보았다.

"그럼 동무는 왜 변호사를 하세요?"

"하하하! 변호사, 명색이 변호사지 변호사가 뭘 할 수 있는 게 있는 줄 아시오. 당원이 개인 편에 서서 당과 싸울 수 있겠어요? 당이 최우선이지!"

"그럼 변호사협회는 왜 있어요?"

"구색은 갖추어놓아야 하지 않겠소. 변호사협회라는 간판이라도 있어야 인민들이 법이 있다고 여길 게 아니오. 일정 때 이놈의 법 공부한답시고 돈 없애고 밤잠 제대로 자지 못했던 걸 생각하면 속이 상하고 분해서 원!"

어이없다는 듯 씁쓸한 표정으로 픽 웃었다.

"그럼 변호사 노릇 하는 일은 없겠네요?"

"왜 없어요. 이혼소송 같은 건 하지요."

그래놓고 또 쓴웃음을 지었다.

"이혼소송이 있어요?"

"이혼소송은 심심찮게 있어요. 시대가 바뀌어 사업가나 상인들이 몰락하니까, 얼굴 반반한 여자들이 남편 버리고 당원한테 시집가려고 이혼하는 일이 많아요."

"옛날 서울 생각하고 변호사나 될까 싶어 간부부장에게 법률학교 가겠다고 졸랐는데 내가 틀렸군요."

"변호사라니, 그건 내가 기를 쓰고 말리고 싶소. 법이 당을 위한 법이고 판검사 변호사가 당원 아닌 사람이 없는데 법을 배워 뭐에 쓰겠소. 재정기술이나 잘 익혀두시오."

현직 변호사의 적극적인 만류를 듣고 난 은희는 결국 법률학교를 단념했다. 마침 까맣게 잊고 지내던 옛 지하공작원 시절 동무의 일이 상기되기도 했다. 그는 일정 때 반일사상범으로 검거되어 3년간 옥살이를 했고 해방 후에는 남한에서 반공법 위반으로 체포되어 감옥생활을 한 적이 있는데 북으로 와서는 반동으로 몰려 또 1년간 옥살이를 한, 그러니까 남북의 옥살이를 두루 겪고 나온 사람이었다.

"말도 마시오. 일본 놈 때 징역살이는 신사놀음이었지. 남한 옥살이 10년 하겠느냐, 인민공화국 옥살이 1년 하겠느냐 선택하라면 나는 남한 옥살이 10년을 택하지 인민공화국 옥살이 1년을 택하지는 않을 것이오."

그 까닭이 궁금했다.

"인민공화국 감옥은 그야말로 죄를 짓고 다시 들어와서는 안 되겠다는 결심을 굳혀주는 문자 그대로 철저한 교화소라오. 차입이란 아예 없고, 낮에 죽도록 노동시키고 저녁에 감방에 들어가면 서로 얼굴을 못 보도록 등지고 무릎 꿇고 앉아 있게 하고, 한마디라도 말을 나누다 들키면 치도곤을 당하는데, 지옥이 따로 없지. 그 곤욕을 한번 겪고 난 사람은 감옥이라 하면 치를 떨어요."

이래저래 은희는 판사니 검사니 변호사니 만정이 떨어졌다.

법률학교 입학 추천을 자원했던 사실을 재정성 사람들이 다 아는데 이제 와 취소하려니 터무니없는 오해라도 받을까 걱정이 되었다. 마땅한 구실을 찾지 못해 고민하고 있던 중 다행히 고위 인사결정권자가 유능한 재정일꾼을 왜 사법성에 내주려 하느냐고 결재를 해주지 않았다. 그 덕에 법률학교 추천은 없던 일로 되어 한숨 돌리게 되었다.

마침 재정성이 청루벽으로 이사를 갔다. 청루벽의 새 방공호는 청결하고 쾌적해 일손이 제가 알아서 절로 신바람을 냈다. 직원들과도 한 식구처럼 정이 들어 나날이 즐거웠다.

하루는 밖에서 왁자지껄 고성이 오고 가고 있었다. 하도 시끌벅적해 나가봤더니 소련 고문관 서너 명이 검열국 국장과 부국장을 향해 삿대질을 하며 고함을 지르고 있었다. 기세등등한 소련 고문관과는 달리 검열국 간부들은 연신 그들에게 머리를 조아리며 두 손을 싹싹 빌고 있었다.

"실수로 물방울이 튄 것입니다. 그만 용서해주십시오."

부국장이 소련 말로 용서를 빌었다. 벌건 얼굴에 눈을 부릅뜬 소련 고문관이 손을 번쩍 들어 부국장을 치려고 했다. 순간 검열국 간부들이 재빨리 두 사람 사이에 뛰어들어 가로막았다.

"일부러 그런 것도 아닌데, 용서해주십시오."

국장이 러시아 말로 거듭 용서를 구했다.

부국장이 손을 씻고 물을 버렸는데, 마침 길 아래를 지나가던 소련 고문관 한 명에게 물방울이 튄 모양이었다. 물방울 몇 개 튄 것에 흥분한 소련 고문관 서너 명이 우르르 재정성으로 뛰어 올라와 그 소란을 피우고 있었던 것이다.

소련 고문관의 기세에 눌린 부국장은 씻은 손을 닦지도 못하고 계속 용서를 빌었다. 그러나 소련 고문관은 '요뽀이 마아찌'라느니 '조선놈'이라느니 계속 모욕을 퍼부어댔다.

은희는 기분이 더럽고 씁쓸하고 속이 상했다.

소련군 고문관 앞에서 쩔쩔매며 사죄하고 있는 국장, 부국장을 비롯한 검열국 간부들의 비루한 모습이라니, 책망 당하는 하인이 주인에게 빌고 있는 것과 다를 게 없어 보였다. 옛날 일정 때를 연상시켰다. 일정 때 일본 놈 앞에서 죽어지냈듯 지금은 소련 놈들 앞에 죽어지내야 한다는 것인가. 일정 때는 일본 놈들이 나라의 주인이었듯 지금은 소련 놈들이 이 나라 주인이라도 된단 말인가. 아니라면 왜 정부 고위급 간부들이 물방울 몇 튄 것을 빌미로 소련 고문관 앞에서 저토록 쩔쩔매며 굴욕을 당하고 있어야 한단 말인가. 돌멩이라도 맞았다면 어쩔 뻔 했는가.

그래 소련이 조선을 해방시켜준 것이 맞기는 맞는 것인가. 언젠가 그이의 아지트에 월장해 들이닥친 사촌 형의 조롱조의 비웃음이 상기되었다. 스탈린이 언제 대일 선전포고를 했느냐, 해방 9일 전인 8월 6일, 히로시마에 미군이 원폭을 투하한 그날이었다고 빈정거렸었다. 그리고 스탈린이 소련군을 참전시킨 것은 언제냐. 8월 9일, 나가사키에 두 번째 원폭을 투하한 바로 그날이었다고 했다. 일본이 항복할 수밖에 없는 조건이 무르익은 후 참전한 소련군은 피 한 방울 흘리지 않고 북조선에 입성하였고, 다 차려놓은 밥상에 숟가락만 올려놓은 격이었다. 그럼에도 불구하고 소련군은 전리품 하나는 눈을 부릅뜨고 톡톡히 챙겨 북조선에 공산주의 체제 정부수립을 위한 작업을 착착 진행하고 있지 않느냐고 따졌었다.

그래 일본의 항복 직전에라도 참전했으므로 소련군에 연합군의 자격을 부여할 수밖에 없었다고 하자. 그래서 지금까지 소련을 이 나라를 해방시켜준 은인이고 형제국가라고 칭송해온 것으로 만족해야 하지 않겠는가. 게다가 우리가 소련의 정치제도와 법을 따르고 있는 것을 그들은 도리어 고맙게 여겨야 되는 것 아닐까. 그런데 소련 고문관이란 작자들이 제 분수나 알고 저렇듯 오만하고 방자한 태도로 행패를 부리고 있는지 따져 묻고 싶었다. 저런 덜떨어진 작자들이 위세를 부리고 있는 소련을 어찌 형제국가라고 칭송하고 있을 수 있겠는가. 일본 압제로부터 해방시켜준 소련 참전에 대한 감사 표시라면 모란봉에 우뚝 서 있는 '해방탑'을 필두로 평양 중심 거리를 스탈린 거리, 레닌 거리라 명명한 것만으로도 자손만대에 걸쳐 그들을 경모하는 표시로서 충분하지 않겠는가. 게다가 중심 거리 곳곳에 걸려 있는 스탈린의 위압적인 초상화, 레닌 초상화, 모택동 초상화는 또 무엇이란 말인가. 소련 놈이니 되놈이니 잘못 말하다 반동으로 몰려 곤욕을 치른 이들이 또 얼마나 많은가. 당국에서 그렇듯 높여주고 있으므로 저들이 주인 행세 하려 들고 있는 것 아니겠는가.

미국군을 이 땅에서 몰아내야 자주독립 국가를 건설할 수 있다고 주장해온 당에서 왜 소련 고문관을 부처마다 신주단지 모시듯이 모시고 있는 것일까. 서울에서는 미국 사람들 욕한다고 봉변을 당하는 일은 없었다. 미국과 관련된 특수한 기관 외에 미국 대통령 사진을 걸어둔 데도 없었고 서울 어디에도 미국 대통령 이름을 딴 거리는 없었다. 그리고 우리가 얼마나 자유롭게 미군 물러가라고 소리 높여 외치며 시위를 벌이고는 했던가.

그런 생각을 뒤적이고 있던 은희는 문득 소스라쳐 놀랐다. 누가 자신의 머릿속을 들여다보기라도 한다면 이를 어쩌나 싶어 호들갑스럽게 재정신을 차렸다. 안 돼. 내가 왜 이런 불순하고 위험한 생각을 하고 있단 말인가. 자신을 다잡기는 했으나 씁쓸한 기분은 쉽사리 지워지지 않았다.

그 불순하고 위험한 상념의 여진이 사라지지 않고 아직 마음 밑자락에서 찰랑거리고 있을 무렵이었다. 매우 위협적인 사건이 이어 돌발하였다.

43

은희는 대강당으로 걸음을 재촉했다. 재정성 직원 전원에게 10시까지 대강당으로 집합하라는 통고는 어제 접수했었다. 서둘렀는데도 늘 좀 늦었다. 대강당은 직원들로 꽉 차 있었다. 단상 정면 중앙에 재정상과 부상이 몸을 뒤로 젖히고 좌정하고 있었다. 그 좌우에 중앙당과 시당 간부들이 서열에 따라 허리를 꼿꼿이 세우고 앉아 있었다. 당 지도위원이 마이크를 잡고 당 총회 개회식을 선언했다. 재정상 최창익이 단상으로 나와 앞으로 3일간 개최할 당 총회의 중요성에 대해 간략하게 설명했다. 이어 재정성 당위원장이 단상으로 올라왔다. 엄숙한 표정으로 며칠 전 중앙당 전원회의에서 발표했던 '당의 조직, 사상적 통일은 우리 당의 승리의 기초'라는 김일성 수상의 연설문과 중앙당 결정서를 크게 낭독하기 시작했다. 직원들은 숨을 죽이고 경청했다. 대강당은 바늘 굴러가는 소리도 들릴 만큼 숨소리 하나 나지 않았다.

"박헌영, 이승엽 등 남로당 종파분자들이 남이니 북이니 드나들며 쥐새끼들같이 당을 쏠면서 남반부 출신끼리 패를 지어 다니고 일은 안 하면서 남의 공로를 제 것으로 만들려하고 간부 자리를 남로당 출신에게 주지 않는다고 불평하면서 북반부 기본 출신의 새 간부들을 천시하니 이런 종파분자들은 오늘 우리 공화국 북반부에는 설 자리가 없다. 이들 반당 종파분자들은 미제국주의자들의 지령을 받고 월북하여 요직 자리를 이용해서 미국 첩보기관과 관계를 갖고 중요 기밀을 제공해왔으며 남반부 지하당 재건이란 구실 아래 수많은 당원들을 남반부 첩보망에 통고하여 넘어가는 당원들을 모조리 죽이게 하였다. 이들은 또한 '유격지대'란 미명하에 강원도에 남로당원들을 대량 집결시켜놓고 군사훈련을 시켜서 인민공화국 정권을 전복할 계획 밑에 군사준비를 하고 있었다. 이러한 범죄는 모두 박헌영의 비호하에 진행되었으며 이들은 미제국주의자들로부터 막대한 정치자금을 얻어왔다. 박헌영의 집 가택수색에서 대량의 금괴가 나왔는데, 이는 곧 그들이 미제국주의 고용간첩임을 증명하는 것이다."

박헌영이 미제국주의 고용간첩이라니, 은희는 귀를 의심하지 않을 수 없었다. 미제국주의자들로부터 막대한 정치자금을 받아왔다니, 박헌영 휘하에서 남로당 활동을 펴온 병산의 경우 미제국주의자들의 지원을 한 번이라도 받은 적 있었던가. 집에 있던 가재도구까지 팔아 그 돈을 당에 헌납한 당원들을 은희는 너무 많이 또 잘 알고 있었다. 그이만 해도 천석지기 가산을 다 당에다 헌납하고 집안사람들로부터 외면당하지 않았던가. 그런데 일찍 수배령을 피해 북에 와 있던 박헌영이 어찌 미제국주의의 후원을 받았겠는가. 도리어 남에 있을 때 소련 영사관을 통해 소련 군정으로부터 거액의 활동자금을 지원받은 것으로 알려져 있었다. 그런 박헌영의 집에서 막대한 금괴가 발각되었다니, 은희로서는 믿어지지 않았다. 그러나 한가하게 귀나 의심하고 있을 계제가 아니었다. 전원회의라는 막중한 국가지도자 회의에서 김일성 수상이 박헌영을 성토하고 미제국주의 고용간첩으로 낙인찍었다면 그에 따른 후속조치가 이미 시행되고 있을 것이 불을 보듯 뻔했다. 남로당 숙청작업에 들어간 것인가. 공포로 인해 온몸이 싸늘하게 얼어붙었다.

당위원장은 계속 김일성 연설 내용을 소개해 나갔다.

부수상 허가이와 산업성 부상 부부가 자살한 것은 이들이 박헌영 일파와 관련된 비밀을 숨기기 위한 방편이었음이 밝혀졌다고 했다. 그리고 '붉은 시인'으로 널리 칭송받아왔던 임화 역시 일제와 미제국주의의 이중 고용간첩이었다는 사실도 폭로했다. 게다가 임화는 전방에서 싸우는 인민군의 사기를 저하시키려는 목적하에 고의로 슬픈 내용의 반동시를 지어 퍼뜨린 반동분자로 낙인찍기도 했다.

외무부상을 지낸 이강국 또한 독일 유학시절부터 미국 첩보기관에 포섭되어 조선에 귀국한 작자로, 해방 후 미군 헌병대령과 동거중인 김수임이라는 여인과 정부 관계를 맺은 미국의 첩보원으로서 박헌영의 알선으로 인민공화국 요직에 침투해 있었다고 했다.

체포된 명단에 은희가 알 만한 사람이 수두룩했다. 어느 사이 등에 식은땀이 흥건히 고였다. 이들은 미국을 위한 스파이 활동, 남한 민주세력 및 공산주의혁명 세력에 대한 무차별적 파괴와 학살행위, 공화국 정부 무력전복 기획 등의 혐의를 받고 모두 체포되었다는 것이었다. 은희는 믿을 수가 없었다. 아무리 의심하려 해도 박헌영 동지에 대한 믿음은 변함이 없었다.

3일간 계속되던 당 총회를 마친 그날 저녁부터 바로 사상교육에 들어갔다. 저녁 밥 숟가락을 놓기 바쁘게 시작된 사상교육은 밤 12시까지 이어졌다. 사상교육 내용은 주로 체포된 남로당 간부들의 용서할 수 없는 반국가적 죄악상에 관한 것들이었다. 체포된 남로당 간부 명단을 배부하고 그들의 이름으로 실린 신문 잡지 소설 시집 등을 찾아내 당에 바치라는 지시를 내리기도 했다. 곧 남로당 출신 전원을 대상으로 사상검토가 실시되었다.

"박헌영 선생이 미제 고용간첩이라니, 말도 안 돼!"

남한 출신 당원들에게 있어 박헌영은 태산이나 다름없는 존재였다. 믿고 의지하며 자신을 지탱해주던 큰 기둥이나 다름없었다. 그런 박헌영을 숙청하다니 딛고 있는 땅이라도 꺼져 내리는 것 같았다. 냉정을 찾고 정신을 가다듬으려 해도 쉽지 않았다. 믿고 싶지 않은 사실 앞에 의혹과 절망감만 짙어갔다.

혁명이 무엇일까. 지금 전개되고 있는 일련의 사태는 그이가 주장해오던 혁명과업과는 아주 다른 것 같았다. 혁명이란 인민을 위한 것이지 정치인을 위한 것은 아니어야 하지 않는가. 그런데 박헌영과 남로당을 숙청하다니 이는 정치적 행위로밖에 보이지 않았다. 정치적 입장을 달리하는 세력을 냉혹히 제거하는 것이 혁명은 아니지 않겠는가.

정치적 이해관계를 달리하는 세력에 누명을 씌워 강제수용소로 보내거나 살해해버린 스탈린의 행태를 모방하려는 것으로밖에 보이지 않았다. 레닌을 도와 소비에트의 기반을 닦은 트로츠키와 그 일파를 모조리 숙청하고 망명지 멕시코까지 암살자를 보내 트로츠키를 도끼로 찍어 죽이는 만행을 저지른 스탈린이 공산주의 종주국의 최고 권력자로 군림하고 있는 것을 숭상하며 그대로 따라 하려는 것인가. 명계를 떠돌고 있을 마르크스나 레닌의 혼령이 스탈린의 만행을 지켜보며 통탄하고 있지는 않을까? 조선 땅에 공산주의가 자리 잡을 수 있었던 것은 박헌영을 비롯한 남로당 당원들이 그 토대를 닦은 덕이 아니었던가. 남로당이 닦아놓은 공산주의 토대 위에 나중에 소련을 등에 업고 혜성처럼 나타난 김일성이 그 정치적 결실을 거두고 결국 원조 토착 공산주의자들을 숙청하고 나온 것 아닌가. 은희는 속으로 가슴을 치며 원통해했다. 그러나 어쩌겠는가. 살아남아야 하지 않겠는가. 함부로 투덜거릴 수도 없었다. 당의 귀는 어디에나 있었다. 벽에도 기둥에도 심지어 나무나 풀에도 있었다. 귀가 어찌나 밝은지, 투덜거린 자는 예외 없이 적발되어 집중비판을 받고 속속 내쳐지고 있었다.

그런 엄중한 분위기 속에서도 남한 출신들 사이에서는 '귀에 걸면 귀걸이, 코에 걸면 코걸이'라는 비아냥거림과 '서리 맞았다'는 자조적인 탄식이 떠돌고 있었다. 들리는 것마다 불길한 소식밖에 없었다. 남로당 출신 가운데 숙청된 중요 간부들 대부분이 은희가 아는 사람들이었다. 전쟁 전 남한에서 소위 공산당 지하운동에 참가하였던 뼛속까지 철저한 공산주의자들이었다. 그들 자신뿐만 아니라 부모 처자까지 희생시키면서 옥중 고통을 겪다가 월북한 남로당 간부들이었다. 그들을 어찌 반동분자, 종파분자라는 누명을 씌워 숙청할 수 있단 말인가.

숙청바람은 드디어 재정성에도 불어 닥쳤다. 검열국 부국장 이진달과 검열원 구경서와 은희가 숙청대상으로 지목되었다. 내가 숙청 대상이라니, 은희는 공포와 혼란에 사로잡혔다. 바다에서 산이 솟아오르고 산이 있던 자리에 호수가 자리 잡고 있는 것을 보았다면 그것이 꿈이려니 여기지 않겠는가. 그런 꿈같은 사실이 현실로 나타났던 것이다.

부국장 이진달이 쫓겨났다. 검열국 비수라는 별명이 붙은 이진달은 오로지 당과 인민밖에 모르는 열렬한 공산주의자였다. 그가 검열을 나가면 검열 받는 기관마다 긴장의 끈을 놓지 못했다. 국가 재정 운용에 있어 조금의 빈틈이라도 보이면 철저히 파헤쳤고 유용한 흔적이 적발되면 여지없이 쳐내버렸다. 검열 업무에 그보다 충실하고 철저한 직원이 없다는 사실을 재정성 인사라면 모르는 사람이 없었다. 그런 그가 재정성에서 쫓겨나고 당에서조차 버려진 것이다. 출당 철직 원인은, 일정 때 그의 친척 가운데 군수를 지낸 사람이 있었는데, 자서전에 그 사실을 밝히지 않았다는 것이 그 이유였다. 그는 순안 벽돌공장 노동자로 쫓겨 갔다고 했다.

숙청된 또 다른 사람은 고향이 함경북도인 검열원 구경서였다. 해방 후 월남한 그는 연줄이 닿은 '서북청년단'에 입단하여 활약하던 중 남한의 좌익 세력이 점점 커가는 것을 보고 남로당에 비밀 당원으로 입당하였다. 겉으로는 서북청년단 행세를 하며 은밀히 남로당 사업을 전개하다 6·25 때 인민군에 입대해 월북한 내력을 가진 인물이었다. 재정성에서 쫓겨난 이유는 해방 후 월남한 것은 반동성에서 비롯된 것이고 남한에서 반동적인 서북청년단에 가입하여 간부로 활동하였으니, 이 점에 비춰볼 때 인민군에 입대해온 것은 미제국주의자의 지령을 받고 온 것으로 판단되어 출당 철직시킨다는 것이었다.

사상검토는 자기비판과 다름없었다. 잘한 것은 숨기고 잘못한 것을 중심으로 자기비판을 감행해야 했다. 그동안 수없이 밝혀왔으나 또다시 가정환경, 친척관계, 교우관계 등을 티끌 하나 빼놓지 않고 털어놓아야 했다. 은희는 잘못한 것에 대한 철저한 반성으로 지도원의 긍정적 반응을 얻어냈으나 엉뚱한 문제가 걸림돌이 되었다.

지난해의 일이었다. 재정성 검열원으로 충직하게 근무하던 중 은희는 몸이 쇠약해졌다. 이를 본 당 간부들의 주선으로 14일간 '옥호동 휴양소'에서 휴양하고 오라는 특별 조처가 내려졌다. 특혜가 고맙기는 했으나 평북 정주에 있는 옥호동 휴양소까지 걸어가려니 길이 너무 멀었다. 궁리 끝에 전에 근무했던 군부대를 찾아가 사정 이야기를 하고 신의주로 가는 차편을 부탁하고 기다렸다. 차편이 용이하지 않아 그만 5일이나 허비하고 말았다. 은희는 고민에 사로잡혔다. 결국 걸어갈 수밖에 없게 되었는데 휴양소까지 장장 이틀 길은 걸어야 도착할까 말까 했다. 가고 오는 데 소요되는 시일을 빼면 며칠이나 쉬겠는가, 길에서 치를 고생을 생각하니 막막하기만 했다. 궁리 끝에 은희는 결국 평양의 아는 집을 찾아가 식량권을 주고 며칠 쉰 뒤 재정성으로 복귀했었다. 복귀 즉시 은희는 재정성 당위원장과 국장에게 그 사실을 하나도 빠짐없이 그대로 다 보고했었다.

"편히 쉬었다 왔으면 됐소. 동무 몸으로 휴양소까지 걸어가는 것은 무리였을 것이오."

재정성 당위원장은 오히려 잘했다고 칭찬까지 했었다.

"옥호동 휴양소에 가라는데 규율을 무시하고 제 맘대로 한 것은 소부르주아적 자유주의 근성이 박혀 있기 때문이겠지?"

당위원장은 그때의 일을 까맣게 잊어버린 듯 상부에 대한 존경심이 없고 평등주의를 주장하는 소부르주아적 그른 사상을 지닌 불순한 소행이라며 질책을 늘어놓았다. 당위원장에게 전에 한 말과 조치는 잊어버렸느냐고 따지고 들려던 은희는 입술을 깨물었다. 당 간부의 비판에 대한 반박은 꿈도 꾸어서는 안 될 엄혹한 일이었다.

그렇다고 어디 가 하소연이라도 하며 상한 마음을 달랠 데도 없었다.

남한 출신 친우를 상대로 분하고 억울한 마음을 털어놓고 하소연하다 당에 들키면 '남이오, 북이오 구분하며 따로 뭉쳐 다닌다'며 파당분자로 몰아세울 것이 뻔하고 북한에서 친분을 쌓은 동무에게 그랬다가는 '사상적으로 당의 비판을 접수하지 않는 반당종파행위'로 몰아 당에 고자질하지 말라는 보장도 없었다. 그러므로 아무리 억울하고 분해도 벙어리처럼 냉가슴이나 앓고 말아야 했다.

재정성 당위원 중에 남한 출신은 은희 혼자였다. 재정성에서 발생하는 모든 정치문제는 재정성 당위원회가 취급하거나 토의하고 결정하였다. 그런데 남로당 당원 숙청 문제를 남로당 출신인 은희를 참석시킨 자리에서 토의하고 결정할 수는 없는 일이라 판단한 모양이었다. 그렇다고 평소 충직하고 모범적인 그녀를 축출할 마땅한 구실도 없었다. 고민 끝에 당위원장은 자신의 입으로 용인했던 옥호동 휴양소 문제를 비판하며 당에서 축출시켰던 것이다. 따라서 은희는 검열국 당책 및 재정성 당위원 감투를 박탈당하였다. 당직을 박탈당하자 재정성 여맹 부위원장과 시 여맹 직외강사 직도 자동으로 날아가버렸다. 하기야 그런 잡다한 허수아비 감투직을 벗어버리고 나자 도리어 홀가분했다. 그러나 분한 마음은 좀처럼 가라앉지 않았다.

태풍처럼 휘몰아치던 남로당 숙청바람이 지나간 지 얼마 지나지 않았을 무렵이었다. 과학원 역사연구소 편수관인 정희영 선생이 다녀간 직후, 재정성 당위원장이 사무실로 은희를 호출하였다. 당위원장 얼굴에 찬바람이 일고 있었다.

"이제 뉘기하고 만났소?"

누구와 만난 것까지 문제 삼는가, 순간 가슴이 싸늘하게 식어왔다.

"과학원에 계신 정희영 선생이 왔더랬습니다."

"과학원에서 뭘 하는 사람이오?"

"역사연구소 상급편수입니다."

"왜 왔댔소?"

"지나가던 길에 들렀다고 했습니다."

"그래 무슨 말을 나눴소?"

"저보고 병색이 짙다고 했습니다."

"그리고 또 그다음에는……?"

"별말 없었습니다."

"이야기한 대로 말하시오."

"제가 괜찮다고 했더니 돌아갔습니다."

"동무는 내가 신임하기 때문에 말해주지만 앞으로는 뉘기도 만나지 마시오. 알겠소?"

당위원장은 정 선생의 이름과 소속 기관 등을 기록한 다음 사람 만나는 걸 조심하라고 경고한 후 보내주었다. 남로당 출신이 다른 곳으로 쫓겨나지 않고 재정성에 붙어 있는 것만도 다행이라면 다행이었다.

44

이런저런 시련이 겹쳐 왔다. 파도처럼 연이어 밀려오는 시련을 감당하기에 벅찼던 것일까 몸이 급속도로 쇠약해졌다. 팔다리를 움직이는 것조차 힘들만큼 기력이 떨어졌다. 몸 어디가 고장이 난 것인가, 더럭 겁이 나기도 했다. 국장에게 사정을 말하고 진찰의뢰서를 발급받았다. 직장에서 발급하는 진찰의뢰서가 없으면 병원의 진찰은 받을 수 없었다. 진찰을 받고 진단 결과가 나와야만 치료를 받을 수 있었다. 이튿날 아침 진찰의뢰서를 들고 인민병원을 찾아갔다. 병원은 먼저 도착한 환자들로 붐볐다. 접수창구에 진찰의뢰서를 접수시키고 앉을 자리를 찾아 대합실을 둘러봤다. 먼저 진찰의뢰서를 접수시키고 진찰을 기다리는 병자들로 꽉 차 있었다. 구석 쪽 벽에 기대고 서서 호명을 기다렸다. 그런데 아무리 시간이 지나도 대기 중인 환자의 숫자가 줄어드는 기미가 없었다. 한나절이 지나도록 옆에 있던 사람들이 그대로 다 있었다. 해질 때까지 순번이 돌아올 것 같지 않았다. 대기하고 있는 환자들 가운데는 밤을 새운 이도 있다고 했다. 배경 좋은 사람들이 새치기하는 통에 빽 없는 사람은 가는 데마다 이 고생이라는 불평불만에 은희는 귀를 막고 싶었다.

"아무렴, 눈이 있는데 그러기야 하겠어요?"

"보구래, 데 사람들. 우리같이 힘없는 사람이야 밤새워 기다리지 않고 병 볼 수 있댔나요. 병원에도 알음이 있어야디 별수 없씨요. 이제 보구래 동무도 오늘 못 봐요."

눈에 보이는 것 귀로 듣는 것, 어느 것 하나 온당한 것이 없었다.

아침도 굶고 온 탓인지 서 있을 기력조차 없었다. 점심때가 지나도록 호명을 하지 않았다. 배가 고프고 현기증이 일어났다. 서울에서 온 박시온 씨가 인민병원 내과에 근무하고 있다는 사실을 상기하며 찾아갈까 망설이던 은희는 몸이 자꾸만 트집을 잡아 더 견딜 수가 없었다. 내키지 않았으나 결국 박시온 씨를 찾아 나섰다. 박시온씨는 반갑게 맞아주었다. 서둘러 진찰을 받도록 주선해주었다. 새치기로 진찰을 받은 은희는 이른바 빽이라는 것이 이런 것인가 싶어, 서글프고 민망스러웠다. 처방전을 받아든 그녀는 한숨을 내쉬었다. 몸이 지닌 탈에 맞춘 처방약은 없고 소화제 3일분이 다였다.

"선생님! 도무지 일을 할 수 없을 지경인데 좀 쉴 수 있게 해줄 수는 없습니까?"

"미안합니다. 동무 같은 쇠약한 사람은 휴식이 필요하지만, 당에서는 위급한 환자가 아니면 합의진단서 발급을 못 하게 해서 어렵습니다."

합의진단서를 떼려면 복수의 전문의가 진찰 후 의견을 모아 발급하는 것이므로 박 의사 혼자서 할 수 있는 일이 아니라는 것이었다. 사흘 분의 소화제를 받아들고 돌아오는 길이 너무나 멀고 서글펐다. 모란봉을 넘어오던 은희는 탈진하여 길섶에 쓰러지고 말았다. 땅에 눕고 보니 그렇게 편안할 수가 없었다. 순간 깨 미음 한 그릇만 먹으면 살겠는데, 하는 생각과 함께 고향집이 그리워 눈물이 볼을 타고 주르륵 흘러내렸다.

며칠 후 은희는 진찰의뢰서를 받아들고 동료 여직원의 부축을 받으며 다시 병원을 찾아갔다. 박 의사는 합동 진료 후 폐결핵 진단서와 함께 의주결핵병원 후송증을 떼주었다.

의주결핵병원까지 가는 길은 멀고도 험했다. 지나가던 달구지 신세를 지며 옛 부대를 찾아간 은희는 신의주 가는 트럭 편이 있어 그 편으로 신의주까지는 용이하게 갈 수 있었다. 그러나 신의주에서 의주까지는 걸어갈 수밖에 도리가 없었다. 하루를 꼬박 걸어 힘겹게 의주결핵병원에 도착했으나 입원은 허용되지 않았다.

"빈 병상이 없어 병상이 날 때까지는 입원이 불가능합니다."

병원 원장은 통상적인 무표정한 얼굴로 성의 없이 중얼거렸다. 몸을 가누기도 힘들 만큼 쇠약하고 지친 몸으로 걸어서 겨우 병원에 도착한 환자를 향해 얼굴을 찌푸리고 퉁명스럽게 대하는 것은 도리가 아니라는 생각에 마음이 불편했다. 먼저 와 있던 군인 두 명은 바닥에 주저앉아 입원시켜달라고 애원하고 있었고 가랑머리를 길게 땋아 늘인 김일성대학 배지를 단 여학생은 서서 울고 있었다. 그날은 아무도 입원이 허락되지 않았다.

인민병원에서 이미 알음이나 배경의 유효성을 경험한 적이 있던 은희는 평양을 떠나기 직전 국장에게 부탁해 보건상(保健相)의 소개장을 받아 지니고 있었다. 다음 날 다시 병원을 찾은 은희는 원장에게 보건상의 소개장을 내놓았다. 보건상 소개장을 받아 본 원장은 금세 태도가 달라졌다. 얼굴에 친절한 미소가 감돌았고 어제 없다던 병상이 언제 생겼는지 즉시 입원을 허락하였다. 덩달아 가랑머리 김일성대학 여학생도 입원을 했다. 그러나 군인 두 명은 배경이 없었던지 결국 입원하지 못하고 돌아갔다. 그 군인들이 어찌 됐는지 짠하다며 여학생은 눈시울을 붉혔다.

어느 날 오후, 병상에 누워 한가하게 시간을 보내고 있는데 남로당 숙청 이야기가 들렸다. 속으로 뜨끔하여 귀를 기울였다. 가랑머리 김일성대학 학생이 옆 환자와 이강국의 딸에 관한 이야기를 도란도란 나누고 있었다. 이강국의 딸은 김일성대학 졸업반이었는데 소련 유학생으로 선발된 수재였다고 한다. 남로당 숙청바람이 불자 대학 당위원장이 이강국의 딸을 불러놓고 말했다. '너한테는 죄가 없다는 것을 당이 잘 알고 있다. 그러므로 소련 유학은 그대로 보내줄 것이며 너는 모든 것에 있어 전과 다름없는 대우를 받을 것이다. 다만 너의 아버지 죄상을 아는 대로 당에 고지하고 너의 당성을 명확히 하기 바란다.' 당위원장이 제시한 당근을 이강국의 딸은 덥석 물었다. '나는 오늘부터 이강국을 아버지로 부르지 않겠습니다. 나는 오직 당과 수령님의 딸로서 충성할 것을 당 앞에 맹세합니다. 미제국주의 고용간첩 이강국을 내 손에 넘기면 내가 처단하겠다!'고 큰 소리로 외쳤다는 것이다.

"야, 그래 이강국의 딸은 어찌 됐소?"

병상의 환자들이 모두 가랑머리 여학생의 말을 듣고 있었던지 일제히 이구동성으로 물었다.

"그야 뻔하죠. 소련 유학 갈 줄 알고 지 아버지를 팔았지만, 대학졸업도 못 하고 쫓겨나 국영농장에서 노동하고 있다죠."

여학생은 그 말에 이어 남한 출신 학생들과 교수가 숙청당한 사례를 몇 가지 더 들며 손사래를 쳤다.

"빽 없는 학생은 수재면 뭣 해요. 먹통이라도 빽만 있으면 소련 유학도 가고 좋은 직장에 배치받지, 그까짓 공부 가지고 되는 줄 알아요. 점수도 빽으로 받는데 뭘!"

여학생은 쉬쉬 눈치를 살피며 소곤거려서도 안 될 대담한 비판을 큰 소리로 해댔다. 여학생의 불평을 들은 은희는 자신도 당에 대한 불평불만이 컸지만 남의 입에서 당에 대한 비판을 듣는 것은 참을 수가 없었다.

"동무, 지금 무슨 말을 그렇게 하고 있는 거요? 불순한 의도가 있는 거 아니에요? 간부 자녀들에 대한 우대권을 불평해서 되겠어요? 생각해보세요. 일정 때 혁명가들은 조국을 위해 자기 자신은 물론 가족까지 희생시키면서 싸웠어요. 그런데 이제 혁명가나 그 자녀들에게 우선권을 주는 것이 뭐 잘못됐다는 거요. 당연한 처사 아닌가요?"

은희의 반론에 여학생은 물론 옆 환자들도 시큰둥해하며 얼굴을 찌푸렸다.

은희 또한 여학생을 그렇게 나무랐지만, 속은 편하지 않았다. 그래, '빽 없는 학생은 수재면 뭣해요. 빽만 있으면 소련 유학도 가고 좋은 직장에 배치받지.' 여학생 말이 하나도 틀리지 않았다. 출신 성분에 따라 당원이 될 수도 있고 안 될 수도 있었다. 빨치산 출신의 자제는 바보라도 특별대우를 받으며 훌륭한 교육을 받고 좋은 직장이 주어졌다. 기업가나 자산가 출신의 자제는 국가의 모든 조직이나 기구에서 배제되었다. 가진 것을 국가에 빼앗긴 그들이 가슴속에 어떤 원한을 품고 있을지, 그 원한이 어떤 계기로 어떻게 폭발할지 의심하고 경계하며 단속을 게을리하지 않았다. 계급 차별 없는 세상이라는 것도 구호에 불과했다. 국가 중요 부서에서 국가 업무를 수행하는 고관이 높은 보수를 받고 우대를 받는 것은 당연한 일이며 이를 두고 계급 차별 운운하지는 않을 것이다. 어떤 수고든 수고에는 마땅히 상응하는 대가가 따르기 마련인 것이 인간 세상의 법칙이고 도덕이고 윤리인 것이다. 공장에서 노동하는 노동자는 공원의 대우를 받고 농사를 짓는 농민은 농민으로서 고루 대우를 받아야 한다. 공부하는 학생도 마찬가지로 학생으로서의 대우를 똑같이 받아야 마땅한 것이다.

그러나 현실은 그렇지 않았다. 공평하지도 공정하지도 정의롭지도 않았다. 모든 분야에 차등과 편법과 부당이 횡행했다. 차등과 편법과 부당한 처사는 불만을 배태했다. 배태된 불만은 언젠가는 터지게 되어 있다. 불만이 터지면 그 불만은 강제력에 의해 제압된다. 거기에는 반드시 강제수용소 같은 국가기관이 필요한 것이다. 언젠가, 정희영 선생이 탄식을 했다.

"말로만 듣던 남산학교라는 데가 그렇게 대단한 덴지 몰랐는데, 오늘 내가 안 볼 것을 보고 몰라도 될 것을 알게 된 것이 큰 탈을 낼 것 같아 걱정일세."

마침 정 선생과 은희 둘만 있을 때였다. 오랜만에 인사도 드리고 몇 가지 물품도 챙겨둔 것이 있어 전해드리기 위해 역사연구소에 들렀더니 출타 중이었다. 챙겨간 물건을 숙소에 두고 나오려는데 마침 외출에서 돌아온 정 선생과 마주쳤다. 아주 짙은 구름이 낀 어두운 표정이었다. 무슨 좋지 않은 일이라도 생긴 것인가, 걱정이 앞섰다. 방으로 들어가 앉은 다음 정 선생이 무겁게 입을 열었다.

지난번 넘긴 문건의 교정을 봐달라는 청을 받고 오전에 인쇄소에 가서 틀린 글자를 찾아 바로잡고 문장 몇 군데 수정을 한 다음 돌아오던 길에 정희영 선생은 붉은 넥타이를 맨 소년단 학생들과 마주쳤다. 그들은 고철이 실려 있는 리어카를 끌고 있었다. 과외 시간에 부여된 고철 수집을 나온 모양이었다. 홀쭉한 얼굴이 하나같이 영양이 부실해 보였다. 좀 척척한 기분으로 터벅터벅 걷고 있는데, 앞에서 갑자기 밝고 명랑한 웃음소리가 들려왔다. 음산한 기분이 단번에 날아가 버린 것 같았다. 화려한 옷차림의 학생 세 명이 무슨 좋은 일이 그렇게 많은지 계속 신나게 웃고 주절거리며 가까이 오고 있었다. 조금 전에 봤던 고철 수집 나온 학생들과는 너무나 대조적인 밝은 모습이었다. 얼굴에 화색이 돌고 영양상태가 아주 좋아 보였다. 그러고 보니 저 학생들이 남산학교 학생들인가, 하는 생각이 들었다. 멀지 않은 곳에 중앙당 청사가 보였다. 그 맞은편에 있는 건물이 남산학교라는 말을 들은 적이 있었다. 생각이 거기에 미친 순간 박규호 선생이 떠올랐다. 서울에서부터 교류가 있었던 박규호 선생을 본 지가 오래되어 한번 만나고 싶었다. 이왕 여기까지 온 것 오랜만에 박규호 선생이나 한번 찾아볼까. 그렇게 생각한 정희영 선생은 평양시 인민위원회 청사 오른쪽 특별주택으로 가는 길을 따라 걷기 시작했다. 상급(장관급) 주택이 즐비하게 서 있는 특별주택 지역으로 가는 길을 따라가면 남산학교 정문에 이른다고 했다.

유치반에서 고급중학(고등학교) 과정까지 마칠 수 있는 남산학교는 주민들 사이에서 귀족학교로 불렸다. 부상급(차관급) 이상 당 간부 등 특권계급 자제들만 다닐 수 있는 특수학교였다. 이 남산학교 교원 또한 당적 신임이 웬만큼 돈독하지 않고서는 언감생심 넘볼 수 없는 자리라 했다.

학교 안으로 들어가 시설이라도 한번 구경하고 싶었으나 정문에서 제지당하고 말았다. 외부인의 출입은 절대불가라는 방침이 발길을 묶었다. 연락을 받은 박규호 선생이 운동장을 가로질러 정문으로 걸어오는 것이 보였다.

"박 선생 오랜만이오. 잘 계셨소?"

반가워 손을 불쑥 내밀어 악수를 하려던 정 선생은 상대방의 굳은 표정에 그만 내밀었던 손을 쑥스럽게 거둬들이고 말았다.

"아, 예. 무슨 용무로 오셨는지요?"

"이 사람아, 그냥 인사차 들렀네."

"그렇다면 지금 저는 행정 시간입니다. 용무가 있으면 말씀하시고 그렇지 않으면 그만 돌아가십시오."

박 선생의 딱딱한 표정과 의례적인 말투에 그만 기가 질리고 말았다. 남산학교 교원의 신분을 과시하고 있는 것인가.

"알았네. 박 선생 하는 일에 성과가 있기 바라겠네."

어이없어 더 쳐다보고 있기도 싫었다. 몸을 돌려 그냥 정문을 나오고 말았다.

"속 많이 상했겠어요. 신분이 사람을 돌변시킨 것인가. 유별난 경우 같군요."

"나를 그렇게 따르던 사람이었는데, 무슨 위급한 상황이 닥치기라도 한 것인지, 원."

정 선생은 한숨을 쉰 다음, 말을 이었다.

"내가 박 선생한테도 노여웠지만, 그보다 남산학교라는 데 때문에 더 노여웠다네. 고위층 간부 자제만을 상대로 특별 교육을 시킨다는 것은 어려서부터 특권의식을 심어주는 것과 무엇이 다르다 하겠는가. 실상 노동당 관료주의가 날로 심해지고 있는 것도 걱정인데, 특권의식이 뼛속까지 밴 이들 자녀들이 장차 장성해 당 중요 간부가 되었을 때 이 나라가 어떻게 될 것 같은가?"

"저도 입으로는 평등 평등 하면서 행동은 다르게 하는 당 간부들에게 실망한 적이 한두 번 아닙니다. 사람 욕심이란 끝이 없는 것인데, 차별 없는 세상이라니 그 실현이 가능하겠습니까? 하지만 선생님이나 저나 말조심, 입조심, 잠꼬대도 조심해야 할 것입니다."

은희의 말에 정희영 선생은 힘없이 웃고 말았다. 그래 계급 없는 평등한 사회주의 공산당 세상에 계급이니 특권이니 하는 말을 입에 올려서야 되겠는가.

며칠 후 차별이 엄존함을 뼈아프게 체득할 슬픈 일이 병원에서 또 일어났다.

군복 정장 차림에 배낭을 짊어진 인민군 한 명이 폐결핵 진단을 받았다며 병원을 찾아와 입원을 간청했다. 그러나 병원에서는 병상이 없다며 입원을 불허했다. 병원 문 안에 발걸음도 들이지 못하게 막았다. 계속 콜록거리고 각혈을 하며 병사는 바깥 처마 밑에서 이틀 밤이나 새웠다. 각혈로 붉게 물든 손수건을 내밀며 입원을 간청했으나 병원에서는 병상을 핑계로 역시나 입원을 불허했다. 며칠 후 새벽 은희는 잠결에 엄마, 엄마를 부르는 애절한 울음소리에 잠을 깼다. 처마 밑 병사의 울음소리였다. 아침에 나가 보니 인민군 병사는 싸늘한 시체로 변해 있었다.

죽은 인민군 앞가슴에는 전사영예 훈장과 군공 메달 약장이 달려 있었다. 죽은 병사를 보고 온 은희는 병상에 엎드려 소리 없이 흐느꼈다. 생각할수록 안타깝고 서글펐다. 의사들과 간호사들이 죽이고 싶도록 밉고 원망스러웠다. 갖은 고생을 치르며 국방에 헌신하다 병든 몸을 이끌고 찾아온 병사를 다른 데도 아닌 병원 처마 밑에서 죽도록 내팽개쳐놓다니, 이것이 우리가 그토록 선전했던 공산주의 국가 병원이란 말인가.

그이가 피를 튀겨가며 강조하던 것이 무엇인가? 못사는 사람 없는 세상, 억울한 사람 없는 세상, 한 맺힌 사람 없는 세상, 이런 세상을 만드는 것 아니었던가. 호의호식하는 부자와 헐벗고 굶주리는 가난한 사람 차별 없는 이상 사회 공산주의 국가 건설이 그 목표 아니었던가. 그런데 나라에 충성한 병사가 계급이 낮고 빽이 없다 하여 병원 치료를 받지 못하고 병원 처마 밑에서 죽어야 하다니, 이게 공산주의 사회에서 있을 수 있는 일인가. 제도적으로는 모든 병든 자는 병원에서 무료로 치료받을 권리가 있다고 했다. 그런데 나도 인민병원에서 적절한 치료를 받지 못해 병세가 악화되어 결국 폐결핵까지 걸리지 않았는가. 남쪽 자본주의 사회에서 서른이 넘도록 살았지만 감기 몸살도 모르고 살았었다. 그런데 공산주의 사회에서는 영양부실로 몸이 쇠약해지고 병까지 들지 않았는가. 그렇다고 약을 한 첩 쓸 수 있는가, 포도당 한 대 맞을 수 있는가, 비타민 한 알 구경하지 못하지 않았는가. 더구나 평양에서 가까운 병원은 직위 높은 이들의 차지가 되고 평직원은 쇠약한 몸을 이끌고 의주결핵병원까지 걸어서 와야 하지 않았던가. 의사들의 합의진단 병력서와 입원의뢰서를 소지하고 왔으나 첫날은 입원을 거절당했고, 만약 보건상의 소개장이 없었다면 저 병사처럼 나도 처마 밑에서 죽지 말란 보장이 있었던가. 모든 인민에게 무료 치료를 실시한다는 겉만 번드르르한 무료치료제, 이제 계급에 따른 치료제로 고쳐 불러야 하지 않겠는가. 남쪽에 있을 때 나도 이른바 무산계급의 일원이었으나 통강냉이 삶은 것을 주식으로 먹어본 적은 없었고 중노동을 해본 일도 없었다. 추운 밤에도 이불이라고는 구경도 하지 못하고 담요 한두 장으로 떨다가 교대 시간을 맞아 눈을 맞으며 보초를 선 일도 없었다. 일정 때도 마찬가지였다. 일본의 압제로 고통과 설움 속에 살고 있다고 독립을 부르짖었으나 실제 그들의 밑에서는 밥을 못 먹고 배를 곯거나 밤에 일을 하지는 않았다. 공산주의가 자본주의보다 월등하게 우수한 제도라고 주장하며 그 이론을 전파한 마르크스 레닌의 잘못인가, 아니면 이 나라 위정자들이 마르크스 레닌의 사상을 잘못 시행하고 있는 것인가. 목청껏 외쳐 묻고 싶었다. 이 꼴로 나간다면 공산주의는 인간의 낙원이 아니라 인간을 생지옥으로 몰아넣고 말 것이 아닌가, 그런 의심을 털어버릴 수 없었다.

이런 생각에 사로잡혀 혼란을 겪고 있던 은희는 일순 머리를 세차게 흔들었다. 내가 지금 무슨 생각을 하고 있단 말인가. 내가 반동성이 너무 농후한 것인가. 그녀는 머리를 식히기 위해 밖으로 나갔다.

45

은희는 입원한 지 50일 만에 의주결핵병원에서 퇴원했다. 재정성으로 돌아온 은희는 오래 떠나 있던 집으로 돌아온 기분이었다. 그러나 재정성은 은희를 반색하지 않았다. 병원에서 치료받고 있는 동안 은희는 재정성 식구에서 열외로 밀려나 있었다. 은희의 검열과장 자리는 이미 다른 사람이 차지하고 있었다.

재정성 식당에서 밥 먹을 자격 또한 없어진 처량한 신세가 되어 있었다. 당위원장을 찾아가 하소연하자 서무과장을 불러 식권을 지급하라고 지시했다. 그러나 서무과장은 머리를 저었다. 새로 입적 발령이 내려오지 않으면 국가 규정을 고치지 않는 한 불가능하다며 난처해했다. 혹여 식당 일꾼이 식량을 중간에 빼돌릴 것을 감시하기 위해 직원자치회를 구성해두고 매끼마다 급식 인원수를 체크하고, 밥을 저울에 달아 배식하는 식당에서 식량 배급이 없는 은희에게 밥을 줄리 없다는 것이었다.

밥때가 되면 검열국 직원들이 등을 떼밀어 식당으로 따라가기는 했지만 동료들 밥을 조금씩 덜어 얻어먹는 짓도 한두 번이지 못할 짓이었다. 고민 끝에 은희는 아는 집을 찾아 나섰다. 그러나 그들도 아침은 밥을 먹지만 저녁에는 죽을 쑤어 먹는 형편이었다. 그들의 식량 배급이 고정되어 있어 군식구를 붙일 여유가 없었다. 게다가 남한 출신을 가까이했다가 무슨 동티라도 날까 꺼려하는 눈치를 노골적으로 드러내기도 했다.

남한에서는 배는 곯지 않았다. 식량 배급으로 사람을 꽁꽁 묶어놓지도 않았다. 부지런히 일해 돈을 벌고 그 번 돈으로 쌀가게에서 식량을 구입하여 밥을 지어 먹었다. 게으른 사람의 입에 들어갈 밥은 없을지 몰라도 부지런한 사람의 입에 들어갈 밥은 보장되어 있었다. 당국의 발령을 받아야 일을 할 수 있고 식량 배급을 받을 권리가 주어지는 이런 통제 시스템이 남한에는 있지 않았다. 스스로 일자리를 구하고 돈을 벌어 생활했던 것이다. 매사에 운이 따라야 한다지만 대체로 부지런하고 게으른 차이로 소득에 차이가 나고 그 차이에 따라 생활수준이 각기 다르기는 하지만 거기에 통제는 없었다. '혁명으로 자본주의 사회를 뒤집어엎고 공산주의 사회 건설에 나서자'고 울부짖으며 외쳐댔던 옛 기억이 서글프게 떠올랐다. 그러나 자본주의 사회에서는 배가 고파본 적은 없었다.

그런 고달픈 나날을 보내고 있는 동안에도 김일성 수상의 초상화가 보이기라도 하면 '수령님! 수령님은 왜 그렇게 부하들을 잘못 만났습니까? 수령님의 부하들은 수령님의 자애로운 뜻을 거스르고 인민을 괴롭히고 있습니다. 수령님과 인민대중을 수령님 부하들이 이간질시키고 떼어놓고 있습니다. 그런데 수령님께서는 이 사실을 알고 계십니까? 모르고 계시지요?' 하고 자문자답을 하고는 했다. 수령님만은 공산주의 사회의 굳건한 토대를 마련하기 위해 분초를 아끼며 노심초사하고 있으리라 믿고 싶었다. 그러지 않고서는 분해서 미쳐버릴 것 같았다.

이렇듯 절망의 늪에 빠져 허덕이고 있던 어느 날 중앙당에서 연락이 왔다. 중앙당에서 부른다니 뜻밖이었다. 중앙당이 어떤 곳인가. 국가의 모든 정책을 쥐락펴락하는 최고 정상의 국가기관이었다. 국가의 행정을 맡아 수행하는 각 성도 당의 정책을 수행하는 것에 지나지 않았다. 그런 막강한 중앙당에서 재정성의 하급 간부를 부르다니 예사로운 일이 아니었다. 어떻게 소문이 퍼졌던지 마주치는 직원들마다 축하한다며 부러운 눈길을 보냈다.

은희를 부른 곳은 중앙당 연락부 대남공작과였다. 남한과 관련된 무슨 임무를 맡길 예정인 모양이라 생각했다. 남한과 관련된 임무라면 어떤 것이 있을까. 남한에서 수집해 온 정보 분석일까. 남로당 출신 인사들의 성분 분석일까. 아니면 통일에 대비한 중차대한 대남 계획 수립에 참여시키려는 것일까.

연락부 부부장 사무실로 안내되었다. 고생 모르고 살아온 사람처럼 호인풍의 부부장은 만면에 웃음을 띠고 반갑게 맞아주었다.

"김병산 동지 대신 최은희 동무를 만날 수 있는 것만으로도 기쁩니다. 그동안 재정성에서 잘 지냈습니까?"

처음 본 인물의 입에서 뜻밖에 그이의 이름을 듣다니 은희는 가슴이 먹먹해졌다. 대답을 하려 했으나 입이 잘 떨어지지 않았다.

"이제 중앙당으로 옮겨와 고락을 함께합시다."

"고맙습니다."

중앙당으로 옮겨와 고락을 함께하자니, 중앙당으로 발령이 날 것이란 말인가. 그럼 이제 그 지긋지긋하던 고생이 끝날 것인가. 순간 설움이 울컥 북받쳤다. 주책없이 눈물이 주르륵 흘러내렸다. 얼른 손등으로 눈물을 훔쳤으나 부부장이 유심히 쳐다보고 있었다.

"무슨 힘든 사정이 있었습니까?"

"아닙니다. 당의 배려가 고맙고, 부부장님께서 그이의 이름을 들먹이는 걸 듣고 그만……."

"그래도 혹시 마음에 걸리는 일이 있었다면 털어버리고 와야만 합니다. 그래야 근무에 지장이 없을 것 아닙니까?"

부부장의 호의적인 태도에 안도가 되었던 것인가. 별로 마음에 두지 않았었는데 은희는 의주결핵병원에서 퇴원해 재정성에 돌아왔을 때 겪었던 서운하고 분한 일을 털어놓게 되었다.

"동무가 그런 고생을 하고 있었다는 사실을 당에서는 몰랐습니다. 당에서 동무에게 혁명 유가족 사회보장을 받도록 해결해드리겠습니다. 김병산 동지는 정말 훌륭한 애국자였는데, 김 동지의 혁명정신을 계승한 최 동무가 그런 고생을 하고 있었다니 믿을 수 없는 일입니다."

부부장은 지도원을 불렀다.

"최은희 동무를 당장 당 연락부에 입적시키고 '애국열사 유가족 원호 1호' 대우에 소홀함이 없도록 조처하게."

은희는 그 자리에서 바로 중앙당 소속으로 승급된 것이었다. 지도원의 업무처리는 매우 신속했다. 당 연락부에 입적되었을 뿐만 아니라 '애국열사 유가족 원호 1호'라 명기된 통장을 발급해주었다. 통장을 받아든 순간 은희는 또 난처하게 눈물이 흘러내렸다. 이 모든 것이 오로지 그이의 공로에 대한 보상이려니 생각하니 눈물이 그치지 않았다.

'당신도 이미 눈치챘겠지만, 오늘 이 사회보장은 당신의 애국주의 사상이나 당신의 투쟁업적을 높이 평가해서 준 것이기도 하겠지만, 당신이 잔인할 정도로 철저하게 훈련시켜놓은 당성 강한 나를 당신의 이름으로 현혹시켜 어딘가 더 유용하게 쓰려는 속셈에서 준 것일 거예요. 그렇지 않아요?'

그날 밤 원호증을 들고 곰곰 살피던 은희는 문득 그런 생각과 조우했다. 기쁨 반 서글픔 반 복잡한 기분에 마음이 착잡했다.

"건강이 좀 어떻습니까? 동무도 김병산 동지 못지않은 여류투사가 되어야 할 텐데. 어떻게, 김 동지가 하던 혁명 사업을 계승해보지 않겠습니까?"

연락부 대남공작과로 옮겨온 지 얼마 지나지 않아 부부장이 다시 불렀다. 사무실로 갔더니, 은근한 말투로 그렇게 떠보았다. 예상하고 있던 일이라 망설일 이유가 없었다.

"그이의 혁명 과업이라면 제가 마땅히 계승해야지요."

"당 정책과 당의 혁명 전통을 깊이 연구해두시오."

부부장은 만면에 웃음을 띠며 경쾌하게 말했다.

"당의 정책과 혁명 전통을 깊이 연구해두라는 말씀에 문득 생각난 것인데, 마르크스주의 이론을 깊이 공부할 수 있으면 좋겠습니다. 어디 간부훈련학교에 추천해주시면 고맙겠습니다."

"학교요? 공부가 중노동과 다름없을 텐데 그 건강으로 공부를 해내겠습니까?"

"그이로부터 많은 것을 배웠지만 그래도 부족한 것이 많습니다. 당이 허락한다면 공부하다 죽는 한이 있어도 배우고 싶습니다."

"하, 공부하다 죽어버리면 밥값은 어디서 받나. 하하하 어느 학교로 가고 싶소?"

"의대나 약학을 추천해주면 열심히 하겠습니다."

"마르크스주의 공부를 하고 싶다더니, 의대나 약학이라?"

"병든 사람 약한 사람을 돕고 싶습니다. 그렇지만 당에서 추천한다면 정치 공부도 좋습니다. 보내만 주신다면."

"좋습니다. 추천하도록 하지요. 시험 칠 준비나 해두시오."

46

부부장은 선선히 승낙했다. 은희는 새로운 희망으로 가슴이 부풀었다.

은희의 가슴을 부풀게 했던 기대는 그러나 예기치 못했던 일로 뒤로 미루어졌다. 시험 준비에 여념이 없을 무렵, '평양시 3개년 복구사업 계획'에 따라 시민 총동원령이 중앙당에서 내려왔던 것이다. 인민학교 1학년부터 늙은이 임산부까지 중환자를 제외한 모든 평양 시민을 평양 복구사업에 투입하기로 한 것이었다.

평양 시가지를 전쟁 전 모습으로 되돌려놓기 위한 복구사업은 치열하기가 전투과업을 방불케 했다. 동원된 시민들은 밤낮 쉬지 않고 2교대로 작업을 진행했다. 작업구역과 작업량을 정해놓고 동별, 직장별로 조를 짜 경쟁을 붙였다. 인민학교 아동들도 학교별, 학급별 경쟁을 벌였다. 동별, 직장별 조원들은 땅을 파고 돌을 깨고 흙을 져 날랐다. 인민학교 아동들도 땀을 뻘뻘 흘리며 대야에 자갈이나 모래, 벽돌

등을 담아 운반하였다. 지휘부는 돌격전을 방불케 하는 이 복구작업 진도를 일일이 체크하고 동별, 직장별 경쟁도표를 작성하여 휴식 시간을 이용하여 성과를 발표하였다. 어느 동 어느 분조 몇 퍼센트 초과 달성, 어느 직장 어느 분조 계획미달 등 작업 성적을 발표하여 경쟁심을 부추기고 작업을 가속화시켰다.

휴식 또한 조직적이고 계획적이었다. 작업반이나 조별로 노래 보급을 하거나 신문독보를 하고 춤을 추도록 지시했다. 노동 돌격전을 마치 웃고 노래하고 춤추며 즐겁게 일하는 것처럼, 노동지옥을 무슨 지상낙원이나 되는 것처럼 보이도록 연출하는 것이었다. 웃을 경황이 없어도 웃어야 되고 배가 고파도 노래 부르고 춤을 춰야 했다.

"모두 웃으세요. 여러분이 기록영화에 나옵니다."

촬영반은 휴식장면을 촬영하기 위해 분주히 설쳐대며 웃음을 다그쳤다.

해가 바뀌고 새해에 들어서자 복구작업은 더욱 맹렬한 기세를 띠었다.

중앙당은 오는 5월 1일 메이데이 경축행사에 지난 통일혁명전쟁을 지원해준 여러 공산국가 대표들을 초청하여 감사의 뜻을 표하는 한편 형제국 유대관계를 돈독히 강화하기 위해 거국적인 환영행사를 펼치기로 했던 것이다. 형제국 대표들을 초청해 베푸는 환영행사의 준비로서 가장 중요하고 시급한 것을 평양 시내 복구작업과 도로정비 사업이라고 판단한 당은 평양 시민들을 시내 미화작업과 임시 도로정비 사업에 대대적으로 투입시켜 돌격대처럼 몰아붙였던 것이다.

폭격 맞은 집에는 판자를 세워 가리고 판자에 황토를 이겨 발라 흙

벽처럼 보이게 위장하였다. 흙벽이 남아 있는 집의 상단에는 횟가루를 물에 풀어 빗자루로 하얗게 칠하고 하단은 석탄가루를 물에 풀어서 까맣게 바르도록 했다. 외국 대표단이 통과할 모든 거리는 황토, 횟가루, 석탄가루로 화장을 하였다. 각 직장마다 남자들은 신문지에 붉은 물 푸른 물을 들여 말리고 여자들은 물들인 종이를 가위로 자르고 오려 종이꽃을 만들었다. 대표단이 지나가는 평양 인근 농가에는 특산물 모형을 만들어 내걸기로 했고, 학생들은 매스게임 훈련으로 정신없었다. 시민들의 지모와 날렵한 손길에 의해 평양 시가지는 메이데이 전날 말끔하게 화장을 끝냈다.

메이데이 경축행사 끝 무렵 소나기가 퍼부었다. 소나기를 고스란히 맞으며 행군을 계속한 것이 무리였던지 숙소로 돌아온 은희는 몸이 불덩이 같이 달아올랐다. 왕진 온 중앙당 전임의사는 고열로 쓰러진 은희를 진찰한 후 폐결핵 재발이라는 진단을 내렸다. 통보를 받은 당 연락부에서 시종면에 있는 소련병원에 가서 정밀 진단을 받아보라며 지프차를 내주었다.

"조선 사람은 곰같이 미련해서 이렇게 죽게 되어야만 병원을 찾으니 원! 병상이 없으니 입원도 불가하고……."

소련 의사는 짜증난 목소리로 투덜거렸다. 침윤성 폐결핵에 심장판막증과 건성 늑막염까지 겹쳤다는 진단이 나왔다. 연락부 직원은 입원의뢰서를 은희의 손에 쥐여주고 돌아갔다. 돌아가면서 이 소련병원은 시설이 뛰어나고 의사들도 유능하므로 다른 병원으로 갈 생각 말고 여기서 입원하도록 애를 써보라는 당부를 잊지 않았다. 병상이 날 때까지 기다릴 요량으로 마음을 굳혔다. 입원환자가 아니면 약을 탈 수 없겠거니 생각하면서도 혹시나 하여 처방전을 투약구에 넣었다. 천행으로 약이 나왔다. 그나마 다행으로 여기며 약을 먹기 위해 물을 찾아 나선 은희는 눈이 휘둥그레졌다. 한때 같은 부대에 근무했던 처녀 병사 하영자가 그녀와 눈이 마주쳤다.

"언니!"

하영자는 큰 소리로 외쳐 부르며 뛰어왔다. 얼싸안다시피 하고 반가운 마음을 서로 나누었다. 그것도 잠시였다. 은희의 몰골을 본 하영자의 얼굴이 걱정으로 어두워졌다. 은희가 내민 연락부에서 가져온 입원의뢰서를 살핀 하영자는 금방 얼굴이 환해졌다.

"이거면 됐어 언니. 중앙당 빨치산 대원은 입원 우선권이 있어."

하영자는 은희의 손을 끌고 폐결핵 과장실로 갔다.

"우리 어머니예요. 입원시켜주지 않으면 저는 당장 군복을 벗겠어요."

하영자는 다짜고짜 소련인 과장에게 떼를 썼다. 병원 조제실 모범 근무자로 평가받는 하영자는 러시아어를 곧잘 해서 총애를 받고 있었다.

"저렇게 젊은 어머니라니!"

소련인 과장은 웃으며 고개를 저었다.

"젊은 어머니는 없나요?"

"알았어. 어쨌든 위급해 보이니 병상이 날 때까지 사민집(民家)에 방을 얻으렴. 그러면 내가 치료를 해주지."

하영자 덕에 농가에 방을 얻어 소련인 과장의 치료를 받으며 한 달을 기다렸더니 겨우 빈 병상이 났다고 했다. 소련병원은 특별한 신분이 아니면 입원이 허용되지 않았다. 대개는 고급 장교들이 입원해 있고 김일성 수상의 사촌도 입원해 있다고 했다. 평양의과대학 부속병원 결핵과와는 비교할 수 없을 만큼 고가의 약을 처방한다고 했다. 환자들에게 마이신, 포도당, 페니실린, 파스 등을 투약하므로 완치하여 퇴원하는 율이 높다고 했다.

은희는 일주일에 한 번씩 기흉(氣胸) 요법과 투시(透視) 요법 치료를 받았다. 현미밥에 일주일에 두 번씩 고깃국을 주고 가끔 계란도 하나씩 주었다. 우유도 자주 주고 사과는 매일 하나씩 먹을 수 있었다.

소련병원에서 치료받는 동안 무료치료제의 고마움을 한껏 누렸다. 공산주의가 참 좋기는 좋구나! 그런 생각을 하던 그녀는 그러나 곧 머리를 저었다.

'이렇게 호강하고 치료받는 사람에게는 지상낙원이라 할 수 있을지 모르지만, 하지만 신분이 낮거나 배경이 없는 자가 이 병원에 입원하기란 불가능한 것 아닌가. 나 역시 중앙당 덕택으로 이 병원에서 진단받을 수 있지 않았던가. 게다가 하영자가 아니었으면 끝내 입원이나 할 수 있었겠는가. 특권층에게는 낙원이라할 수 있을지 모르지만 직급이 낮은 사람에게는 어디 그런가. 공산주의 노동 때문에 병들고 공산주의 제도 때문에 입원도 하지 못하지 않는가. 북반부에 나보다 직급이 낮은 사람들이 거의 대부분인데, 그들에게 공산주의 사회가 낙원일 수 있겠는가?'

은희는 일 년 가까운 투병생활 끝에 소련병원에서 퇴원하여 평양으로 돌아왔다.

연락부 부부장 박 동무는 약속한 대로 인민경제대학에 추천을 해주었다. 기쁨을 혼자 누리기에 벅차 고향 선배인 정희영 선생과 최경자 언니에게 달려갔다.

은희가 폐결핵을 이기고 돌아와 하늘의 별따기나 다름없다는 중앙당 추천을 받아 간부 훈련 학교에 갈 수 있게 됐다고 하니 자기 일처럼 기뻐했다. 인민경제대학 입학이라니 중앙당 추천이 아니고서는 꿈도 꿀 수 없는 일이었다. 정희영 선생 부부는 속으로 무엇엔가 크게 써먹기 위한 포석 단계이리라 짐작했다. 그 때문에 은희의 행운을 축하하면서도 마음은 별로 밝지 않았다.

인민경제대학 예과 시험은 신체검사 통과자에 한하여 노어, 수학, 역사 등의 필답고사를 거쳐 구두시험으로 마쳤다. 폐결핵의 증후가 있는 은희는 신체검사를 통과하기 어려울 것으로 생각하고 긴장했는데, 의사가 엉터리였는지 아니면 중앙당 추천 학생을 우대한 것인지 갑종 합격증명서를 떼주었다. 필답고사도 별로 잘 본 것 같지 않은데, 구두시험을 잘 본 것인지 아니면 역시 중앙당 추천 학생을 우대한 것인지 210여 명의 지원자 중 은희도 합격생 70명 중에 포함되었다.

학교생활은 공부 반 노동 반으로 이루어졌다. 하루 100분짜리 세 강의를 받는데, 오전에 강의를 받은 학생은 오후에는 노동을 하고 오후에 강의가 있는 날은 오전에 노동을 해야 했다. 일주일마다 오전 오후 강의와 노동이 교대로 이루어졌다. 노동은 대학 부업농장에 동원되거나 잡노동에 동원되기도 했고 봄과 가을에는 수업을 중단하고 한 달여 동안 노력동원을 나가기도 했다. 주로 평양 도로복구 공사, 주택건설 현장, 농촌 지원에 동원되고는 했다.

학생 평균 연령은 35세로, 극소수를 제외하고는 거의 다 국가 기관의 간부들이었다. 학생들은 공부를 하면서도 자기들이 직장에서 받던 봉급의 70퍼센트를 지급받았다. 3개월마다 노트용 갱지 15매와 세탁비누 한 장을 무상으로 배급받았고, 규정에는 펜촉과 잉크도 배급한다고 되어 있으나 실제 배급은 없었다. 그리고 1년에 하복 한 벌과 동복 한 벌을 배급받지만 값은 국가에서 절반을 학생이 절반을 부담하는 조건이었다. 하지만 실제는 학생들로서는 부담하기 힘든 높은 가격이었다. 학생이 받는 한 달 장학금은 적게는 15원, 많게는 25원인데 하복 값은 17원이고 동복 값은 27원 가량이니 학생들로서는 벅찬 가격이었다. 그나마 이런 혜택을 받는 학교는 중앙당학교, 인민경제대학, 송도정치대학 등 세 학교뿐이었다. 이 세 학교는 국가의 간부 양성 기관이었다.

47

대학 당국은 학생 전원을 강당에 집합시킨 다음 이틀 동안 중앙당 8월 전원회의 결정 지지 궐기총회를 개최했다. 대학 당위원을 위시한 교수 전원과 학생들이 지켜보는 가운데 상기된 표정의 유성훈 총장이 열띤 음성으로 8월 전원회의 보고에 들어갔다. 당 최고 의결기관인 전원회의 결의 내용은 아무리 강조해도 지나침이 없을 만큼 모든 당원에게 중요했다. 유성훈 총장은 8월 전원회의 내용을 눈앞에 펼쳐 보이기라도 하듯이 신중에 신중을 기하며 세세히 전해주었다.

8월 전원회의 안건은 두 가지였다. 김일성 동지를 수반으로 하는 정부 대표단의 형제국 친선방문 결과에 대한 것이 그 하나고, 보건위생

문화사업을 혁명적으로 개선 강화할 것에 대한 것이 다른 하나였다.

첫째 안건은 소련에서 10억 루블, 중국에서 8억 원의 원조를 받아 온 김일성 동지와 정부대표단의 치적에 대한 칭송으로 사뭇 활기를 띠었다. 이어 이 원조 자금을 어떻게 운용할 것인가에 대한 의례적인 토론에 들어갔다. 전원회의장은 일순 침묵이 이어지며 긴장감이 감돌았다. 사회자가 발언을 독려하자 직업동맹위원장 서휘가 불쑥 일어났다.

"우리 직업동맹은 지금까지 당의 예하단체 역할만 해왔는데, 앞으로는 노동자의 권익을 위해서 정치적 독자성을 가져야 한다고 생각합니다."

전원회의에서 발언을 하려면 먼저 중앙당의 허가를 받아야 하고 발언 허가를 받지 못한 경우 회의진행에 따른 의례적인 말 몇 마디로 넘어가기 마련이었다. 그런데 서휘의 발언은 이런 의례적인 것이 아니었다. 작심하고 나온 듯 직업동맹의 위상과 역할에 대한 개선을 건의하고 나섰던 것이다. 서휘의 돌발적인 발언에 회의장이 술렁거리기 시작했다.

"전쟁이 끝난 이즈음 전쟁 재발의 위험성이 현저히 줄어들었으므로 중공업(군사공업)에 집중 투자하는 우리 당의 경제정책을 시정하고 이번에 받아 온 형제국 원조자금은 농업부문과 소비품 생산에 우선적으로 투자해서 전쟁으로 피폐해진 인민생활부터 향상시키도록 하자……."

서휘의 돌발적인 발언으로 회의장이 술렁거리고 있는 와중에 상업상 윤공흠이 자리에서 벌떡 일어나더니 불난 집에 기름이라도 붓듯

허가 받지 않은 돌출발언을 토해놓았다.

8월 전원회의를 주관하는 중앙당은 당황한 기색을 감추지 못했다. 단상 중앙에 자리 잡은 김일성 수상과 당 지도자들의 움직임이 분주해졌다. 무기와 군수품 생산에 주력하고 있는 국가재정을 인민들의 생활필수품 생산으로 돌리자는 상업상 윤공흠의 발언은 시대상황에 부응한 적절한 건의로 볼 수도 있었다. 그러나 발언을 채 끝내기도 전에 전원회의 집행부가 단상으로 뛰어올라가 윤공흠을 단상에서 끌어내렸다.

"당내 비판을 억압하지 말라. 연설을 계속하게 하라."

제1부수상 박창옥과 내무성 부상 이필규 등이 일어나 연이어 고함을 질렀다.

"개새끼들! 조용히 해."

최고인민회의 상임위원장 최용건과 김일성 일파들이 우르르 일어나 핏대를 세우며 욕설을 퍼부었다.

이런 어수선한 가운데 부수상 최창익이 발언권을 얻어 단상으로 올라갔다. 그는 직업동맹위원장 서휘의 발언에 대해서 '직업동맹 독자성 운운은 당의 유일관리제를 부인하는 망언'이라고 비판한 다음, 스탈린 개인 우상화를 배격하는 소련공산당 제20차 당대회 정신이 우리 당에 반영되지 않은 것은 유감이라며 중앙당 부위원장인 박정애와 박금철의 무능을 지적하고 당의 간부정책을 비판하고 나왔다. 이에 당 중앙위원들이 크게 동요하고 흥분하는 기색을 보였다. 이런 소란스러운 분위기 속에서 김일성이 일어나 발언에 나섰다.

"……당의 중공업 우선 정책을 반대한다는 것은 미제국주의와 대치하고 있는 우리에게 무장해제를 강요하는 이적행위이며 반당 반혁명 종파분자…….”

김일성은 통일을 달성하는 그날까지 전쟁이 끝나지 않은 것인데, 마치 전쟁이 끝난 것처럼 평화니 인민생활이니 운운하는 자들은 반역자와 다름없다며 강하게 비판하고 공격했다. 반역적이며 이적행위자인 이들 전원을 출당 철직시킬 것을 제의했다. 김일성의 제의는 거수로 전원이 찬성하여 즉각적으로 동의를 받아냈다.

분위기가 험악하게 돌아가자 신변의 위협을 느낀 상업상 윤공흠과 내무성 부상 이필규는 회의 도중에 슬그머니 회의장을 빠져나가 몰래 중국으로 도망쳤다. 최창익과 박창옥 두 부수상과 직맹위원장 서희와 직맹 간부들은 회의장에서 모두 체포되었다.

둘째 안건은 부의하지도 못한 채 회의는 끝나고 말았다.

부수상 최창익이 출당 철직되자 그 부인은 즉시 반당 종파분자와 같이 살 수 없다며 정식으로 이혼청구를 하고 당과 수령에게 충성할 것을 맹세했다는 후문이 돌았다.

유성훈 총장은 보고를 마치자 무거운 짐이라도 벗어버린 듯 홀가분한 표정으로 자리로 돌아갔다. 총장의 보고에 이어 회순에 따라 교직원 학생 대표들의 토론이 벌어졌다. 토론자들은 미리 써서 당의 검열을 받은 토론문을 들고 한 사람씩 일어나 사자후를 토하기 시작했다.

“반당 종파분자들이 현명한 우리 수령 김일성 동지가 영도하는 당 중앙위원회를 파괴하려는 음모…….”

당성 경쟁이라도 하듯 다투어 목에 핏대를 세우고 종파분자들을 성토하고 나섰다. 토론회 마무리 역시 일사분란하게 앵무새처럼 전체 대학생의 이름으로 당 중앙 8월 전원회의 결정을 전폭적으로 지지한다는 일사불란한 외침으로 마쳤다. 대학 당총회 보고대회는 이들 토론회 발언을 근거로 당 중앙위원회 결정을 지지하는 결의문을 채택하는 것으로 종결지었다.

식당으로 가 강냉밥을 물에 말았으나 목으로 잘 넘어가지 않았다. 은희는 그냥 숟가락을 놓고 기숙사로 돌아왔다.

은희가 재정성에 있을 때 부수상 최창익은 재정상으로 상업상 윤공흠은 부상으로 지근거리에서 모셨던 인연으로 그들의 성품을 잘 알고 있었다. 두 분 다 매우 합리적이며 온화한 성품을 지니고 있었다. 두 분의 발언은 사실 인민대중 전체의 생활상을 감안할 때는 매우 유효적절하고 유익하다 할 수 있었다. 그러나 수령과 그 일파들의 마음에 들지 않았던 점이 문제였다. 각기 처해 있는 입장이나 당파에 의해 현실이 달라 보인다면, 합리적이고 온당한 현실 문제 해결 답안은 어디서 찾을 수 있단 말인가?

은희는 혼란스러웠다.

노동자 농민의 나라를 건설하기 위해 나선 공산주의자들 아닌가. 서로 머리를 맞대고 국가 백년대계를 기획하고 설계해온 당 부위원장, 내각 부수상, 내각상들을 일부 정치적 견해를 달리하고 자신들의 정책을 비판한다고 해서 신성해야 할 당 중앙 전체회의장에서 당원들이 지켜보는 가운데 체포하여 강제로 끌고 나가다니, 은희로서는 납득할 수 없는 처사였다.

일테면 영의정 우의정이 정사를 논의하지 못한다면, 그런 나라라면 하물며 권세라고는 손톱만큼도 없는 인민이 머리는 가져 무엇 하며 입은 가져 무엇 하겠는가. 인민을 위해 하는 정치가 아니라면 나라 건설은 누구를 위해 하는 것인가. 자기들 일파의 이익을 위해 정치를 하는 것인가. 더구나 통일, 통일 입에 달고 살지만 파가 다르고 생각이 다르다고 못 미더워 부수상들을 체포하고 죽이는데, 통일이 된다면 과연 이념이 다른 남한 사람들을 있는 그대로 순순히 받아들이고 함께 살 수 있겠는가? 서울 해방 당시 정치보위부에서 남로당 당원 한지종, 강찬영 사장 부자를 체포해 처단한 사례가 어둡게 머릿속을 가득 채워왔다.

은희는 속으로 머리를 절레절레 저었다.

다행이라 할까, 다음 달 그녀의 혼란스러운 정치현실의 인식을 바로잡아주기 위해서이기라도 한 듯 당 중앙위원회 9월 전체회의 보고대회가 대학강당에서 다시 열렸다. 한 달 사이 총장이 교체되어 새로 온 총장이 보고대회를 열었다. 중앙당 8월 전체회의에서 결의한 부수상 최창익과 박창옥 등의 출당 철직을 철회한다는 내용이었다.

중국으로 탈출한 상업상 윤공흠과 내무성 부상 이필규가 중국 당국에 망명을 요청하며, 김일성 일파의 폭정이 날로 심해지고 있으며 인민 생활안정은 돌보지 않고 김일성 개인 우상화 작업 진행에 골몰하고 있는 등 반동을 일삼고 있다는 사실을, 사례를 들어가며 세세히 폭로했다. 이를 접수한 중국 공산당에서는 팽덕회를 자국 대표로 하여 소련 대표 미코얀과 함께 북한에 급파하기에 이르렀다. 이들 중국과 소련 대표는 북한의 당 간부 정책과 김일성 개인 우상화 작업을 시정하기를 강력히 권고하는 한편 경제개발 5개년 계획 또한 재검토하기를 권유했던 것이다.

당 간부 한 명 키우기가 얼마나 힘든 일인가. 간부로서 당 정책을 비판한다 하여 출당 철직시킨다는 것은 당 조직 원칙에 크게 어긋나는 데다 아직도 38선을 경계로 미제국주의와 대치하고 있는 이런 엄중한 시기에 그 많은 간부들을 숙청하면 누가 당과 국가건설 사업에 충성하겠는가. 형제국가 대표의 권유를 뿌리치지 못한 김일성 일파는 최창익과 박창옥 등 출당 철직시켰던 당 간부들의 출당을 철회하고 당 중앙위원으로 복귀시켰다. 그러나 당 간부 자격은 박탈한 채 부수상 최창익은 역사박물관 관장으로 제1부수상 박창옥은 마동 시멘트 공장 지배인으로 좌천시켰다.

폭풍처럼 휘몰아치던 정치풍파가 잠잠해졌는가 싶었으나 직장마다 소리 소문 없이 사라지는 사람들이 늘어가고 있었다.

인민경제대학에서도 국가건설학부 2학년 학생이 행방불명되었다. 그 학생은 내각사무국 모처 처장으로 근무하던 중요 간부였으나 부수상 최창익과 같은 연안파였다는 것이다. 인민경제대학 교무부에 근무하는 남자 직원도 연안파라는 이유로 그 부인과 함께 행방불명되었는데 집에는 떼어놓고 간 젖먹이만 남아 울고 있더라는 것이다. 인민대학 조교원으로 있던 최창익의 처남에 이어 건설학부 1학년인 여학생도 잡혀갔다. 이 여학생은 중앙도서관 사서장으로 근무하다 학교에 왔는데 남편이 연안파였기 때문에 연좌된 것이라고 했다.

당 중앙위원회 8월, 9월 전체회의 결과가 누설되어 세상에 충격을 주었지만 그것은 더 크게 휘몰아쳐올 태풍의 전조에 불과했다. 몇 달 지난 뒤 최창익 일파의 쿠데타 음모 사건이 세상에 공개되어 일파만파 퍼져 나간 것이다.

어떤 중대한 정치적 사건도 신문이나 방송으로 보도되지 않았다. 그렇기 때문에 최창익 일파 쿠데타 사건도 은희는 대학에서 3일간 열린 당원 총회 보고대회에서 처음 접하게 되었다.

미제국주의 사주를 받은 최창익파와 박창옥파가 김일성대학을 거점으로 교수와 학생으로 시위대를 구성하여 반정부 구호를 외치면서 가두 행진을 벌이고 평양건설대학 등 여러 학교 학생들이 중앙광장에 집결하여 정부전복 운동을 대대적으로 펼치기로 하는 등 쿠데타 음모를 했다는 것이다. 만약 평화적인 방법으로 쿠데타에 성공하지 못할 경우 제4군단 단장 장평산의 총지휘 아래 군대를 동원, 정권을 탈취하고 내각을 구성, 신정부를 수립하여 세계에 중립국을 선포한다는 내용 등이 담긴 쿠데타 관련 서류 일체를 당에서 압수했다는 것이었다.

쿠데타 음모 적발 사실을 믿는 학생은 거의 없었다. 소련 공산당 투쟁사에서 볼 수 있듯 은희는 공산당 내부의 권력쟁탈을 위한 숙청작업에 다름 아닐 것이라 짐작했다. 따라서 당내 군중, 즉 당원들은 몸보신에 들어가는 한편 살길을 찾아 표리부동한 짓도 마다하지 않았다. 당의 권력을 잡은 편의 눈에 잘 보이기 위해 반동분자 소탕작업에 솔선수범하며 서로 경쟁을 벌였다. 어떻게 하면 핵심당원으로 인정받을 수 있을지 눈치를 살피며, 수단방법을 가리지 않았다. 애먼 사람을 연안파라 밀고하거나 반동으로 비판하고 매장하기도 하며 살아남기 위해 몸부림쳤다.

당시 김일성 일파로서는 한바탕 정치 연극을 벌이지 않을 수 없는 절박한 처지에 놓여 있었다. 형제국가의 비판의 화살을 피해야 하는 것도 시급했지만 국내 사정 또한 절박했다.

휴전 이후 경제개발 5개년 계획이다 뭐다 하며 대대적인 농산물 및 공업생산품 증산으로 인민 생활을 향상시키고 있다고 꾸준히 선전을 펼쳐오고 있었다. 그러나 선전과는 달리 식량과 생활필수품은 절대량이 부족했다. 그로 인해 인민은 크게 고통을 겪고 있었다. 이런 계제에 전쟁물자 생산 예산을 인민의 생활 향상을 위한 식량 증산과 생활필수품 생산 시설로 돌려야 한다고 제안하고 나온 연안파의 주장을 인민들이 크게 지지하고 나섰다. 이런 인민 여론을 알게 된 김일성 일파는 정치적 불안감을 느끼지 않을 수 없었다. 국내의 이런 사실이 공산주의 형제국가들에게 알려질 경우 소련과 중국은 말할 것도 없고 다른 동유럽의 공산주의 국가들로부터도 원조의 길이 막히고 나아가 국제무대에서 고립무원의 신세로 전락할 위험도 없지 않았다. 따라서 김일성 일파로서는 정치적 타격을 입지 않을까 걱정하지 않을 수 없었다. 더구나 중국 정부에서 윤공흠, 이필규 등의 망명 신청을 받아준 사실에 비추어봤을 때 장차 소련과 중국이 연안파를 후원할 가능성 또한 없지 않았다. 이런 점 때문에 불안하고 초조하던 김일성 일파는 최창익, 박창옥 등 연안파를 중대한 국가적 범죄자로 만들어 만천하에 널리 알리기로 기획했던 것이다. 파당을 지어 국가 전복 쿠데타를 모의했고 거사 직전 그 구체적 실행계획 일체의 증거물을 당에서 압수했다는 사실을 신문과 방송을 통해 대대적으로 보도했다. 그러나 그것이 조작된 정치 연극에 지나지 않는다는 사실을 증명할 만한 사례가 인민들 사이에 입에서 입으로 공공연히 비밀스럽게 회자되고 있었다.

"너 최창익으로부터 쿠데타 지령을 받았지?"

어느 날 갑자기 보위부에 연행된 인사는 뜬금없는 추궁을 받았다.

"그런 사실 없습니다."

검은 지옥 같은 구렁텅이에 떼밀려 들어가고 있음을 느끼며 절망적으로 외쳐 부정했다.

"지령한 당사자가 너에게 지령을 내렸다는데 안 받았어?"

"저는 모릅니다."

이미 빠져나갈 수 없는 수렁에 던져졌음을 느끼며 절박하게 부정을 거듭했다.

"살고 싶으면 바른대로 자백하고 죽고 싶으면 알아서 해. 자백하는 자는 당에서 관대히 용서한다. 하지만 당이 증거를 가지고 있는데 반항하면 용서 없다."

자기들이 조작한 증거를 들이대며 자백을 강요하는데 어디 빠져나갈 구멍이 있겠는가. 결국 허위자백을 하고, 그들이 만들어주는 시나리오대로 어느 날 몇 시 어디에서 쿠데타 지령을 구두로 받았다는 사실을 진술하고 그 진술한 내용을 자필로 써서 제출했다. 취조 받은 사실과 그 내용을 절대 함구할 것을 서약하고 겨우 풀려나기는 했으나 며칠 지나지 않아 그 사람은 행방불명이 되고 말았다.

중앙당학교 '당투쟁사 강좌장' 허갑도 이 정치 연극에 걸려 불귀의 객이 되었다는 소문이 돌았다. 허갑은 중앙당 취조실에서 고문을 받다 면도날로 동맥을 끊고 자살했다고 한다. 건설대학에서 교편을 잡고 있던 여운형의 사촌처매 진옥출은 남편 허갑의 자살 사실을 주변에 귀띔했다가 행방불명되고 말았다.

김일성 일파는 이 정치 연극을 쿠데타 음모 사건이라는 외피를 씌워 소련과 중국에 통보하고, 국내적으로는 각 지역에서 열리는 당 회의를 통해 이들 반당 반정부 음모 사건을 전 인민들에게 대대적으로 알리는 사업을 전개했다.

나중에 대학 당 결의대회에서 보고한 바에 따르면, 모스크바에서 개최된 10월 혁명 40주년 기념행사에서 모택동이 김일성 수상 동지에게 '최창익 일파가 미제국주의자들의 사주를 받고 반당 반정부 반혁명 쿠데타 음모를 벌였다니 정말 놀라운 사실입니다. 우리가 그런 사실을 모르고 팽덕회를 대표로 보낸 것이나, 윤공흠 이필규를 망명객으로 받아준 데 대해 진심으로 사과드립니다. 지금이라도 윤공흠과 이필규를 넘겨줄까요?' 하고 물었다는 것이다. 이에 김일성 수상 동지는 '그들을 우리한테 넘겨준다 해도 우리 인민들이 그들을 받아들이지 않을 것이고, 온다 해도 그들이 설 자리는 없습니다.' 그렇게 대답했다는 것이다. 그리하여 김일성 일파는 소련과 중국으로부터 예전의 신뢰를 회복했고, 안도의 숨을 내쉬었다.

이런 불안한 정정의 소용돌이를 인민경제대학도 피해 가지는 못했다. 또 총장이 바뀌었다. 8월 전원회의를 전달 보고한 유성훈 총장은 김일성대학 총장으로 영전했다가 노동자로 전락하고, 9월 전원회의 내용을 전달 보고한 총장은 벽촌 소비조합 점원으로 내려갔다는 소문이 있었다. 노동신문 주필을 지냈다는 새로 온 총장은 불과 3개월 만에 자취를 감추고, 교무 부총장이 총장 대리 자리에 올라앉았다.

48

『조선공산당투쟁사』 교재 내용이 이전 것과 완전히 다르게 개편되어 보급되었다. 개편된 교재는 1930년대에 들어 김일성의 영도하에 조선공산당이 성장 발전하였고 김일성이 혁명전통을 수립하였다고 칭송하며 김일성을 조선공산당 투쟁사의 주역으로 부상시키고 있었다. 따라서 다른 모든 공산주의 클럽들은 종파적 이익만을 추구한 반동적 세력이라고 비판하고 있었다. 은희는 강의를 들을 때마다 전에 알고 있던 사실과 내용이 너무 달라 고개를 갸웃거리지 않을 수 없었다.

'과연 이 교재가 수상 동지의 검토와 비준을 받고 나온 것일까. 아니면 아첨꾼들이 조작 날조해낸 것일까?' 그런 의구심을 떨쳐버릴 수 없었다. 다른 것은 다 제쳐두고서라도, 조국광복회 조직과 관련 정강 정책 작성 등 이 모든 것을 김일성이 직접 지도하여 이루어진 것이라고 기술하고 있는데 어찌 그걸 사실로 믿을 수 있겠는가. 조국광복회가 조직된 것은 김일성이 겨우 열일곱 살 난 소년 때인데 어찌 수십만 명에 이르는 어른들로 구성된 광복회 회원을 대표하여 지도할 수 있었다는 것인지 의심을 증폭시켰다. 서울에서 먼저 태동한 공산당 조직인 화요파나 장안파 그리고 재건파 등 국내파는 물론 소련파, 연안파 등 다른 파 공산주의 서클을 몽땅 죄악시하며 그들의 반동성을 비판하고 있는 것도 신뢰가 가지 않았다. 남로당 숙청으로 반대파를 제거하고 정권이 안정되자 김일성과 빨치산 일파를 중심으로 역사 개편 작업에 들어간 것인가?

특히 박헌영의 발언에 관한 부분에 은희는 강한 거부감을 느꼈다.

박헌영은 조선공산당 역사에서 지울 수 없는 존재였다. 조선 땅에 공산주의를 전파하고 본격적으로 공산당 운동을 펼친 공로만으로도 길이길이 칭송받을 존재였다. 김일성과 빨치산 일파도 박헌영을 비롯한 토착 공산주의자들이 닦은 터전 위에 정부를 세우고 활동해온 것 아닌가. 그런데 그가 미국의 첩자였다느니, 거짓말쟁이라느니, 당치 않은 모함이었다. 그리고 박헌영이 인민군대가 서울까지만 밀어주면 나머지 지역은 남로당 자체 힘으로 해방시키겠다고 장담했으나 인민군이 부산 근처까지 밀고 내려갔으나 남반부 어느 지역에서도 호응 투쟁하는 자가 없었다며 거짓말쟁이라고 비난하는 것도 믿을 수 없었다. 평양에서 남파한 특수유격대 요원들이 도처에서 전쟁을 도운 것은 사실 아닌가. 이는 전쟁의 실패를 전적으로 박헌영에게 떠넘기려는 수작 아니고 무엇이겠는가.

오래전 수배령을 받고 비봉산 기슭 비밀 아지트에 은신해 있을 때 읽었던 일본어로 된 『소련 공산당사』가 떠올랐다. 1929년 스탈린의 절대적 권력 통치기반이 확립되자 그의 과거의 모든 순간들을 그의 현재의 무한한 영예와 일치하도록, 현재의 영광에 맞추어내는 작업이 시작되었다 했다. 스탈린을 격상시키기 위해 어떤 인사는 아예 역사에서 지워졌고 어떤 인사는 실제보다 형편없이 격하되고 왜소화되었다. 카메네프는 코카서스의 볼셰비키 실질적 지도자였으나, 카메네프 자리에 스탈린을 올려 앉히려다 보니 카메네프는 역사에서 사라져야 했고 레닌과 함께 소비에트를 결성한 트로츠키는 아주 미미한 존재로 격하되어야 했던 것이다. 새로 쓴 전설에는 스탈린이 코카서스의 지도적인 볼셰비크였고 레닌과 함께 볼셰비즘 운동의 전국적인 2명의 지도자

가운데 한 사람이었다는 식으로 고쳐졌다. 이러한 전설을 만들어내기 위해 이 전설과 아귀가 맞지 않는 과거의 역사책이나 기록들은 그것이 반대파에 의해 쓰인 것이건 추종자들에 의해 쓰인 것이건 간에 모조리 불태워지고 파기되었다고 했다. 심지어 스탈린 자신이 쓴 글조차 현재의 공식적 '전설'에 반하는 부분은 모조리 검열을 받고 윤색되었다,고 했다. 스탈린 집권시대에 역사에 수정을 가한 것은 소비에트 건설에 이바지한 레닌-트로츠키의 결합에 대한 기억을 인민들의 머릿속에서 지워버리고 사실과 다른 레닌-스탈린의 결합으로 대치시키기 위한 작업이었다는 것이다. 김일성 수상도 스탈린이 걸었던 길을 그대로 뒤따라가려는 것 같아 속이 씁쓸했다.

철호가 다니던 유자녀학원의 이름으로 숭앙받고 추앙받던 애국열사 이주하도 박헌영의 남로당 숙청 이후 속절없이 죄인으로 격하되고 말았다. 지난 교재에서는 영웅으로 추앙받던 이주하를 이번 교재에서는 죄인으로 낙인찍어 비판하고 모멸적인 독설을 퍼붓고 있었다. 은희는 같은 강의실에서 강의를 받고 있는 이주하 부인을 가끔 곁눈질하고는 했다. 강의를 듣고 있는 이주하 부인의 반응이 궁금했던 것이다. 일정 때부터 공산주의 운동에 몸을 불태우고 끝내 목숨까지 바친 이주하를 죄인이라고 능멸하는 내용의 강의를 들으며 얼마나 속으로 분하고 원통하고 괴로워하고 있을까.

"재혼이나 하지 뭘 혼자 사느라고……?"

어떤 학생이 측은한 표정을 지으며 눈치를 살피자,

"그놈의 강의를 들을 때마다 재혼이라도 하고 싶지만, 글쎄 그 종파분자라는 이주하를 잘 알고 있는 나로서는, 너무 큰 존재여서……."

겉으로는 웃는 표정을 지었으나 속으로는 울고 있으리라 짐작되었다.

그동안 설립, 운영되던 이주하유자녀학원은 없어졌고, 이주하의 누이동생은 숙청되어 자살하고 말았다는 후문도 들렸다. 이주하 부인은 인민경제대학에서 우수한 성적으로 졸업했지만 대성산 동물원 서점 판매원으로 떨어졌다고 했다.

49

이듬해 김일성은 '전국 생산 혁신자 대회'를 열고 거기서 '사회주의 건설에서의 소극성과 보수주의에 반대하여'란 연설을 했다.

"……낙후한 것, 보수주의적인 것과 투쟁하지 않고서는 혁신은 불가능합니다. 이는 생활의 법칙입니다. 그렇기 때문에 혁신운동에서는 낙후하고 보수적인 것을 타파해야 합니다. 과학원의 어떤 사람들은 과학이란 한두 해에는 연구 성과를 낼 수 없으며 10년 이상 걸려야 연구 성과를 낼 수 있다고 말하는데 그런 사람들은 10년이 지나가도 별로 자랑할 만한 것을 내놓을 수 없습니다. 이 보수주의자들에게는 일본 제국주의 잔재가 남아 있어서 '그래도 나는 과거 일본의 어느 대학을 다녔는데 당신들이 무엇을 아느냐?'고 공칭능력을 내세우고 또 어떤 보수주의자는 '선진국가의 기준량이 이러한 데 우리가 어떻게 그것을 돌파할 수 있겠는가?'하며 창발성을 마비시키려 합니다. 우리가 사회주의 고조를 더 앙양시키기 위해서는 보수주의자들의 이런 방해를 물리치는 것이 중요합니다."

낙후한 것, 보수주의적인 것을 타파하지 않고서는 국가발전을 기대하기 힘들다며 보수주의자 척결을 강조한 김일성 수상의 이 연설 후 전국 각 직장마다 보수적인 인텔리 숙청작업에 들어갔다. 이 숙청작업은 어찌나 교묘했던지 겉보기에는 전혀 이상한 점이 없어 보였다.

"……수상 동지 교시를 높이 받들어 노동자 농민 속으로 들어가서 1년 혹은 3년 동안 직접 노동을 체험하고 노동성분으로 단련하여 돌아오면 현직에서 그대로 일할 수 있도록 보장합니다. 노동성분으로 단련하여 당성이 강화된 일꾼으로 되기 위해 모두 자원합시다."

직장 당위원회에서 전 직원을 대상으로 노동체험을 권장하고 나오자 미리 당의 지시를 받은 세포위원들이 서로 앞다투어 자원하고 나섰다.

'수상 동지의 교시를 높이 받들고 노동현장에 나가서 혁명적인 노동정신으로 무장하고 단련하여 돌아올 것을 당 앞에 결의합니다.'

이들 세포위원들이 자원하고 나오자 다른 당원들은 눈치만 살피고 있을 계제가 아님을 알아차리고 너도 나도 자원서를 내지 않을 수 없었다. 결국 모든 직원이 하나 빠짐없이 노동현장에 나가 노동정신으로 무장하고 돌아오겠다는 결의를 당 앞에 밝히고 자원서를 제출하게 되었다.

"전체 당원이 수상 동지의 교시에 호응하여 자원서를 제출한 것은 매우 고무적인 일이지만, 다 보내고 나면 우리 직장은 어떻게 운영해 나가겠습니까. 그러므로 순차적으로 몇 명씩 보내도록 하겠습니다."

직장 당위원회는 전 직원을 순차적으로 노동현장으로 보내 노동정신을 함양하고 돌아오게 하겠다고 천명했다. 그러나 이 순차적으로 보내겠다는 데 함정이 도사리고 있었다. 순차적으로 보낸다는 구실 아래 당에서 미리 찍어 통보한 자를 먼저 선발하여 노동직장으로 보냈던 것이다.

이렇듯 자원형식을 빌려 노동현장으로 보내진 인텔리들은 일정 기간 노동현장에서 노동정신으로 무장하고 돌아오면 원 직장에서 전직 대우를 받으면서 일하게 된다는 말을 그대로 믿었다. 그러나 노동직장으로 간 인텔리들 가운데 원래 직장으로 돌아온 사람은 한 사람도 없었다. 당의 눈에 찍힌 자들을 자원의 형식을 빌려 노동현장으로 보냈고 그들의 노동성과를 노동현장의 노동자 농민들로 하여금 평가하도록 기획했다. 노동현장의 노동자 농민의 평가는 공정했을지 몰라도 노동을 해보지 않은 인텔리에게서 노동성과를 어찌 기대할 수 있겠는가.

인민경제대학에서도 대구 출신 김재봉 선생을 비롯하여 몇 사람이 노동직장으로 보내졌다.

김재봉 선생은 마르크스 레닌 강의를 맡고 있었고 대학 체육 사업을 지도하면서 당 사업에 충성을 바쳐온 누구보다도 모범적인 열성 당원이었다. 그가 노동자로 밀려난 은밀한 내막은 그의 형 김웅이 민족보위성 부상을 지내다 지난 남로당 회오리바람에 휘말려 숙청된 데 연유한 것이었다. 육군 중좌였던 김재봉 선생의 동생도 노동자로 전락했다는 후문이 들렸다.

명분은 그럴싸했다. 노동현장에서 노동자 못지않게 숙달되면 노동정신을 인정하여 원 직장으로 돌려보낸다고 했다. 그러나 평생 노동을 해보지 않은 이들 인텔리들에게 노동을 시켜놓고 노동자만큼의

성과를 올려야 노동성분을 인정받을 수 있지 그렇지 못할 경우 노동정신과 당에 대한 충성심을 의심받게 될 것이라니 이를 올바른 평가의 명분이나 잣대라 할 수 있겠는가.

과학원 편수관으로 있던 정희영 선생의 경우도 이 회오리바람을 피해가지 못했다. 평생 한 번도 져보지 않은 똥 장군을 지고 가다 발목을 접질려 그만 밭고랑에 처박히고 말았다. 전신에 똥감태기를 뒤집어쓰고 허리를 다치는 불상사를 당했던 것이다. 개울에서 겨우 옷과 몸을 씻고 합숙소로 돌아갔으나 갈아입을 옷이 없어 젖은 옷을 걸친 채로 웅크리고 있다 그만 감기가 걸리고 말았다.

"……인분을 금싸라기처럼 여겨야 함에도 정 동무는 자기 맡은 당적 과업을 책임감 없이 형식적으로 수행한 결과 인분을 허튼 데 쏟는 과실을 저지른 데다 농기구까지 파손하다니 이 엄중한 사건은 정 동무가 수상 동지의 교시를 사상적으로 접수하지 않았다는 엄중한 증거로 기록할 것입니다."

발목을 접질려 운신이 불편한 데다 엎친 데 덮친 격으로 그런 엄중한 경고를 받은 정희영 선생은 당증과 공민증을 박탈당하고 그로부터 영영 노동자로 전락하고 말았다.

한 대학 교수는 농촌 국영농장에서 일하게 됐는데, 하루는 지도원이 새끼 꼬기 시합을 시켰다. 새끼를 꼬아본 일이 없는 대학 교수는 손바닥이 부르트도록 새끼를 꼬았으나 몇 발 꼬지 못했다. 농촌 출신 경험자와 경쟁하기에는 애당초 불가능한 일이었다.

"열여섯 살짜리 처녀 동무가 3백 발을 꼬는 동안 나이 쉰이나 되는 동무는 왜 애들보다 못한가? 이는 수상 동지의 교시를 사상적으로 접수하지 않고 당에 대해 불평불만을 표하는 데서 나오는 태만이다. 그 근원은 부르주아적 낡은 인텔리 근성을 청산하지 못한 데 있으니 출당시킬 것을 당에 제의한다."

농장 당회의에서 이런 비판과 토론을 거친 끝에 그 대학 교수는 당증을 빼앗기고 영원히 벗어날 수 없는 노동지옥에 떨어지고 말았다. 새끼 꼬기에서 열여섯 살짜리 처녀 동무에게 뒤진 것이 당에 대한 불평불만에서 나오는 태만의 결과라고 비판할 수 있는 것인가. 그럴 일은 없겠지만, 예컨대 대학 교수와 처녀 동무에게 각기 지닌 지식 겨루기 시합을 시킨다면 처녀 동무가 대학 교수를 이길 수 있을까. 지식 겨루기 시합에서 대학 교수에게 진 처녀 동무를 두고도 당에 대한 불평불만에서 나오는 태만의 결과라고 비판하며 수용소로 보낼 것인가?

그럼에도 불구하고 농장 당위원회는 노동성과에 대한 허울 좋은 비판적 평가를 내렸다. 그것은 수상 동지의 교시를 사상적으로 접수하지 못한 불충과 당에 대한 불평불만 때문임을 의심할 수 없으므로 출당시키기로 결의한다는 형식을 취했다.

이 인텔리 숙청작업의 수순은, 즉 당에서 출당시킨 것이 아니라 노동현장에서 노동대중에 의해서 간부 자격을 심사하는 형식을 빌린 철저히 기만적인 과정을 거쳐 이루어졌다. 이 기만적인 인텔리 숙청작업은 중앙당에서는 손도 대지 않고 노동대중에 의해 순조롭게 진행되어 목표를 달성했다.

50

“앞으로 10년 내지 15년 안에 소련은 미국 경제를 따라잡고 중국은 영국을 우리는 일본을 따라잡아서 사회주의 정치 및 경제체제의 우월성을 전 세계 인민들 앞에 보여야 한다. 우리는 현재도 중요 공업 생산물은 일본을 능가하고 있는데, 그것은 전력·강철·석탄 등이다. 우리가 일본을 따라잡고 능가하기 위해서는 증산과 절약운동을 더욱 강화해야 한다.”

중앙당 지시에 의해 대학 당위원회에서는 수시로 강연회를 열고 이런 선전을 계속해 나갔다. 체제의 우월성을 내세우며 자부심을 부추기고 증산·근면·절약 운동을 전 인민적 운동으로 전개해 나갈 것을 강조했다. 당원은 누구나 증산·근면·절약을 입에 달고 살았다. 전기 절약을 위해 회의할 때와 강연할 때를 제외하고는 밤 11시가 되면 모두 소등하였다. 전기다리미 등 전기 기기를 사용하다 적발되면 3개월 미만 징역형에 처한다고 했다. 술을 마시거나 접대부와 놀아난 자 역시 3개월 미만의 징역형에 처하고 관혼상제에는 15명 이상의 인원은 참석을 금하였다. 전력 생산은 일본보다 앞지르고 있다고 선전했지만 전기 사용은 일정 때보다 훨씬 못하였다.

가을에 접어들자 대학 당위원회는 부쩍 바빠졌다. 중앙당 위원회로부터 천리마운동을 혁명적으로 전개, 1차 5개년 경제계획을 1년 반 단축하여 완수하라는 지시와 함께 붉은 표지의 작은 책자가 내려왔다. 붉은 책자에는 1차 5개년 경제계획의 내용과 경제계획 완수 후 달성할 생산 목표 등이 자세하게 실려 있었다. 경제계획 달성 후 누리게 될 생활 전망은 가히 지상낙원을 방불케 하고도 남음이 있었다. 그 가운데서도 입쌀밥에 고깃국 먹고 비단옷 입고 기와집에서 살게 된다는 대목이 특히 눈길을 끌었다. 뿐인가 잡곡은 사료용이나 공업원료로만 사용된다는 사실을 강조하고 있는 대목도 있었다. 통강냉밥에 질려 있던 인민들에게 꿈같은 약속이나 다름없었다. 거기에다 직물 5억 미터를 짜 전 인민에게 1인당 50미터씩 배급한다는 대목도 구미를 당겼다. 그렇게 되면 헐벗은 인민은 눈 씻고 찾아보려도 찾아볼 수 없게 될 것이었다. 과수원 면적도 10만 정보로 확장하여 한 사람당 과실 1백 킬로그램씩 돌아가도록 한다는 꿈같은 계획도 있었다.

대학 당위원회에서는 총회를 열고 이와 같은 경제계획 목표를 달성하기 위한 방안 강구에 몰입했고 서로 질세라 앞다투어 각종 결의안을 내놓았다.

농업경제학부에서는 시험 포전에 선진영농방법을 도입하여 정당벼 생산을 대폭 늘리겠다는 결의를 했고, 공업경제학부에서는 학교에 시멘트공장을 건설하고 학생들 힘으로 시멘트를 생산하여 일정량을 국가에 바치고 나머지는 학교 담장 공사와 도로 포장에 사용하겠다고 결의했다. 학생들 개개인도 한 가지 이상 기술을 습득하여 학업과 노동에 쓰이도록 할 것을 결의했고, 교원들도 교수사업의 질적 향상을 도모하고 한 사람이 두 사람 몫의 교수 사업을 담당할 것을 결의하기도 했다.

거리마다 천리마운동 포스터가 대대적으로 나붙었다.

"우리의 현명한 영도자 김일성 동지를 수반으로 하는 조선노동당 깃발 아래 전체 당원들과 근로자들이 철석같이 뭉쳐서 천리마 기세로 사회주의 높은 봉우리를 향해 건설에 돌진하자! 모두 허리띠를 졸라매고 말고삐를 튼튼히 틀어쥐고 단숨에 내달려라! 이 대열에 따라오지 못하고 과거 경력을 내세우거나 몸이 약해 못 따라온다면 그런 낙오자는 우리에겐 필요 없다!"

어느 날 중앙당 조직부장 김영주(김일성 동생)와 부수상 김창만이 인민경제대학에 와 이런 내용의 천리마운동을 독려하고 갔다.

매일이다시피 천리마운동에 관한 토의가 거듭되어 정신과 육체가 여간 힘들지 않았다. 거기다 설상가상으로 중앙당의 집중지도까지 겹쳐 고달프기가 이를 데 없었다. 집중지도라는 구실 아래 전체 인민을 대상으로 또 사상검토를 실시했던 것이다.

남로당 숙청 때와 마찬가지로 가족과 족보는 물론 성장환경, 교우관계, 당과 천리마운동에 관한 의견 등을 속속들이 밝히되 잘한 것은 제외하고 결점과 국가정책 또는 당에 대한 불평불만 유무를 자백하는 형식으로 진행했다. 밤마다 사상검토 회의가 계속되자 지쳐 나가떨어지는 사람이 속출했다.

"……우리가 전개하고 있는 혁명투쟁 내용은 사회주의와 자본주의와의 투쟁입니다. 사회주의 건설의 위업은 우리의 전진을 가로막는 온갖 낡고 부패한 것을 쓸어버리는 과정에서만 승리할 수 있는 것입니다. 우리는 지금 천리마를 타고 진군하고 있는데 낡은 것이 우리의 뒤꽁무니에 매여 달리고 있습니다. 보수분자들은 우리의 열의와 기세를 꺾으려고 합니다. 우리는 집단주의 정신으로 나가려 하는데 개인주의가 우리의 공동 위업을 좀먹고 있습니다. 이 모든 것은 다 자본주의 사상의 여독이며 이 사상적 독소를 청산하지 않고서는 낡은 사회를 개조하고 사회주의와 공산주의를 건설하려는 우리의 위대한 목적을 달성할 수 없습니다."

전국 시군 당위원회 선동선전원들을 대상으로 행한 김일성 연설 후에 이 집중지도와 사상검토가 더욱 철저하게 진행되었다.

밤마다 공포 분위기 속에서 연이어 개최되는 회의로 지치고 잠이 모자라 하나같이 눈이 토끼눈알처럼 벌겋게 충혈됐다. 그러나 당성이 강하다는 평가를 받기 위해 저마다 죽을힘을 다 쏟아 열성적으로 회의에 참석하고 노동에 임한 까닭인지 노동실적이 놀랍도록 상승했다.

51

대학 당대회에는 또 하나의 반정부 쿠데타 음모 사건이 보고되었다.

인민경제대학에는 남한 출신 고위 인사들을 중심으로 특설반이 설치, 운영되고 있었다. 남한에서 한독당 조직부장을 지내고 6·25 때 납북된 엄항섭과 나연출을 비롯한 전직 의사, 교수 등 남한 출신 고위 인사 1백여 명을 3년 간 교육한 후 졸업시켰던 것이다. 이들 중 50명은 남북통일촉진협의회에 배치하고 나머지 50명은 각도에 배치했는데, 남북통일촉진협의회에 배치된 50명과 공산당 프락치 사건을 주도한 남한 국회의원 출신들이 주동이 되어 김일성을 제외한 북한의 진보적 인사와 남한의 진보적 인사들로서 연립정부를 수립하고 조국통일 과업을 실현하여 대내외적으로 중립국을 선포한다는 목표 아래 내각 구성까지 해두었다는 비밀 문건과 명단을 압수했다는 것이었다.

"제국주의 주구 노릇을 해오던 인간쓰레기들을 사람 만들자고 귀중한 국가 재정을 소비하면서 3년이나 특별대우를 해주며 교육시켰지만 국방군을 끌어들여 쿠데타를 일으키고 조국을 미제국주의자들에게 팔아넘기려는 이 개새끼들은 모조리 쓰레기통에 처넣어야 한다……."

남춘하 총장의 보고는 추상같았다.

강당 한쪽 구석에서 이 보고를 듣고 있는 2기 특별반 학생 30여 명은 모두 고개를 가슴에 파묻고 있었다. 40세에서 65세에 이르는 이들은 남한에서는 행세깨나 하던 인텔리 저명인사들이었다.

1차 쿠데타 음모 사건은 남로당 계열 숙청을 위한 것으로 생각되었고, 2차 쿠데타 음모 사건은 소련파와 연안파 제거를 위한 숙청작업으로 짐작되었다. 그러나 이번 쿠데타 음모 사건은 무엇 때문인지 얼른 짐작이 가지 않았다. 1차, 2차 쿠데타 음모 사건에 연루된 인사들을 보면 정치적 연극이라는 걸 쉽게 알아차릴 수 있었다. 소련 공산당 투쟁사를 읽지 않았다면 모르려니와 그 수법이 가히 볼셰비키와 스탈린 수법을 그대로 답습하고 있어 정적 제거를 위한 방편임을 능히 짐작할 수 있었다. 속내는 알 수 없지만 이번 쿠데타 음모 사건도 필경 예상되는 적대세력 제거를 위한 정치적 조작이 아닌가 짐작되었다.

험한 일은 파도가 밀려오듯 연이어 밀려왔다.

특히 재정성에서 피붙이나 다름없이 가깝게 지내던 김정자가 숙청 사건의 여파에 휩쓸려 축출되는 비운을 겪었던 것이다. 그 일련의 과정을 옆에서 지켜본 은희로서는 속이 썩어 나가는 것 같았다.

은희는 졸업논문 작성과 국가시험 준비에 무리를 했던지 어느 날 자리에 몸져눕고 말았다. 겨우 몸을 추스르며 시험을 쳤으나 기력이 자꾸만 떨어졌다. 밥맛도 없고 손가락 하나 움직이는 것도 힘들었다. 한동안 고생을 참고 있던 은희는 부득이 방편을 세우지 않을 수 없었다. 잠은 기숙사에서 자되 밥은 학생식당이 아닌 가족식당에 가서 먹기로 했다. 부부가 직장생활을 하는 가족을 위해 개설한 가족식당은 당원이면 누구나 양권과 부식대를 지불하고 이용할 수 있었다. 학생식당보다는 낫다고 들었으나 크게 다를 바가 없었다. 현미밥에 식찬은 나물, 새우젓을 기본으로 두부와 생선이 가끔 나왔다.

어느 날 식당에 들어간 은희는 학교 교원과 부인, 딸 이렇게 세 식구가 식사하는 식탁 옆에서 밥을 먹게 되었다. 그 가족은 밥을 놓고 한동안 실랑이를 벌였다. 교원 앞에는 쌀밥이 부인과 어린 딸 앞에는 강냉밥이 놓여 있었다. 선생은 밥을 부인과 딸에게 밀어놓고 부인의 강냉밥을 당겨서 먹으려고 했다. 부인은 자기 밥을 다시 가져오고 쌀밥을 남편에게 밀어놓았다. 이 실랑이는 딸이 쌀밥을 차지하고 교수는 딸의 강냉밥을 먹는 것으로 종결되었다. 남편은 대학 교수였기 때문에 식량배급이 백미로 나오고 부인은 공장 사무원이기 때문에 식량배급이 잡곡으로 나왔던 것이다. 그들이 내놓는 양권에 따라 밥을 주기 때문에 그런 실랑이가 벌어졌던 것이다. 집에서 밥을 짓더라도 남편에게 쌀밥을 챙겨주는 부인들이야 어쩔 수 없는 일이라 할지라도 여러 사람이 공동으로 식사하는 가족식당에서 양권에 따라 식사가 다르게 나오다니, 계급 차별을 생생히 보여주는 대표적인 사례라 하지 않을 수 없었다. 그 씁쓸한 광경이 은희는 오랫동안 잊히지 않았다. 가족식당이란 빛 좋은 개살구였다. 계급 차별 없다는 사회지만 이 식당에는 계급 차별이 명백히 존재했던 것이다.

계급 차별, 하기야 소련에 귀족이나 지주 따위 계급이 없어진 것은 맞았다. 그러나 마르크스가 꿈꿨던 것과는 달리 이미 소비에트에는 새로운 계급제도가 생긴 지 오래되었다고 한다. 스탈린에 의해 '차등 임금제'가 도입되자 관료나 기술자 등 특수 계층은 높은 임금을 받고 일반 노동자는 그보다 훨씬 적게 받았다. 이 봉급 격차는 새로운 계급을 낳게 되었고, 사람은 누구나 자기 능력에 따라 생산하고 필요에 따라 분배받는다는 마르크스의 평등의 이상이 무너지고 말았다는 것이다. 대신에 사람은 자기 능력에 따라 생산하고 그의 노동에 따라 분배받는다는 새로운 원칙이 세워졌던 것이다. 조선인민공화국도 이와 다르지 않았던 것이다.

가족식당 식사도 건강 회복에 크게 도움이 되지 않은 것 같았다. 은희는 부득이 아파트에서 자취하고 있는 김정자를 찾아갔다. 누구나 경계하기 마련인 폐병을 앓고 있는 은희를 정자는 마다하지 않고 선뜻 받아주었다. 정자의 아파트로 옮겨 식사를 손수 해결하자 여러 가지 좋은 점이 많았다. 그런데 정작 다른 문제가 또 속을 썩이기 위해 기다리고 있었다.

정자의 귀가 시간이 점점 늦어진다 싶더니 사상검토에 걸려 시달리고 있다고 했다. 집에 돌아오면 말없이 울기만 했다. 남로당 숙청 바람에 휩쓸려 일찍이 철직 조처된 은희는 도리어 마음 편한 형편이었다. 다행히 중앙당 연락부로 소속이 변경되어 도리어 잘된 셈이었다. 그러나 정자는 그때 운 좋게 숙청의 회오리바람을 피했으나 뒤늦게 무슨 트집을 잡혔던지 고초를 당하고 있었다. 집중지도 그루빠가 추궁하는 내용은, 최창익 일파가 8월 전원회의에서 당의 경제정책을 비방 공격하고 나온 자료가 재정성 자금국 통계자료에서 유출된 것이 분명하다면서 그 유출혐의를 김정자에게 덮어씌웠던 것이다. 최창익 일파와 내통한 사실을 실토하라며 김정자를 혹독하게 다그쳤다. 최창익과 내통한 사실이 없는데 어찌 거짓을 실토할 수 있겠느냐고 아무리 사정해도 소용이 없었다. 사상검토의 마수를 거두지 않은 그들은 이른바 별건수사라는 것이 있다고 했던가?

"그렇다면 좋소. 동무가 잘못이 없다니 한 가지 물어봅시다. 동무가 목석이 아닐 터인데 어찌 서른여섯이 되도록 여태 시집을 안 가오?"

하고 엉뚱한 꼬투리를 잡고 나왔다.

"내가 시집 안 간 것은 정치적으로 문제될 사항이 아닌 줄 압니다."

"많은 사람으로부터 청혼을 받았다는 사실을 당이 알고 있는데 왜 다 거절하고 시집을 안 가는지 그 이유를 말해보오."

"내가 서대문 감옥에서 출옥하여 월북할 때 어머니가 내 손을 잡고 울면서 만류했지만 나는 어머니 손을 뿌리치고 내 고집대로 월북했습니다. 그러나 결혼만큼은 내 마음대로 하고 싶지 않았습니다. 통일이 되면 그때 부모님을 모시고 결혼하려고 결심했습니다. 그런데 통일이 이렇게 늦어질 줄 몰랐습니다."

"바로 그게 반동성이란 말이오. 월북 못 하게 했다면 동무네 부모가 반동 아니오? 바른 대로 말해보시오. 동무가 시집가서 자식새끼 낳게 되면 자식과 남편한테 얽매여 유사시에 도망칠 수 없기 때문에 시집 안 간 게 아니오? 간첩으로 왔는가, 아닌가 그걸 말해보시오."

이 말에 김정자는 세상이 무너지는 것 같은 절망감을 느꼈다.

"너무합니다. 해도 해도 정말 너무합니다. 난 이럴 줄 몰랐습니다.

공산주의자들이 죄 없는 사람을 죄인으로 만드는 세상인 줄 알았다면 나는 애당초 공산주의를 따르지 않았을 것이고 당원이 되지도 않았을 것입니다. 나는 후회합니다. 인민공화국으로 넘어온 것을 후회합니다."

하고 엉엉 울고 말았다.

이 광경을 지켜보고 있던 송효섭이란 청년이 울분을 참지 못하고 발언권을 얻지도 않은 채 벌떡 일어섰다.

"너무 심하지 않소? 지난 몇 달 동안 김 부장을 심사해왔지만 우리가 다 보고 들었듯이 뭘 잘못한 걸 찾을 수 있소? 재정성 보배라고 추켜올리고 수상 표창장을 수여할 때는 언제고 죄 없는 약한 여성동무를 그렇게 못살게 하오?"

하고 당지도 그루빠를 향해 항변했다.

그날 이후 송효섭 청년의 모습은 다시 찾아볼 수 없게 되었고, 김정자는 당에 대한 반항죄 항목이 씌워졌다. 어느 날 어디로 끌려가는지도 모른 채 안전군관에게 죄 없이 끌려가고 있는 김정자의 가엾은 모습을 목격한 은희는 속으로 소리 없이 울음을 삼켰다. 서울에서 김정자를 위해 매일 기도와 축원을 올리고 있을 그 어머니가 생각나자 가슴이 미어지는 것 같았다.

나중에 안 사실이지만 중앙당 경리부장 강덕일도 숙청되었고 대학 의무실 의사도 역시 노동자로 전락했다고 했다. 뿐만 아니라 은희와 각별했던 인민경제대학 교수 김주연과 그녀의 남편 신용우도 노동자로 쫓겨났다고 했다. 평화일보 정치부장으로 재직할 때 신세를 진 신용우마저 숙청의 올가미를 쓰게 되다니 은희는 세상이 온통 암흑천지로 변한 것 같았다.

52

길고 긴 4년이었다. 곡절도 많고 사연도 많은 나날이었다. 기쁨은 적고 괴로움과 번민이 많았던 나날들이었다. 희망보다 단념으로 쓰라린 마음을 달랬던 순간순간들이 이어져 날이 가고 달이 가고 해가 갔다. 누구 하나 행복을 누리고 싶지 않은 사람 있을까. 누구 하나 기쁨을 누리고 싶지 않은 사람 있을까. 누구 하나 사랑받고 싶지 않은 사람 있을까. 누구 하나 칭찬받고 싶지 않은 사람 있을까. 지난 4년 동안 보고 들어온 현상이나 사실은 보고 싶지 않고 듣고 싶지 않은 현상이나 사실들이 대부분이었다. 자고 먹고 일하고 사랑을 나누는 일상적인 생활을 영위하는 평범한 사람은 비록 그것이 사소하더라도 오래 그 행복을 누릴 개연성이 높았다. 거기 비해 더 잘되고 더 잘살기를 바라는 큰 야망을 지닌 사람이나 정치적인 성향을 지닌 사람들은 일시적인 큰 행복을 누리는 자도 없지 않지만 대개 그 행복은 짧고 말로는 좋지 않은 편이었다.

4년간의 시간은 일상적이고 예측 가능한 시간이 아니었다. 언제 어떤 돌발적인 사건에 휘말려 불행의 늪에 던져질지 모를 정치적 변수가 상존하는 두려운 시간들의 연속이었다. 전전긍긍했던 그 시간들에 종지부를 찍는 졸업식을 맞은 은희는 기쁨보다 걱정과 두려움이 앞섰다.

졸업생은 6개 학부 10개 학과 350명이었다. 이들 졸업생들은 졸업장과 배치장을 함께 수여받았다. 졸업장은 일정한 학과 과정을 이수하였음을 증명하는 것이고 배치장은 졸업 후 근무할 직장을 명시한 증명서였다. 앞으로 근무할 직장을 배치받은 학생들 사이에서는 희비가 교차하였다. 그 가운데 중앙당으로 배치받은 네 명과 내각사무국으로 배치받은 다섯 명은 다른 졸업생들의 부러움과 질시의 대상이 되었다. 중앙당과 내각사무국으로 배치받은 졸업생은 탄탄한 출세가도가 보장되어 있었다.

은희는 중앙당으로 배치받은 네 명 중 한 명이었다. 다른 세 명은 김일성 직계 유자녀인 안길의 딸과 박달 질녀, 그리고 배경이 든든한 남학생 한 명이었다.

승천하는 용처럼 승승장구 출세가도를 달릴 이들 아홉 명의 졸업생은 학업성적이 우수해서 좋은 직장으로 배치받은 것이 아니었다. 성적은 오히려 평균 3점대의 초라한 편이었다. 그러나 배경이 성적을 능가했던 것이다. 학생들은 중앙당으로 배치받은 졸업생의 출세가 가장 빠를 것으로 평가했다. 중앙당으로 배치받은 은희를 부러워하며 하급생들은 열렬히 축하를 보냈다. 축하를 받을 때마다 은희는 씁쓸한 미소를 머금었다. 이것이 죽으러 가는 자에게 당에서 베푼 마지막 선물이겠거니, 속으로 짐작하고 있었기 때문이었다.

"우리 당 중앙에서는 돌아가신 김병산 동지의 유지를 계승하기 위해 고군분투해온 은희 동무의 의지를 높이 평가하고 있습니다. 그래서 당은 동무에게 영예롭고 매우 높은 동무의 당성을 요구하는 중대한 과업을 맡기고자 합니다. 남반부에 한번 다녀오지 않겠습니까?"

드디어 올 것이 온 것인가. 졸업을 앞두었을 무렵 연락부 부부장 박 동무가 불렀다. 사무실로 갔더니 학교생활에 대한 이런저런 이야기를 묻고 나서 정색을 하더니 그렇게 말하고 엄숙한 표정으로 은희의 답변을 기다렸다. 남반부, 순간 번개가 몸을 관통하는 것 같았다. 소름이 쪽 끼쳤다. 그이와 엮어 꼼짝 못 하게 사약을 준비했구나!

"그런 어려운 과업을 제가 해낼 수 있을까요?"

"동무가 적임자로 인정됐기 때문에 이런 중대과업을 맡기려는 것 아닙니까."

"저는 폐결핵 환자인데 38선을 넘을 수 있을까요?"

"길이 어디 38선만 있답니까. 바다도 있고, 가는 길이야 얼마든지 있지요."

이미 결정한 사항을 통고하는 요식행위로 짐작되었다. 남에서 공산주의 운동을 펼치다 희생된 그이와 형제자매들의 얼굴이 차례로 어둡게 머릿속을 스쳐갔다. 확답을 하지 못하고 생각할 시간을 달라고 청했다.

졸업이 임박했을 무렵 마지막 노력 동원으로 작업장에 나가 있을 때 중앙당 지도원이 찾아왔다.

"그새 좀 생각해보셨습니까?"

"네, 뭐……."

"물론 신중히 생각해보셨겠지만, 혁명가가 아니고는 혁명을 못 합니다. 남반부 해방은 역시 남반부 동무들이 나서야지 누가 나서겠습니까. 동무같이 당성이 강한 분이 아니고는 사실 누구를 믿고 보내겠습니까. 동무는 전통을 가진 철저한 혁명의 유가족이니 중앙당에서는 절대 신임하는 바입니다."

"알겠습니다. 당에서 필요하다면 당의 명령에 따라 나가 싸우겠습니다."

그녀의 대답을 들은 중앙당 지도위원은 경기에서 승리한 투사처럼 득의만면한 얼굴로 고개를 크게 끄덕였다.

남한으로 내려가라는 당의 명령을 순순히 접수한 것은 연락부 박 부부장과의 면담 중 이미 당에서 결정한 피할 수 없는 외길 수순임을 알아차렸기 때문이었다. 당의 명령에 불복한다면 필경 어디 노동판으로 쫓겨나 노동자로 전락될 것이 뻔했다. 그럴 바에는 남한에 내려가 임무를 수행하다 죽는 편이 더 영예로울 것이라는 생각에 그러마고 한 것이었다. 언제 죽어도 한번은 죽고 말 몸, 당에서 김병산의 이름을 들고 나오는데 그이의 명예를 더럽혀서야 되겠는가, 그런 생각도 없지 않았다.

어쨌든 중앙당의 그 명령을 접수하지 않았다면 중앙당으로 배치받을 수 있었을까. 그 생각 때문에 하급생들의 축하 인사에 떨떠름하게 데면데면 응대했던 것이다.

졸업 후, 들려온 소식들도 밝은 것이라고는 하나 없었다.

기숙사 방 몇 군데에 김일성 초상화가 걸려 있지 않은 것이 문제가 되어 대학 당위원장이 쫓겨났고, 영어 배운 사실이 뒤늦게 알려진 남한 출신 교수 한 명도 노동일꾼으로 쫓겨났다는 말이 들렸다. 남한 방송과 일본 방송을 듣다 들킨 교수도 역시 노동자로 전락했다고 했다. 들리는 것마다 인간적인 배려 같은 것은 손톱만큼도 찾아볼 수 없고 악마들의 정치놀음 같기만 했다. 그런 이해할 수 없는 소문에 시달리며 뒤숭숭하게 보내고 있던 어느 날 중앙당 조직부로 오라는 통보가

왔다.

조직부로 갔더니 당 지도원이 은희에게 임무 수행을 위해 준비 기간이 필요하다며 당분간 체류할 집으로 안내하겠다고 했다. 은희를 다짜고짜 고급 승용차에 태운 당 지도원은 대동강 기슭 아담한 단층 기와집으로 갔다. 대문에 들어서 현관에 이르는 징검돌 양쪽에는 잔디가 깔려 있고 마당 한쪽 연못에는 붕어가 유유히 헤엄치고 있었다. 돋워 올린 화단에는 장미 철쭉 함박꽃 등 갖가지 꽃들이 아름다운 자태를 뽐내고 있었다.

"몸도 약하고 하니 당분간 이 집에서 푹 쉬시오."

거실도 잘 꾸며져 있었다. 창밖을 향해 놓여 있는 긴 소파에 앉으라고 권한 다음 지도원이 부드러운 음성으로 말했다.

"매일 관리원이 들를 것입니다. 무엇이든지 필요한 것이 있거나 불편한 것이 있으면 그 관리원에게 말하면 즉시 해결해줄 것입니다."

얼마 있지 않아 밥상이 들어왔다. 북으로 넘어온 후 처음 본 진수성찬이었다. 통닭과 생선회, 계란 등도 있었다. 무엇보다 조선고추장이 구미를 당겼다.

"아주머니, 이 선생님은 몸이 좋지 않으니 음식을 입에 맞도록 각별히 잘해드리시오."

식사를 마치고 지도원은 아주머니에게 그렇게 당부하고 돌아갔다.

밀봉교육은 산속의 은밀한 장소의 안가에서 시행하고 교육생도 여러 명일 줄 알았는데 평양 대동강 기슭에 있는 이 집이 바로 그 교육장이었고 다른 교육생은 한 명도 더 보이지 않았다.

"지도원 동무, 여기 음식이 너무 과분한 것 같아 마음이 편치 않습니다. 일반 당원들의 생활 정도로 맞춰주면 도리어 마음 편하겠습니다."

이튿날 다시 온 지도원에게 은희는 그렇게 제안했다.

"혁명동지를 적지에 보내면서 동지적 배려를 하지 않을 수 있겠습니까. 아무 걱정 말고 몸 생각만 하십시오."

그리고 덧붙여 지시를 내렸다.

"오늘부터 동무라는 말은 입에 담지 말고 선생, 아주머니 등으로 습성케 하시오. 남한에 가서 동무라는 말이 튀어나오면 그 아니 낭패겠소. 남한에서 사용하는 말로 길을 들여야 하오."

지도원 동무와 일과표를 짰다. 기상에서부터 취침할 때까지 학습과 운동을 안배한 시간표였다. 그 가운데 남한 방송 청취 시간이 가장 많았다. 남한 말을 숙달하기 위해 벽에 단어를 써서 붙여놓고 외웠다. 남조선 북조선은 남한 북한으로, 동무는 선생님 아저씨 아주머니로, 6·25전쟁은 6·25동란으로, 리 선생은 이 선생님으로, 분주소는 파출소로 고쳐 불러야 한다고 했다. 남한 정세를 상세히 파악하기 위해 매일 일어나는 사건사고 뉴스를 빠짐없이 청취하는 한편 물가 시세를 익히기에도 신경을 썼다. 남한 말을 구사하는 것도 큰 자산입니다, 지도원은 지나가는 말처럼 그렇게 말하기도 했다.

지도원은 남한에 가서 행동할 사항을 암기하도록 지도했다.

첫째 남한에서 찾아야 할 집 주소, 그 집 주인 성명 연령 가족사항 가정환경 등을 막힘없이 줄줄 엮어낼 수 있도록 철저히 외우도록 했고, 둘째 암호, 방송청취 날짜, 시간, 안착신호 방법 등을 암기시켰으며, 셋째 복귀 접선 날짜와 시간, 접선 장소, 접선 암호 등을 단단히 기억하도록 거듭 당부했다.

남한에 가서는 가정주부로 행세하기로 결정했다. 은희에게 거기 따른 치장과 옷차림을 생각해두라고 했다. 남한의 가정주부들이 어떤 치장을 하고 어떤 옷을 입는지 알 수가 없었다. 다만 남한 방송에서 아이를 찾을 때 인상착의를 말한 것을 참고할 수밖에 없었다. '위에는 빨간 나일론 반소매 셔츠에 아래는 빨간 꽃무늬가 있는 하얀 나일론 치마에 상고머리에 붉은 구두를 신었고 나이는……'이라는 방송을 듣고 은희는 혼자 콧방귀를 뀌었다. 언제 남한이 저렇게 잘 입고 잘살았는가, 믿을 수 없는 말을 번드르르하게 쏟아놓고 있는 것으로 치부하고 귓등으로 흘려들은 것이 전부였다. 그런데 도대체 남한 가정주부들은 어떤 치장과 옷차림을 하고 살까. 6·25전쟁 전에 본 것밖에 아는 것이 없었다. 굶주리고 헐벗고 있는 암흑천지 남조선에서 옷이나 제대로 입고 사는지 은희로서는 짐작 가는 것이 없었다. 사진을 통해 본 남조선은 판잣집들에 너덜너덜 다 떨어진 넝마를 걸치고 깡통에 무엇인가를 주워 담는 가엾은 아이들과 폭격에 무너진 건물 아래 쭈그리고 앉아 햇볕을 쬐고 있는 초췌한 노인과 낡은 군복을 걸친 상이군인이 깡통을 들고 구걸하는 모습 등 처참하기 짝이 없는 것들이었다. 그런 남한에 가서 무슨 옷을 입고 무슨 치장을 해야 할지 막막했다.

궁리 끝에 옥양목 치마저고리에 흰 고무신 차림을 하기로 정하고 준비에 들어갔다. 은희에게 주어진 임무는 접선 대상을 찾아서 대동 복귀하라는 것이었다. 그러나 출발할 때까지 만나야 할 사람을 정확히 알려주지는 않았다. 다만 '만나면 알 만한 사람입니다' 할 뿐이었다. 임무를 마치고 북으로 복귀하는 방법은 1차, 2차, 3차 세 차례 접선이 있고, 이에 실패할 경우 도보로 향로봉 줄기를 타고 38선을 넘어오라고 했다. 도보로 이동할 경우 행상인이나 국군 면회객 행세를 하는 것이 유리하다고도 했다.

"당과 수령님의 붉은 전사됨을 영예롭게 생각하고 지혜를 발휘하여 성과 있기를 기대합니다."

은희는 당 지도원의 승용차에 동승하여 평양역으로 갔다. 지도원은 원산행 기차에 탑승하여 좌석에 앉는 것까지 각별히 보살피며 무사귀환을 거듭 강조했다.

"명심하겠습니다. 조국의 딸로서 당과 수령님의 가르침대로 부끄럽지 않게 싸우고 돌아오겠습니다."

그이의 혁명과업의 계승자로서 민족통일 대업에 나선다는 자부심도 없지 않았다. 자신이 막중한 민족통일의 길을 개척하기 위해 나선다니 얼마나 뿌듯한 일인가. 기아선상에서 허덕이고 있는 남반부 동포들을 하루빨리 구출해야 한다는 사명감에 피가 끓어오르기도 했다. 하루를 살더라도 값있게 살다 죽자! 주먹을 불끈 쥐고 다짐을 하기도 했다.

53

원산에서 남한에 동행할 안내원이 붙여졌다. 안내원의 첫인상은 별로 달갑지 않았다. 눈치로 세상을 살아온 것인가, 얍삽한 인상에 눈동자를 쉴 새 없이 굴리는 것이 경망스러워 보였다. 그러나 생각해보니, 안내원으로서는 아주 맞춤한 것 아닌가 싶기도 했다. 육로로 금강산 부근으로 이동한 은희는 그곳 당 아지트에서 출발에 대비하며 며칠 더 머물렀다. 금강산 아지트의 대우도 여간 후한 편이 아니었다.

드디어 작전개시일로 잡은 그믐밤이 되었다. 매지구름이 뒤덮고 있는 하늘은 칠흑같이 어두웠다. 목선이 대기하고 있었다. 작은 파도에도 뒤집어지고 말 것처럼 어설펐다. 그러나 은희와 안내원이 승선하자 목선은 생각보다 재빠르게 파도를 헤치며 남쪽을 향해 내닫기 시작했다.

목선의 율동에 적당히 흔들리며 남쪽으로 가고 있는 은희는 온몸이 결기로 팽팽했다. 북한에서 겪었던 수많은 고생을 깡그리 잊은 채 특별한 임무를 띤 당원으로서의 자부심과 남한 백성을 구하기 위해 나선 투사로서의 결의로 피가 끓어올랐다.

어설퍼 보였던 목선은 그러나 거친 파도를 헤치며 칠흑처럼 어두운 바다를 헤치고 자정 무렵 목적지에 무사히 도착했다. 은희를 목적지에 상륙시킨 안내원은 산기슭 큰 바위를 표적으로 접선 장소를 정하고 목선을 타고 다시 북으로 돌아갔다.

산속에서 밤을 보내고 아침을 맞았다. 밤에는 몰랐으나 온 산에 진달래꽃이 연붉은 자태를 뽐내고 있었다. 진달래꽃이 반갑게 인사를 하며 사방에서 달려오는 것 같았다. 금강산에서도 진달래꽃이 보였으나 아직 봉오리가 맺혀 있는 정도여서 별로 눈여겨보지 않았었다. 그런데 무슨 조화인가, 이곳은 절기가 빨라서 그런 것인가, 진달래꽃이 만발해 있었다. 문득 고향 생각이 나 저도 모르게 눈을 감았다. 그이가 묻혀 있을지도 모를 생흙 언덕 위에도 지금쯤 진달래꽃이 피어 있을까, 생각하니 눈앞이 아득하였다. 아, 진달래꽃이 만발한 비봉산과 고향은 옛 모습 그대로일까. 진달래꽃 몇 송이를 따 입안에 넣고 씹으며 산을 내려왔다.

조가비를 엎어놓은 듯 작은 초가집 몇 채가 띄엄띄엄 앉아 있었다. 서울행 버스를 타려면 마을 안 버스정류소로 가야만 한다고 했다. 어떤 작은 초가집 앞을 지나가려던 은희는 소를 몰고 나오는 열 댓 살 먹어 보이는 여자애와 마주쳤다. 여자애는 무심코 지나쳤으나 은희는 여자애에게서 눈을 떼지 못했다. 새빨간 인조 치마에 옥양목 적삼을 입은 여자애의 입성이 예상과 달리 고급스러워 보였다. 이런 보잘것없는 시골 소몰이 촌아이가 저런 멋진 옷을 입고 있다니, 눈을 의심하지 않을 수 없었다.

버스를 기다리고 있는 동안 목격한 마을 사람들이나 서울행 버스에 탑승한 승객들의 차림이나 행색이 모두 예상과 달라 놀라웠다. 옆좌석에 나란히 앉아 있는 마흔 안팎으로 보이는 여자만 해도 은희로서는 처음 본 고급 옷에 손목에는 시계를 차고 핸드백에 파라솔까지 들고 있었다. 다른 여자들도 모두 그와 비슷한 물색들이었다. 남자들 또한 고급 양복에 하이칼라 머리를 하고 있었고 개중에는 라이방을 낀 기관원 같은 사람도 있었다. 흰 옥양목 치마저고리에 큰 비녀를 꽂고 있는 자신의 차림이 저들에 비해 너무 촌스러운 것 같았다. 라이방을 낀 남자가 수상하게 여기고 신분 확인이라도 나서면 어쩌나 불안감에 간이 조마조마했다.

서울에 도착할 때까지 은희는 남모르게 등에 진땀을 흘렸다. 동대문 터미널에서 버스를 내린 은희는 안도의 한숨을 내쉬었다. 다행히 버스 승객 중에 자신을 수상하게 여긴 사람은 없었던지 보자는 사람이나 미행 같은 것은 없었다.

서울은 별천지 같았다. 동대문을 등지고 종로통을 바라보고 서자 대로변에 2, 3층 건물들이 즐비하고 오고 가는 행인들은 한결같이 활기찼다. 행인들 행색이 시골 버스 승객들과는 비교할 수 없을 만큼 화려하고 세련되어 보였다. 서울 거리 어디에나 깡통 든 거지들이 득실댄다더니 거지는 눈 씻고 찾아보려 해도 없었다. 눈에 보이는 사람마다 볼에 살이 투실투실 쪄 있었다. 전혀 예상하지 못했던 상황이었다. 크게 놀란 은희는 이것 난리 났구나 싶었다. 자신의 차림과 머리 모양부터 서울 사람들과 맞추어야 하리라 생각했다. 마음이 급해졌다. 부근에 동대문시장이 있다는 사실을 상기한 은희는 그 방향으로 잰걸음을 놓았다. 서울 있을 때 가끔 들른 동대문시장을 찾는 데는 그다지 힘들지 않았다. 시장 초입에 미장원이 보이자 은희는 그곳으로 달려 들어갔다.

"시골에서 올라온 길인데 너무 촌티가 나 파마부터 해야 할 것 같아요."

먼저 와 있던 손님들이 빙그레 웃으며 은희의 위아래를 훑어보았다.

"앉으세요. 제가 금방 서울 사람 만들어드릴게요."

아니나 다를까, 파마를 하고 나니 금방 다른 사람이 되어 있었다. 고맙다는 인사를 몇 번이나 거듭하고 미장원을 나온 은희는 갈아입을 옷을 사기 위해 시장 안으로 들어갔다. 옷가게를 찾아 두리번거리며 시장통을 지나가던 은희는 눈이 휘둥그레졌다. 미곡전에는 쌀가마가 천장까지 높이 쌓여 있고 정육점에는 소고기, 돼지고기가 횃대에 매달려 있거나 자판에 겹겹이 쌓여 있었다. 생선 가게 자판에는 고등어,

갈치, 조기, 우럭이 널려 있었다. 포목점에는 비로드, 비단, 광목 등이 켜켜이 쌓여 있고 옷가게의 옷들도 화려하기 짝이 없었다.

옷가게에 들어가자 배추머리에 화려하게 분화장을 한 양장 차림의 주인이 은희를 친절하게 맞아들였다. 마음을 단단히 먹은 은희는 가급적 유행을 따라 입고 싶다고 말했다. 주인은 아주 자상하고 친절하게 은희의 비위를 맞추어주었다. 주인의 친절이 도리어 낯설어 은희는 어리둥절했다. 가게에서 바로 옷을 갈아입고 거리를 나온 은희는 비로소 안도감이 들었다. 그런데 거리에는 또 왜 그리 오고 가는 자동차들이 많은지 정신을 차릴 수가 없었다.

폐허가 된 서울은 아직 복구가 되지 않았으리라 믿었던 것이 큰 착오였다. 언제 천리마운동 같은 복구사업을 격렬하게 벌였던 것인지, 어디에서도 전쟁 흔적 따위는 찾아볼 수 없었다. 거리도 별로 달라지지 않아 집 찾는 데는 그다지 어렵지 않았다. 가회동 주소를 더듬으며 임무 대상 집을 찾아냈다. 집 찾기는 별로 어렵지 않았으나 주인이 바뀌어 있었다. 그런 줄도 모르고, 시골에서 올라왔는데 낭패 났다며 낙담하고 있는 것이 안됐던지 집주인이 전에 살던 주인 누나 집을 안다며 친절하게 안내해주었다. 누나를 만나 보니 알 만한 사람이었다. 그러나 그런 내색은 하지 않았다. 동생과 서로 신세를 지며 가깝게 지내던 사인데 오랜만에 한번 만났으면 좋겠다고 둘러댔다. 순박한 인상의 누나는 꺼리거나 경계하는 빛 하나 보이지 않고 선선히 시골 동생 주소를 적어주었다. 주소를 받아든 은희는 종로로 나와 전차를 타고 바로 서울역으로 갔다.

시골로 내려간 은희는 접선 대상 집을 어렵지 않게 찾았다. 은희는 한눈에 상대방을 알아보았다. 그러나 상대방은 은희를 잘 알아보지 못했다.

"나, 모르겠어요?"

접선 대상자는 6·25전쟁 전에 서울에서 지하 공작활동을 함께해왔던 당원이었다.

"아니? 이게……."

얼굴을 바짝 쳐들고 쳐다보자 소스라치게 놀랐다. 눈을 번뜩이며 선 자리에 말뚝처럼 굳어졌다. 놀라는 꼴이 어이가 없었다. 하지만 설마 너야 나를 어떻게 하지 못하겠지, 하는 믿음이 가고 따라서 안도가 되었다.

"어디 쉴 데 없어요? 몸이 좀 안 좋아서."

은희는 대담하게 나갔다. 거침없는 그녀의 태도에 아직도 놀란 표정을 지우지 못하고 있던 그는 아차 싶은 듯 정신을 가다듬는 눈치였다. 은희는 밀봉교육 받은 대로 구색에 맞추어 말을 걸었다. 그는 곧 알아듣고 고개를 끄덕이며 거기에 응대하였다. 은밀히 둘만 아는 방법으로 신분 확인을 거친 셈이었다. 그는 서둘러 은희를 방으로 안내하였다.

"뉘시더라?"

방으로 들어가자 그 집 노모가 그에게 물었다.

"서울에서 신세를 많이 진 의누난데, 읍에 볼 일이 있어 내려왔답니다. 집에 며칠 유숙하기로 했습니다."

"아, 그래. 그럼 편히 계시구려."

역시 구김살 없이 손님을 반기는 너그러움에 은희는 속으로 여간 놀라지 않았다. 남에 내려와 지금까지 본 사람 가운데 누구 하나 까다롭게 출신성분을 따지거나 쌀쌀하게 구는 사람이 없었다. 이들의 이런 여유가 어디서 비롯하는 것일까, 은희는 여간 궁금하지 않았다.

그날 새벽녘에 변소를 다녀오던 은희는 봐서는 안 될 딱한 광경을 목격하고 또 한 번 큰 혼란에 휩싸였다. 일흔 고령의 그 집 노모가 우물가에 촛불을 밝혀놓고 북녘 하늘을 향해 두 손을 비비며 기도를 올리고 있었던 것이다. 은희는 선 자리에 못 박힌 듯 꼼짝하지 않고 그 모습을 한동안 지켜보았다. 저도 모르는 새 주르륵 눈물이 양 볼을 타고 흘러내렸다.

일정 때부터 영등포에서 견직공장을 경영하며 내로라하는 부자로 떵떵거리며 살던 그 집은 유학을 다녀온 둘째가 문제였다. 새 세상이 오리라 확신한 그 집 둘째는 사장을 설득해 남로당에 자금조달을 하며 열렬히 공작활동을 지원해왔다. 그러나 어찌 알았겠는가, 6·25 때 사세가 여의치 않은 쪽으로 기울어지자 아들 3형제는 부랴부랴 후퇴하는 인민군을 따라 북으로 올라갔다. 세상이 다 아는 공산당 집안이 어찌 무탈하겠는가. 남아 있던 식구들은 공산당 낙인이 찍혀 어디 한군데 등을 비빌 데가 없었다. 공장을 남의 손에 넘기고 가산을 정리하여 시골로 내려와 어렵게 지내오고 있었던 것이다.

"새벽에 우연히 봤는데, 아래위 소복을 하신 어머님께서 우물가에 촛불을 켜놓고 무슨 공을 드리고 계시던데?"

장남은 한숨을 내쉬었다.

"어머님 한이지요. 10년을 하루같이, 새벽마다 머리를 감아 빗고 소복을 한 다음 우물가에 정한수를 떠놓고 북녘 하늘을 향해 저렇게 기도 드려오고 있답니다. 빨리 통일이 되어 죽기 전에 효자 아들들을 만날 수 있게 해달라고……."

은희는 가슴에 바위라도 덜컥 올려진 듯 답답했다. 어머니께서 십수 년 지극정성 북에 있는 아들들을 위해 축원을 드린다 한들 그것이 무슨 소용 있단 말인가. 남쪽에서나 북쪽 어느 쪽에서도 그들 형제들은 누구 못지않게 당성이 강했다. 그렇다 한들 이미 죄인 취급을 받으며 겨우 연명이나 하고 있는 처지들이었다. 그들 형제들은 출신성분상 공산주의자가 될 수 없는 기업가 출신인 점이 문제로 지적되었다. 그 가운데 한 형제는 폐결핵으로 고생하면서도 제대로 치료 한번 받지 못하고 밥도 제대로 먹지 못하고 있었다. 하지만 그런 사실을 어찌 입 밖에 내 말해줄 수 있겠는가. 전 재산을 공산당에 바치고 알거지가 되어 고생하고 있는 저 노모가 북으로 간 형제들마저 제대로 대우를 받지 못하고 죄인 취급을 받으며 겨우 연명이나 하고 있다는 사실을 알면 얼마나 분통이 터지고 억울하겠는가. 장남 또한 울분을 참지 못해 물불 가리지 않고 경찰서에 신고라도 하면 어쩌겠는가. 그들 3형제가 모두 높은 직위에서 권세를 누리며 잘살고 있다고 거짓말을 둘러댈 수밖에 없었다. 남한 출신들에게 가해진 숙청이다 뭐다 온갖 탄압과 박해를 상기하며 은희는 속으로 눈물을 감추었다. 찢어질 듯 아픈 가슴을 남모르게 쓸어내리며 견딜 수밖에 없었다.

그 집 장남을 시켜 임무의 기본 대상에게 연락을 취했다. 대상자와 접선이 이루어지면 서로 확인하는 암호가 정해져 있었다. 확인 방법은 '30'수를 맞추는 것이었다. 17 하면 13, 20 하면 10, 5 하면 25 하는 식이었다. 이튿날 접선 대상자가 집으로 찾아왔다. 그를 본 순간 은희는 깜짝 놀라 말문이 막히고 말았다. 알 만한 사람이라는 귀띔은 있었으나 재정성 부국장 이진달일 것이라고는 꿈에도 생각지 못했었다.

"젊은 할아버지가 되고 말았네요? 언제 나왔어요. 만나면 알 거라고는 했지만 동무일 줄은……."

재정성에서 함께 근무하다 남로당 숙청 때 출당 철직 당하고 순안 벽돌공장에서 강제노동을 하는 것으로 알고 있던 그가 남에 내려와 있었다니 도무지 믿어지지가 않았다.

"온 지 꼭 1년째 납니다. 그새 동무도 많이 늙었군요. 여기서 동무를 만나게 될 줄은……."

둘은 한동안 잡은 손을 놓지 못한 채 젖은 눈으로 서로를 쳐다보았다. 둘 다 만감이 교차했다. 당에서 제명하고 직장에서도 쫓아낸 후 강제노동을 시키고 그러다가 사지로 내모는 공산주의자들의 행태가 너무 잔인하지 않은가. 북에서 못 미더워 숙청한 사람을 어찌 혁명과업의 선두에 내세울 수 있단 말인가. 저들의 명령에 고분고분 따를 수밖에 없는 남한 출신 공산당원의 이 꼭두각시와 다름없는 슬픈 운명. 남에서는 공산당원이 설 자리가 없음을 너무나 잘 알고 있는 저들은 남파 간첩들이 섣불리 남에 귀순하지 못할 것이라 믿고 마음껏 이용하고 있는 것이다. 자신들은 믿지 못해 강제노동이나 시키면서 혁명과업 운운하며 사지로 보내는 저 잔인성이라니, 분하고 억울했지만 어쩔 수 없이 순종해야만 하는 너나 나나 비운의 인간군상들. 착잡한 심정으로 그러나 어쩔 수 없이 은희는 당의 지시를 그에게 전달했다. 그동안 남한에서의 경과와 공작사항을 총화 보고 받기 위해 대동하고 복귀하라는 것이 은희가 띠고 온 주 임무였다.

비운의 기업가 집에 칩거하며 북한 방송을 틀어놓고 밤 10시에 보내오는 신호를 기다렸다. '노들강변 봄버들' 1절이 은희에게 보내오는 신호였다. 노래에 이어 전문이 낭송되었다.

"평양에 계신 ***로부터 대구에 계신 그의 형 ***에게 드리는 편지. ……이곳 평양에서 나는 대학을 졸업하고 지금 **학교에서 교편을 잡고 있습니다. 지금도 고향 마을이 눈앞에 선합니다. 형님과 내가 집 앞에 서 있는 세 그루 소나무 아래 바위에 앉아서 미래를 이야기하던 행복한 그날이 어제 일같이 떠오릅니다. 나는 작년에도 휴양소에 갔다 왔지만 금년에도 또 두 번째로 휴양소로 떠나게 되었습니다. 이러한 행복을 형님과 남조선 동포들과 함께 나누지 못함을 가슴 아프게 생각합니다. 통일이 성취되는 그날까지 안녕히 계십시오."

이 전문에서 '소나무 세 그루 아래 바위' 란 접선 장소를 지칭하는 것이고 두 번째로 '휴양소'에 간다는 것은 2차 접선 날에 나오라는 지시였으며 '통일성취'라는 것은 부국장과 접선하였는가를 묻는 신호였다.

"일곱 살 난 사내아이를 찾습니다. 얼굴은 둥글고 상고머리에 회색 노타이 상의와 곤색 쯔봉을 입고 검은 운동화를 신었습니다. 이 아이를 보신 분은 역전파출소로 연락해주시기 바랍니다."

은희는 이에 대한 답신을 '사람 찾는 형식'의 방송을 통해 보냈다. '얼굴이 둥글고'라는 암호는 '장기간첩이 무사하며 나와 접선되었으니 연락해주시오'라는 뜻이었다. 방송 날자와 성명 옷 색깔은 이쪽 신분을 나타내는 것이다.

1차, 2차 접선 날짜에 기다리던 배가 오지 않아 번번이 허탕을 치고 비운의 기업가 집으로 돌아간 은희는 40여 일을 은신한 채 대기했다. 3차 접선 날짜에 겨우 목선이 내려왔다. 그 목선에 흔들리며 부국장 이진달을 대동하고 해금강으로 올라갔다.

평양으로 돌아가 이진달 부국장과 헤어진 은희는 대동강 기슭 밀봉 교육을 받던 아지트에 머물게 되었다. 지친 몸을 겨우 추스르고 있는데 지도원은 그녀가 입고 있는 옷, 시계, 브로치, 고무신, 속옷까지 다 내놓고 경비 명세와 과업 수행과정을 상세히 써서 제출하라는 명령을 내렸다.

남한에서 쓴 경비 일체를 빈틈없이 기록하고 과업 수행에 따른 경과를 상세히 기록해 올렸다. 기록을 검토한 지도원이 은희를 호출했다.

"서울에 이렇게 물자가 풍부하다니, 이게 사실이오?"

"예, 창신동 청계천변이나 홍제동 같은 산비탈에 판잣집이 있는 것은 사실이지만 깡통 든 거지는 볼 수 없었습니다."

"최 동무가 잘못 봤겠지요. 폐허가 된 지 10여 년밖에 지나지 않았는데, 언제 그렇게 복구하고 발전했다는 거요? 자유주의적 사고방식의 편향된 인식의 잔재가 최 동무의 눈을 어둡게 가렸겠지요."

"지도원 동무의 비판을 달게 접수하겠습니다. 하지만 저에게 이전부터 자유주의적 편향된 사고방식이란 없었습니다."

"저들이 언제 천리마운동 같은 복구사업을 대대적으로 펼친 일이 있었나요. 복구사업 한번 제대로 펼치지 않은 서울에 3, 4층 대형 건물이 즐비하고 물자가 풍부하다니, 당에서 입수하고 파악하고 있는 남한 정보와 최 동무의 보고가 너무 차이가 나니 하는 말 아니오."

내가 눈뜬 장님이란 말인가. 내가 눈으로 직접 보고 귀로 들은 사실을 그대로 기록해 보고했음에도 사상과 이념이 다른 눈으로 판단하지 않고서는 그렇게 왜곡할 수 없을 것이라며 보고서 수정을 요청하다니, 그게 온당한 처사인가. 이념과 사상을 달리하면 사실도 다르게 보아야 한다니, 나를 속여야 하는 것인가. 그러나 어쩔 수 없었다. 살기 위해 지시대로 수정해 올리지 않을 수 없었다.

"지도원 동무의 지도에 따르겠습니다."

지도원의 지침에 따라 보고서를 다시 수정하여 올렸다.

연락부 부부장과 과장 등 간부들이 참석한 가운데 사업 총화가 열린 날 은희는 지도원의 지침에 따라 수정 보고한 기록을 토대로 남한을 다녀온 사업과정을 신중한 어조로 침착하게 구두보고를 올렸다. 사실과 달리 꾸며 말하려니 기분이 아주 더럽고 울화가 치밀어 올랐다. 그러나 살아남기 위해서는 어쩔 수 없었다.

그런데 지도원 말마따나 남한이 그렇게 잘산다니 의심스럽기는 했다.

우리는 몇 해에 걸쳐 천리마운동을 전개하지 않았는가. 인민학교 1학년부터 60세를 넘긴 노인까지 총동원하여 허리띠 불끈 졸라매고 동별로 직장별로 실적을 체크하고 경쟁하며 이른바 한번 뛰기 시작하면 천리를 달리는 천리마 같은 기세로 밤낮을 가리지 않고 교대로 경제개발 사업에 총력을 기울이지 않았는가. 그런 우리는 이렇게 못 먹고 못 입고 가난하게 사는데 그런 경제개발 사업을 한 것 같지 않은 서울에는 왜 그토록 먹을 것이 널려 있고 잘 입고 잘살고 있는지, 그것이 사실인지 의심스럽기는 했다.

노동신문에는 어로생산량 초과달성이니, 벼 증산 성공이니, 감자

수확 대풍년이니 하고 큰 활자로 보도해오고 있지만, 왜 우리는 소고기 한 근 사 먹지 못하고 생선 한 마리 제대로 사 먹지 못하는가? 게다가 중요 공업 생산품은 일본 제품보다 앞섰다고 선전에 열을 올려왔지만, 왜 우리는 비누 한 장 변변히 사 쓸 수 없는가? 이렇듯 인민들을 못 먹이고 못 입히고 고생시키면서 왜 남한 인민들을 '생지옥에서 해방시켜야 한다'고 온갖 수단방법을 가리지 않고 대대적으로 선전해댈까.

남한 구경을 하지 못한 북한 주민들에게는 통할지 몰라도 남한의 현실을 두 눈으로 직접 보고 듣고 온 은희에게는 통할 수 없는 선전선동이었다. '암흑천지 남조선, 기아선상에서 신음하는 남반부 동포를 구출하자!'는 선전선동을 그녀는 거꾸로 '기아선상에서 헤매는 북반부 인민공화국 동포들을 구출해주시오'로 바꾸어야 하지 않을까, 생각하기도 했다. 구출되어야 할 인민은 남한 인민이 아니라 북한 인민임을 거듭 씁쓸하게 느끼며 쓴웃음 지었다.

54

두 번째는 지난번과 다른 아지트에서 밀봉교육을 받았다. 몸이 쇠약해 병원을 오고 가며 치료를 받은 은희는 드디어 두 번째 남한으로 파견되었다. 아지트를 떠나기 며칠 전 지도원 동지가 남한 신문을 보라고 내밀었다.

"여기 동무 이름도 있소."

빨간 연필로 표시된 기사를 가리키며 말했다.

"내 이름이요?"

신문을 와락 당겨 읽어 나갔다. 기사에 따르면 그녀가 1차 남파 때 대동 복귀한 이진달 부국장이 재차 남파되어 체포되었고, 그를 은신시킨 비운의 기업가 일가족 전체가 연루되어 체포되었다는 것이었다. 신문을 읽은 그녀는 지난번 지도원이 숙청되어 노동자로 쫓겨 간 것이 바로 이 사건의 책임추궁에 따른 조처였고, 비운의 기업가 둘째 형의 아들 김명구가 손에 쇠고랑을 차고 끌려가던 수수께끼가 풀렸다.

며칠 전 병원에 가던 길에 비운의 기업가 둘째 형 김범수 씨와 우연히 마주쳤다.

"명구 때문에 고생 많겠습니다."

"아니, 어찌 알았어요?"

"어제 길에서 내무서원과 함께 가는 걸 우연히 봤습니다."

"동지들 보기 부끄럽습니다."

광대뼈가 솟아오른 여윌 대로 여윈 얼굴에 눈이 때꾼했다. 명구가 강간미수죄로 내무서에 잡혀갔다는 것이었다.

나중에 병원에서 만난 명구 친구의 말은 달랐다. 강간미수라는 죄명은 갖다 붙인 것에 불과하다고 했다. 남한에서 체포된 비운의 기업가 가족에 대한 탄압이 그렇게 시작된 것으로 짐작되었다.

"명구는 출학되었어요. 아마 기업가 출신성분 때문에 희생된 걸 겁니다."

"어찌 된 일인지 자세히 좀 말해보세요."

"명구가 친구와 모란봉에 올라갔는데, 처녀들이 따라오면서 놀리더래요. 그래서 응수하다가 계속 귀찮게 굴자 욕을 몇 마디 한 것이 빌미가 되어 입다툼으로 발전했고 명구가 화를 참지 못하고 한 처녀의 빰을 때린 것이 문제가 커져 학교에 알려지게 됐는데 강간미수죄라니, 아니에요."

"그럼 함께 간 친구도 퇴학되었어요?"

"아니요. 그 집은 배경이 좋은걸요."

하고 시큰둥한 표정을 지으며 웃었다.

신문기사를 읽고 난 기분은 씁쓸하고 서글펐다.

"사기가 떨어질 것을 염려하여 보여주지 않을까 하다 이 사실을 알려주지 않으면 동무가 친정 식구들을 만나려고 나댈 것 같아 지도부에서 그 위험 방지 차원에서 보여주기로 결정한 것이니 그리 아시오. 동무는 지금 남한 전역에 수배령이 내려져 있으니 각별히 주의해야 합니다."

"나를 잡기는 어떻게 잡아요. 옛날 친했던 사람들도 몰라보던데."

그 말에 지도원도 웃고 말았다.

그날 저녁 은희는 식모 아주머니로부터 몇 가지 궁금증을 풀 수 있었다.

"왜 부부장은 통 보이지 않소?"

궁금했으나 속에 넣고 꺼내지 않던 것을 은근히 물어보았다.

"어느 부부장 말씀이오?"

"아, 왜 뚱뚱한 박 부부장하고 호리호리하고 인자한 부부장 안 보이네요?"

"아이구, 그 부부장들 쫓겨난 지가 언젠데요."

"참 좋은 분들이었는데, 왜 무엇 때문에 쫓겨났다는 거요?"

"호리호리한 부부장은 일정시대 중경에서 장개석의 비밀경찰이었대요. 그분 때문에 가족들이 고생도 많이 하고 그 부인이 죽었다 하드만요. 그래서 새로 장가갔지만 전처 장모가 아들이 없어 모시지 못해 내내 모셨답니다. 그런 좋은 분은 잘 안 되나 봐요."

"그래 어디로 갔어요?"

"광산 노동자로 갔다나 봐요. 부부장 세 사람 중에 두 사람은 쫓겨나고 지금 부장님은 부부장에서 진급하셨답니다."

"그럼 뚱뚱한 박 부부장은 어떻게 됐어요?"

"그분, 말도 마세요. 당 보고대회에서 들은 것인데, 그분도 중국에서 그 전에 남의사(비밀경찰)였대요. 벌목노동자로 쫓겨났는데, 거기서 죽을 고비를 넘기고 집으로 도망쳐 가족과 중국으로 넘어갔다가 중국 공안에 잡혀 송환되었대요. 지금 수용소에 수감되어 있다고 들었어요."

은희는 가슴이 쓰리고 미어지는 것 같고 목이 꽉 멨다. 박 부부장은 김병산, 그이를 누구보다 존경하고 추모했다. 그녀에게 유가족 등록을 해주고 대학 추천도 해준 은인이었다. 은희를 중앙당 연락부로 배치한 것도 박 부부장이 주선한 것이 아니었을까, 짐작하며 내심 고마워하고 있었다. 그런 박 부부장도 강제수용소에 수감되어 있다니, 눈앞이 캄캄했다.

그러나 어쩌겠는가. 살아남아야 하지 않겠는가. 입술을 질끈 깨물고 마음속 고통을 견뎌냈다. 지도원과 평양을 출발한 은희는 드디어 금강산 아지트에 도착했다. 금강산 아지트에서 며칠 묵은 은희는 어느 날 야음을 타고 안내원과 함께 목선에 올라 남쪽을 향해 출발했다.

강원도 주문진 북방 상륙지점에 안착한 목선에서 하선한 은희는 다음 접선 장소를 정한 뒤 안내원과 도선장과 헤어져 혼자가 되었다. 지난번 경험이 역시 도움이 되었다. 그 경험을 바탕으로 신중히 행동하며 서울까지 무사히 진입하였다. 동대문 버스터미널과 멀지 않은 시장 부근에 여관을 정해 들어가 짐을 풀었다.

하룻밤 쉬면서 앞으로 수행할 과업을 어떻게 성공적으로 완수할 것인가 신중히 구상했다. 과업 완수를 위해서는 무엇보다 신분 안전 유지에 신경을 써야 했다. 신분을 안전하게 유지하려면 밀봉교육에서 받은 지침을 빈틈없이 지켜 나가는 것이 기본이었다.

잠복기술 교육에 있어서 여관을 이용할 경우 행동지침으로, 주인에게 접근하여 짐을 맡기고 외출했다가 돌아올 때 그들이 좋아할 만한 과일이나 케이크 등을 사서 선물하며 환심을 사고, 기회를 봐 '여관방에 여자 혼자 자는 것이 불안해서 그러는데, 방 값은 그대로 내겠으니 애들이나 식모 방에 같이 잤으면 좋겠는데…….' 하고 떠보면 열에 아홉은 좋아할 것이라고 했다. 방 값은 그대로 받고 아이들 방이나 식모 방에 함께 잔다면 방 하나 값을 그대로 버는 것 아닌가. 한 식구처럼 애들이나 식모 방에 함께 자는 사람에게 숙박계를 쓰게 할 리 없고 임검 나온 경찰도 그냥 피할 수 있게 되리라 했다.

병원에 환자로 가장해 입원을 하는 것도 한 방법이고, 한약방에 들어가 시골에서 볼일이 있어 서울에 왔는데 온 김에 보약이나 한 제 먹고 싶은데 약을 다 먹을 때까지 방을 빌려줄 수 없겠느냐, 방세와 밥값은 충분히 드리겠습니다,고 하면 보약 값이 고가인지라 대개 받아줄 것이라며 잠복방법으로 좋을 것이라고 지도했다.

대상 포섭기술에 있어서는, 변호사에게 접근할 때와 저명인사를 포섭할 때, 교수와 군인, 학생을 포섭할 때 각기 행동지침을 달리해야 한다고 했다.

변호사의 경우, 사건을 꾸며 가지고 사무실을 찾아가 변론을 의뢰하고 계약금을 지불한 다음 '혹시 ***라는 사람을 아십니까? 변호사님께 말씀을 좀 전해달라고 하던데.' 하고 북한에 있는 그의 연고자 이름을 대고 반응을 살펴, 그 반응에 따라 포섭 여부를 결정해야 한다. 저명인사의 경우 그의 활동 영역과 주변 인물들과 생활환경 등을 신중히 파악한 다음 미행을 하다 적당한 기회에 '혹시 ***선생님 아니십니까?' 하고 접근하여, 변호사 때와 유사하게 북한의 연고자 이름을 대며 반응을 살핀 후 포섭 여부를 결정하되, 호의를 보일 경우 국회의원에 출마할 시 선거비용 일체를 다 대줄 것이니 출마하라고 권고하며 포섭하라고 했다.

가능한 한 유력인사를 포섭해 공을 세우되, 군 지휘관과 해군이나 공군에 중점을 두고 포섭하고, 대학 교수 한 명은 학생 백 명을 포섭하는 것보다 중요하므로 정성을 더 들이라고 했다. 대학 교수 포섭이 중요한 까닭은 남한에는 조직이 없는 대신 인간관계, 즉 사제지간 관계가 매우 크게 작용하고 있기 때문에 잘 교양하면 제자들이 대학생뿐 아니라 군에도 사회 각 기관에도 퍼져 있으므로 그들 모두에게 영향을 미칠 수 있어 더 바랄 것 없다며, 당에서 성공적인 포섭으로 높이 평가한다고 했다.

은희는 동대문시장에서 물품을 구입한 후 행상인으로 꾸미고 나섰다. 마음을 다잡았으나 남의 집에 선뜻 들어서기란 역시 주저되고 망설여졌다. 그러나 어쩌겠는가, 용기를 내 몇 집을 기웃거리다 마당으로 들어가 옷이나 화장품 사라고 외쳐보았다. 그러나 별 구미가 당기지 않았던지 내다보는 사람이 드물었다. 들르는 집집마다 생각보다 잘살았다. 차츰 알게 되었지만, 직장이 없어 집에서 빈둥거리는 사람 집에도 장롱 없는 집이 없고 양복에 고급 구두를 신고 다녔다. 실업자라면 끼니를 굶고 있으리라 생각했는데 그렇지 않았다. 연일 행상을 하며 포섭 대상을 물색했으나 마땅한 사람을 만날 수가 없었다.

그러던 중 무심코 들어간 집에서 고향 사람과 마주쳐 혼비백산했다. 되돌아 도망쳐 나오려는데, '웬일이세요. 들어오세요.' 하고 반색을 하고 나왔다. 은희가 월북한 사실을 모르는 눈치였다. 마지못해 들어가 이야기를 나누게 되었다. 고향 사람은 과부가 된 후 삯바느질로 살아가고 있는데 슬하에 대학을 다니는 딸이 하나 있다고 했다. 은희는 자기도 남편을 일찍 여의고 대구에서 살다가 서울에 와 장사를 다닌 지 며칠 되지 않는다고 꾸며댔다. 갈 데가 마땅치 않으면 집 구할 때까지 자기 집에 함께 있어도 좋다고 인심을 쓰고 나와 은희는 도리어 어리둥절했다. 별로 친하지도 않은데 숙식을 제공하겠다니, 이게 있을 수 있는 일인가. 은희에게는 매우 잘된 일이었다. 저녁이 다 되어 돌아온 그 집 딸은 대갓집 자녀 못지않게 고급 옷을 입고 얼굴이 복스러운 미녀였다. 은희가 행상을 나왔다니까, 물건을 좀 구경하자고 했다.

"다 외산인데, 학생한테는 필요한 것이 없을 거야."

그 집 딸은 그럼에도 불구하고 좀 보자며 보따리를 풀었다.

"이게 무슨 외산이에요. 다 국산이구먼!"

한눈에 물건을 알아본 그 집 딸은 시큰둥하게 보따리를 물리쳤다.

1차 남파 때 행상을 나섰을 때 코티비누를 찾던 처녀 때문에 난처했던 기억이 되살아났다. 물건 보따리를 싸면서 그녀는 생각했다. 이것이 다 국산이라면 이곳 남한 직물공업이 굉장히 발전해 있다는 말 아닌가. 북한의 직물은 옛것과 별로 달라진 것이 없는데, 남한은 언제 이렇게 발전했다는 것인가. 남한이 이렇게 발전할 동안 북한의 직물공업은 왜 낙후된 채 그대로 머물러 있는 것인가. 그리고 바느질 품팔이를 하면서 아들도 아닌 딸에게 대학 공부를 시킨다니, 이것이 사실일까?

남한 주민들은 천리마운동을 강요당하지도 않고 철저한 조직 규율 없이도 도리어 북한 주민들에 비할 바 없이 잘살고 있는 것 같은데 이토록 잘살고 있는 까닭이 무엇일까. 그러나 지도원 말마따나 내가 보고 있는 것이나 본 것은 특수한 경우들이 아닐까, 의구심을 떨쳐버릴 수 없었다.

의구심을 풀지 않고서는 견딜 수 없을 것 같아 은희는 시장에 가서 사실 여부를 알아보기로 작정했다. 곡물전 어름으로 다가간 은희는 두어 시간 동안 곡물전을 드나드는 손님을 유심히 지켜보았다. 손님들 거의가 다 입쌀을 사 갔다. 가끔 팥이나 콩을 사 가는 사람은 있어도 잡곡을 사 가는 사람은 없었다. 북한처럼 강냉밥이나 수수, 조 등 잡곡밥을 먹고 사는 것이 아니라 모두 쌀밥만 먹고 사는 게 틀림없어 보였다.

중앙당에서 은희를 남한에 내려보낸 목적은 하나였다. 공산통일 준비를 위해 활동할 지하당을 조직하고 정보망을 구축하기 위하여 포섭공작을 시행하라는 임무를 부여한 것이다. 포섭공작에 성공하여 지하당을 조직하고 정보망을 구축한 다음 대한민국 정부와 백성들을 이간질시켜 공산통일 준비 임무를 수행하라고 내려보낸 것이다. 그러나 포섭공작을 할 대상을 물색하기 위해 발이 부르트도록 돌아다녔으나 알맞은 대상을 찾을 수가 없었다. 이렇게 풍족하고 자유롭게 사는 이들을 무슨 감언이설로 꾀어 북한을 따르게 할 수 있단 말인가. 도무지 자신이 없고 용기가 나지 않았다. 아무리 생각해도 북한 현실이 가슴 아팠다. 따라서 중앙당에서는 대남공작을 달리해야 하리라 생각하며 분을 삭였다.

그들은 매일같이 '김일성 동지의 현명한 영도 아래 조선노동당이 마르크스 레닌주의 이론을 우리의 현실에 알맞게 창조적으로 적용시켰으며, 소련의 사심 없는 원조에 힘입어 낙후했던 농업지대로부터 자립적 민족경제의 확고한 토대를 가진 사회주의적 공업, 농업 국가로 전변시켰으며, 조국의 유구한 역사에서 그 어느 때도 누려보지 못했던 진정한 자유와 행복을 우리 세대에 와서 처음으로 누리고 있으며, 오늘의 이러한 자유와 행복은 오직 김일성 동지가 영도하는 조선노동당에 의해서만 이루어질 수 있다. 그러나 남조선은 정치 경제 군사적으로 미국에 완전히 예속되어 공업과 농업이 전면적으로 파괴되고 기아와 빈곤, 무질서와 부패, 방종 등 온갖 죄악과 공포소굴에서 신음하고 있기 때문에 남한 국민들은 북반부를 동경하고 북반부에서 정치적 손길을 내밀어주기를 바라고 있다.'고 입이 닳도록 선전선동을 해대며 남한에서의 포섭공작이 매우 용이할 것으로 판단하고 있었다. 그러나 은희의 눈으로 직접 목격한 남한 주민들은 북한 주민들과는 비교 할수 없을 만큼 잘살고 있었다. 공업은 물론 농업, 수산업 등 모든 분야에서 6·25전쟁 전보다 발전해 있음을 인정하지 않을 수 없었다.

일반 백성들에게야 주의나 이념이 무슨 문제가 되겠는가. 그보다 먼저 배부르고 자유롭게 살기를 원할 뿐인 것이다. 공산주의자들이 이 사실을 정확히 인식한다면 남한의 공산화를 위해 애쓸 것이 아니라 먼저 북한 주민의 생활 향상을 위해 더 많은 노력을 기울여야 하리라. 만약 북한 주민들이 남한 주민의 생활상을 제대로 알기만 한다면 북한에 남아 있을 주민이 한 명이나 있겠는가. 반대로 남한 주민이 북한 주민의 생활상을 직접 눈으로 본다면 반공하지 않을 사람 하나나 있겠는가, 은희는 그런 생각을 하며 씁쓸하게 웃었다.

55

해방 후 북은 소련에서 받아들인 공산주의 제도로 국가를 운영하고 인민을 다스려왔고 남은 미국에서 도입한 자본주의 제도로 국가를 운영하고 국민을 다스려왔다. 이는 학교 문턱을 좀 넘나든 사람이라면 누구나 다 아는 사실이다. 북한 인민은 당의 명령에 따라 조직 생활을 해왔고 남한 국민은 국민의 손에 의해 뽑은 국민의 대표가 제정한 법률이 정한 범위 내에서 개인의 자유와 선택의 폭을 최대한 활용하며 개별적으로 생활을 해온 것이다.

북에서는 조직이 우선했고 남에서는 개인의 자유를 보장했다. 북에서는 아무리 훌륭한 창의적 의견도 당이 수렴하지 않으면 쓰일 데가 없었다. 그러나 남에서는 개인이 창의성을 발휘하여 사업을 할 수도 있고 개인이 창조적으로 연구하여 새로운 과학적 발명품을 내놓아 사회에서 쓰이도록 할 수도 있었다. 북에서는 명령이 주된 발전의 동력이 되지만 남에서는 개인의 창의성이 발전의 동력이 되고 있는 것이다.

북에서는 지도자의 안목이 국가 운영의 키가 되지만 남에서는 다중의 의견이 존중받는다. 하나로 일사불란하게 운영되어온 북은 지도자의 안목과 지식이 국가 운영을 좌우하고 백 사람이 백 가지 의견을 낼 수 있는 남한에서는 국가의 기저를 이루는 일반 국민의 다양성과 창의성이 모여 국가 운영의 기틀을 이루고 있는 것이다. 남과 북의 이런 차이가 오늘날 일반 국민들의 생활에 좁힐 수 없는 차이를 가져온 것이 아닐까. 이런 사실을 깨달은 은희는 시간이 지날수록 고민이 깊어갔다.

임무 수행을 위해서는 은신처를 공고히 하는 것이 중요했다. 옛 고향 여학교 동창생의 집을 알아내고 찾아갔다. 동창생은 구김살 하나 없이 반가워했다. 어릴 때 기억을 공유하고 있는 동창생과는 믿음을 쌓기가 용이했다. 동창생 동생 중에 공군 대위와 대학생이 있어 포섭 대상으로서 접근할 수도 있을 것 같아 금상첨화라는 생각도 없지 않았다. 일단 은신처를 정한 은희는 북에서 정한 포섭 대상자 집을 확인하기 위해 나섰다. 그 집을 확인한 그녀는 밀봉교육 받은 대로 이웃 사람들에게 그 집 식구들이며 생활형편 등을 사전에 은밀히 조사했다. 그리고 해질 녘이 되기를 기다렸다가 그 집 마당으로 들어섰다.

"싸게 드릴 테니 물건 하나만 팔아주세요."

머리에 이고 있던 보따리를 마루에 내려놓으며 방을 향해 말했다. 방문이 열리고 예순을 넘겼음 직한 할머니가 마루로 나왔다. 최경자 언니의 모습이 얼굴에 확연했다.

"안 사요. 안 사. 장사꾼 같지 않은데, 와 복을 타고나지 못했소?"

쯧쯧 혀를 찼다.

"사업에 실패하고 보니 할 짓이 없어 보따리를 이고 나섰습니다. 아주머님은 따님이 없으세요?"

"와 없겠소. 하지만 큰딸은 살았는지 죽었는지 소식이 없고, 원."

"어디 살기에 소식을 모르세요?"

"서울 살았는데, 어디 갔는지 알 수가 없소. 아들도 둘이나 난리 통에 없어지고……."

눈을 슴벅거리며 땅이 꺼지라고 깊은 한숨을 내쉬었다.

"아주머니, 이 집이 혹시 최경자 언니 친정집이 아닌지 모르겠어요?"

"응, 우리 경자를 어찌 아오? 내 딸 이름이 최경자요."

"아, 그러세요. 옛날 돈암동 살 때 바로 옆집에 살았어요. 친하게 지냈는데……."

"아니, 그래? 반갑구먼. 이리 좀 올라오시오."

어머니가 하도 붙드는 바람에 은희는 그 집에서 저녁밥을 얻어먹게 되었다. 밥을 먹는데 밥이 목에 걸려 잘 넘어가지 않았다. 이집 큰딸인 최경자와 그 남편 정희영 선생 그리고 두 아들이 북에서 겪고 있는 참혹한 현실이 눈앞에 어른거렸다.

밤이 이슥해져 그 집 주인이 귀가하였다. 은희를 힐끗 살핀 후 부인에게 누구냐고 물었다.

"장사 온 댁인데, 이전에 우리 경자와 잘 지냈다는구려."

그 대답에 별말 없이 사랑방으로 건너갔다.

그날 밤, 경자 친구였다는 은희를 어머니는 쉽게 놓아주지 않았다. 자고 가라고 억지로 잡아 앉혔다. 못 이기는 척하고 은희는 경자 어머니 곁에 누워 자게 되었다. 그런데 창이 환히 밝아오도록 은희는 한숨도 눈을 붙이지 못하였다.

'당은 그녀에게 집주인을 포섭해 국회의원 출마를 권유하고, 고급 장교가 있으므로 유사시에 대비한 공작을 하고 그 집 친척 중에 재벌이 있으니 북에서 보내는 자금을 받아 쓰도록 포섭하라는 임무를 주었지만, 당의 지령대로 공산당 올가미를 이들에게 씌워야 한단 말인가. 이렇게 평화롭고 행복하게 잘 살고 있는 이 가정에 불을 질러야만 한단 말인가?'

아무것도 모르고 고른 숨을 쉬며 잠든 경자 어머님 옆에서 그녀는 사위 정희영 선생과 딸 최경자, 그리고 그 두 아들이 숙청되어 어딘가로 끌려가 돌아오지 않는 사실을 상기하며 소리 없이 울었다. 흘러내리는 눈물이 베갯잇을 적셨다.

다음 날 날이 밝기 전에 은희는 아무도 모르게 도망치듯 그 집을 나왔다.

아무리 공산주의 혁명을 위해서는 체면 따위 가리지 않고 철면피처럼 담대하게 나서야 한다고 교육받았지만 강제수용소에 끌려가 노동을 하고 있는 그들을 벼슬자리에 앉아 호의호식하고 있다고 꾸며 말한다는 것은 인간의 탈을 쓰고서는 차마 하지 못할 짓 같았다.

'북한에서 선생님의 아들과 사위가 보내서 왔습니다. 아들과 사위는 지금 북한 고위직에 앉아 잘살고 있습니다. 남한에서 고생하고 계실 부모형제와 행복을 나누지 못해 가슴 아파하고 있습니다. 현 국제 정세는 사회주의 진영에 매우 유리하게 발전하고 있으며 자본주의 진영은 붕괴과정에 놓였고 우리나라는 머지않아 공산통일이 될 것입니다. 평화적인 방법으로 안 되면 무력으로라도 머지않아 공산통일을 하고야 말 것입니다. 그 누구를 막론하고 남한 사람이 우리와 손잡고 일한다면 과거 여하한 민족적 죄과를 범했다 하더라도 그것을 따지지 않고 오히려 공로 여하에 따라 표창까지 할 계획입니다. 그러므로 이 기회를 놓치지 말고 우리 대열에 들어오도록 당의 문을 활짝 열어놓았습니다. 지금 남한의 많은 고위층들이 우리가 손을 잡아주기를 원하고 있지만 특별히 우리 당 중앙위원회에서 선생님께 관심을 갖고 저를 파견한 것입니다. 그 까닭은 당성이 강한 아들딸의 당에 대한 기여도가 높은 점을 감안한 때문입니다. 이번 기회에 선생님께서 당의 영예로운 대열에 들어오라는 것입니다. 앞으로 절대 비밀을 엄수할 것이며 어떤 위험에도 노출시키지는 않을 것입니다. 정치자금은 얼마든지 조달해드릴 것이며 그 자금 출처도 의심받지 않도록 대기업에 출자하여 굴리도록 손을 쓸 것입니다. 국회의원에 출마하신다면 당은 더없이 환영할 것입니다. 만약 이번 기회를 놓치면 북에 있는 선생님 자녀들의 출세에 지장이 있을지도 모릅니다. 북한은 눈부시게 발전하여 그야말로 지상낙원입니다. 남한은 풍전등화와 다름없는 위험한 상황임을 선생님도 잘 알고 있지 않습니까?'

만약 밀봉교육 받은 대로 임무를 수행하려면 집주인을 조용한 곳으로 유인하여 이런 감언이설로 설득에 나서야 할 것이었다.

그러나 정희영 선생과 최경자 언니가 나타나 멱살이라도 잡고 흔들 것 같아 진땀이 났다. 아, 나는 어떻게 해야만 할까?

'남한 정권을 타도한다는 것은 곧 애국적 혁명과업이니 죽는 마당에서도 혁명가로서의 자부심을 가지라.'

남파할 때 부장 동지는 그렇게 당부했었다.

마르크스 레닌 공산주의 철학을 공부했고, 공산주의 정치경제학을 전공한 은희는 남한에 두 번 내려와 직접 눈으로 본 실상이 배운 것과 너무 달라 심한 혼란을 겪지 않을 수 없었다. 북한에서는 미국의 식민지로 전락한 남한 주민은 모든 생산품을 약탈당하고 헐벗고 굶주리고 있다고 선전해오고 있었다. 남한에서 본 것은 귀에 못이 박이도록 들어온 이런 선전과는 판이했다. 낙후되고 빈곤하다는 남한 농촌 인민은 사심 없는 소련의 형제적 원조를 받아 농공업이 크게 발전했다고 큰소리쳐온 북한 농촌 인민보다 훨씬 풍족한 생활을 누리고 있었다. 정치적 안정은 물론 사회적 안정도 북한은 비할 바 아니었다. 남한은 인심이 각박하지 않았다. 친절하고 따뜻했다. 남을 위해 베푸는 것을 즐거워했다. 북에서는 매우 보기 힘든 광경들이었다.

북에 비하면 권력 다툼도 없는 것 같았다. 남한에 내려와 돌이켜보니 북한의 쿠데타 사태들이 너무 속상했다. 따라서 모든 것이 의심스러웠다. 온갖 고난을 겪거나 옥고를 치르며 공산주의 운동에 일생을 바치고 공산주의 정권 수립에 공을 세운 부수상 박헌영, 최창익, 박창옥 같은 국가공로자를 단지 파가 달라 미덥지 못하다는 이유로 죽이거나 강제수용소로 보내고 노동일꾼으로 전락시킨 김일성 빨치산 일파가 설령 남한의 정계 인사와 각계각층 인텔리들을 감언이설로 포섭하여 그들과 힘을 합해 공산통일을 이루었다고 할 때, 과연 그들과 단합할 수 있을까? 김일성 1인 독재체제를 인정하고 거기 순종하는 인사라면 모르려니와 권력을 넘보는 눈치가 조금이라도 보일 경우 박헌영이나 최창익처럼 종파분자로 몰아 처단하고 말 것이 뻔한 사실 아닌가. 일정 때부터 몸과 재산을 바치며 공산주의 운동에 헌신해 온 남한 출신 인사들을 갖은 구실로 출당 철직시키거나 제거하는 것을 얼마나 자주 봐왔던가. 만약 공산통일이 될 경우 남한의 상인, 종교인, 기업가들은 북한에서와 같이 강제노동자로 쫓겨날 것 또한 뻔한 사실 아닌가. 그리고 남한 국민들에게 북한에서 시행하는 중앙당 '집중지도' 수법을 적용한다면 죄인이 되지 않을 사람 몇이나 될까? 그렇다면 공산통일이 과연 꼭 이루어야 할 민족적 혁명과업이라 할 수 있겠는가. 도리어 민족 앞에 씻지 못할 천추의 한을 심고 죄를 짓는 것 아니겠는가.

해방 후 그이처럼 일본에서 유학을 하고 돌아온 많은 지식인들이 사회주의 이상 국가 건설을 위해 공산주의 운동에 뛰어든 것은 사실이었다. 이는 당시 사회적 유행이나 거리의 풍속처럼 만연했다. 이들 지식인이나 청년들은 대개가 독점자본과 재벌을 배격하고 공격했다. 부자를 생리적으로 적대시하며 혐오했다. 일제 때 친일함으로써 편안하게 살아갈 것인가, 빈곤을 감수하며 민족정신을 견지해갈 것인가 양자택일의 기회가 주어졌을 때 흔연히 빈곤과 민족정신 견지를 선택했던 지식인들에게 있어서 부는 당연히 죄악시될 수밖에 없었던 것이다. 그리고 일본인들이 두고 간 모든 자산과 자원은 일체 국유화하여 균등하게 분배하여야 한다는 주장은 지식인과 문화인의 당연한 양심의 발로라 믿었다. 따라서 이러한 정책 시행은 사회주의 이상을 실현하려는 공산당만이 성취할 수 있으며 이를 위해 공산당 노선을 지향하는 자만이 시대의 양심으로 추앙받아야 한다고 믿는 것이 유행이고, 풍속처럼 널리 퍼져 있었다. 그래서 사회주의 이념을 표방하는 구체적 조직인 공산당이 정부를 수립하여야 사회주의 이상 국가를 건설할 수 있으리라 믿은 이들은 죽어가면서도 '혁명은 조선의 위대한 미래'라 외치며 혁명가로서 자부심을 잃지 않았던 것이다.

그래 '혁명은 조선의 위대한 미래!'라는 말은 혁명이 조선을 위대한 국가로 만들어줄 것이라는 확신을 담은 신념 아니겠는가. 위대한 국가로 추앙받을 수 있는 조건이라면 대내적으로는 모든 국민이 풍족한 생활을 누릴 수 있도록 경제적으로 부유하며, 대외적으로는 세계평화에 기여할 수 있는 강력한 국방력과 외교력을 겸비한 나라를 지칭하는 것 아니겠는가.

'혁명은 조선의 위대한 미래!'라는 굳은 신념을 가진 그이가 옆에 있다면 묻고 싶었다. 지금 조선민주주의인민공화국이 당신이 그토록 꿈꾸었던 혁명을 실현한 나라가 맞는지? 아니면 김일성 빨치산 유격대 일파가 권력을 독점하고 인민은 그 노예로 전락해 있는 후진 국가인지? 당신이 그토록 사랑한다던 무심코 피는 진달래꽃과 같은 존재인 일반 백성들이 주인이 되어 있는 자유국가인지? 아니면 탐욕스럽게 사랑을 갈구하는 모란꽃 같은 특권층이 주인이 되어 권력을 독점적으로 휘두르는 독재국가인지?

그래 당신이 그토록 간절히 꿈꾸었던 국가를 자처하는 혁명을 이룬 북한의 현실은 어떠한가? 그리고 해방 직후 당신을 비롯한 남조선의 대표적 지식인들이 한사코 부정하고 멀리하려 했던 곧 탐욕과 부패로 썩어 나가리라고 성토하고 폄훼했던 자본주의 체제를 갖춘 남한의 현실은 어떠한가?

스스로 혁명운동에 헌신하다 조국을 위해 죽는 것으로 믿고 죽음을 맞이한 당신이야말로 얼마나 행복한가. 아직도 당신은 우리나라 어디에나 퍼져 살고 있는 진달래꽃 같은 백성을 위해 자기 목숨을 바친 것으로 믿고 있으리라. 그러나 정작 당신은 진달래꽃 같은 백성을 위해 자신을 혁명에 바친 것이 아니라 사랑과 숭배를 강요하며 절대 권력을 휘두르는 모란꽃 같은 독재자를 위해 희생했다. 그 사실을 모르고 저세상으로 간 당신은 얼마나 행운인가. 나도 남북의 정치적 제도나 사회적 차이를 몰랐다면 얼마나 행복했을까. 그 차이를 몰랐다면 이렇듯 심한 갈등과 마음의 고통을 겪지 않아도 되었을 것 아닌가. 그리고 혁명적 당위성을 이상으로 삼고 편안하게 죽을 수 있었을 것 아닌가.

당신은 끝까지 당당했었다. 방첩대에 검거되어 재판에서 15년 형을 받고 항소했을 때도, 항소심에서 재판장이 대한민국 정부를 어찌 보는가, 묻자 '대한민국 정부는 반인민적 미제국주의 괴뢰정부다. 그러므로 전체 인민의 손에 의해 타도될 것으로 본다.'고 대답한 후 당당히 조선노동당 만세! 인민공화국 만세! 김일성 만세!를 목청껏 외쳤었다. 끝까지 신념을 굽히지 않은 당신은 결국 사형언도를 받았고 형장의 이슬로 사라질 때도 당당하지 않았던가.

병산은 뼛속까지 철두철미한 공산주의자였다. 그러나 소련에 가본 적도 없었고 북한에 올라가 위정자들과 만난 적은 있지만 북한에 살아본 적도 없었으며 북한 인민들이 사는 형편을 보지도 못한 사람이었다.

공산세계를 체험해보지 못한 병산이 공산당을 위해 생명까지 바쳤던 것은 오직 유학 시절부터 마르크스 레닌의 저서를 읽고 거기 심취하여 자기의 이상을 공산주의 형태로 이념화했기 때문에, 공산주의 운동이 곧 애국애족의 길이라 굳게 믿었기 때문이며 그 신념을 실천에 옮긴 것이다. 만약 병산이 공산주의 제도의 운영을 실제 체험할 수 있었다면 결코 공산주의자가 되지 않았으리라고 은희는 확신했다.

병산과 뜻을 같이하고 생사고락을 함께했던 수많은 지식인들 또한 그들이 꿈꿔왔던 이상의 나라 북한에 들어가 결국 숙청되어 강제노동을 하거나 감옥살이를 할 줄 알았다면 누가 공산주의 운동을 했겠는가.

그래, 남한 당국에 자수를 하면 북한에서는 나를 반역자라고 할 것인가. '당을 배반하는 자는 조국과 인민을 배반하는 민족반역자'라고 학습 받았었다. 그러나 실질적으로 조국과 인민을 배반하고 있는 자는 누구인가. 조국과 인민을 팔면서 남북을 갈라치기 하는 자가 누구인가. 일제 식민지 통치하에서도 남북 가르지 않고 우리 민족끼리는 화목하지 않았던가.

해방되고 공산당이 집권한 후 소련식 독재정치 기법을 도입하여 지주니, 기업가니, 친일파니, 친미파니, 종교인, 상인, 소극분자, 기회주의자 등 온갖 죄를 씌워 재산을 몰수하고 거주권과 생명을 빼앗고 6·25 남침의 죄악을 저질렀으며 북한 인민의 고혈을 짜낸 돈으로 남침에 대비한 무력 증강에 혈안이 되어 있는 그들 노동당원들이 반역자가 아닐까. 노동자 농민의 이익을 위한다면서 정작 노동자 농민을 학대하고 착취하는 무리들, 노동당 간판을 내세운 매우 제한된 숫자의 김일성 빨치산 유격대 일파들이 민족을 둘로 쪼개놓고 못살게 한 반역자들 아닐까. 입만 열면 계급 없고 차별 없는 사회라고 선전하면서 고위층(副相 以上) 자녀들만을 공부시키는 특별한 남산학교를 왜 만들어 운영하는가. 인민은 배를 곯리면서 고위층만 호의호식하는 사회가 계급 없는 사회란 말인가. 그리고 학생들에게 밤낮 가리지 않고 중노동을 시키고 노임 대신 공부시키는 그런 교육제도를 어찌 무상교육제도라 할 수 있단 말인가. 더구나 남녀평등권을 떠들어대는 북한에는 여자를 위한 대학이 단 하나라도 있는가. 남한에는 여자대학이 수두룩하다. 남한에 거지가 많다고 하지만 거지가 먹는 밥도 북한의 중앙 공무원보다 못하지 않아 더 살찌고, 일자리 없는 실업자도 북한의 중앙기관 국장보다 잘 입고 잘 먹고 마음껏 술도 마시고 자유롭게 가고 싶은 곳을 여행할 수도 있는 이런 세상이 바로 그들이 말하는 지상낙원 아니고 무엇이겠는가. 만약 병산이 살아 있어 이런 북과 남의 다른 점과 차이점을 직접 눈으로 보고 체험했다면 어떻게 생각했을까?

휴전 후 10여 년이 지난 지금 남과 북은 민족통일 국가를 수립하기 위해 서로 실력을 키워오고 있다. 남과 북이 다 같이 민족통일을 명분으로 내세우고 있지만 속을 들여다보면 완전히 다르다. 북은 오로지 레닌, 스탈린, 모택동이 달성한 공산주의 혁명으로의 민족통일을 기필코 달성해야 할 목표로 삼고 있는 데 반해 남은 링컨, 루즈벨트, 처칠이 걸어온 자유민주주의로의 민족통일 국가 건설을 이상으로 삼고 있다. 국가 경영의 체제 또한 북과 남이 판이하다. 북은 당을 맨 윗자리에 두고 국가를 경영하고 남은 국민을 맨 윗자리에 모시고 국가를 경영하는 것을 기본으로 삼고 있는 것이다.

지금 생각해보니 의문이 좀 풀리는 것 같기도 했다.

소련은 공산주의 영역을 확장하려는 이념적 야욕에 사로잡혀 북조선에 공산주의 체제 국가 건설을 끝까지 고집했고, 소련 공산 독재체제를 잘 알고 있는 미국은 자기들이 수복한 땅에 그런 공산 독재 체제가 뿌리내리지 못하도록 공산당을 배격하고 반공정책을 써 왔던 것이 아니었을까. 그런 이념적 대결을 계속하던 두 강대국은 서로의 주의주장을 굽히지 않고 끝까지 대립하다 결국 소련은 북에 공산주의 체제 국가를 건립하고 미국은 남에 미국식 자유민주주의 체제 국가를 따로 건설한 것이 아니었을까?

은희의 양 볼에는 눈물이 줄줄 흘러내렸다.

어떻게 해야 할 것인가? 이러지도 저러지도 못하고 몸부림쳤다. 이쪽이나 저쪽이나 다 같은 내 동포 내 나라건만 동족 사이에 끼여 어느 쪽도 선택할 수 없는 가엾은 처지에 빠져 있었다. 북으로 가려니 저주스러운 기억들이 벌 떼처럼 덤벼들었고, 남에서 자수하려니 비겁한 것 같아 내키지 않았다. 그렇다고 하늘로 올라갈 수도 땅을 파고 묻힐 수도 제3국으로 도피할 수도 없어 울지 않을 수 없었다.

보잘것없는 아녀자 하나 공산주의에 충성했건 새삼스럽게 남한에 자수하건 바늘 구멍만 한 흔적이라도 남길 존재가 아니라는 건 명백한 사실이고 세상은 그녀와 아무 상관 없이 제 갈 길로 잘도 흘러가겠지만, 병산은 물론 가족을 제물로 바쳤거니와 몸과 마음을 당에 헌신해온 공든 탑이 무너지는 허망감에 울음을 그칠 수가 없었다.

북한에 인질로 잡혀 있는 아들 철호와 시누이 등 그 가족이 겪을 시련을 생각하면 억장이 무너졌다. 그녀에게 호의를 베풀었던 사람들은 물론 중앙당 연락부 부부장과 과장, 지도원 등이 모두 억울하게 희생될 것을 생각하니 울지 않을 수 없었다.

고인이 된 지 오래지만 그이의 명예와 혁명정신을 계승하기 위해 몸과 마음을 다 바쳐온 지난날의 모든 노력이 부끄럽기도 했다.

그러나 무엇보다 통탄스러운 것이, 왜 우리가 그토록 미욱했던가 하는 뒤늦은 깨달음이었다. 왜 선악을 구분하지 못했던가. 왜 일찍이 정의와 불의를 구분하지 못했던가. 왜 두 눈 번연히 뜨고 자비롭고 정의로운 사람과 탐욕스럽고 악한 사람을 구분하지 못했던가. 이마에 뿔이 돋아나 있을 것이라 믿는 동안에는 악마를 구분해내지 못한다고 하지 않았는가. 악마가 준동하기 전, 살인 파괴 등 저주스러운 악행을 저지르는 걸 직접 눈으로 보기 전에 그 악마의 정체를 판별해내지 못한다면 어찌 배운 사람이라 할 수 있겠는가. 그렇게 많이 배웠다는 사람들이, 그렇게 잘났다는 사람들이 어찌 악마가 준동하기 전에 그 성향이나 성품을 보고 악마를 구분해낼 수 있는 안목을 갖추지 못했던가. 지구 위에 천국을 만들겠다던 구호는 지옥을 만드는 데 쓰였을 뿐이라는 역사적 사실을 왜 한사코 외면했던가. 왜 그 잘났다는 사람들이 모두 그런 미욱한 존재들이었단 말인가.

가슴을 쥐어뜯으며 후회한들 이제 다 무슨 소용이란 말인가!

56

전에 며칠 신세를 졌던 공군 대위와 대학생을 동생으로 둔 옛날 친구 집을 찾아갔다. 공군 대위에게 잠시 시간을 내달라고 청했다. 친구에게는 다른 말 하지 않고 공군 대위와 집을 나온 은희는 길가에 다방이 보이자 차를 한잔 하자고 했다.

"나, 방첩대 자수하고 싶은데 혼자는 도무지 갈 용기가 나지 않는다. 함께 가주면 고맙겠다."

다방에 들어가 찻잔을 앞에 두고 마주 앉은 다음 은희는 이윽고 입을 열었다. 방첩대 자수라니, 느닷없는 말에 공군 대위는 눈이 휘둥그레졌다. 북에서 공작 임무를 띠고 내려온 남파간첩이라고 하자, 벌린 입을 다물지 못했다. 둘 다 앞에 놓인 커피 잔에 입도 대지 않았다. 은희는 자수하게 된 심정을 가급적 자상하게 설명하느라 찻잔에 손이 가지 않았고 공군 대위는 너무나 뜻하지 않았던 충격적인 사실에 정신을 잃다시피 하고 찻잔의 존재는 아예 잊고 있었다.

택시를 잡은 공군 대위는 은희를 대동하고 방첩대를 향해 출발했다.

작가의 말

2009년 한산도에 들어온 후 해가 열두 번째 바뀌었다.

그동안 게으르지 않으려고 성심을 다했고, 몇몇 결실도 없지 않았다.

2016년 세밑, 한 문예지로부터 연재소설 청탁을 받고, 해방공간을 배경으로 이념을 달리한 정치세력의 대결과 시대적 혼란상을 형상화하기로 작정하고 준비에 들어갔다. 관련 자료 20여 권을 검토한 후 나는 편집위원에게 연재를 1년 후로 미루어줄 것을 요청했다. 근 2, 30년 동안 풍문처럼 회자되고 있는 한국현대사의 중요 사항과 검토한 자료 사이에 몇몇 근본적인 차이가 있음을 발견한 나는 섣불리 덤벼들 소재가 아니라 판단했기 때문이다. 흔쾌히 승낙을 받은 후 다시 50여 권의 관련 자료를 검토한 나는 아예 연재 약속을 파기하고 말았다. 1년이라는 짧은 기간에 준비를 다 마칠 수 있을 것 같지 않았고, 내 마지막 작품이 될지도 모르리라는 엄중한 생각 때문이었다. 검토한 자료의 각주와 참고문헌을 나침반 삼아 2백여 권에 달하는 자료를 검토하고 나니 어언 2년 반이 지나 있었다.

지지난해 4월, 여운형 선생의 비서를 지내고 고당 선생을 도와 '평양신문' 주필로 활동하다 나중 조봉암 선생을 보필, 진보당 강령을 기초하기도 한 두산(斗山) 선생을 모델로 1천여 매 정도 진전을 봤다. 그러나 어쩐지 해방공간의 험난한 파고를 헤쳐 나온 지식인의 번민과 갈등을 온전히 그린 것 같지 않아 그만 덮어버리고 말았다.

그리고 '동아일보' 초대 주필로 필명을 날리다 미국으로 유학, 컬럼비아대학에서 박사학위를 받고 귀국한 후 한국민주당 정치부장 등 중요 간부로 활동하며 미군정과 긴밀히 협력하다 암살당한 설산(雪山) 선생을 중심에 두고 다시 1천여 매 가까이 써 나갔다. 그러나 그 역시 어쩐지 해방공간의 역사적 사실들의 변죽만 울렸을 뿐 진면목을 보여주는 데는 부족한 것으로 판단, 이번에도 중도에 파기하고 말았다.

궁리 끝에 일본 유학을 마치고 돌아와 남로당 중앙당 간부로 활동한 인물을 작품 중심에 두고 해방공간을 그려 나가기로 최종 결정했다.

혁명을 '조선의 위대한 미래'라 확신하며 해방공간의 험난한 파고를 헤쳐 나가는 이 혁명아의 신념과 활동이야말로 해방공간뿐만 아니라 우리 현대사의 뼈아픈 한 축을 이루고 있다는 사실을 의심할 수 없었다. 이상적인 조국의 미래를 담보할 혁명을 이루기 위한 이 아름다운 신념과 헌신이 그러나 끝내 이루어지지도, 꽃을 피우지도 못하고 부질없이 한 독재자의 권력 쟁취 수단으로 전락하고 말았음을, 즉 가짜 혁명에 기여했을 뿐임을 모른 채 처형된 미완의 혁명가의 생애가 나를 숙연하게 만들었다.

그리고 퇴각하는 인민군에 자원 입대, 이른바 혁명의 땅 북녘으로 넘어가 재정성에 근무하기도 하고 간부 재교육 기관인 인민경제대학에 재학하기도 한 혁명가의 아내가, 북에 체류하는 동안 목격한 일인 독재체제 구축을 둘러싸고 전개되는 참혹한 북의 정치현실이며, 혁명 국가 건설에 이바지하기 위해 자진 월북한 남로당 동지들이 차례차례 숙청되거나 노동자로 내쳐지는 절망적인 모습에 통분을 감추지 못하고, 저승에서 아직도 혁명을 꿈꾸고 있을 남편에게 피를 토하며 던지는 통렬한 질문 앞에 옷깃을 여미지 않을 수 없었다.

이 작품은 『내가 반역자냐?』(소정자), 『조국은 하나였다?』(양한모), 『내가 본 북녘 땅』(윤기봉)을 기둥으로 삼고, 『해방 20년사』(신상초 외), 『분단한국사』(김정원), 『한국현대사의 재조명』(이정식 외), 『북한의 지도자 김일성』(서대숙 지음, 서주석 옮김), 『비운의 혁명가 박헌영』(고준석 지음, 유영구 옮김), 『남로당 총비판』(박일원) 등 많은 자료에 힘입은 바 크다.

작품 집필에 동기 부여를 해준 박덕규 교수와 거친 초고를 검토하고 질정의 말을 아끼지 않은 정영훈 교수, 어려운 출판 여건에도 불구하고 흔쾌히 출간을 허락해준 '현문자현' 이기현 회장의 배려에 깊이 감사드린다.

2021년 정초

유익서

소설 진달래꽃

초판 1쇄 인쇄 2021년 1월 15일
초판 1쇄 발행 2021년 1월 22일

지은이 유익서
펴낸이 이수철
주 간 하지순
디자인 권석중
마케팅 안치환
관 리 전수연

펴낸곳 나무옆의자
출판등록 제396-2013-000037호
주소 (03970) 서울시 마포구 성미산로1길 67 다산빌딩 3층
전화 02) 790-6630 팩스 02) 718-5752
페이스북 www.facebook.com/namubench9
인쇄 제본 현문자현

ISBN 979-11-6157-114-0 03810

* 나무옆의자는 출판인쇄그룹 현문의 자회사입니다.